Diogenes Taschenbuch 22030

de
te
be

CHEZ
MARCEL

Tintenfaß

Das Magazin für den überforderten Intellektuellen

Nummer 30

Diogenes

Das *Tintenfaß*
erscheint einmal jährlich zur
Frankfurter Buchmesse
Impressum, Nach- und Hinweise
am Schluß des Bandes

Umschlagzeichnung von Loriot,
Frontispizzeichnung,
Zeichnungen auf der Mottoseite und
neben dem Inhaltsverzeichnis
von Sempé

Originalausgabe

www.diogenes.ch
120/06/36/1
ISBN 13: 978 3 257 22030 8
ISBN 10: 3 257 22030 8

»Egal was, Hauptsache,
es ist immer dasselbe.«

Ludwig Wittgenstein
über seine Lieblingsspeise

»Wem am Essen nichts liegt,
dem liegt auch an andern
Dingen nicht viel.«

Dr. Samuel Johnson

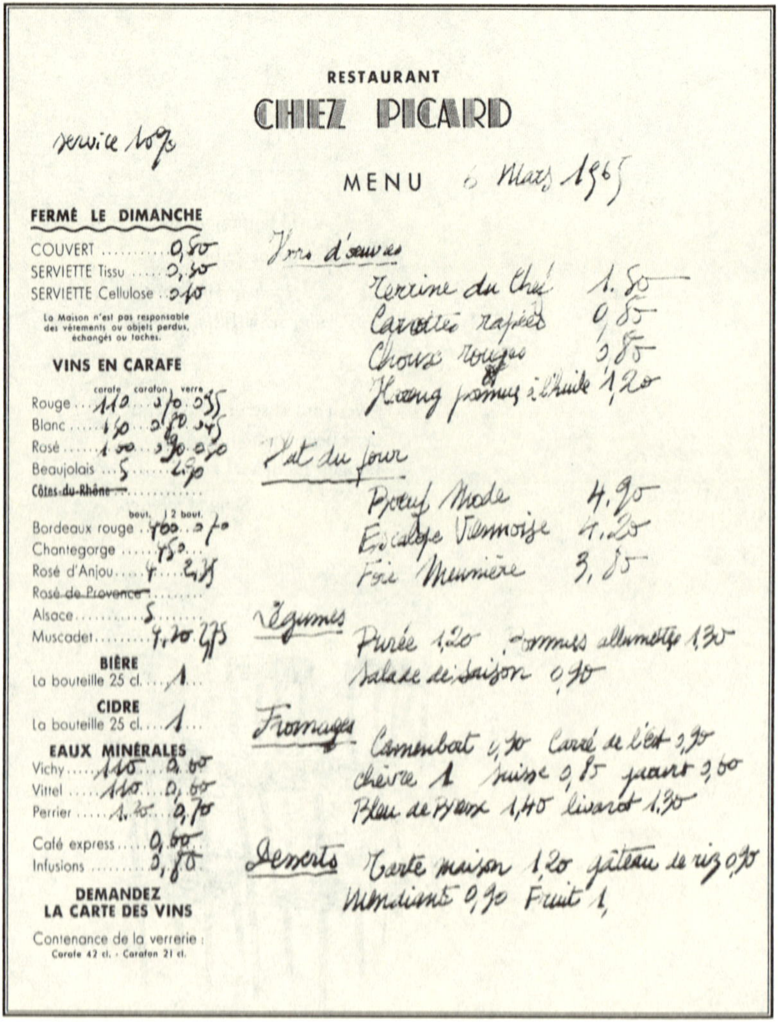
RESTAURANT

CHEZ PICARD

service 10%

MENU 6 Mars 1965

FERMÉ LE DIMANCHE

COUVERT 0,80
SERVIETTE Tissu 0,30
SERVIETTE Cellulose .. 0,10

La Maison n'est pas responsable des vêtements ou objets perdus, échangés ou tachés.

VINS EN CARAFE

	carafe	carafon	verre
Rouge	1,10	0,70	0,35
Blanc	1,50	0,80	0,45
Rosé	1,00	0,90	0,50
Beaujolais	5	2,90	
~~Côtes-du-Rhône~~			

	bout.	1/2 bout.
Bordeaux rouge	4,00	2,70
Chantegorge	4,50	
Rosé d'Anjou	4	2,35
~~Rosé de Provence~~		
Alsace	5	
Muscadet	4,20	2,75

BIÈRE
La bouteille 25 cl. 1

CIDRE
La bouteille 25 cl. 1

EAUX MINÉRALES

Vichy	1,10	0,60
Vittel	1,10	0,60
Perrier	1,40	0,70

Café express 0,60
Infusions 0,80

DEMANDEZ LA CARTE DES VINS

Contenance de la verrerie : Carafe 42 cl. - Carafon 21 cl.

Hors d'œuvres
Terrine du Chef 1,80
Carottes rapées 0,85
Choux rouges 0,85
Hareng pommes à l'huile 1,20

Plat du jour
Bœuf Mode 4,90
Escalope Viennoise 4,20
Foie Meunière 3,85

Légumes
Purée 1,20 Pommes allumettes 1,30
Salade de saison 0,90

Fromages
Camembert 0,90 Carré de l'Est 0,90
Chèvre 1 Suisse 0,85 Yaourt 0,60
Bleu de Bresse 1,40 Livarot 1,30

Desserts
Tarte maison 1,20 gâteau de riz 0,90
Mendiant 0,90 Fruit 1,

Menu

	Hunger
Amélie Nothomb	*Biographie des Hungers* 11
Anton Čechov	*Austern* 25
Leon de Winter	*Hoffmans Hunger* 31
Carla Woter	*Ein Mittagessen mit Leon de Winter* 41
Robert Walser	*Zu Besuch bei Frau Aebi* 47
Lu Wenfu	*Der Gourmet* 51
Honoré de Balzac	*Der Esser und der Vielfraß* 59
	Literarische Rezepte 62
	Amuse-Bouches
Donna Leon	*Wie ich zum ersten Mal Schafsauge aß* 71
Susanne Kippenberger	*Mit Donna Leon zum Türken* 75
Patricia Highsmith	*Bekenntnisse einer ehrbaren Küchenschabe* 79
Loriot	*Das Frühstücksei* 89
Jakob Arjouni	*Und jetzt wird was Schönes gegessen!* 93
Arnon Grünberg	*Die Kneifzange* 98
René Goscinny & Jean-Jacques Sempé	*Der kleine Nick und die Familienfeier* 103
Brüder Grimm	*Von dem Mäuschen, Vögelchen und der Bratwurst* 111
Jean-Jacques Sempé	*Monsieur Lambert* 115
Heinrich Hoffmann	*Die Geschichte vom Suppen-Kaspar* 126

Horsd'œuvres

Yael Hedaya *Im Café* 129
Joey Goebel *Freaks im Restaurant* 135
Fee Zschokke *Ein Abendessen mit Tomi Ungerer* 154
Paul Ingendaay *Die Schädelstätte* 160
Anthony McCarten *Candlelight Dinner* 167
John Irving *Bis ich dich finde* 175

Hauptgang

W. Somerset Maugham *Die drei dicken Damen von Antibes* 183
Wilhelm Busch *Widmung in einem Kochbuch* 208
Peter C. Hubschmid *Ein Abendessen mit Ingrid Noll* 211
Anne Fadiman *Der literarische Vielfraß* 214
Petros Markaris *Tatjanas Emanzipation* 223
Daniel Keel *Um den Joyce-Tisch* 237
Margaux de Weck *Die Kronenhalle* 242

Plats de résistance

Jessica Durlacher — *Voll wie Fisch* 249
Paulo Coelho — *Das Butterbrot, das auf die verkehrte Seite fiel* 259
Doris Dörrie — *Die Weihnachtsgans* 261
Otto Jägersberg — *Fletschen* 271
George Orwell — *Zur Verteidigung der englischen Küche* 275
Valerie Wilson Wesley — *Kochen in der Familie* 279

Buffet

Literarisches Buffet 281
Urs Widmer — *Gratinierter Fisch* 299
Liliana Betti — *Essen mit Federico Fellini* 312
Matthias Matussek — *Ein Abend für Meggie* 317
Das kulinarische »... mag ich, mag ich nicht« 341
Joachim Ringelnatz — *Zwei Gedichte* 346

Eduard Mörike *Restauration* 348
Ian McEwan *Schokolade* 349
Martina Borger *... mag ich, mag ich nicht* 358
Maria Elisabeth Straub *...mag ich, mag ich nicht* 359

Dessert & Digestif

Sławomir Mrożek *Tee oder Kaffee* 360
Martin Suter *Die Trinkgeldfrage* 363
Friedrich Dürrenmatt *Es war köstlich!* 365
Hugo Loetscher *Mittrinken und mitreden* 369
F. K. Waechter *Vollmond* 387

Nach- und Hinweise 389
Impressum 400

Sempé

Amélie Nothomb

Biographie des Hungers

Mit sechs Limericks von Edward Gorey

Der Hunger bin ich. Die Physiker träumen davon, das Universum mit einem einzigen Gesetz zu erklären. Das scheint sehr schwer zu sein. Wäre ich ein Universum, setzte ich nur auf eine Macht: den Hunger.

Es geht mir nicht um ein Monopol auf den Hunger; er ist die meistgeteilte menschliche Fähigkeit. Ich behaupte jedoch, eine Meisterin auf diesem Gebiet zu sein. So weit mein Gedächtnis reicht, bin ich immer vor Hunger gestorben.

Ich komme aus begütertem Milieu; bei mir zu Hause fehlte es an nichts. Das veranlaßt mich, diesen Hunger als eine persönliche Eigenheit zu betrachten – aus sozialen Gründen ist er nicht zu erklären.

Man muß dazu sagen, daß mein Hunger im weitesten Sinne zu verstehen ist. Hätte ich bloß nach Essen gehungert, wäre es wohl nicht so schlimm gewesen. Aber gibt es das überhaupt, puren Essenshunger? Verweist nicht der hungrige Magen immer auch auf einen allgemeinen Hunger? Unter Hunger verstehe ich diesen entsetzlichen Mangelzustand des ganzen Wesens, diese quälende Leere, diese Sehnsucht weniger nach utopischer Fülle denn nach schlichter Wirklichkeit – ein Flehen, daß, wo nichts ist, etwas sei.

Als ich mit zwanzig jenen Vers aus der Feder Catulls las,

mit dem er sich vergebens ermahnte: »Hör auf zu wollen«, schwante mir, daß ich, wenn ein solcher Dichter daran gescheitert war, noch viel weniger dahin gelangen würde.

Hunger heißt wollen. Er ist ein viel größeres Begehren als das Begehren. Er ist nicht Wille, denn Wille ist Kraft. Auch keine Schwäche, denn Passivität ist ihm fremd. Der Hungrige ist ein Suchender.

Wenn Catull sich Bescheidenheit verordnet, dann weil er sich nicht bescheidet. Im Hunger steckt eine Dynamik, die es verbietet, diesen Zustand hinzunehmen. Ein Wollen, das unerträglich ist.

Das Wollen Catulls, wird man einwenden, gehöre nicht hierher, weil es aus dem Liebesmangel, der quälenden Abwesenheit der Geliebten herrührte. Meine Sprache aber errät hier dasselbe Register. Der wahre Hunger, der keine Freßgier ist, der Hunger, der die Seele entblößt und ihrer Substanz entkleidet, ist die Stiege, die zur Liebe führt. Alle großen Liebenden sind durch die Schule des Hungers gegangen.

Die von Geburt an Satten – und davon gibt es viele – werden nie diese ständige Angst erfahren, dieses aktive Warten, dieses Fieber, dieses Elend, das einen Tag und Nacht wachhält. Der Mensch bildet sich nach den Erfahrungen seiner ersten Lebensmonate; wenn er da keinen Hunger fühlt, wird er zu einem jener merkwürdigen Auserwählten oder Verdammten, die ihr Leben nicht um den Mangel aufbauen.

Das kommt vielleicht dem Ausdruck der Gnade oder Ungnade bei den Jansenisten am nächsten: Niemand weiß, warum manche hungrig geboren werden und manche satt. Es ist eine Lotterie.

Und ich habe das große Los gezogen. Ich weiß nicht, ob es ein beneidenswertes Los ist, aber ich zweifle nicht daran, auf diesem Gebiet außergewöhnliche Fähigkeiten zu besitzen. Wenn Nietzsche vom Übermenschen spricht, darf ich auch vom Überhunger sprechen.

Ich bin kein Übermensch; überhungrig bin ich mehr als alle anderen.

Ich hatte immer einen ausgezeichneten Appetit, besonders auf Süßes. Zwar muß ich zugeben, daß ich in der Disziplin reiner Essenshunger größere Meister kenne als mich, meinen Vater zum Beispiel. Aber was Süßes betrifft, bin ich unschlagbar.

Wie zu befürchten war, zog dieser Hunger immer weitere Kreise. Von frühester Kindheit an quälte mich das Gefühl, nie die angemessene Portion zu bekommen. Kaum war der Schokoriegel aufgegessen, das langweilige Spiel zu Ende,

Beim Bereiten der täglichen Nahrung
Macht die Magd eine bittre Erfahrung
In der Büchse fürs Brot
Lag ein Kopf (sichtlich tot)
Und man fragt sich, mit wessen Behaarung.

die Geschichte unbefriedigend verlaufen, kaum hatte der Kreisel aufgehört, sich zu drehen, oder ich in einem Buch, das für mich noch kaum begonnen hatte, die letzte Seite umgeblättert, bäumte sich in mir etwas auf. Wie? Da hatte man mich schön angeschmiert!

Wen wollte man da über den Tisch ziehen? Als wäre das genug, ein Riegel Schokolade, ein billiger Sieg, ein harmloses Ende, eine sinnlos unterbrochene Drehung, ein Buch, das einem ein x für ein u vormacht!

Das hatte sich ja gelohnt, so grandiose Ereignisse zu veranstalten wie Süßigkeiten, Karten, Geschichten, Spielzeug und, last but not least, Bücher, wenn man uns dann in dem Maße hungern ließ!

Ich bestehe auf »in dem Maße«; ich bin keine Verfechterin der Sattheit. Die Seele soll einen Teil ihres Begehrens bewahren. Aber zwischen Sättigung und dreister Verarschung gibt es noch einigen Spielraum.

*

Der alte Gegensatz zwischen Quantität und Qualität ist oft ziemlich dumm; der Überhungrige hat nicht bloß mehr Appetit, er hat vor allem einen wählerischen Appetit. Es gibt eine Stufenleiter der Werte, wo das Mehr das Bessere zeitigt: Die großen Liebenden wissen das, die besessenen Künstler auch. Die höchste Feinheit hat als treueste Verbündete die Überfülle.

Ich weiß, wovon ich spreche. Als Schleckermäulchen war ich ständig auf der Suche nach etwas Süßem – das war meine Gralssuche. Meine Mutter verdammte und unterdrückte diese Leidenschaft und wollte mich betrügen, indem sie mir statt der ersehnten Schokolade Käse gab, der mich anwiderte, harte Eier, die mich beleidigten, oder fade Äpfel, die mich kalt ließen.

Mein Hunger ließ sich nicht nur nicht täuschen, er wurde auch immer größer. Von etwas, das ich nicht mochte, bekam ich noch mehr Hunger. Ich befand mich in der absurden Lage einer Hungernden, die man zum Essen zwingen muß.

Nur der pervertierte Überhunger hungert nach irgendetwas. Im Urzustand und wenn man ihn nicht reizt, weiß der Überhunger sehr wohl, was er will: Er will das Beste, das Köstliche, das Wunderbare, und versucht es auf jedem Gebiet des Genusses zu entdecken.

Wenn ich mich über das Naschverbot beklagte, sagte meine Mutter: »Das vergeht.« Falsch. Es ist mir nie vergangen. Kaum hatte ich meine Unabhängigkeit in Essensdingen erreicht, begann ich mich ausschließlich von Süßigkeiten zu ernähren. Das tue ich heute noch. Und es paßt mir wie angegossen. Ich habe mich nie besser gefühlt. Es ist nie zu spät, es richtig zu machen.

»Zu süß« – dieser Ausdruck erscheint mir so absurd wie »zu schön« oder »zu verliebt«. Zu schöne Dinge gibt es nicht, es gibt nur Wahrnehmungen, bei denen der Schönheitshunger weniger ausgeprägt ist. Und man spreche mir nicht vom Gegensatz zwischen dem Barocken und dem Klassischen: Wer im Herzen des Maßes nicht das Übermaß leuchten sieht, hat eine beklagenswerte Wahrnehmung.

»Ich habe Hunger«, sagte ich also zu meiner Mutter, wenn ich ihre stopfenden Gaben verschmähte.

»Nein, du hast keinen Hunger. Wenn du Hunger hättest, würdest du essen, was du bekommst«, hörte ich tausend Mal.

»Ich habe Hunger!« protestierte ich.

Worauf sie unfehlbar zu dem Schluß kam: »Das ist ja eine richtige Krankheit!« Dieses Ende der Auseinandersetzung brachte mich jedesmal aus der Fassung. Eine Krankheit! Eine richtige noch dazu! Später lernte ich die Etymologie des Wortes Krankheit kennen: »maladie« kam von »mal à dire«, »schwer zu sagen«. Krank war also der, dem es schwer fiel, etwas zu sagen. Und sein Körper sagte es an seiner Stelle in Form einer Krankheit. Eine faszinierende Idee, daß das Leiden ein Ende haben könnte, wenn es einem nur gelänge, das Richtige zu sagen.

Wenn mein Hunger also eine richtige Krankheit war, was müßte ich dann sagen, um geheilt zu werden? Was war das Geheimnis, das sich dahinter verbarg? Welches Rätsel mußte ich lösen, um dem Ruf des Zuckers nicht mehr so ausgesetzt zu sein? Mit drei, vier Jahren war ich noch nicht imstande, mir solche Fragen zu stellen.

Wäre mein Vater nicht immer der meistbeschäftigte Mann der Welt gewesen, hätte ich ihn wohl öfter mit angespannter Miene in die Küche kommen und dort nach etwas Un-

A gentleman, otherwise meek,
Detested with passion the leek;
When offered one out
He dealt such a clout
To the maid, she was down for a week.

erlaubtem herumstieren sehen, denn Essen zwischen den Mahlzeiten galt bei diesem unverbesserlichen Bulimiker grundsätzlich als verboten. Die seltenen Male, wo ich ihn dabei beobachten konnte, wie er seinem Hang nachgab, floh er immer mit einer Handvoll Zeug, Brot, Erdnüssen, egal, was eine verschämte Hand nur schnell zusammenraffen konnte.

Papa ist ein Märtyrer der Ernährung. Sein Hunger wurde ihm gewaltsam von außen eingeimpft und dann dauernd unterdrückt. Der zarte, sensible, dünne Junge wurde durch eine so massive emotionale Erpressung zum Essen gezwungen, daß er sich schließlich dem Grund seiner Qualen (besonders seiner Großmutter mütterlicherseits) und seinen Bauch den Dimensionen des Universums anpaßte. Er ist ein Mann, dem übel mitgespielt wurde: Erst zwang man ihm das Essen auf, und als er richtig süchtig danach war, setzte man ihn auf Diät bis zum Ende seiner Tage. Mein armer Vater erfuhr ein absurdes Schicksal – Ärger ist sein Los. Er ißt mit bestürzender Geschwindigkeit, ohne zu kauen, und so verängstigt, daß er gar kein Vergnügen daran zu finden scheint. Ich wundere mich immer, wenn ich höre, daß Leute ihn für einen Genußmenschen halten. Sie lassen sich durch seine Rundungen täuschen. Er ist die personifizierte Angst, unfähig, die Gegenwart zu genießen.

Papa konnte noch so sehr Konsul sein – er war ein Sklave. Zunächst ein Sklave seiner selbst: Ich habe noch nie jemanden gesehen, der sich so viel Arbeit, Mühe, Ergebenheit und Pflichten auferlegte. Dann ein Sklave seiner Ernährung: immer ausgehungert und mit einer schmerzlichen Ungeduld nach seiner Portion lechzend, die gar nicht so mager war, obwohl es danach aussah, wenn sie mit Überschallgeschwindigkeit in seinem Mund verschwand.

The sight of his guests filled Lord Cray
At breakfast with horrid dismay,
So he launched off the spoons
The pits from his prunes
At their heads as they neared the buffet.

Schließlich war er ein Sklave seines unbegreiflichen Lebensplans, der vielleicht auch darin bestand, keinen zu haben, was ihn aber nicht daran hinderte, dessen Sklave zu sein.

War meine Mutter auch nicht seine Chefin, so war sie doch die Verwalterin der Ernährungssklaverei meines Vaters. Sie hatte die Essensmacht inne. Diese Situation ist in Familien üblich. Ich habe aber den Eindruck, daß sich diese Macht bei meinen Eltern stärker auswirkte. Beide hatten ein zwanghaftes Verhältnis zum Essen – im Fall meiner Mutter war es nur noch schwieriger zu erfassen.

*

Wenn Gott aß, aß er Süßes. Menschen- oder Tieropfer hielt ich seit jeher für Verirrungen: Welches Blutvergießen für ein Wesen, das so glücklich gewesen wäre über eine Hekatombe Zuckerwerk!

Man muß da differenzieren. Im Naschwerk liegt mehr oder weniger Metaphysik. Ausführliche Recherchen haben mich zu der Feststellung veranlaßt: Das theologale Genußmittel ist die Schokolade.

Ich könnte noch zahlreiche wissenschaftliche Beweise für meine Behauptung erbringen, angefangen beim Theobromin mit seiner schreienden Etymologie, das nur in der Schokolade enthalten ist. Aber das käme mir fast wie eine Beleidigung der Schokolade vor. Ihre Göttlichkeit scheint mir über jede Apologetik erhaben.

Man muß doch bloß den Mund voll guter Schokolade haben, um nicht nur an Gott zu glauben, sondern auch seine Gegenwart zu spüren. Nicht die Schokolade ist Gott, sondern die Begegnung zwischen ihr und einem Gaumen, der sie zu schätzen weiß.

Gott, das war ich im Zustand der Lust oder möglicher Lust – also immer ich.

Es gab noch andere wunderbare Dinge, etwa mit Nishio-san, meiner Gouvernante, die Waschmaschine auszuräumen und an der Wäsche zu lecken, wenn sie sie zum Trocknen aufhängte – speichelnd biß ich in die sauberen Laken, um den guten Wäschegeschmack im Mund zu haben. Man merkte mir meine Lust so sehr an, daß ich zu meinem vierten Geburtstag eine winzige Waschmaschine geschenkt bekam, die mit Batterien lief. Man mußte sie mit Wasser füllen, einen Löffel Waschpulver dazugeben und ein Taschentuch hineinstecken. Dann schloß man die Maschine, drückte den Knopf und sah den Inhalt rotieren. Dann mußte man sie nur noch aufmachen und entleeren.

Statt blöd das Taschentuch zum Trocknen aufzuhängen, steckte ich es in den Mund und kaute es. Und spuckte es erst wieder aus, wenn der Seifengeschmack verschwunden war. Dann mußte es gleich wieder in die Maschine, wegen des Speichels.

Wenn ich bettelte und schmeichelte, bekam ich von Nishio-san Zuckerwerk, kleine Schokoladenschirme und manchmal sogar, o Wunder, Umeshû: Schnaps war der Gipfel des Süßen, der Beweis seiner Göttlichkeit, das höchste Moment seiner Existenz. Zwetschgenschnaps war ein Sirup, der zu Kopf stieg – etwas Besseres gab es nicht. Nishio-san ließ sich nicht oft erweichen, mir Umeshû zu geben.

»Das ist nichts für Kinder.«

»Warum?«

»Das macht beschwipst. Das ist nur für Erwachsene.«

Merkwürdige Erwägung. Ich kannte es und liebte es. Warum sollte man es den Erwachsenen vorbehalten?

Die Verbote waren nie allzu schlimm: Man mußte sie nur umgehen. Ich begann meine Leidenschaft für den Schnaps mit derselben Heimlichkeit auszuleben wie meine Leidenschaft für Süßes.

Meine Eltern hatten das Mondäne zum Beruf. Unser Haus war die Bühne unzähliger Cocktails. Meine Anwesenheit war dabei nicht erforderlich. Aber ich hatte das Recht, vorbeizuschauen, wenn ich Lust dazu hatte. Die Leute waren entzückt und ließen mich in Ruhe. Wenn diese Formalien erledigt waren, ging ich zur Bar. Niemandem fiel es auf, wenn ich Champagnerflöten mopste, die irgendwo halbleer herumstanden. Der goldene Wein mit den Bläschen wurde auf Anhieb mein bester Freund: diese prickelnden Schlucke, der Geschmack ein Fest für die Papillen, und wie er so schnell und leicht zu Kopf stieg – das war das Ideal. Das Leben war gut eingerichtet: Die Gäste gingen, der Champagner blieb. Und ich leerte die Gläser.

A young man of acumen and daring,
Who'd amassed a great fortune in herring,
Was left quite alone,
When it soon became known
That their use at his board was unsparing.

Wunderbar beschwipst, ging ich in den Garten, um mich im Kreis zu drehen. Ich drehte mich weniger als der Himmel. Die Drehung der Welt war so sicht- und so spürbar, daß ich vor Begeisterung schrie.

Ohne meinen kindlichen Alkoholismus glorifizieren zu wollen, möchte ich darauf hinweisen, daß er für mich nie ein Problem darstellte. Meine Kindheit paßte sehr gut zu meinen Leidenschaften. Ich war keine schwache Natur, und mein schmächtiger Körper gewöhnte sich rasch an meinen Überhunger.

*

In Peking an Naschwerk heranzukommen war ungleich schwieriger als in Japan. Man mußte das Fahrrad nehmen, den Soldaten beweisen, daß man mit sechs Jahren keine wesentliche Bedrohung für die chinesische Bevölkerung darstellte, und zum Markt fahren, wo man deliziöses Zuckerwerk und abgelaufene Karamelbonbons kaufen konnte. Nur was tun, wenn das magere Taschengeld aufgebraucht war?

Dann mußte man die Garagen des Ghettos plündern. Dort bunkerten die Erwachsenen der Ausländergemeinde ihre Vorräte. Diese Ali-Baba-Höhlen waren zwar mit Vorhängeschlössern gesichert, aber nichts ist einfacher aufzufeilen als Vorhängeschlösser kommunistischer Qualität.

Ich war nicht rassistisch und klaute in allen Garagen, auch in der meiner Eltern, die nicht die schlechteste war. Einmal fand ich dort eine belgische Leckerei, die ich noch nicht kannte: Spekulatius.

Ich mußte sogleich eines kosten und tat einen Schrei: Dies Knuspern, diese Gewürze, das war zum Heulen, ein viel zu bedeutsames Ereignis, um es in einer Garage zu zele-

At whist drives and strawberry teas
Fan would giggle and show off her knees
But when she was alone
She'd drink eau de cologne
And weep from a sense of unease.

brieren. Was aber war der beste Ort, um diesen Fund zu feiern? Mir fiel etwas ein.

In großen Sprüngen erreichte ich unser Haus, rannte die vier Stockwerke hinauf, stürzte ins Badezimmer und stieß die Tür hinter mir zu. Dann setzte ich mich vor den riesigen Spiegel, holte meine Beute unter dem Pullover hervor und begann zu essen, während ich gleichzeitig mein Spiegelbild betrachtete: Ich wollte mich im Zustand der Lust sehen. Was sich auf meinem Gesicht ausdrückte, war der Geschmack der Spekulatius.

Es war ein großartiges Schauspiel. Durch bloße Selbstbetrachtung konnte ich die Geschmacksnoten aufschlüsseln: süß natürlich, sonst hätte ich nicht so glücklich dreingesehen; nach dem charakteristischen Spiel der Grübchen zu schließen, mußte es sich um Rohzucker handeln. Die vom Genuß gekrauste Nase verriet viel Zimt. Die glänzenden Augen kündeten von den Nuancen anderer, ebenso unbekannter wie verführerischer Gewürze. Und wie konnte ich angesichts meiner vor Verzückung geschürzten Lippen am Vorhandensein von Honig zweifeln?

Zu meiner größeren Bequemlichkeit setzte ich mich auf den Waschbeckenrand und stopfte weiter Spekulatius in mich hinein, während ich mich mit den Augen verschlang. Das Bild meiner Wollust steigerte meine Wollust.

Ohne es zu wissen, machte ich es wie diese Leute, die in die Bordelle Singapurs gehen, um sich in den verspiegelten Decken selbst zuzusehen, vom Anblick des eigenen Liebesspiels entflammt.

Meine Mutter kam ins Badezimmer und mir damit auf die Schliche. Ich war so vertieft in meine Betrachtung, daß ich sie gar nicht sah und meine Übung des doppelten Verschlingens fortsetzte.

Ihr erste Reaktion war Zorn: »Sie stiehlt! Süßigkeiten! Noch dazu erste Wahl, einen wahren Schatz, unser einziges Päckchen Spekulatius, die man in Peking bestimmt nicht bekommt!«

Dann Verblüffung: »Warum sieht sie mich nicht? Warum schaut sie sich beim Essen zu?«

Schließlich begriff sie und mußte lächeln: »Sie genießt und will das sehen!«

Und bewies, was für eine großartige Mutter sie war: Sie ging auf Zehenspitzen hinaus und zog die Tür hinter sich zu. Sie ließ mich mit meiner Lust allein. Ich hätte von ihrem Eindringen nie etwas erfahren, wenn ich nicht gehört hätte, wie sie die Geschichte einer Freundin erzählte.

A young lady who lived by the Usk
Subsisted each day on a rusk;
She ate the first bite
Before it was light,
And the last crumb sometime after dusk.

Anton Čechov

Austern

Ich brauche mein Gedächtnis nicht sonderlich anzuspannen, um mich in allen Einzelheiten an die verregnete Herbstdämmerung zu erinnern, da ich mit Vater auf einer der belebten Moskauer Straßen stehe und spüre, wie mich schrittweise eine sonderbare Krankheit befällt. Ich habe keinerlei Schmerzen, aber mir knicken die Beine ein, die Worte bleiben mir quer in der Kehle stecken, der Kopf neigt sich kraftlos zur Seite… Offenbar muß ich gleich fallen und das Bewußtsein verlieren.

Wäre ich in diesen Augenblicken in ein Krankenhaus geraten, die Ärzte hätten auf meiner Tafel festhalten müssen: fames – eine Krankheit, die in medizinischen Lehrbüchern nicht vorkommt.

Neben mir auf dem Gehsteig steht mein leiblicher Vater in einem zerschlissenen Sommermantel und mit einem Trikotmützchen, aus dem ein weißes Stückchen Wattefüllung ragt. An seinen Füßen große, schwere Galoschen. Der eitle Mensch, weil er befürchtet, die Leute könnten sehen, daß er die Galoschen am bloßen Fuß trägt, hat sich um die Schenkel alte Stiefelschäfte gebunden.

Dieser arme, törichte Kauz, den ich umso lieber habe, je zerschlissener und schmutziger sein geckenhafter Sommermantel wird, ist vor fünf Monaten in die Hauptstadt gekommen, um eine Stelle als Schreiber zu finden. Alle die fünf Monate ist er durch diese Stadt gezogen, hat um Arbeit gebeten und sich erst heute entschlossen, auf die Straße zu gehen und um Almosen zu betteln.

Uns gegenüber ein hohes dreistöckiges Haus mit einem dunkelblauen Schild: »Gaststätte«. Mein Kopf ist schwach zurückgeneigt, zur Seite, und unwillkürlich blicke ich nach oben, zu den erleuchteten Fenstern der Gaststätte. In den Fenstern huschen menschliche Gestalten vorüber. Zu sehen sind die rechte Hälfte eines Orchestrions, zwei Öldrucke, Hängelampen … Auf eines der Fenster starrend, erkenne ich einen weißen Fleck. Dieser Fleck ist unbeweglich und hebt sich mit seinen geradlinigen Konturen scharf von dem dunkelbraunen Hintergrund ab. Ich sehe genauer hin und erkenne in dem Flecken ein weißes Schild. Auf ihm steht etwas geschrieben, aber was genau – ist nicht zu sehen …

Eine halbe Stunde lang kann ich den Blick nicht von dem Schild losreißen. Es zieht mit seinem Weiß die Augen an und hypnotisiert gleichsam mein Hirn. Ich bemühe mich, es zu lesen – aber all meine Bemühungen sind vergebens.

Schließlich tritt die sonderbare Krankheit in ihre Rechte.

Der Lärm der Equipagen erscheint mir allmählich wie Donner, im Straßengestank unterscheide ich Tausende von Gerüchen, meine Augen sehen in den Gaststättenlampen und Straßenlaternen blendende Blitze. Meine fünf Sinne sind angespannt und über die Maßen empfänglich. Ich beginne zu sehen, was ich früher nie gesehen habe.

»Austern …«, entziffere ich auf dem Schild.

Sonderbares Wort! Nun habe ich genau acht Jahre und drei Monate auf Erden gelebt, aber dieses Wort noch kein einziges Mal gehört. Was bedeutet es? Ist es nicht der Name des Gaststättenbesitzers? Aber Namensschilder hängt man an der Tür auf, nicht an der Wand!

»Papa, was bedeutet Austern?«, frage ich mit heiserer Stimme, bemüht, Vater das Gesicht zuzuwenden.

Mein Vater hört nicht. Er starrt auf die Bewegungen der Menge und begleitet jeden Passanten mit den Augen... An seinen Augen sehe ich, daß er zu einem der Passanten etwas sagen will, doch das schicksalhafte Wort hängt schwer wie ein Gewicht an seinen zitternden Lippen und kann sich nicht losreißen. Einem Passanten ist er sogar nachgegangen und hat ihn am Ärmel berührt, doch als der sich umdrehte, sagte er »Entschuldigung«, wurde verlegen und trippelte zurück.

»Papa, was bedeutet Austern?«, wiederhole ich.

»Das ist ein Tier... Lebt im Meer...«

Im Nu stelle ich mir dieses unbekannte Meerestier vor. Es muß ein Mittelding sein zwischen Fisch und Krebs. Und wenn es im Meer lebt, kocht man daraus natürlich eine sehr schmackhafte heiße Fischsuppe mit duftendem Pfeffer und Lorbeerblatt, eine gesäuerte Soljanka mit Knorpel, Krebssuppe mit Meerrettich... Und lebhaft stelle ich mir vor, wie man dieses Tier vom Markt bringt, es schnell putzt, schnell in den Topf steckt... schnell, schnell, denn alle haben Hunger... schrecklichen Hunger! Aus der Küche dringt der Geruch von gebratenem Fisch und Krebssuppe.

Ich spüre, wie dieser Geruch meinen Gaumen, meine Nasenflügel kitzelt, wie er schrittweise meinen ganzen Körper befällt... Gaststätte, Vater, das weiße Schild, meine Ärmel, alles riecht nach diesem Geruch, riecht dermaßen stark, daß ich zu kauen beginne. Ich kaue und schlucke, als liege in meinem Mund tatsächlich ein Stück dieses Meerestiers...

Mir knicken die Beine ein von dem Genuß, den ich verspüre, und um nicht zu fallen, fasse ich Vater am Ärmel und berge das Gesicht in seinem nassen Sommermantel. Vater zittert und krümmt sich. Ihm ist kalt…

»Papa, ißt man Austern nur zur Fastenzeit, oder ißt man sie immer?« frage ich.

»Man ißt sie lebendig…«, sagt Vater. »Sie sind in Schalen, wie die Schildkröten, nur… haben sie zwei.«

Der schmackhafte Geruch hört augenblicklich auf, meinen Körper zu kitzeln, die Illusion verfliegt… Jetzt begreife ich alles!

»Wie eklig«, flüstere ich, »wie eklig!«

Das also bedeutet Austern! Ich stelle mir ein Tier vor, ähnlich einem Frosch. Der Frosch sitzt in seiner Schale, blickt von dort mit großen Glitzeraugen hervor und läßt seine schaurigen Kiefer spielen. Ich stelle mir vor, wie man dieses Schalentier vom Markt bringt, mit seinen Scheren, Glitzeraugen und der schlüpfrigen Haut… Alle Kinder verstecken sich, und die Köchin, angewidert die Stirn gerunzelt, nimmt das Tier bei den Scheren, legt es auf einen Teller und bringt es ins Esszimmer. Die Erwachsenen nehmen und essen es… essen es lebendig, mit den Augen, mit den Zähnen, mit den Pfötchen! Und es selber fiept und versucht, sie in die Lippe zu beißen…

Ich runzle die Stirn, aber… aber warum beginnen meine Zähne zu kauen? Das Tier ist schaurig, eklig, macht Angst, aber ich esse es, esse gierig, um seinen Geschmack und Geruch nicht wahrzunehmen. Ein Tier ist gegessen, doch schon sehe ich die Glitzeraugen eines zweiten, eines dritten… Ich esse auch sie… Am Ende esse ich die Serviette, den Teller, Vaters Galoschen, das weiße Schild an der Wand… Ich esse alles, was mir unter die Augen gerät, weil ich spüre, daß meine Krankheit nur durch Essen geheilt werden kann. Die Austern blicken mich mit Augen an, schrecklich und eklig, ich zittere beim Gedanken an sie, aber ich habe Hunger! Hunger!

»Gebt mir Austern! gebt mir Austern!« entreißt sich meiner Brust ein Schrei, und ich strecke die Arme vor.

»Helfen Sie, Herrschaften!« höre ich im gleichen Augenblick die dumpfe, erstickte Stimme meines Vaters. »Ich schäme mich zu betteln, aber – mein Gott!« ich kann nicht mehr!

»Gebt mir Austern!« schreie ich, meinen Vater am Mantelschoß zerrend.

»Du ißt schon Austern, Kleiner?« höre ich neben mir lachen.

Vor uns stehen zwei Herren in Zylindern und blicken mir lachend ins Gesicht.

– Du kleines Früchtchen ißt schon Austern? Wirklich? Spannend! Und wie ißt du sie?

Ich erinnere mich, eine starke Hand zieht mich in die erleuchtete Gaststätte. Einen Augenblick später sammelt sich ringsum eine Menge und blickt mich neugierig und lachend an. Ich sitze am Tisch und esse etwas Schlüpfriges, Salziges, das feucht und nach Schimmel riecht. Ich esse gierig, ohne zu kauen, und ohne zu sehen, was ich esse. Mir scheint, wenn ich die Augen öffne, sehe ich unweigerlich Glitzeraugen, Scheren und scharfe Zähne...

Plötzlich beiße ich auf etwas Hartes. Man hört es knirschen.

»Haha! Er ißt auch die Schalen!« lacht die Menge. »Dummchen, die kann man doch nicht essen!«

Danach erinnere ich mich an schrecklichen Durst. Ich liege auf dem Bett und kann nicht einschlafen, von dem

Ausgebranntsein und dem Geschmack, den ich in meinem brennenden Mund verspüre. Mein Vater geht im Zimmer auf und ab und fuchtelt mit den Armen.

»Ich muß mich erkältet haben«, murmelt er. »Ich habe so ein Gefühl im Kopf… Als säße da jemand drin… Vielleicht ja auch, weil ich… wie soll ich sagen… heute nicht gegessen habe… Ich bin wirklich ein Kauz, ein dummer… Sehe, diese Herren zahlen für Austern zehn Rubel, weshalb hätte ich nicht hingehen sollen und sie um etwas bitten! Sie hätten mir sicher was gegeben.«

Gegen Morgen schlafe ich ein und sehe im Traum einen Frosch mit Scheren, der in seiner Schale sitzt und seine Augen spielen läßt. Gegen Mittag wache ich vor Durst auf und suche mit den Augen nach Vater: Er geht noch immer auf und ab und fuchtelt mit den Armen.

Leon de Winter

Hoffmans Hunger

Freddy Mancini hatte beim Ungarn vier Steaks verdrückt, aber er hatte Hunger, als er über den Flur zu seinem Hotelzimmer trottete. Es war warm in Europa. Freddys gewaltiger Bauch hing schwer unter seiner schwitzenden Brust, die maßgefertigten Jeans spannten über seinem fetten Hintern. Seine Frau Bobby ging leichtfüßig neben ihm her. Sie machte ihm Vorwürfe, daß er heute abend seine Diät verhunzt habe.

»Verhunzt hast du sie, Freddy! Lernst du's denn nie? Die letzten Tage hast du dich so schön dran gehalten – und nun? Du lernst es wirklich nie.«

In seinem Magen fühlte Freddy ein brennendes Schamgefühl, aber auch der Hunger bohrte weiter – Hunger nach Erfüllung und immerwährender Befriedigung. Er hatte mal gelesen, daß ein besonderer Magennerv das Hungergebiet im Gehirn kitzelte. So erklären es sich die Rationalisten und Optimisten.

Die Diätassistentin zu Hause in San Diego hatte ihm vor ein paar Monaten etwas anderes gesagt.

»Wie lange kommst du jetzt schon zu mir, Freddy? Drei Jahre?«

»Dreieinhalb. Beinahe vier.«

»Was, schon so lange?«

»Was wolltest du sagen, Sandy?«

»Jedes Pfündchen geht durchs Mündchen, das kennst du ja, aber bei den meisten ist es auch etwas im Gehirn, was sie dick macht. Nur bei dir, Freddy, bei dir sitzt es ausschließlich im Gehirn. Bei dir ist Hunger ein mentales Problem.«

Das hatte damals wie eine Zauberformel geklungen, und er hatte einfältig dazu genickt. Dann hatte er sich hinter das Steuer seines Chrysler New Yorker gezwängt und sich auf dem Weg zu seinem Büro, von dem aus er seine zwölf Waschsalons regierte, gefragt, was eigentlich den Hunger in seinem Kopf verursachte. Die Klimaanlage hatte kühle Luft an seine verschwitzten Wangen geblasen. Er war erfolgreich und liebte Bobby; sie hatten drei wohlgeratene Kinder großgezogen, die gut verheiratet waren und ihrerseits Familien gegründet hatten; sie wohnten in einem schönen Haus mit Schwimmbad, fuhren einen Chrysler, einen Dodge und einen Jeep Cherokee; er war ein guter Amerikaner, zahlte Steuern und wählte die Republikaner, aber er hatte diesen Makel: Er wog dreihundertfünfzig amerikanische Pfund. Alles, was er aß, schlug direkt an. Und nun, in seinem Chrysler, den Blick starr auf die Straße gerichtet, die unter der glühenden kalifornischen Sonne vibrierte, die Worte seiner Diätassistentin noch im Ohr, war ihm plötzlich klargeworden, daß er unglücklich war. Dieser Gedanke machte ihn ganz wirr. Er fuhr auf den Parkplatz eines Supermarktes und starrte dort minutenlang vor sich hin. »Ich bin nicht glücklich«, murmelte er entsetzt. Er hatte alles und war nicht glücklich. Sofort meldete sich sein Schuldbewußtsein: Wie konnte er nicht glücklich sein. Bobby! Es würde ihr einen Schlag versetzen, wenn er ihr beim Nachhausekommen erzählte, daß irgend etwas fehlte. Er liebte sie nicht mehr. Nein, Unsinn, natürlich liebte er sie noch, genauso wie die

Kinder, die Waschsalons, die Autos, das Haus und die zwei Katzen, aber irgend etwas fehlte. Du lieber Himmel, was war das nur?

Es war ihm vorher nie aufgefallen, daß die Dinge so kompliziert waren. Er wußte nicht, was ihm fehlte. Und das war der Grund für seinen Hunger, schloß er mit deprimierender Klarheit. Unwillkürlich tastete seine Hand nach dem Zündschlüssel, aber er fuhr nicht los. Durch die Schaufenster des Supermarktes schimmerten Regale mit Lebensmitteln. Er hatte einen beißenden Hunger. Er kämpfte sich aus dem Auto und ging in den Laden. Dort kaufte er einen ganzen Arm voller Tüten, Beutel, Riegel. Im Auto schlang er alles hinunter. Auf dem Beifahrersitz türmte sich das Verpackungsmaterial.

Freddy Mancini begriff an diesem Tag, daß von nun an alles anders sein würde. Äußerlich war ihm nichts anzumerken, aber in seinem Kopf hatte eine Umwälzung stattgefunden, eine Revolution wie in Kuba, und er würde bis an sein Lebensende in einsamer Stille das Gefühl haben, er sei eine unglückliche und tragische Figur, die alles besaß und doch zu kurz gekommen war. Er hatte im kühlen Auto angefangen zu zittern, sein Gesicht in eine offene Tüte gedrückt und Tränen auf die salzigen Chips fallen lassen.

Bobby öffnete die Zimmertür im Hotel International in Prag. Freddy folgte ihr. Die Mauern strahlten noch die Hitze des Tages aus. Vier Schwangerschaften hatten Bobbys Körper nichts anhaben können. Sie hatte die Figur einer Achtzehnjährigen. Ihre Haut war natürlich älter geworden, aber wenn sie am Strand entlangging, warfen die Knaben noch immer lüsterne Blicke auf ihren Busen und ihren Hintern. Sie schwor ihm, daß er die vier Steaks morgen zu büßen hätte.

»Und außerdem war das Zeug kaum zu fressen!« rief sie verzweifelt, »das sollen Steaks gewesen sein? Lederlappen, die wir nicht mal einem Hund vorsetzen würden! Und du stürzt dich mit einer Gier drauf, als hättest du jahrelang vor lauter Armut Fleisch nur im Schaufenster gesehen! Herrgott, Freddy, du mußt abnehmen, Sandy und Doktor Friedman haben dir doch gesagt, daß du bis zum nächsten Wochenende zwei Kilo runter haben mußt. Lächerliche zwei Kilo! Und was tust du? Du nimmst zwei Kilo zu! Wenn du morgen wagst, überhaupt etwas zu essen, dann schlag ich es dir persönlich aus dem Mund. Zu deinem eigenen Besten.«

»Ich hatte Hunger«, sagte er. »Weil ich das Mittagessen übersprungen habe.«

»Menschenskind! Jetzt gehst du schon hundert Jahre zu Sandy und hältst dich noch immer nicht an die Regeln! Wie oft muß ich es dir noch sagen? Tausendmal? Hunderttausendmal? Du sollst ja zu Mittag essen, aber was Leichtes. Und abends ganz normal. Ohne dich derart vollzustopfen. Willst du vielleicht mit neunundvierzig sterben?«

Ja, antwortete er still für sich.

Sie ging ins Bad, und Freddy ließ sich in einen Stuhl sacken. Das Holz ächzte, als er seinen Hintern zwischen die Armlehnen quetschte. Die Kacheln im Bad gaben Bobbys Stimme einen metallischen Klang. Er hörte nicht zu.

Sie hatte ihn auf diese Reise mitgeschleppt, vier Wochen, die ihn ein Vermögen kosteten. Sandy und Doktor Friedman hatte ihm dazu geraten, sie meinten, er würde wahrscheinlich leichter abnehmen, wenn er seine festen Gewohnheiten durchbrach, und Bobby hatte für sie beide diese Gruppenreise gebucht.

Er wußte nicht mehr, in wie vielen Hotels sie schon übernachtet hatten. Heute früh waren sie mit einem klima-

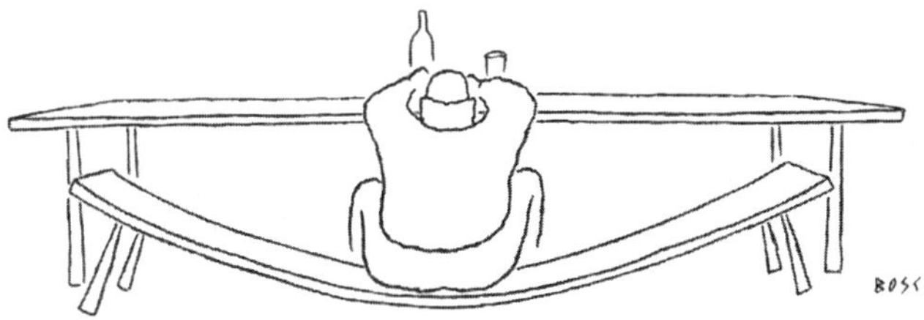

tisierten Bus mit Bar und WC aus Wien abgefahren, fünf Stunden hatte die Fahrt gedauert. Eine Stunde hatten sie an der Grenze gewartet, während der Bus von ein paar finsteren Männern mit Maschinengewehren gefilzt wurde. In Prag waren sie zunächst im Hotel International abgestiegen und hatten dann eine Stadtrundfahrt gemacht, über die Burg mit ihren Kirchen und Palästen, wo die Regierung ihren Sitz hat, und dann an einem Fluß mit allen möglichen Gebäuden entlang, die er schon wieder vergessen hatte.

Ihr Hotel war ein pompöser Kasten in einem Stil, den man laut Auskunft des österreichischen Reiseführers im Westen den »stalinistischen Zuckerbäckerstil« nannte. Die Eingangshalle war riesig, mit breiten Pfeilern und einer ausladenden Rezeption. Auf dem Marmorfußboden lagen abgetretene Teppiche, die Sitzecken bestanden aus klobigen Möbeln, überall hing dieser penetrante Geruch nach verkochtem Kohl, und obwohl das Gebäude mit seinen breiten Fluren einen anderen Eindruck machte, waren die Zimmer erdrückend klein. Es war eben kein Hilton, nicht einmal ein

Ramada Inn oder ein Howard Johnson. Ihr Bus war bequemer.

Im Bett neben ihm atmete Bobby gleichmäßig und ruhig. Der Hunger stach wie ein Bajonett in seinen Magen und schnitt ihm in Herz und Kehle. Der Schlaf konnte ihn davon nicht erlösen. Er hörte, wie die Luft durch seine Nasenlöcher pfiff. Seine fette Brust keuchte auf und ab. Er veränderte seine Lage und richtete sich mühsam auf, zog alle Fettringe und Wülste mit sich hoch. Die Matratze ächzte, als er sich erschöpft und nach Luft ringend wieder fallen ließ. Das Laken klebte an seiner Haut.

Bobby ließ sich nachts von seinem Geschnaufe schon lange nicht mehr aus ihren Träumen reißen. Nach harten Jahren der Gewöhnung an all seine Geräusche war es allein der Wecker von Bell & Howell, der sie mit seinem Gerassel aus dem fernen Land zurückholen konnte, in das sie entschwand, sobald sie das Leselämpchen ausgeknipst hatte. Das Ding hatten sie aus San Diego mitgeschleppt, ohne daran zu denken, daß die hochnäsigen Europäer zwar schon seit Jahren ihr vereinigtes Europa hätschelten, aber noch nicht imstande gewesen waren, einen einheitlichen Stecker und eine einheitliche Voltzahl einzuführen.

Freddy versuchte sich zu erinnern, vor wieviel Jahren sie zum letzten Mal miteinander geschlafen hatten. Nach der Fehlgeburt war es eigentlich schon vorbei gewesen, und als Bobby mit ihrem letzten Kind schwanger war, hatte sie den Hahn endgültig zugedreht. Damals ging Freddy in die Breite. Er begriff, daß ein Zusammenhang bestand zwischen dem völligen Mangel an Sex und seinem Umfang, aber man konnte natürlich nicht einfach davon ausgehen, daß er sein Normalgewicht zurückbekam, wenn er wieder wöchentlich mit Bobby schlief. Abgesehen davon, daß er physisch dazu gar nicht mehr imstande war, wie er selbst merkte.

Magensäure stieg ihm in den Hals, er schluckte. Sie hatten in einem ungarischen Restaurant zu Abend gegessen, in der Nähe vom Vaclavské Namesti, dem Platz in der Stadtmitte. Fast jeder hatte den grauen Lappen, der auf der Speisekarte als »first class sirloin steak with gypsy sauce« umschrieben wurde, liegengelassen, nur Freddy hatte gleich drei weitere von seinen Nachbarn mitgegessen. Manche hatten sich gegen die Qualitäten der kommunistischen Küche gewappnet und zauberten Hershey-Schokoriegel und Mars-Familienpackungen aus ihren Nylon-Hüfttaschen, ein Autohändler aus Wisconsin, ein gewisser Browning, schwor sogar, im Hotel bekäme man Hamburger mit Ketchup.

Mühsam stieg er aus dem Bett. Bobby atmete friedlich. Sie streifte durch Länder, die er nie betreten würde. Nach dieser Reise würde er für immer in Amerika bleiben. Natürlich fand er es interessant, all die alten Städte und die Geschichte und Tradition und so, aber er fühlte sich hier verloren. Die Tschechoslowakei war ein Entwicklungsland.

So leise wie möglich zog er sich an. In der Stille des Hotels hörte er seinen eigenen keuchenden Atem. Auf jede Bewegung folgte ein schwerer Atemstoß, als hätte er eine Dampfmaschine in der Lunge. Er verließ das Zimmer.

Am Gangende saß ein alter Mann unter einer trüben Funzel und las. Er schaute auf, als er Freddy hörte. Freddy sah den Unglauben in seinen Augen und ging schweigend zum Lift. Irgend jemand aus der Reisegruppe hatte erklärt, daß alle Etagen rund um die Uhr bewacht würden, weniger, um die Gäste vor ungebetenem Besuch zu schützen, als um die eigenen Leute fernzuhalten. Ohne Spezialausweis kam man hier als Tscheche nicht über die Schwelle. Die Hotelhalle war leer. Freddy schleppte sich über den abgetretenen Teppich zur Rezeption. Er sah in der Nähe der Drehtüren zwei Männer in Sesseln herumlungern. Sicherheitskräfte, hatte der Reiseführer gewispert. Er fühlte, wie sich ihre Blicke in seinen Körper bohrten. Nicht ein einziges Kleidungsstück bot ihm Schutz. Er war immer nackt.

An der Rezeption war niemand zu sehen. Es gab auch keine Klingel, um sich bemerkbar zu machen. Er hielt sich am schwarzen Marmortresen fest und wartete. In amerikanischen Hotels hörte man immer Musik, er hatte sich oft gefragt, warum. Jetzt begriff er, wie schwer die Einsamkeit in einem totenstillen Gebäude auszuhalten war. Von fern drangen aus dem Inneren des Hotels ein paar matte Geräusche. Aber sonst kein Straßenlärm, kein Türquietschen, das sein verzweifeltes Schnaufen übertönt hätte.

Zu Hause in San Diego hatte er seine Bewegungen und Unternehmungen auf das Notwendigste beschränkt. Er mußte abnehmen, weil er sonst keine fünf Jahre mehr zu leben hatte, aber der Hunger war eine Qual, saß wie ein toller Hund in seinem Magen und fraß wild um sich. Er war unglücklich, und dieses Gefühl, das wußte er nun, zeichnete sich aus durch das Fehlen von Hoffnung. Sein unstillbares Verlangen nach dem Zustand vollkommener Sättigung trug einen Flor untröstlicher Trauer.

Er wurde ungeduldig. Rief etwas. Erschrak vor den schrillen Tönen, die aus seinem Mund in die Halle drangen. Er hörte, wie die Männer sich hinter ihm aufrichteten. Und in der Türöffnung hinter dem Tresen erschien ein Mann in seinem Alter, so um die fünfzig, in zerknittertem Anzug und mit ganz kleinen Augen. Er hatte ein Nickerchen gemacht.

»Sie wünschen?« fragte er ohne eine Spur von Freundlichkeit. Er musterte Freddy von oben bis unten.

»Meine Frau hat Hunger, ich wollte wissen, ob sie noch etwas zu essen bekommen kann.«

»Alles ist zu«, sagte der Mann sofort und drehte sich entschlossen wieder um.

»Gibt's hier denn kein Sandwich oder so was? Kaltes Huhn? Oder einen Hamburger? Meine Frau ist schwanger, sie hat Hunger. Ich habe gehört, es gibt hier Hamburger.«

Der Mann blieb stehen und sah ihn an.

»Das Restaurant schließt um neune.«

»Und danach?«

»Danach gibt's nichts mehr.«

»Und wenn hier nachts Reisegruppen ankommen? Die müssen doch auch etwas essen?«

»Die kommen nicht nachts an.«

»Könnte aber vorkommen.«

»Kommt nicht vor.«

»Nein?«

»Nein«, sagte der Mann. Seine Stimme klang gereizt.

»Sie muß aber was essen, sonst wird sie krank.«

Der Mann seufzte und schaute kurz zu den zwei Männern an der Tür.

»Es gäbe da vielleicht eine Lösung, aber einfach ist das nicht.«

Freddy nickte. Er zwängte eine Hand in die Hosentasche, zog einen Fünfdollarschein heraus und legte ihn auf den Tresen. Mit der Geschwindigkeit des erfahrenen Empfangschefs legte der Mann eine Hand auf den Schein.

»Restaurant Slavia«, sagte er. Er schob den Schein zu sich heran und schloß die Faust darum. »Ein Seitensträßchen von der Francouzska. Ladovagasse Nummer dreiundsechzig. Dreimal klingeln. Privatrestaurant. Ganze Nacht geöffnet.«

»Wie kommen wir da hin?« fragte Freddy flehentlich.

»Das ist Ihre Sache«, sagte der Mann.

Er verschwand hinter der Tür.

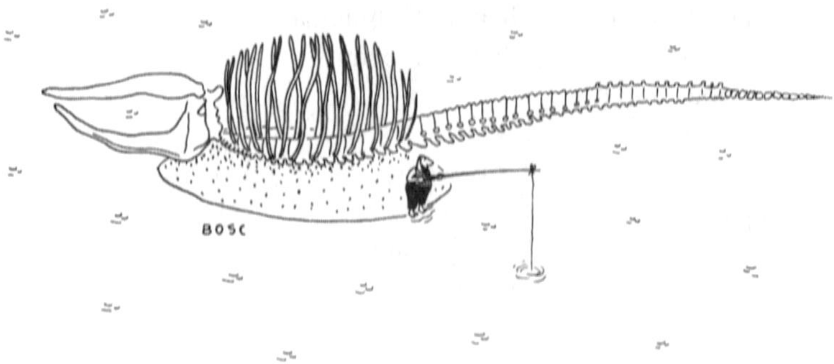

Carla Woter

Ein Mittagessen mit Leon de Winter

»Freddy Mancini hatte beim Ungarn vier Steaks verdrückt, aber er hatte Hunger.« So beginnt eines der schönsten und kompliziertesten Bücher von Leon de Winter: *Hoffmans Hunger*. Schon der Titel macht Appetit. Doch zwischen Spinoza und Pfannkuchen liegen Abgründe.

Es ist ein Uhr mittags. Leon de Winter betritt das Restaurant. Er wird begrüßt wie ein guter Freund des Hauses. Kellner und Restaurantchef geben ihm die Hand. Die Herren plaudern. Er legt seinen Mantel ab, nimmt Platz, nicht in seiner vertrauten Ecke, aber das beunruhigt ihn nicht weiter. De Winter trägt einen tadellosen dunkelblauen Anzug, weißes Hemd, edle Manschettenknöpfe. Ein Besuch im Restaurant ist für ihn wie der Besuch eines Theaters, wird er später erzählen. »Die Menschen kleiden sich besonders schön. Jeder spielt eine Rolle. Es gibt viele kleine Auftritte. Wie man ein Restaurant betritt beispielsweise, das ist sehr wichtig. Ich liebe das Theatralische.« Außerdem beobachtet er gern, wie Frauen sich durch den Raum bewegen: Was tragen sie, wie gehen sie, wie sitzen ihre Haare. De Winter – ein Genießer. Schlechte Plätze für das sinnenfreudige Vergnügen gibt es in diesem Restaurant nicht: Der Raum ist völlig verspiegelt.

Leon de Winter schreibt über das Leben, die Liebe, über große und kleine Tragödien. Über Verlust, Angst, Tod und die Macht des Hungers: Hunger nach Leben, nach Erfüllung. Er ist nie moralisch, nichts Menschliches ist ihm fremd. »Wenn ich ein Pferd wäre, würde ich über Pferde schreiben«, sagt der Agnostiker jüdischer Herkunft über seine Bücher, die immer jüdisch geprägt sind.

Leon de Winter sieht ein wenig müde aus. Hunger hat er heute – keinen. »Ich mache eine Diät. Eigentlich mache ich immer eine Diät.« Toll. »Eine Art Atkins, denn Fett ist mein Freund. Und ich trinke keinen Alkohol, das tut mir gut.« Das kann ja heiter werden.

Wird es auch, denn de Winter ist ein wunderbarer Plauderer, er spricht in üppigen Bildern über das Essen, über seine Kindheit in einer jüdischen Familie in einer niederländischen Kleinstadt. Über die Rituale, die sie zusammenhielt. »Sonntagmittag sind wir ins Restaurant gegangen, ins Hotel Noord-Brabant. Das war sehr vornehm, mit einem wunderschönen Speisesaal. Ich kann mich nicht erinnern, daß wir je einen Spaziergang gemacht haben. Als Kind wußte ich gar nicht, wie es im Wald aussieht, weil wir ja immer im Restaurant waren. Ich habe bis heute keine Beziehung zur Natur.« Die Speiserituale wurden Zeremonie.

Der Schriftsteller schwärmt: »Jeden Abend waren wir zusammen, aber Freitag war immer unser großer Festtag. Keine Gebete, keine Kerzen, trotzdem alles sehr traditionell. Das bedeutete: eine große, weiß gedeckte Tafel und essen, bis es schmerzte.« Ein Glaubensbekenntnis zum jüdischen Leben, das nicht unbedingt mit Religion zu tun hat.

Sie waren vier Geschwister, damals in de Winters Kindheit in ’s-Hertogenbosch. Seine Mutter war klein und rund. Besonders liebte de Winter ihre alten jiddischen Gerichte, wie Kugel, eine süßscharfe Mehltorte mit Ingwer. »In guten New Yorker Delis habe ich die Torte wiedergefunden. Sie schmeckt, aber nicht wie bei meiner Mutter«, sagt der Schriftsteller, der zwei Jahre lang mit seiner Familie – seiner Frau und seinen bei-

den Kindern – in Amerika gelebt hat und sich seitdem oft vor Sehnsucht nach dem Land verzehrt.

Leon de Winter kommt aus einer armen Familie. Sein Großvater war Lumpensammler, sein Vater auch, später verdingte er sich als Markthändler. Die Leute kauften bei seinem Vater, weil er so schön erzählen konnte, hat man de Winter später berichtet. Seine Eltern haben den Holocaust überlebt, katholische Priester haben sie versteckt. Sie waren die Einzigen ihrer Familie, die überlebten. Doch die Familie hat keinen Haß auf die Deutschen, eher auf holländische Verräter. Als Kind haben sie die

Sommerferien sogar an der Mosel verbracht. De Winter liebt Deutsch, aber er formuliert es viel schöner: »Die deutsche Sprache habe ich gern in meinem Mund.«

Es gab keine Bücher in Leon de Winters Elternhaus. »Ich hatte einen Schock, als ich dann Kafka las. Das war meine Welt, ich wußte es nur nicht.« Die Eltern hatten nur die Grundschule besucht. »Ich las, schrieb Geschichten, für mich allein. Das war für meine Eltern ein Wunder. Vielleicht würde ich ja Professor oder Anwalt werden, haben sie gehofft, auf jeden Fall etwas Höheres.«

Als er elf war, starb sein Vater und Leon begann zu schreiben. Über die Trauer und die Angst. »Ich hatte einfach das Gefühl, daß ich das beschreiben sollte. Und dann habe

ich mich ans Schreiben gewöhnt. Es war mir sehr natürlich. Mit 14 dachte ich: Vielleicht könnte ich Schriftsteller werden.« Daß man von Büchern leben kann – und will –, kam der Familie sehr exotisch vor. Mit 24 veröffentlichte er einen ersten Roman. Inzwischen sind es neun, übersetzt in ein Dutzend Sprachen.

Auf dem Tisch warten viele leere Gläser, es gibt jede Menge Besteck, ein kleines Gefäß mit Meersalz und ein anderes mit Senf. Wasser und kein Brot. Das strenge Szenario scheint de Winter zu inspirieren, der Mann ist kaum zu bremsen. Wenn er erzählt, erzählt er. Das scheint man im Restaurant zu wissen. Niemand fragt nach der Bestellung. Es ist ohnehin noch so gut wie leer. Abends bekommt man allerdings keinen Tisch, und wenn man nicht berühmt ist, erst recht nicht.

Le Garage ist eines der ambitioniertesten Restaurants Amsterdams. Die Küche: Crossover, ein bißchen Bistro, ein bißchen Heimat, vor allem aber authentisch. Endlich die Speisekarten. Eben noch redete Leon de Winter sehr überzeugt von einem großen Salat und vielleicht Huhn. Fast hatte er das auch bestellt, doch dann spricht der Kellner das Zauberwort aus: Foie gras. Leon de Winters Augen leuchten, keine Frage, dieser Mann liebt Foie gras. Er hat sie immer im Kühlschrank, gesteht er, und Weißwein und guten Käse auch.

Bosc

Vergessen ist der Salat. Was soll's. Kebab aus Foie gras – das klingt fremd und vertraut zugleich. Das nehmen wir. Danach doch Huhn, schwarzes Huhn in einer weißen Trüffelsauce, dazu feines Gemüse. Die zweite Hauptspeise ist eine Thunfisch-Pizza – eine gelinde Untertreibung: In Wirklichkeit handelt es sich um eine aufgetürmte Frische-Offenbarung aus knusprigem Teig, Parmesancreme und fangfrischem Thunfischfilet. De Winter rät dringendst dazu.

Der Wein ist immer noch nicht bestellt. Eigentlich trinkt er seit Sommer nichts mehr, sagt er. Nun ist es Herbst. Zeit für Rotwein? Also gut. De Winter verabschiedet sich offenbar endgültig von diesem Tag als einem Diättag. Zur Foie gras empfiehlt der Kellner einen eiskalten toskanischen Rotwein. Klingt etwas seltsam, aber der Gourmet, vielleicht ja auch Gourmand, ist einverstanden. Vielleicht will er auch einfach nur weitererzählen, schwelgen in Erinnerungen an alte Zeiten. Ein komplizierter Gast ist er auch sonst nicht, wird der Kellner später sagen. Aus dem Bestellen macht der Mann, der theatralische Szenen sonst so liebt, sympathischerweise keine Inszenierung. Aus dem Essen schon eher.

Der Kebab kommt, mit einer Portion Foie gras, die locker für einen zweiwöchigen Aufenthalt in der Gascogne reichen könnte. Lustig reihen sich beachtliche Klötzchen Gänsestopfleber, kleine Scheiben geröstetes Brot und Melonenstückchen aneinander. Für jeden gibt es zwei nicht gerade kleine Spieße. Ordnung muß schließlich sein.

Die Foie gras zergeht auf der Zunge. Der Schriftsteller wird zusehends wacher und fröhlicher. Die Menge auf seinem Teller ist für ihn kein Problem. Eher Beruhigung. »Ich kann mich nicht begrenzen, mein Körper sagt mir nie, es ist genug.« Das hört man gern und liest man gern, auch in seinen Büchern gibt es immer große Portionen. »Üppig gefüllte Teller, fette Scheiben Räucherlachs, reichlich geröstetes Brot.« Wie in *Malibu*, dem einzigen von de Winters Romanen, der in Kalifornien spielt. So schreibt und empfindet nur ein Genießer – und jemand, dem Essen ein Trost ist. Haben seine Kinder Kummer oder haben sie sich weh getan, gibt es ein ›Snoepje‹, etwas Süßes für die Seele. »Nicht gesund«, sagt der Familienvater, »aber es hilft.«

Es schmeckt ihm. Das sagt er nicht, das sieht man. Er fragt auch nicht, ob es seinem Gegenüber schmeckt. Jetzt ist er nur mit Genießen beschäftigt.

Wo waren wir? Beim Schreiben. Schreiben sei für ihn keine Anstrengung, erzählt er, im Gegenteil, es mache ihm Freude. Es ist »wie das Zubereiten einer schönen Mahlzeit, wo man beim Kochen schon lächelt«. Ein schönes Bild, auch wenn es nicht mehr ganz stimmt. Früher hat de Winter selbst gekocht, heute übernimmt das sei-

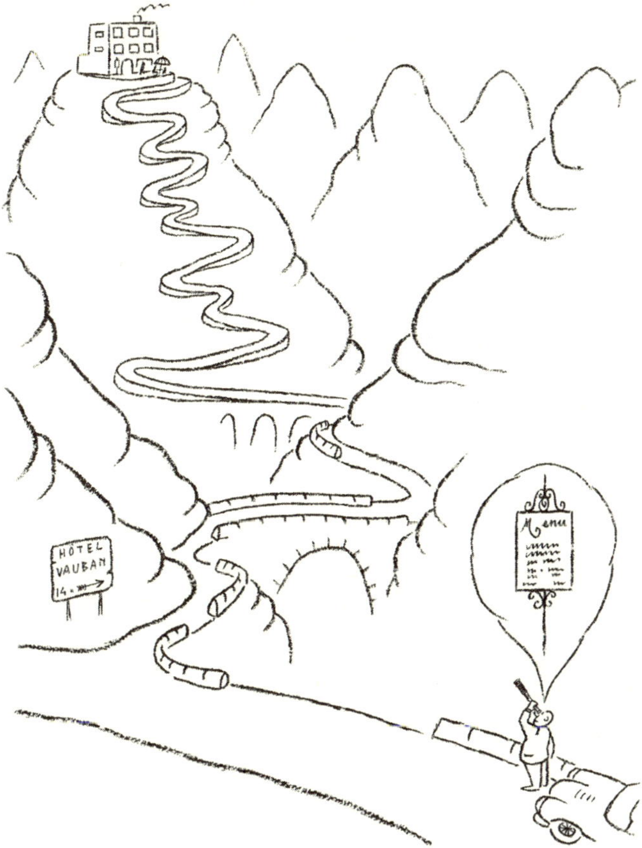

Bosc

ne Frau, die Schriftstellerin Jessica Durlacher. »Und sie kocht viel besser als ich.«

Ihr erstes Rendezvous war – wie könnte es anders sein – ein Abendessen. »Wie man ißt, was man ißt, wie man Messer und Gabel hält, das alles ergibt ein Bild, und das kann sehr rührend sein«, sagt er. »Meine Frau ist wunderbar dabei anzuschauen.« Seit neun Jahren sind sie inzwischen verheiratet. Das Paar lebt mit seinen beiden Kindern, die neun und sechs Jahre alt sind, in einem schönen Amsterdamer Vorort am Meer. Im Grunde lebt er, zelebriert de Winter, was er zu Hause gelernt hat. Glück ist für ihn: eine große Tafel, mit vielen Freunden, vielen Kindern, viel zu essen, viel zu trinken. Auch dafür findet er ein wunderbares Wort, er nennt das: »einen Zuviel-Abend«. Bei der Frage, was er besonders gut kann, überlegt Leon de Winter nicht lange: »Ich kann gut genießen. Ich feiere das Leben«, sagt er. »Feiere, daß ich mit meiner Frau lebe, daß wir Kinder haben. Ja, im Feiern bin ich ein Meister.«

Zum Abschied kein großes Pathos, Leon de Winter mag keine Abschiede – lieber empfiehlt er noch schnell die Matjes von Schiphol, dem Amsterdamer Flughafen: »Ein großer Genuß. Das ist für mich Heimat. Wenn ich ankomme, kaufe ich Matjes für die ganze Familie. Sie müssen auch welche kaufen!«

Robert Walser

Zu Besuch bei Frau Aebi

Frau Aebi empfing mich aufs liebenswürdigste. Meine Pünktlichkeit war ein Meisterwerk. Man weiß, wie Meisterwerke selten sind. Frau Aebi lächelte, als sie mich auftauchen sah, überaus artig. Sie bot mir auf eine herzliche und gewinnende Art, die mich sozusagen bezauberte, ihre nette kleine Hand dar und führte mich sogleich ins Eßzimmer, wo sie mich ersuchte, mich zu Tisch zu setzen, was ich natürlich mit dem denkbar größten Vergnügen und völlig unbefangen ausführte. Ohne die mindesten lächerlichen Umstände zu machen, fing ich harmlos und zwanglos an zu essen und wacker zuzugreifen und ahnte nicht von weitem, was mir zu erleben bevorstand. Ich fing also an, wacker zuzugreifen und tapfer zu essen. Derlei Tapferkeit kostet ja bekanntlich wenig Überwindung. Mit einigem Erstaunen merkte ich indessen, daß mir Frau Aebi dabei fast andächtig zuschaute. Es war dies einigermaßen auffällig. Offenbar war es für sie ergreifend, mir zuzuschauen, wie ich zugriff und aß. Mich überraschte diese sonderbare Erscheinung, der ich jedoch keine große Bedeutung beilegte. Als ich plaudern und Unterhaltung machen wollte, wehrte mir Frau Aebi ab, indem sie sagte, daß sie auf jederlei Unterhaltung mit der größten Freude verzichte. Das seltsame Wort machte mich stutzig, und es begann mir angst und bang zu werden. Ganz im geheimen fing ich an, vor Frau Aebi zu erschrecken. Als ich aufhören wollte, abzuschneiden und einzustecken, weil ich deutlich fühlte, daß ich satt sei, sagte sie mir mit fast zärtlicher Miene und Stimme, die ein mütterlicher Vorwurf leise durchzitterte: »Sie essen ja gar nicht! Warten Sie, ich will Ihnen hier noch ein recht saftiges, großes Stück abschneiden.« Ein Grauen durchrieselte mich, und ich erkühnte mich, höflich und artig einzuwenden, daß ich hauptsächlich hergekommen sei, um einigen Geist zu entfalten, worauf Frau Aebi unter einem liebreizenden Lächeln sagte, daß sie das keineswegs für nötig halte. »Ich vermag unmöglich weiterzuessen«, sagte ich dumpf und gepreßt. Ich war schon nahe am Ersticken und schwitzte bereits vor Angst. Frau Aebi sagte: »Ich darf unmöglich zugeben, daß Sie schon aufhören wollen, abzuschneiden und einzustecken, und nimmermehr glaube ich, daß Sie wirklich satt sind. Sie sagen ganz bestimmt nicht die Wahrheit, wenn Sie sagen, daß Sie bereits am Ersticken seien. Ich bin verpflichtet, zu glauben, daß das nur Höflichkeiten sind. Auf jederlei geistreiches Geplauder verzichte ich, wie ich Ihnen schon gesagt habe, mit Vergnügen. Sie sind sicherlich hauptsächlich zu mir gekommen, um zu beweisen und zu bekunden, daß Sie Appetit haben und ein starker Esser sind. Diese Anschauung darf ich unter keinen Umständen preisgeben. Ich möchte Sie recht herzlich bitten, sich in das Unvermeidliche gutwillig zu schicken; denn ich kann Ihnen versichern, daß es für Sie keine andere Möglichkeit gibt, vom Tisch aufzustehen, als die, die darin besteht, daß Sie alles, was ich Ihnen abgeschnitten habe und fernerhin noch abschneiden werde, säuberlich aufessen und einstecken. Ich fürchte, daß Sie rettungslos verloren sind; denn Sie müssen wissen, daß es Hausfrauen gibt, die ihre Gäste so lange nötigen, zuzugreifen und einzupacken, bis dieselben zerbrechen. Ein jämmerliches, klägliches Schicksal

steht Ihnen bevor; aber Sie werden es mutig ertragen. Wir alle müssen eines Tages irgendein großes Opfer bringen. Gehorchen Sie also und essen Sie! Gehorsamkeit ist ja so süß. Was schadet es, wenn Sie dabei zugrunde gehen? Hier dieses höchst delikate, zarte und große Stück werden Sie mir ganz gewiß noch vertilgen, ich weiß es. Nur Mut, mein bester Freund! Uns allen tut Kühnheit not. Was sind wir wert, wenn wir nur immer auf dem eigenen Willen beharren wollen! Nehmen Sie alle Ihre Kraft zusammen und zwingen Sie sich, Höchstes zu leisten, Schwerstes zu ertragen und Härtestes auszuhalten. Sie glauben nicht, wie es mich freut, Sie essen zu sehen, bis Sie die Besinnung verlieren. Sie stellen sich gar nicht vor, wie ich mich grämen würde, wenn Sie das vermeiden wollten; aber nicht wahr, das tun Sie nicht; nicht wahr, Sie beißen und greifen zu, auch wenn Sie schon bis in den Hals hinauf voll sind?«

»Entsetzliche Frau, was muten Sie mir zu?« schrie ich, indem ich vom Tisch jählings aufsprang und Miene machte, auf und davon zu stürzen. Frau Aebi hielt mich jedoch zurück, lachte laut und herzlich und gestand mir, daß sie sich einen Scherz mit mir erlaubt habe, den ich so gut sein solle, ihr nicht übelzunehmen. »Ich haben Ihnen nur ein Beispiel geben wollen, wie es gewisse Hausfrauen machen, die vor Liebenswürdigkeit gegenüber ihren Gästen fast überfließen.« Auch ich mußte natürlich lachen, und ich darf gestehen, daß mir Frau Aebi in ihrem Übermut sehr gut gefiel.

Sempé

Lu Wenfu

Der Gourmet

Gourmet – wie schön klingt dieses Wort, selbst schon eine Delikatesse, die auf der Zunge zergeht! Und doch bedeutet es etwas ganz Profanes: ein Mensch, der über die Maßen gern ißt.

Daß jemand es damit zum anerkannten Experten bringen kann, hätte ich nie für möglich gehalten. Aber wie so oft trat gerade dies ein, während anderes, Erwartetes, ausblieb. Ausgerechnet solch ein Mann begleitete mich vierzig Jahre lang auf meinem Lebensweg wie ein geisterhafter Schatten. Sosehr ich ihn verachtete, verabscheute, bekämpfte – am Ende war ich es, der überhaupt nichts vorzuweisen hatte, während er dank seiner sublimen Eßlust zur Autorität in kulinarischen Dingen aufstieg.

Vorausgeschickt sei, daß ich keineswegs ein pauschaler Gegner von Essen und Trinken bin – es nie sein konnte, denn sonst hätte ich wohl schon sehr bald nach meiner Geburt das Zeitliche gesegnet. Nur haben wir in China traditionell großen Wert auf Fleiß, Genügsamkeit und Sparsamkeit gelegt, Völlerei dagegen stets abgelehnt, zum Beispiel auch in der Kindererziehung. Allerdings sah diese »Erziehung« stets so aus, daß Mütter ihre Kinder schalten: »Du kleiner Freßteufel, aus dir kann ja nichts werden!« Wer gern aß, war also ein Teufel, und weit bringen konnte er es auch nicht... »Freßsack, Lumpenpack! Freßsack, Lumpenpack!« –

mit solchen Schmähworten ätschten sich schon die Kinder gegenseitig aus, so daß die Mädchen, wenn sie schüchtern waren, lieber gleich darauf verzichteten, Kuchen oder Ölstriezel auf der Straße zu knabbern, wie ja auch auf der Opernbühne eine junge Dame ihr Gläschen nur hinter dem Vorhang ihres schamhaft hochgehaltenen Ärmelvolants zu leeren pflegt. Von klein auf in diesem Sinne erzogen, habe ich die Sybariten seit jeher ein wenig verachtet. Wenn ich auf einen stoße, reagiere ich allergisch, als wäre mir Essig in die Nase gestiegen, zumal seit jener Zhu Ziye meinen Weg kreuzte, der schon als Kind so vernascht war und dann zum »Experten« aufstieg.

Zhu Ziye war ein Kapitalist, ein waschechter Kapitalist – bei dem konnte keine Rede von falscher Einstufung in diese Klasse sein. Man hört mitunter, Kapitalisten seien immerhin besser als Grundbesitzer, weil sie gebildet sind und etwas von Technik, von Wirtschaftsführung und Verwaltung verstehen. Auch ich will das nicht bestreiten, nur war dieser Zhu Ziye insofern eine Ausnahme unter den Kapitalisten, als ihm keine Fabriken, sondern Häuser gehörten, fast alle Häuser in unserer Gasse. Um andere auszubeuten, brauchte er nur die Worte »Die Miete ist fällig!« auszusprechen, und selbst diese konnte er sich sparen, denn die Miete trieb sein Verwalter ohnehin ein. Immobilienhaie verstehen ja wohl meistens etwas von Bauplanung und -ausführung, was letzten Endes von Nutzen für die Gesellschaft ist. Nicht so unser Herr Zhu. Er hätte nicht einmal genau zu sagen gewußt, wie viele Häuser er überhaupt besaß und wo sie lagen. Sein Vater war ein geschäftstüchtiger Immobilienhändler in Shanghai gewesen, der vor dem Krieg gegen die Japaner dort eine Immobilienbörse ins Leben gerufen, sein eigenes – beträchtliches – Vermögen jedoch in Suzhou angelegt hatte.

Kurz nach Kriegsbeginn wurde sein Shanghaier Wohnhaus von einer Bombe getroffen. Dabei kam die ganze Familie um, ausgenommen Zhu Ziye, der im Hause seiner Großmutter in Suzhou an einem Hochzeitsbankett teilnahm. Seine Freude an Essen und Trinken hatte ihn gerettet, denn sonst wäre auch er ums Leben gekommen.

Als ich ihn kennenlernte, ging er auf die Dreißig zu. Er war zu jener Zeit gertenschlank – Leute, die gern essen, müssen nämlich nicht unbedingt Fettwänste sein! Vielleicht hielt er sich selbst für allzu mager und hatten eben deshalb ständig das Gefühl, nicht genug zu kriegen – jemand, der so fett ist, daß er sich kaum noch rühren kann, wagt ja gar nicht, viel zu essen. Wie sagt man so treffend? »Der Vielfraß denkt nur an sein Mahl, sein Aussehn ist ihm ganz egal.« Zhu Ziye hatte zwar genug Geld, um für beides zu sorgen, aber sein Äußeres interessierte ihn überhaupt nicht.

Zhu Ziye war Frühaufsteher. Er hätte auch gar nicht bis in die Puppen schlafen können, denn pünktlich wie ein Wecker forderte der Magen gebieterisch sein Recht, wenn es Zeit zum Aufstehen war. Beim Erwachen war sein erster Gedanke: Auf zu Zhu Hongxing, sonst kriege ich nichts von den ersten frischen Nudeln des Tages ab!

Hier muß ich wohl ein bißchen weiter ausholen, andernfalls verstehen nur die Suzhouer – oder besser: nur die älteren Suzhouer –, was an diesen Nudeln so Besonderes war. Schon zu jener Zeit gab es in der Stadt das bekannte Nudelrestaurant Zhu Hongxing, das noch heute gegenüber dem Garten der Heiteren Ruhe zu finden ist. Ich möchte mich nicht weiter darüber auslassen, unter wie viel verschiedenen Nudelgerichten man dort wählen konnte, wie delikat sie waren, und so weiter – das alles steht in den Rezeptbüchern und ist an sich nichts Außergewöhnliches. Erwähnenswert

aber ist das Drum und Dran. Welches Drum und Dran? fragen Sie. Sind Nudeln nicht gleich Nudeln? Nun, die Art und Weise, wie eine Schüssel Nudeln angerichtet wird, ist für den Gourmet schon etwas sehr Wichtiges. Nehmen wir an, Sie sitzen im Restaurant Zhu Hongxing und bestellen: »He (damals gab es die heute übliche Anrede ›Genosse‹ ja noch nicht), bringen Sie mir eine Schüssel Soundso-Nudeln!« Es vergeht ein Moment, und dann ruft der Kellner mit lauter Stimme: »Sehr wohl! Eine Schüssel Soundso-Nudeln!« Sie wundern sich über die Pause? Der Kellner hat auf nähere Anweisungen gewartet, wie Sie Ihre Nudeln wünschen: bißfest oder weich, mit viel Brühe oder wenig oder überhaupt nicht als Brühnudeln, »grün« oder »nicht grün« (d. h. mit oder ohne Frühlingsknoblauch), »fett« oder »etwas leichter« (d. h. mit viel oder wenig Öl), »Nudeln mit Beilage« oder »Beilage mit Nudeln« oder gar »Brückennudeln«,

Sempé

was nichts anderes heißt, als daß die Gemüse- und Fleischbeilage getrennt von den Nudeln serviert und vom Gast mit den Eßstäbchen Stückchen für Stückchen wie über eine steinerne Bogenbrücke zum Munde geführt wird. Im Falle von Zhu Ziye bedurfte es freilich solcher Anweisungen nicht. Kaum daß er Platz genommen hatte, hörte man schon den Kellner trompeten: »Sehr wohl! Einmal Brückennudeln mit Garnelen nature, reichlich Brühe, grün, viel Beilage und bißfest.« So verwirrend diese aufwendige Spezifikation eines schlichten Nudelgerichts auch sein mochte, für Zhu Ziye war dennoch etwas anderes das eigentlich Wichtige: daß man ihm die ersten Nudeln servierte. Alle Nudeln, die die Gäste den Tag über bestellten, wurden nämlich in demselben Kessel gegart, so daß das Kochwasser allmählich immer breiiger und die Nudeln pappig und muffig wurden. Wenn Zhu an seinen Nudeln einmal diesen Kochwassergeruch wahrnahm, betrachtete er das geradezu als persönlichen Affront und war den ganzen Tag schlecht gelaunt. Deshalb also konnte er nicht wie weiland Oblomow bis in den hellen Morgen hinein schlafen, sondern stand vor Tau und Tag auf und wusch sich in aller Eile, um nur ja zu seinen frischen Nudeln bei Zhu Hongxing zurechtzukommen. Wie bei anderen Künsten kommt es eben auch bei der Kunst des Essens auf das richtige Timing an.

Wenn Zhu Ziye, sich den Schlaf aus den Augen reibend, vors Tor trat, stand A Er, der Rikschamann, den er stets gleich für einen ganzen Monat engagierte, dort schon mit seinem Gefährt bereit. Gravitätisch setzte Zhu sich zurecht, gab mit der Fußklingel das Zeichen zum Aufbruch, und auf ging's zum Restaurant Zhu Hongxing und den ersten frischen Nudeln. Anschließend brachte A Er ihn dann zu einem Teehaus in der Changmenshi-Straße.

Teehäuser fand man in Suzhou an jeder Ecke – warum mußte es also gerade dieses sein? Ganz einfach: In dem großen Etablissement gab es ein paar Extrazimmer, die mit Mahagonitischen und bequemen Korbstühlen ausgestattet waren. In diesem Refugium brühte man den Tee – er wurde direkt von den Plantagen im Dongting-See bezogen – in Kännchen aus braunviolettem Yixing-Steinzeug, und zwar mit Regenwasser, das über einem Feuer aus Kiefernzweigen in irdenen Gefäßen erhitzt wurde. Ja, ja, Essen und Trinken sind nicht voneinander zu trennen, und wahre Gourmets – jeder einzelne ein Jünger von Lu Yu und Du Kang, den legendären Schutzheiligen der Tee- und Weintrinker – verstehen auch etwas von Tee und alkoholischen Getränken.

Allmählich fanden sich die anderen Ritter von Zhu Ziyes Tafelrunde ebenfalls im Teehaus ein. Außer beim Frühstück wird man einen Gourmet nämlich niemals allein antreffen. Vier Esser sind das Minimum; mehr als acht sollten es wiederum auch nicht sein. Eine Mahlzeit besteht ja in Suzhou aus einer Folge verschiedener Speisen, und um ein komplettes Menu genießen zu können – beispielsweise eine kalte Platte als Horsd'œuvre, dann ein Sautée, gefolgt von Süßigkeiten, danach das Hauptgericht und diverse Kleinigkeiten, salzig oder süß, abschließend zur Abrundung des Ganzen eine gehaltvolle Suppe –, müssen sich mehrere Gourmets zusammenfinden, denn sonst geht es einem wie dem Theaterbesucher, der nur einen Akt sieht und auf diese Art gar nicht mitbekommt, worin es in dem ganzen Stück eigentlich geht. Zunächst drehte sich die Unterhaltung zwischen Zhu und seinen Freunden im Teehaus um die Gaumenfreuden des vergangenen Tages, wurden Meinungen über Gelungenes oder auch weniger Gelungenes ausgetauscht, ehe man sich schließlich mit gebührendem Ernst und in aller gebotenen Ausführlichkeit der schwerwiegenden Frage zuwandte: Wo werden wir heute speisen? Im Gasthaus des neu versammelten Überflusses, im Restaurant zur gerechten Glückseligkeit oder im Haus zu den Kiefern und Kranichen? Waren sie all dieser Etablissements in der Stadt überdrüssig, mieteten sie sich jeder eine Rikscha oder vier zusammen eine Pferdekutsche, und ab ging's in geschlossener Formation nach Mudu ins Gasthaus Shi (berühmt für seine Fischlungensuppe), zum Nudelschmaus nach Fengqiao oder nach Changshu, wo das Huhn nach Bettlerart lockte. Ich muß es mir leider versagen, detailliert auf die kulinarischen Spezialitäten von Suzhou und Umgebung einzugehen, sonst kommen noch mehr Leute als bisher schon auf den Gedanken, hier eine Tagung abzuhalten – so eine Erzählung hat manchmal die merkwürdigsten Nebenwirkungen...

Sempé

Honoré de Balzac

Der Esser und der Vielfraß

Die gastronomischen Neigungen hängen von den körperlichen und moralischen Eigenschaften der Menschen ab; der aus diesen beiden Elementen, die sich je nach Fall gegenseitig verändern und zu größerer Regsamkeit anspornen, bestehende Einfluß bestimmt immer auch die Kategorie, in die man die Person einreiht. Wenn es einige Mischlinge, wie etwa Eunuchen oder Hermaphroditen auf dem Gebiet der Eßkultur gibt, die jeder und keiner Kategorie angehören, so ist das ein Ausdruck von Mittelmäßigkeit an Lebensart. Wir beschäftigen uns nicht mit diesen so häufig vorkommenden, aber so erbärmlichen Wesen. Das schönste Los des Menschen besteht darin, er selbst zu sein, sich durch seinen Charakter zu unterscheiden. Das zweifellos am wenigsten geschätzte Subjekt in der Eßkultur ist der Vielfraß; er ißt... und ißt..., er ißt immerzu, aber ohne Methode, ohne Verstand, ohne Seele; er ißt, weil er hungrig ist, immer nur, weil er hungrig ist. Dies ist eine körperliche Veranlagung, unabhängig von seinem Verstand; es ist ein gieriger Appetit; es ist ein unabweisbares Bedürfnis der Sinne.

Der Vielfraß kennt den elementarsten Grundsatz der Eßkultur nicht, die erhabene Kunst des Zerkleinerns! Er verschluckt ganze Bissen; sie gelangen in seinen Mund, ohne den Gaumen zu kitzeln, ohne die geringste Phantasie zu erwecken; sie verlieren sich auf direktem Wege in einem Magen von erschreckendem Fassungsvermögen.

Der Vielfraß ist sehr viel mehr als ein Tier; er ist sehr viel weniger als ein Mensch.

Amphitryone, deren Tisch immer reichlich gedeckt ist, hütet Euch vor diesem Verwüster; er wird Euer Mahl verschlingen, ohne Euch dafür Dank zu wissen, ohne es weder gut noch schlecht zu finden: welch bittere Beleidigung!

Es ist also wahrlich ein Dienst an der Gesellschaft, eine genaue Beschreibung dieses so gefährlichen Wesens zu liefern.

Der Vielfraß hat im allgemeinen die Größe, die heutzutage von einem Grenadier der Pariser Nationalgarde verlangt wird: fünf Fuß vier Zoll; seine Schultern sind breit, rund oder gewölbt; sein großer Bauch läuft spitz zu; das Gewicht seines Körpers hat seine kurzen und stämmigen Beine sich nach innen biegen lassen; seine Füße sind platt. Er hat breite und kurze Hände, ungleiche Finger, die von ungeheuren Knötchen verunstaltet sind, dicke, unebene gelbe Fingernägel, einen riesigen Kopf, dichtes Haar, eine niedrige Stirn, scharlachrote Ohren, eine ausladende Nase, weit offene Nasenlöcher, kleine trübe, geschwollene und wäßrige Augen; einen bis zu den Ohren geschlitzten Mund – dies ist das charakteristische Merkmal; dicke bläuliche Lippen; breite, kurze, unabgenutzte gelbe Zähne, ein rundes Dreifachkinn, hochrote Wangen.

Sein Gang ist gemächlich, sehr gemächlich, nach einem opulenten Mahl: vor diesem köstlichen Unterfangen ist er ziemlich lebhaft; aber wenn der Vielfraß unterwegs zu einer Einladung ist, rennt er wie der Wind.

Bei Tisch hebt er nie den Blick, er verschlingt mit den Augen wie mit dem Mund; er bringt die Zähne nur zum Essen auseinander; niemals eine scherzhafte Bemerkung, das Salz aller gelungenen Dîners, selbst der schlechten; nichts entweicht seinem Mund, alles verschwindet darin! Niemals ein Seitenblick auf seine hübsche Tischnachbarin; niemals die kleinste Aufmerksamkeit, die geringste Zuvorkommenheit; er streift sie manchmal mit dem Ellbogen, denn er braucht seine Bequemlichkeit, und wie oft sitzt man bei Tisch quasi aufeinander.

Schließlich widmet er sich ganz seinem Teller, den er sich so groß wünscht, daß die opulenteste Mahlzeit darauf Platz fände.

Spreche ich bei einem derartigen Subjekt von Verstand, von Geist? Nichts von all dem; es schläft, es schnarcht, es ächzt nach dem Essen.

Trotzdem wäre ich tausendmal lieber der größte Vielfraß aller Vielfraße, anstatt in der Eßkultur keinerlei charakteristisches Merkmal zu besitzen: Nichts ist schmerzlicher, als so zu sein wie jedermann. Ein abgeschmackter Schriftsteller, ein wirklich abgeschmackter, hat in meinen Augen mehr Verdienst als ein mittelmäßiger, als ein Autor, wie es jeder sein könnte. Die Abgeschmacktheit ist das Genie der Dummheit. In der Eßkultur verhält es sich genauso mit der Gefräßigkeit.

Der Esser, obgleich auf einem sehr niedrigen Rang in der Eßkultur stehend, nimmt dennoch einen ehrenvolleren Platz ein als der Vielfraß; er hat weniger Fehler, aber er ist mit sehr schwachen Eigenschaften ausgestattet.

Er ißt nicht, um zu leben, aber er lebt auch nicht, um zu essen: bei ihm vereinen sich diese beiden

Einflüsse; diese beiden Regungen suchen ihn abwechselnd zu gewinnen, und manchmal auch gleichzeitig.

Der Esser erliegt dem Appetit der Sinne; er erliegt auch dem Appetit der Phantasie. Ein Bissen, der durch seinen Mund wandert, hinterläßt dort eine Empfindung, nur eine sehr schwache, aber schließlich erweckt sie eine Vorstellung; einen Blitzstrahl, der Licht erzeugen kann; einen Keim, der geschickt gepflanzt, aus einem Subjekt einen Schlemmer kleinen Ausmaßes machen kann. Die Natur ist viel öfter geizig denn verschwenderisch.

Der Esser ist nur durch Prüfung seiner Physiognomie schwer zu erkennen; um ein unfehlbares Urteil zu fällen, müßte man ihn am Werk sehen. Trotzdem gibt es einige charakteristische Zeichen, die dem unerfahrenen Beobachter den Weg weisen können.

Oft ist er mager und hochgewachsen; er ißt schnell und viel; selten ist er schwierig im Umgang; trotzdem heißt er keineswegs alle Gerichte gut. Im allgemeinen bevorzugt er solide Stücke, legt wenig Wert auf Süßspeisen, auf den Nachtisch. Eine geschmorte Keule, eine Rinderrippe, ein gespickter Braten genügen seinem Geschmack, aber er weigert sich manchmal, so etwas anzurühren, aus der Angst heraus, irgendeine Verwandtschaft mit dem Vielfraß zu zeigen. Das Erkennungsmerkmal des Essers liegt darin, langsam vorzugehen, und wenn er einiges zermalmt hat, redet er auch ziemlich oft; manchmal ist er sogar heiter, aber diese wertvolle Eigenschaft zeigt sich bei ihm erst am Ende des zweiten Gangs.

Tomi Ungerer

Literarische Rezepte

zum Selbstkochen oder auch lieber nicht

Fish stew

Er leert den Rest eines Côtes du Rhône in ein Glas, stellt den Fernseher auf stumm und beginnt, drei Zwiebeln zu schälen und klein zu hacken. Er hat keine Geduld mit der papiernen Außenhaut, macht einen tiefen Einschnitt, drückt das Messer mit dem Daumen durch vier Schichten und reißt sie herunter, verschwendet ein Drittel der Knolle. Den Rest schneidet er zügig klein und schüttet ihn in eine Kasserolle mit jeder Menge Olivenöl. Die relative Ungenauigkeit und der Mangel an Disziplin gefallen ihm am Kochen – eine Erholung von den Anforderungen im Operationssaal. Sollte man in der Küche versagen, sind die Folgen nicht allzu schlimm: Enttäuschung, vielleicht ein Anflug von selten geäußerter Unzufriedenheit. Niemand stirbt daran. Er schält und zerkleinert acht dicke Knoblauchzehen und gibt sie zu den Zwiebeln. Was Rezepte angeht, hält er sich nur an die allgemeinsten Richtlinien. Er mag Kochbuchautoren, die von einer »Handvoll« reden, einer »Prise«, davon, dieses oder jenes »großzügig unterzumengen«. Sie geben alternative Zutaten an und ermuntern zu Experimenten. Henry hat sich damit abgefunden, daß er nie ein ordentlicher Koch sein wird, daß er »nach Gefühl« kocht, wie Rosalind es nennt. Aus einem Becher schüttet er sich mehrere getrocknete rote Chilischoten in die Hand, zerdrückt sie und gibt die Schalenstücke mitsamt den Samenkörnern auf die Zwiebeln und den Knoblauch. (...) Auf die glasigen Zwiebeln und den Knoblauch kommen eine Prise Safran, ein paar Lorbeerblätter, geriebene Orangenschalen, Oregano, fünf Sardellenfilets und zwei Dosen geschälte Tomaten. (...) Henry nimmt gut ein Dutzend Muscheln aus dem grünen Einkaufsnetz und kippt sie zu den Rochen. Falls sie noch leben und Schmerz spüren, weiß er nichts davon. (...) Der Saft der Tomaten köchelt mit den Zwiebeln und dem Rest vor sich hin und wird vom Safran orangerot gefärbt. (...) Ihm fällt auf, wie zufrieden er beim Kochen ist – selbst daß er um seine Zufriedenheit weiß, tut ihr keinen Abbruch. Er schüttet die restlichen Muscheln ins große Sieb und schrubbt sie unter fließendem Wasser mit der Gemüsebürste ab. Die blaßgrünen Venusmuscheln sehen sauber und lecker aus, weshalb er sie nur abspült. Einer der Rochen krümmt den Rücken, als wollte er aus dem kochenden Wasser fliehen. Henry drückt ihn mit einem Holzlöffel wieder hinunter und bricht ihm dabei die Wirbelsäule direkt unterhalb TH3. Letzten Sommer hat er ein Mädchen im Teenageralter operiert, das sich das Rückgrat zwischen C5 und TH2 gebrochen hatte: (...) Er will jetzt kochen und nicht an die Arbeit denken. Aus dem Kühlschrank nimmt er eine angebrochene Flasche Weißwein, das letzte Viertel von einem Sancerre, und gießt ihn über den Tomatenmix. Den Seeteufel legt Perowne auf einem breiteren, dickeren Hackbrett zurecht, schneidet ihn in Stücke und füllt ihn in eine große weiße Schüssel. Dann wäscht er das Eis von den Tiger Prawns und gibt sie gleichfalls dazu. Die Venus- und Miesmuscheln kommen in eine zweite Schüssel. Mit Tellern abgedeckt, stellt er beide Schüsseln in den Kühlschrank. (...) Dann ist es

Zeit, den kochenden Rochen-und-Muschel-Sud in die Kasserolle zu gießen. Er schätzt, er hat jetzt um die zweieinhalb Liter hellorange Fischbrühe, die weitere fünf Minuten einkochen soll. Kurz vor dem Essen wird sie dann noch einmal aufgewärmt, um mit den Venusmuscheln, dem Seeteufel, den Miesmuscheln und Garnelen erneut zehn Minuten zu köcheln. Zum Stew gibt es Vollkornbrot, Salat und Rotwein. *Ian McEwan, Saturday*

Jäger im Reisrand

Nachdem man je nach Personenzahl ein bis zwei Pfund Reis mit einer Prise Salz hat gar kochen und in Randform stürzen lassen, bittet man einen jüngeren, frisch gewaschenen Jäger oder Forstadjunkten mit Hut, darin Platz zu nehmen. Dieses stimmungsvolle Gericht ist jedoch ausschließlich selteneren, repräsentativen Anlässen vorbehalten, da auch in der Forstlaufbahn die Nachwuchsfrage noch nicht gelöst ist und nur wenige Forstbeamte die Erlaubnis erhalten, sich für private Zwecke einen Abend frei zu machen. *Loriot*

Bauernomelette

Ein bis zwei zarte Landwirte werden durch ein feines Sieb gestrichen. Das Gericht, ein Rezept aus der Entdeckerzeit Australiens, ist uns leider nur unvollständig überliefert. Eine Hausfrau mit Lust und Liebe zur Kochkunst hat jedoch Gelegenheit, ihrer Experimentierfreude freien Lauf zu lassen. *Loriot*

Nilpferd in Burgunder

Etwas für festliche Tage, vorausgesetzt, daß sich das Nilpferd in Burgunder wohl fühlt. Nilpferd waschen und trocknen, in passendem Schmortopf mit 2000 Litern Burgunder, 6 bis 8 Zwiebeln, 2 kleinen Mohrrüben und einigen Nelken 8 bis 14 Tage kochen, herausnehmen, abtropfen lassen und mit Petersilie servieren.
Loriot

Die Tür öffnete sich, und eine stattliche, rundliche Frau brachte eine Platte, die bis zum Rande überhäuft war mit Sardinen, Krebsen, Salaten von Gurken, Tomaten, Erbsen, besetzt mit Bergen von Mayonnaise und Eiern, dazwischen kalter Aufschnitt, Hühnerfleisch und Lachs. Der Alte nahm von allem. Tschanz, der sah, was für eine Riesenportion der Magenkranke aufschichtete, ließ sich in seiner Verwunderung nur etwas Kartoffelsalat geben. Die Teller wurden gewechselt. Bärlach ließ sich drei Pasteten auf den Teller legen, gefüllt mit Gänseleber, Schweinefleisch und Trüffeln. Bärlach ließ sich Kalbskoteletts, Reis, Pommes frites und grünen Salat bringen, dazu Champagner. Es war, als ob ihn nichts mehr interessierte als dieses Essen; umbarmherzig häufte er sich den Teller zum zweitenmal voll mit Reis, goß Sauce darüber, türmte ein Kalbskotelett obendrauf. Dann ließ er sich von der unaufhörlich kommenden und gehenden Bedienerin Käse servieren; dazu aß er Radieschen, Salzgurken und Perlzwiebeln. Immer neue Speisen nahm er zu sich, als koste er nur noch einmal, zum letzten Male das, was die Erde dem Menschen bietet.
Friedrich Dürrenmatt, Der Richter und sein Henker

Fricandau à l'oseille / Frikandau mit Sauerampfer

»Sie hatte ihm Frikandau mit Sauerampfer gemacht, eine seiner Lieblingsspeisen.« *(Maigret und die verrückte Witwe)*
Hier das Rezept für 6 Personen: 1 gerollter Kalbsbraten von etwa 11/2 kg, von der Keule; Olivenöl; Speckschwarte zum Auslegen des Schmortopfs; 1/2 Kalbsfuß; 2 Karotten, in Räd-

chen geschnitten; 1 Zwiebel, mit einer Gewürznelke besteckt; 500 ml Weißwein; 500 ml Kalbsbouillon; 500 g Spinat, geputzt und gründlich gewaschen; 1kg Sauerampfer, gründlich gewaschen; 125 g Crème fraîche; Salz, Pfeffer. Den gerollten Kalbsbraten in einen Schmortopf im heißen Olivenöl auf allen Seiten gleichmäßig anbraten. Herausnehmen. Den Schmortopf mit Speckschwarte auslegen, den Braten zusammen mit dem halben Kalbsfuß, den Karottenrädchen und der besteckten Zwiebel wieder hineingeben. Wein und Bouillon dazugießen, leicht salzen und zum Kochen bringen. 40 Minuten stark kochen, dann 1 Stunde sanft weiterköcheln lassen. Am Schluß der Garzeit ziemlich kräftig pfeffern. Die Sauce muß sehr konzentriert und geleeartig sein. Den Spinat in kräftig sprudelndem Salzwasser 10 Minuten zusammenfallen, dann abtropfen lassen. 1 Eßlöffel Olivenöl in einer Pfanne warm werden lassen. Den gut abgetropften Sauerampfer dazugeben und im eigenen Saft unter ständigem Rühren dünsten, bis die Flüßigkeit, die er absetzt, verdunstet ist. Leicht salzen. Mit dem Spinat vermischen, die Crème fraîche darunterrühren und warm stellen. Den gerollten Kalbsbraten auf einer vorgewärmten Platte anrichten. Die Sauce durch ein Sieb passieren und entfetten. Über das Fleisch gießen. Das Sauerampferpüree getrennt dazu reichen.

Robert J. Courtine, Simenon und Maigret bitten zu Tisch

Gams-Knödel

Dieses in Norddeutschland auch ›Gemsen-Kloß‹ genannte Gericht stammt von einer Schulfreundin meiner Großmutter mütterlicherseits. Die gut abgehangene Gemse wird

(nicht zu schnell!) durch den Wolf gedreht (A) und mit 120 Semmeln, einem Ei, Salz, Pfeffer, Basilikum, Paprika, Majoran, Schnittlauch, Knoblauch, Curry, Salbei, Estragon, Beifuß, Liebstöckel und ganz wenig Melisse zu einem Kloß geformt. Den Kloß bei kleiner Flamme im Wasserbad erhitzen, kurz aufwellen lassen und mit den ungenießbaren Teilen waidmännisch dekoriert servieren (B). *Loriot*

Rotweinzwiebeln

In einen schweren Eisentopf gibt man etwas Olivenöl und pro Person etwa 250 g geschälte Zwiebelchen und fast ebensoviele Rosinen, gulaschgroße Stücke Rindfleisch, eine größere Dose Tomatenmark, Salz, Pfeffer, Zucker, Zitronensaft, wenn man will zwei ganze Knoblauchzehen und ein Kräutersträußchen. Jetzt füllt man mit trockenem Rotwein auf, bis alles bedeckt ist und stellt den Topf für etwa zwei Stunden in den heißen Ofen. Wenn der Rotwein allzu sehr einkocht, so daß Rosinen und Zwiebeln schwarz zu werden

drohen, etwas nachgießen und mit einem Deckel oder Alu-Folie abdecken. Mit frischer Baguette aus einem Suppenteller aufbrocken und dann eine kleine Siesta halten.
Ingrid Noll

Wasser in Wein verwandeln

»Manchmal werfe ich den Kopf zurück, so, und lassse mir in den Mund hineinregnen. Schmeckt wie Wein.«
Ray Bradbury, Fahrenheit 451

Schnee-Sorbet

Auch Schnee wollte ich essen. Ich kreierte ein Schnee-Sorbet: Dazu preßte ich Zitronen aus, fügte Zucker und Gin hinzu, ging mit diesem Elixir in den Wald, wählte schön tiefen, jungfräulichen Pulverschnee, schüttete mein Gebräu darüber, holte einen Löffel heraus und aß, bis ich betrunken war. Dann kehrte ich wieder zurück, mit einigen Gramm Alkohol im Blut und einem vom Übermaß des Schnees glühenden Herzen. *Amélie Nothomb, Biographie des Hungers*

Süßes vom Italiener

»Ich mach dir jetzt was Süßes, das ich mal von einem Italiener gelernt hab.« Er stand hastig auf, als wolle er den Eindruck der eben erzählten Geschichte tilgen. »Ganz einfach. Jetzt brauchen wir bloß ein Eigelb, Wein und Zucker. Komm mit mir an den Spülstein, und guck zu.« Er brach ein

Ei in die Handfläche auf, ließ das Eiweiß durch die gespreizten Finger abfließen und rollte das Eigelb dann behutsam in der hohlen Hand. »Siehst du, Sejde?« sagte er. »Es bricht nicht und zerläuft nicht. So sieht das aus, wenn ein Ei frisch und der Dotter fest ist.« Er teilte auf diese Weise noch zwei Eier, gab die Dotter in eine Schüssel und fügte ein wenig Zucker und Wein hinzu, dessen Duft sich verbreitete. »Was wäre besser als eine solche Mischung? Das Eigelb ist Nahrung von der Mutter und erinnert an das Leben, der Wein ist Seele und Zukunft, und der Zucker ist die Leidenschaft und die Kraft.« Der Schneebesen verschwamm, wurde zur silbrigen Kugel vor lauter Geschwindigkeit. Jakob stellte die Schüssel auf einen Topf mit kochendem Wasser und schlug weiter. »Das riecht viel besser als Seife und schmeckt auch viel besser.« *Meir Shalev, Judiths Liebe*

Donna Leon

Als ich zum erstenmal Schafsauge aß

Nur daß ich's nicht gegessen habe, Sie können also getrost weiterlesen. Schauplatz war der Iran, gegen Ende der islamischen Revolution von 1979, die uns Westler allesamt aus dem Land vertreiben sollte. Iranische Freunde hatten für meinen Partner William und mich ein Festmahl ausgerichtet: Seit Verhängung des Kriegsrechts wußte jeder – mit Ausnahme der US-Regierung –, daß unsere Tage im Iran gezählt waren, weshalb die Freunde uns mit dieser besonderen Einladung noch einmal ihre Verbundenheit und Wertschätzung bekunden wollten.

Wir waren früher schon bei ihnen zu Gast gewesen, genau wie sie bei uns, kannten also Parveens Küche und erwarteten eine ihrer Spezialitäten wie gefüllte Weinblätter, gebackene Pastetchen mit Ei und Spinat oder Lammbraten. Als wir ankamen – ziemlich früh, da wir ja bei Einbruch der Dunkelheit, wenn die Ausgangssperre begann, wieder zu Hause sein mußten –, sahen wir Parveens Mutter in der Küche hantieren: gewiß ein gutes Zeichen, denn die chanum, die Dame des Hauses, wurde in der ganzen Nachbarschaft für ihre Kochkünste gerühmt. Auch Parveens Vater sowie ihre Schwester nebst Ehemann waren zugegen: Je mehr Familienmitglieder mit uns speisten, desto größer die uns erwiesene Ehre.

Auf dem niedrigen Tisch, um den wir uns versammelten, Männer und Frauen gemeinsam, was in einer traditionsbewußten Familie eigentlich streng verpönt war, standen Pistazien, Mandeln, Rosinen, eine Schale Gurkenjoghurt. Wir tranken Tee, machten höflich Konversation und überhörten geflissentlich das Maschinengewehrfeuer, dessen Echo von Zeit zu Zeit durch die Hausmauern drang.

Nach ungefähr zehn Minuten bat Parveen, sie zu entschuldigen, und entschwand über den Hof zur Küche, von wo sie alsbald mit einer Reisplatte so groß wie ein Wagenrad zurückkehrte, in deren Mitte ein dampfender Fleischberg aufragte. Parveen stellte die Platte auf den Tisch und häufte jedem von uns eine große Portion Reis und Fleisch auf den Teller. Zum Schluß fuhr sie mit dem Löffel zwischen die Fleischreste, förderte in rascher Folge zwei runde Gebilde zutage, die aussahen wie Murmeln, und ließ eine auf Williams, die andere auf meinen Teller gleiten.

Chaval

Obwohl ich genau wußte, was da eben Entsetzliches passiert war, führte ich meinen Monolog über den richtigen Gebrauch des Plusquamperfekts ohne Stocken fort. Und William, dem ebenso klar war, was uns bevorstand, lauschte atemlos wie einer, der sich im Leben nichts sehnlicher wünscht, als endlich den tieferen Sinn des Plusquamperfekts zu ergründen.

Alle langten zu, ich vielleicht etwas zögerlicher als die anderen. Noch nie hatte ich so trockenen Reis gegessen; die gegarten Rosinen blieben mir einzeln im Halse stecken. Ich trank ein paar Gläser Tee und schob die eklige Kugel angelegentlich mit der Gabel vom linken an den rechten Tellerrand. Hin und wieder senkte ich auch den Blick und bewunderte die Delikatesse, die meiner harrte, damit alle sahen, daß ich mir das Beste bis zuletzt aufsparte.

William, dessen Mut ihn oder vielmehr uns während des monatelangen Ausnahmezustands nie verlassen hatte, benahm sich auch diesmal wie ein Held und schluckte sein Schafsauge auf einen Satz herunter. Damit war nur noch meines übrig, das zuweilen vom Teller zu mir heraufstarrte.

Die Mahlzeit neigte sich dem Ende zu. Als Dessert würde man uns noch Reispudding mit Rosenwassergeschmack servieren. Ich schielte nach meinem Teller, und das, was darauf lag, stierte zurück. Ich dachte an den Rat, mit dem viktorianische Mütter ihre Töchter auf die Hochzeitsnacht vorzubereiten pflegten: Schließ die Augen und denk an England.

In der angrenzenden Straße explodierte eine Handgranate, zumindest krachte es so, wie man es von einer Handgranate erwarten würde. Parveens Vater stieß mit dem Knie gegen den Tisch, daß der Wasserkrug ins Schlingern geriet. Rettende Hände schnellten vor: Ein Glas Tee wurde auf den Teppich gefegt, die Joghurtschüssel kippte um. Als die Ordnung wiederhergestellt war, saß ich vor einem leeren Teller und lächelte verzückt über die mir erwiesene Ehre und die besondere Gaumenfreude, die sie mir beschert hatte.

Der Reispudding wurde aufgetragen, und dann war es auch schon Zeit zum Aufbruch, wenn wir vor der Sperrstunde daheim sein wollten. Hastiges Händeschütteln reihum; Parveens Mann begleitete uns noch bis zu unserer Straßenecke, wo wir mit abermaligem Händeschütteln und Verbeugungen Abschied nahmen.

»Wo hast du's?« fragte William, als er die Haustür aufschloß.

»Im Taschentuch, in der Jackentasche. Ach, und ab heute bin ich Vegetarierin.«

Susanne Kippenberger

Mit Donna Leon beim Türken

F. K. Waechter

Wie es duftet, das Lammragout! So köstlich, daß ein Mann seiner Frau sogar verzeiht, daß sie keine Vorspeise zum Mittagessen serviert. Nicht, daß er hungern müßte: Es gibt eine riesige Schüssel Fleisch und Polenta dazu, zum Nachtisch frische Feigen und Plätzchen. Danach ist Brunetti reif für den Mittagsschlaf.

Das köstliche Lammragout aus dem dreizehnten Kriminalroman über Commissario Brunetti hat eine Vegetarierin gekocht. Naja, sagt Donna Leon und lacht: »eine scheinheilige Pseudovegetarierin«. Auch wenn sie an diesem Mittag beim Türken in Berlin nicht zu den Köfte greift – wenn ein Gastgeber sich die Mühe macht, für sie Fleisch zuzubereiten, dann ißt sie es auch. Außer Rind, darüber hat sie zu viele böse Geschichten gelesen, »das halte ich für Gift«. Und fügt schnell hinzu: Das Vegetarische habe nichts mit ihrer Tierliebe zu tun (Dachse hat sie besonders gern), sie will auch nicht die Welt retten, nein, es schmeckt ihr einfach nicht mehr. In New Jersey ist die Schriftstellerin »als Fleischfresserin« aufgewachsen, mit deftiger irisch-amerikanischer Kost. »Italienisches Essen war eine Offenbarung für mich.« Und ist es immer noch.

Auf dem Tisch im Hasir leuchtet uns der Mezze-Teller entgegen, Schälchen mit grünem Spinat, gelben Bohnen in Tomatensauce, weißem Schafskäse, beigem Humus, orangenen Karotten. Donna Leon liebt Gemüse, »ich bete es an«. Einmal hat sie sich überlegt, was passieren würde, wenn wir nur nach Schönheit essen würden: Kirschen, Pfirsiche, Melone, wie hübsch die sind, auch Möhren und Tomaten, »wunderschön«. Aber ein nacktes Hühnerbein? Donna Leon grinst. Keiner, glaubt sie, würde noch Fleisch essen.

Die Schriftstellerin spricht ein Amerikanisch, das so gepflegt ist wie ihre ganze Erscheinung. Geschichten erzählt sie mit Händen und Armen und dem Gesicht, das die Spuren lebenslangen Lachens trägt. Ihre Sprache, ihren Humor und Optimismus: Das, meint die 62-Jährige, verdanke sie Amerika. Dem Land, das sie schon in den 60er Jahren verlassen hat, um erst in China, Iran, Saudi-Arabien und schließlich, seit 1981, in Venedig zu leben, und das sie nur noch alle paar Jahre besucht. Meist, um in die Oper zu gehen.

Es gibt Leute, die ihre Kriminalromane vor allem wegen des guten Essens lesen, das Donna Leon mit offensichtlichem Vergnügen beschreibt. Genüßlich malt sie in *Beweise, daß es böse ist* selbst Brunettis Leiden aus, als er einmal auf Paolas Mittagsmahl verzichten und sich mit Tramezzini begnügen muß. Zum Trost gibt's abends Schwertfischsteaks mit Shrimps.

Die würde die Autorin sich selbst nie kochen. Mit 60 Jahren hatte sie ihr Coming out, in dem

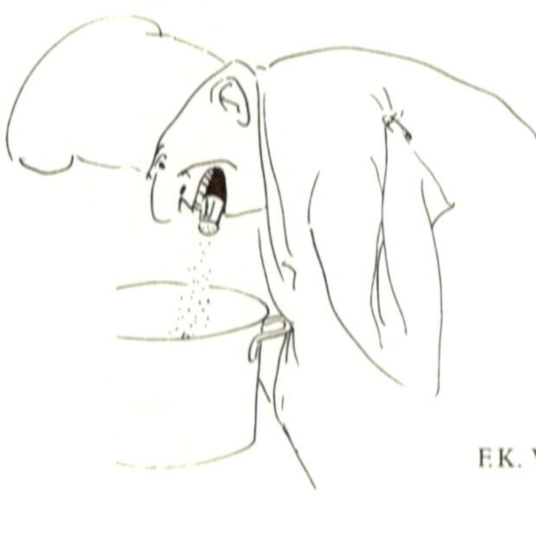

F.K. Waechter

Alter, fand sie, hatte sie sich ihre Freiheit verdient: Da gestand sie ihren venezianischen Freunden, die sie so gern mit Köstlichkeiten frisch aus dem Meer verwöhnten, daß sie gar keinen Fisch mag. Auch an Brunettis Ribolla Gialla würde sie allenfalls nippen. Die Zeit, da sie ein paar Gläser Wein zum Essen trank, sind seit 20 Jahren vorbei. Seitdem wirkt Alkohol wie ein Schlafmittel auf sie.

So gern schreibt Donna Leon über Brunettis Lust am Genuß, daß sie ihn in einem Krimi gleich zweimal hat zu Mittag essen lassen – ohne es zu merken: weil 50 Seiten und zwei Kapitel dazwischen lagen. Erst der Lektorin vom Diogenes Verlag ist es aufgefallen. Daß Paola es als berufstätige Mutter schafft, oft zweimal am Tag ganze Menüs hinzuzaubern – dafür hat Donna Leon eine simple Erklärung: »Sie arbeitet an einer italienischen Universität! Da macht man sich nicht tot.« Außerdem ist die italienische Küche für sie Fast Food der besten Art. Wenn sie heute abend aus Berlin nach Hause kommt, könnte sie sich zum Beispiel ganz schnell Spaghetti mit Tomatensauce, eins ihrer liebsten Gerichte, kochen. Wenn sie nicht, wie jede Woche drei-, viermal, bei Franco und Roberta zum Essen wäre. Die beiden sind ihre besten Freunde, ach was, ihre Familie. Seit den 60er Jahren kennt sie das Juwelierehepaar, wegen ihnen hat sie sich in Venedig niedergelassen.

Sie selber kocht gern, aber nicht so gut (»Roberta ist die Königin der Risotti«) vor allem aber nicht mit dieser lustvollen Leichtigkeit. »Die Angelsachsen sehen Kochen eher als Last: Oh Gott, Du hast die Bensons eingeladen! Es ist wie eine schreckliche Prüfung, durch die man durch muß. Für einen Italiener ist es Vergnügen und Abenteuer: Was koche ich heute?! Und vor allem: Wie kann ich dem andern zeigen, wie sehr ich ihn liebe, indem ich ihn gut füttere.« Für Franco und Roberta »wäre es unvorstellbar!«, daß Donna Leon, wenn sie weder Gäste hat noch eingeladen ist, nicht zum Abendessen kommt.

Nur manchmal denkt sie sich eine Ausrede aus, um zu Hause in Gesellschaft ihrer Zeitschriften zu speisen: *The New York Review of Books*, *The London Review of Books*, *The Times Literary Supplement*... Nur der *New Yorker* taugt zum Essen nicht: Das Papier reflektiert die Lampe zu stark. Fernsehen allerdings würde die Autorin beim Essen nie, sie hat keinen mehr, seit sie bei ihren Eltern ausgezogen ist. Während des Studiums in Massachusetts hat »ein netter Kerl«, den sie in der Bibliothek kennengelernt hat, sie mal eingeladen, hat gekocht, die beiden haben sich an den Tisch gesetzt – der Fernseher lief immer noch. »Ich dachte: Ist Krieg, ist die Atombombe explodiert? Nein, er hat einfach nur beim Essen den Fernseher laufen lassen. Da dachte ich: Bin ich ein Hackbällchen oder was?«

An ihrem Schreibtisch in Venedig kocht Donna Leon die Mahlzeiten der Familie Brunetti wie Pillen zum Glück: Egal, wie abgespannt oder verärgert die Protagonisten sind, das gemeinsame Essen wirkt garantiert und sofort. Nicht zuletzt deswegen lebt die Amerikanerin ja in Venedig: Weil die Italiener gutes, gemeinsames Essen so betrachten wie sie selbst, als etwas ganz Elementares, Emotionales, aber auch Selbstverständliches. Als Teil zivilisierten Lebens, so wie gute Manieren, schöne Kleidung und Haarewaschen. Nichts, womit man protzt, wie die vom Kochen plötzlich besessenen angelsächsischen ›foodies‹, denen sie »sehr, sehr, sehr« skeptisch gegenübersteht.

Schreiben, reden, Schwarze-Johannisbeer-Marmelade einkochen, beobachten (gerne im Restaurant) – was Donna Leon macht, macht sie mit Vergnügen. Sie ißt auch nur, wenn sie Hunger hat, »nicht wie viele Amerikaner: wie Pawlowsche Hunde – es ist da, also essen sie es.« Donna Leon liebt Eis; ihr Großvater hatte eine Milch-Farm, zu der auch ein eigener Eisstand gehörte. Jede Kugel transportiert sie noch heute in ihre Kindheit zurück. Aber lieber ißt sie kein Eis als ein schlechtes.

Warum sie so schlank ist? Donna Leon lacht: »Ich lebe in Venedig!« Mit ihren Fingen läuft sie über die Brücken der Lagunenstadt, treppauf, treppab, steigt die 96 Stufen zu ihrer Wohnung hoch und runter … Außerdem, erklärt sie, essen die Italiener viel, aber wenig: Die Portionen sind winzig im Vergleich zu Amerika. »Wenn man bei Starbucks einen Kaffee bestellt, muß man sich jemanden holen, der einem beim Tragen hilft.«

Das Mittagessen ist vorbei im Hasir, das sie irgendwann entdeckt hat, weil es um die Ecke vom Brandenburger Hof liegt. Türkisch, so was gibt's in Venedig nicht. Die einzigen ausländischen Restaurants dort sind Chinesen von meist zweifelhaftem Ruf. Deswegen nutzt sie ihre Reisen zum Essengehen: In Zürich ist das Hiltl, Europas ältestes vegetarisches Restaurant, ihr »Mekka«, in London zieht sie praktisch beim Inder ein.

Am Freitag fährt sie nach London, um mit der Lektorin ihr neues Manuskript zu besprechen, im Koffer Parmesan und Grappa für Nino. Nino ist der italienische Concierge in ihrem Londoner Hotel, in dem alles schön, nur der Kaffee grauenvoll ist. Nino hat ihr die Filiale von Coffee Republic gegenüber empfohlen. Also steht sie um drei Minuten vor halb acht auf, um halb macht der Coffee-Shop auf, kauft zwei Cappuccino, einen für Nino, einen für sich, geht mit ihrem aufs Zimmer zurück, zieht sich wieder aus, Schlafanzug an, und legt sich noch mal für eine Stunde ins Bett – und liest.

Patricia Highsmith

Bekenntnisse einer ehrbaren Küchenschabe

Edward Gorey

Ich bin umgezogen. Mein Wohnsitz war das Hotel Duke an einer Ecke des Washington Square. Seit Generationen – und darunter verstehe ich mindestens zwei- bis dreihundert Generationen – hatte meine Familie dort ihren Wohnsitz. Aber mir reicht es. Das Hotel ist verkommen. Ich habe noch erlebt, wie meine Ururur- – gehen Sie zurück, soweit Sie wollen, jedenfalls lebte sie noch, als ich mich mit ihr unterhielt – von den guten alten Zeiten erzählte, als die Gäste in Pferdekutschen vorfuhren und Koffer hatten, die nach Leder rochen, Gäste, die ihr Frühstück im Bett einnahmen und für uns ein paar Krümel auf den Teppich fallen ließen. Nicht absichtlich selbstredend, denn auch wir wußten damals noch, wo unser Platz war, nämlich in den Badezimmerecken und unten in der Küche. Heutzutage können wir verhältnismäßig gefahrlos mitten über die Teppiche spazieren, weil die Gäste des Duke viel zu bekifft sind, um uns zu sehen, oder weil sie nicht die Energie aufbringen würden, uns totzutreten, wenn sie uns sähen – oder sie lachen bloß.

Vor dem Eingang des Duke spannt sich heute eine zerlumpte grüne Markise zur Bordsteinkante, so löcherig, daß sie niemandem Schutz vor dem Regen bieten könnte. Man geht vier Zementstufen hinauf in ein schäbiges Foyer mit Schummerbeleuchtung, das nach Haschisch und schalem Whisky riecht. Wahrscheinlich legen die derzeitigen Gäste keinen Wert darauf, ihre Mitbewohner zu erkennen. Im Foyer tritt man sich gegenseitig auf die Füße, so daß es ein leichtes wäre, Bekanntschaften anzuknüpfen, aber meistens entstehen aus diesen Begegnungen nur unfreundliche Wortwechsel. Links vom Foyer liegt ein noch lichtärmeres Loch mit der Bezeichnung Dr. Toomuchs Dance Floor, für das man an der Tür zwei Dollar Eintritt zahlen muß. Asoziales Gelichter. Herrje.

Das Hotel hat sechs Stockwerke, und für gewöhnlich nehme ich den Aufzug oder den Lift, wie man es in letzter Zeit in Nachahmung der Engländer nennt. Warum soll ich die schmierigen Zementlüftungsschächte hinaufkriechen oder Stufe um Stufe erklimmen, wenn ich nur über den zentimeterbreiten Spalt zwischen Flur und Lift springen muß, um mich in die Ecke neben dem Liftboy und seiner Knopfleiste zu verdrücken? Jedes Stockwerk erkenne ich an seinem Geruch. Der fünfte Stock riecht seit über einem Jahr nach Desinfektionsmittel, weil dort eine Schießerei stattgefunden hat und vor dem Lift eine Menge Blut und andere Schweinereien zu sehen waren. Der zweite Stock kann mit einem abgetretenen Teppich aufwarten, und deshalb ist der

Geruch dort staubig und leicht uringetränkt. Im dritten Stock stinkt es nach Sauerkraut (da der Boden gefliest ist, muß wohl jemandem ein Konservenglas aus der Hand gefallen sein) und so weiter. Wenn ich im dritten Stock aussteigen will und der Aufzug nicht anhält, dann fahre ich so lange weiter, bis es soweit ist.

Ich war im Hotel Duke, als 1970 die amerikanische Volkszählung veranstaltet wurde. Was für ein Schwachsinn. Alle bekamen ein Formular, und alle lachten sich tot. Die meisten Gäste haben vermutlich kein Zuhause, aber auf dem Formular wurde gefragt: »Wie viele Zimmer hat Ihr Haus?« und: »Wie viele Badezimmer?« oder: »Wie viele Kinder haben Sie?« und so weiter. »Und wie alt ist Ihre Frau?« Die meisten denken, Küchenschaben könnten kein Englisch oder welche Sprache auch immer in der Nachbarschaft gängig ist. Sie denken, die einzige Sprache, die wir verstehen, wäre das plötzlich eingeschaltete Licht, das »Abhauen!« bedeutet. Wenn man so lange da ist wie wir, nämlich schon lange, lange vor der Ankunft der Mayflower, dann kriegt man mit, was die Leute reden. Und deshalb bekam ich eine Menge Kommentare über die Fragebögen zu hören, die sowieso von keinem der Penner im Duke ausgefüllt wurden. Es war eine amüsante Vorstellung, daß ich den Fragebogen ausfüllen würde – warum eigentlich nicht? Durch langjährig ererbtes Gewohnheitsrecht war ich mehr Hotelbewohner als die menschlichen Tiere. Ich bin eine Küchenschabe (allerdings kein heimlicher Franz Kafka) und ich weiß weder, wie alt meine Frau ist, noch wie viele Frauen ich habe. Letzte Woche waren es noch sieben, wenn man so will, aber wie viele mögen mittlerweile totgetreten worden sein? Und meine Kinder sind nicht zu zählen, eine Formulierung, mit der sich meine zweibeinigen Nachbarn auch schon gebrü-

F.K. Waechter

stet haben, aber sollten sie partout auf einem direkten Vergleich bestehen (je mehr, desto besser, scheint ihre Devise zu sein), dann würde ich auf mich setzen, wenn Sie es wirklich wissen wollen. Ich erinnere mich, daß erst letzte Woche zwei meiner Frauen kurz vor der Niederkunft standen, beide im dritten, dem Sauerkrautstockwerk. Du lieber Himmel, ich war selbst in Eile, da auf der Jagd – ich gestehe es nicht ohne Beschämung – nach Essen, das ich gerochen hatte und in einer Entfernung von hundert Metern vermutete. Kartoffelchips mit Käsegeschmack, wie mir schien. Es paßte mir nicht, meine Frauen so zwischen Tür und Angel abzufertigen, aber meine Bedürfnisse waren vielleicht so dringend wie die ihren, und wo wären sie oder eher unsere

Rasse, wenn ich nicht darauf achten würde, bei Kräften zu bleiben? Im nächsten Moment sah ich eine dritte Ehefrau, zermalmt unter einem Cowboystiefel (die Hippies hier kleiden sich im Westernstil, auch wenn sie aus Brooklyn stammen), obwohl sie wenigstens nicht im Wochenbett war, sondern in die der meinen entgegengesetzten Richtung rannte. Gehab dich wohl! – Doch, ach, ich nehme an, daß sie mich gar nicht gesehen hat. Auch meine zwei Wöchnerinnen werde ich vielleicht nie wiedersehen, wenngleich mir ist, als hätte ich einige unserer Sprößlinge erblickt, bevor ich das Duke verließ. Wer weiß?

Wenn ich manche der Leute hier sehe, kann ich mir nur gratulieren, daß ich eine Küchenschabe bin. Ich bin auf jeden Fall gesünder als sie, und in bescheidenem Rahmen trage ich sogar zu einer sauberen Umwelt bei. Was mich zum Thema bringt. Früher gab es Abfälle in Form von Brotkrümeln, vereinzelten Kanapees, die von Zimmerpartys übrig waren. Die gegenwärtige Klientel des Hotel Duke ißt nicht. Sie ernährt sich von Rauschgift und Alkohol. Die guten alten Zeiten kenne ich nur aus den Erzählungen meiner Ururururgroßmütter und -väter. Aber ich glaube ihnen. Sie sagten, man hätte beispielsweise in einen Schuh vor einer der Zimmertüren springen können und wäre um acht Uhr morgens von einem Hoteldiener zusammen mit dem Tablett ins Zimmer gebracht worden, wo einen dann ein Frühstück aus Croissantkrümeln erwartete. Auch die Tage des Schuhputzens sind vorbei, denn wenn heute jemand die Schuhe vor sein Zimmer stellte, dann würden sie nicht nur nicht geputzt, sondern gestohlen. Alles, was man sich heute von diesen haarigen Ungeheuern in ihren Wildlederfransenjacken und von ihren spindeldürren Freundinnen erhoffen kann, ist, daß sie alle Jubeljahre einmal ein Bad nehmen und einem ein paar Tropfen Wasser zum Trinken in der Wanne übriglassen. Aus einer Toilettenschüssel zu trinken ist gefährlich, und in meinem Alter will ich so ein Risiko nicht eingehen.

Aber ich wollte von meinem neuen Glück erzählen. Letzte Woche reichte es mir wirklich: Eine junge Ehefrau war vor meinen Augen durch einen unbedachten Schritt zertreten worden (ich weiß noch, daß sie sich an den Rand des Flurs gehalten hatte), und in einem Zimmer amüsierten sich unterbelichtete Junkies damit – ich übertreibe nicht –, ihr Essen vom Boden aufzulecken. Junge Männer und Frauen, splitterfasernackt, die so taten, als hätten sie aus irgendeinem idiotischen Grund keine Hände, und ihre Sandwiches wie Hunde zu fressen versuchten und über den ganzen Boden verstreuten und sich selbst in Salami, Gürkchen und Mayonnaise wälzten. Zu essen gab es dieses eine Mal genug, aber mir war es zu riskant, zwischen den Körpern umherzuflitzen. Gefährlicher als Füße. Aber überhaupt Sandwiches zu sehen zu bekommen – heutzutage eine Seltenheit. Es gibt kein Restaurant mehr, denn die Hälfte der Zimmer im Hotel Duke sind in sogenannte Apartments mit Kühlschränken und Herdplatten umgewandelt. Unter Lebensmitteln verstehen diese Leute in der Hauptsache Tomatensaft für ihre Bloody Marys. Keiner brät sich auch nur ein Spiegelei. Das wäre auch schwierig, da das Hotel den Gästen weder Pfannen noch Töpfe, Dosenöffner oder Besteck zur Verfügung stellt, weil alles umgehend geklaut würde. Und keiner dieser Geistesriesen käme auf den Gedanken, seinen Hintern zu heben und sich selbst einen Topf zu besorgen, um eine Suppe warm zu machen. Deshalb ist hier Schmalhans Küchenmeister, um es poetisch auszudrücken. Und das ist noch nicht das Schlimmste, was die »Serviceleistungen«

F.K. Waechter

betrifft. Die meisten Fenster sind undicht, die Betten sehen aus wie ausgebeulte Hängematten, die Stühle sind wackelig, und die sogenannten Sessel, maximal einer pro Zimmer, sind Marterinstrumente, deren Federn sich in die Weichteile bohren. Die Waschbecken sind in der Regel verstopft, und die Wasserspülung der Toiletten geht entweder gar nicht oder pausenlos. Und die Diebstähle! Ich habe genug mit angesehen. Zimmermädchen geben den Generalschlüssel weiter, und schon verschafft sich ein Dieb Zutritt und verschwindet mit dem Kofferinhalt unter dem Arm, in den Taschen oder in einem Kissenbezug, der als Schmutzwäsche getarnt wird.

Wie auch immer, vergangene Woche war ich in einem vorübergehend leerstehenden Zimmer des Duke und ver-

F.K. Waechter

suchte eine Brotkrume oder einen Tropfen Wasser aufzustöbern, als plötzlich ein schwarzer Hotelpage mit einem Koffer erschien, der nach Leder roch. Ihm folgte ein Herr, der nach Aftershave roch und selbstverständlich nach Tabak, wie das üblich ist. Er packte seine Sachen aus, legte Unterlagen auf den Schreibtisch, prüfte das warme Wasser und brummte dabei etwas vor sich hin, testete die Wasserspülung und die Dusche, die das ganze Badezimmer naßspritzte, und dann rief er die Rezeption an. Das meiste, was er sagte, konnte ich verstehen. Im großen und ganzen sagte er, für den Zimmerpreis dürfe man wohl erwarten, daß verschiedene Dinge besser funktionierten, und daß er gern ein anderes Zimmer hätte.

Ich lauerte in meiner Ecke, durstig, hungrig, aber voller Interesse und außerdem im Wissen, daß dieser Herr mich zertreten würde, wenn ich es wagen sollte, mich auf dem Teppich blicken zu lassen. Ich wäre dann nur ein weiterer Beschwerdepunkt auf seiner Liste gewesen. Die alte Fenstertür ging auf (es war ein windiger Tag), und die Papiere wurden über das ganze Zimmer verstreut. Er mußte einen Stuhl unter die Klinke kippen, um das Fenster geschlossen zu halten, bevor er fluchend seine Papiere aufsammelte.

»Washington Square! – Henry James würde sich im Grabe umdrehen!«

Ich erinnere mich an seine Worte, weil er sich dabei an die Stirn schlug, als wollte er eine Mücke treffen.

Ein besäuselter Hotelpage in der abgetragenen dunkelblauen Livree des Etablissements erschien und machte sich ergebnislos am Fenster zu schaffen. Es zog fürchterlich, das Fenster klapperte ohrenbetäubend, und alles mußte beschwert werden, sogar die Zigarettenschachtel, weil es sonst vom Tisch geweht worden wäre. Als der Page sich die Dusche ansah, wurde er von Kopf bis Fuß naß, worauf er sich mit dem Bescheid verabschiedete, er wolle den »Mechaniker« kommen lassen. Der Mechaniker im Hotel Duke ist ein Witz, den ich nicht weiter kommentieren will. Er ließ sich jedenfalls nicht blicken – wahrscheinlich weil sich dem Gefasel des Pagen nichts Vernünftiges entnehmen ließ –, und der Herr nahm den Telefonhörer ab und sagte: »Können Sie mir bitte jemand möglichst Nüchternen schicken, der mir den Koffer herunterträgt?... Oh, behalten Sie das Geld, ich ziehe aus. Und rufen Sie mir bitte ein Taxi.«

In diesem Augenblick faßte ich meinen Entschluß. Während der Herr packte, verabschiedete ich mich im Geist von all meinen Ehefrauen, Brüdern, Schwestern, Cousins, Kindern, Enkeln und Urenkeln, und dann bestieg ich den wunderschönen Koffer, der nach Leder roch. Ich krabbelte in ein Fach im Kofferdeckel und machte es mir in einem Plastikfutteral gemütlich, das nach Rasierseife und Aftershave duftete und in dem mir nichts passieren konnte, wenn der Kofferdeckel geschlossen wurde.

Eine halbe Stunde später befand ich mich in einem wärmeren Zimmer mit einem dicken Teppich, der nicht nach Staub roch. Der Herr nimmt sein Frühstück morgens um halb acht im Bett ein. Im Flur kann ich mich von den Tabletts vor den Zimmern auf dem Boden bedienen – es gibt sogar Rühreireste und immer Brötchen mit Marmelade und Butter. Mußte gestern um mein Leben rennen, als ein Kellner in weißer Jacke mich dreißig Meter den Flur entlang verfolgte und mit beiden Füßen zutrat, mich aber jedesmal verfehlte. Noch bin ich rüstig, und das Leben im Hotel Duke war ein gutes Training!

Die Küche habe ich bereits lokalisiert, selbstverständlich per Lift. Viel zu essen in der Küche, aber der Nachteil ist, daß einmal in der Woche der Kammerjäger kommt. Habe vier potentielle Ehefrauen kennengelernt, allesamt ein bißchen schwächlich durch das wöchentliche Ausräuchern, aber entschlossen, in der Küche auf dem Posten zu bleiben. Ich wohne oben. Keine Konkurrenz und massenhaft Frühstückstabletts und ab und zu Mitternachtssnacks. Mag sein, daß ich mittlerweile zum alten Hagestolz tendiere, aber noch regt sich genug Leben in mir, wenn sich eine potentielle Ehefrau zeigt. Auf jeden Fall habe ich ein wesentlich besseres Los erwischt als die Zweibeiner im Hotel Duke, die ich Dinge essen gesehen habe, die ich nicht in den Mund nehmen würde, im wörtlichen wie im übertragenen Sinn. Das machen sie, weil sie wetten. Wetten! Das ganze Leben ist ein Glücksspiel, oder? Warum da noch wetten?

Loriot

Das Frühstücksei

Ein Ehepaar sitzt am Frühstückstisch.
Der Ehemann hat sein Ei geöffnet und beginnt nach einer längeren Denkpause das Gespräch.

ER Berta!

SIE Ja . . . !

ER Das Ei ist hart!

SIE *(schweigt)*

ER Das Ei ist hart!

SIE Ich habe es gehört . . .

ER Wie lange hat das Ei denn gekocht . . .

SIE Zu viel Eier sind gar nicht gesund . . .

ER Ich meine, wie lange dieses Ei gekocht hat . . .

SIE Du willst es doch immer viereinhalb Minuten haben . . .

ER Das weiß ich ...

SIE Was fragst du denn dann?

ER Weil dieses Ei nicht viereinhalb Minuten gekocht haben kann!

SIE Ich koche es aber jeden Morgen viereinhalb Minuten!

ER Wieso ist es dann mal zu hart und mal zu weich?

SIE Ich weiß es nicht ... ich bin kein Huhn!

ER Ach! ... Und woher weißt du, wann das Ei gut ist?

SIE Ich nehme es nach viereinhalb Minuten heraus, mein Gott!

ER Nach der Uhr oder wie?

SIE Nach Gefühl ... eine Hausfrau hat das im Gefühl.

ER Im Gefühl? ... Was hast du im Gefühl?

SIE Ich habe es im Gefühl, wann das Ei weich ist ...

ER Aber es ist hart ... vielleicht stimmt da mit deinem Gefühl was nicht ...

SIE Mit meinem Gefühl stimmt was nicht? Ich stehe den ganzen Tag in der Küche, mache die Wäsche, bring deine Sachen in Ordnung, mache die Wohnung gemütlich, ärgere mich mit den Kindern rum, und du sagst, mit meinem Gefühl stimmt was nicht!?

ER Jaja ... jaja ... jaja ... wenn ein Ei nach Gefühl kocht, dann kocht es eben nur zufällig genau viereinhalb Minuten!

SIE Es kann dir doch ganz egal sein, ob das Ei zufällig viereinhalb Minuten kocht ...
Hauptsache, es kocht viereinhalb Minuten!

ER Ich hätte nur gern ein weiches Ei und nicht ein zufällig weiches Ei! Es ist mir egal, wie lange es kocht!

SIE Aha! Das ist dir egal . . . es ist dir also egal, ob ich viereinhalb Minuten in der Küche schufte!

ER Neinnein . . .

SIE Aber es ist nicht egal . . . das Ei muß nämlich viereinhalb Minuten kochen . . .

ER Das habe ich doch gesagt . . .

SIE Aber eben hast du doch gesagt, es ist dir egal!

ER Ich hätte nur gern ein weiches Ei . . .

SIE Gott, was sind Männer primitiv!

ER *(düster vor sich hin)* Ich bringe sie um . . . morgen bringe ich sie um . . .

Sempé

Im Moment schmurgelt bei mir so einiges: ein Chateaubriand – die ultimative Biographie! –, ein Essay über Kernenergie und ein Schlüsselroman.

Jakob Arjouni

Und jetzt wird was Schönes gegessen!

Ringo, 35 Jahre, freier Journalist, wohnhaft in Berlin Schöneberg, hielt einen späten Mittagsschlaf und träumte: ein großes, herrschaftliches Gebäude mit Garten (ein ehemaliges Weingut oder Schlößchen) am See (zum Beispiel am Comer See) mit eigenem Steg und Segelboot. Am gegenüberliegenden Ufer ein malerisches Städtchen mit Cafés, deren bunt gestreifte Markisen in der Abendsonne herüberleuchten, davor ein langsam dahingleitender Ausflugsdampfer mit flatternden Fähnchen und Touristen. Im Garten um das Gebäude, zwischen Oliven- und Lorbeerbäumen, Rosenbüschen und über Holzgerüste kletterndem Wein, mehrere mehr oder weniger versteckte Sitzecken mit alten Metallgartenmöbeln, von denen hellblaue oder lindgrüne Farbe blättert. Vor dem Gebäude eine Terrasse mit Terracotta-Kacheln, einem einfachen, etwa zehn Meter langen Bauerntisch, ebenso einfachen Holzstühlen und einer aus Natursteinen gemauerten Feuerstelle, über der zu Festen ganze Lämmer und Ziegen gegrillt werden.

Doch heute ist ein normaler Abend. Ein paar Freunde sind gekommen, zum Aperitif gibt es Champagner und einen von Ringo erst letzte Woche entdeckten Weißwein aus der Gegend, durch die geöffneten Küchenfenster zieht der Duft von Anna-Elenas Tintenfisch-Risotto und vermischt sich mit dem Aroma der Lorbeerbäume, und aus einem Zimmer im ersten oder zweiten Stock tönt die neue Tord-Gustavsen-CD. Fast alle sitzen auf der Terrasse mit Blick auf den See, nur die jungen Kerls Illies und Stuckrad-Barre sind noch mit zwei MTV-Moderatorinnen am Baden, und Judith Hermann spaziert leise singend durch den Garten. Harald Schmidt und Robert Gernhard fläzen sich abseits der Runde in Liegestühle und unterhalten sich über den letzten Gedichtband von Hans Magnus Enzensberger, während am Tisch eine Diskussion über das neue Layout der *Weltwoche* im Gange ist. Ein Kerl – Ringo hat den Namen vergessen – vom *Stern* sagt: »Der Rahmen ist alles. Vergiß den Text. Wenn der Rahmen sexy ist, wirst du sogar irgendeine Scheiß-Abhandlung über Kaninchenzucht lesen.«

»Was heißt hier Scheiß-Abhandlung über Kaninchenzucht: Kaninchenzucht interessiert mich sehr, schließlich sind Kaninchennieren – wie meine Oma sich ausdrücken würde – meine Leibspeise!« erwidert der Fotograf, der gekommen ist, um Ringos Heim für *Marie Claire Maison* abzulichten.

Die Runde lacht. Ringo lacht mit, während er den Blick über den See schweifen läßt und denkt ›wie klein wir sind, wie verantwortungslos und unschuldig‹. Dann beugt sich Anna-Elena durchs Küchenfenster und kündigt an, daß das Risotto in zehn Minuten serviert werde.

Der Kerl vom *Stern* sagt: »Eins der drei Gerichte, die ich auf eine einsame Insel mitnehmen würde.«

Durs Grünbein fragt: »Hä?«

»Kennst du nicht? Altes Autofahrerspiel: Welche drei Gerichte, welche drei Früchte, welche drei Bücher, welche drei sonstwas würdest du auf eine einsame Insel mitnehmen.«

»Ach so«, sagt Durs Grünbein, »das ist aber ein schönes Spiel.«

»Ja, und Risotto gehörte immer zu meinen drei Gerichten. Allerdings...«, der Kerl vom *Stern* schaut Ringo neckisch an, »hab ich das schon oft richtig gegessen: nämlich serviert in der Rinde eines halben Parmesankäses.«

Ringo lächelt undurchdringlich. »Der Hunger wird's reintreiben.« Und während die anderen wieder lachen, schaut Ringo unauffällig auf die Uhr und fragt sich, wo sie bleibt. Um sechs war ihr Flugzeug gelandet. Spätestens um acht wollte sie dasein. Anna-Elena sollte das Risotto um Punkt acht fertig haben.

»Wer kommt mit in den Keller und hilft mir, ein paar Flaschen Wein hochzubringen?« fragt Ringo.

Durs Grünbein meldete sich mit Fingerschnipsen. »Au ja, ich!«

Als sie mit zwei Kisten neunundneunziger Corbières Château Grand Moulin aus dem Keller zurückkommen, haben Harald Schmidt, Robert Gernhard und die zwei MTV-Moderatorinnen angefangen, den Tisch zu decken. Da läutete es an der Haustür. Ringo macht Anna-Elena, der fünfzigjährigen Haushälterin und Köchin, ein Zeichen durchs Küchenfenster, daß er selbst öffnen gehe. Durch den Wintergarten, das Eßzimmer und den Raum mit seiner Blechspielzeugsammlung gelangt Ringo in die große Eingangshalle, schaut kurz in den Spiegel neben der Garderobe und zieht die Tür auf.

»Na endlich, mein Schatz!« Er nimmt Sandra Maischberger in die Arme, sie küssen sich erst auf die Wangen, dann richtig auf den Mund mit Zunge. Nach ein paar Minuten lösen sie sich voneinander, Ringo nimmt die lederne Reisetasche von der Eingangstreppe, sie gehen ins Haus, und Sandra Maischberger sagt: »Es war furchtbar. Erst hat sich der Abflug verspätet, und dann sind wir noch eine halbe Stunde über Mailand gekreist, bevor wir endlich landen konnten.«

Auf der Terrasse großes Hallo. Dann bringen Anna-Elena und ihr sechzehnjähriger Sohn Marco zwei Schüsseln voll Risotto. Ehe sie wieder in der Küche verschwinden, begrüßt Sandra Maischberger Anna-Elena mit Umarmung und kneift Marco zärtlich in die Wange. »Na, du wirst ja auch immer hübscher.«

Das Essen beginnt, und während der von allen Seiten bekundeten Begeisterung (»Oh, wie gut!«, »Phantastisch!«, »Ein Götterschmaus!«, »Schwarzes Manna!«) lehnt sich Ringo zu dem Kerl vom *Stern* und sagt: »Tintenfischrisotto in Parmesankäsehälften – ißt man das so in Hamburg?«

Der Kerl vom *Stern* winkt lachend ab. »Ich bin ein Idiot. Hätt ich wirklich am Geruch erkennen müssen.«

Nach dem Essen gibt es Café und Armagnac, die letzten Sonnenstrahlen fallen in den Garten, Windlichter werden angezündet, und gerade als Ringo sich hinter Sandra Maischberger setzt, um ihr den vom Flug verspannten Nacken zu massieren, ruft Anna-Elena durchs Küchenfenster: »Telefono!«

»Hi Ringo, hier ist Bob vom *New Yorker.* Tut mir leid, wenn ich störe, aber wir brauchen dich dringend.«

»Schieß los.«

»Wir wollen im nächsten Heft eine große Story über den Bürgerkrieg in Nigeria bringen und die Rolle, die die amerikanischen Ölmultis dabei spielen. Und wir dachten natürlich an dich. Etwa fünfzehn Seiten, Honorar was immer du willst. Doch hier ist der Haken: Du mußt in zwei Stunden los. Dein Flug Mailand–Lagos ist für heute nacht halb eins europäische Zeit gebucht. Morgen nachmittag hast du einen Termin mit dem Führer der Aufständischen.«

Ringo kommt auf die Terrasse zurück und sagt, während er Sandra Maischberger mit schwerer Hand über den Kopf streicht: »Tut mir leid, Freunde, aber ich muß sofort nach Nigeria. Macht einfach weiter, und wenn's irgendwelche Fragen gibt, wendet euch an Anna-Elena.«

Gegen sieben Uhr abends erwachte Ringo, kochte sich einen Tee, setzte sich an den Schreibtisch und arbeitete bis zehn an einer Reportage über die Schwierigkeiten Berliner Gymnasiallehrer im Umgang mit der neuen Rechtschreibreform. Dann wärmte er sich einen Rest Nudeln vom Vortag auf, schaltete den Fernseher an und schaute die Tagesthemen.

Komm, sei artig und
iß deinen Missionar!

Ronald Searle

Arnon Grünberg

Die Kneifzange

Ein niederländisches Ehepaar, das schon einige Zeit in New York wohnte, hatte mich zum Tee eingeladen. Aus verschiedenen Gründen konnte ich die Einladung nicht ablehnen.

Sie bewohnten ein luxuriöses Appartement auf der Upper East Side. Ein Liftboy brachte mich zur Wohnungstür.

Außer dem Ehepaar waren auch ihre Tochter, ein pensionierter Diplomat, eine Galeristin und ein Herr, der sich als Kolonel vorstellte, zum Tee anwesend. Ich gab mir die größte Mühe, niemanden vor den Kopf zu stoßen, obwohl offensichtlich war, daß ich hier samt und sonders mit Leuten zu tun hatte, die sehr leicht vor den Kopf zu stoßen waren.

Kurz nachdem wir Sandwiches mit Thunfischsalat serviert bekommen hatten, verspürte ich ein dringendes Bedürfnis, die Toilette aufzusuchen.

Die Gastgeberin begleitete mich zum Badezimmer. Sie machte mir sogar das Licht an und flüsterte: »Du weißt doch, wie viel wir für dich tun können?«

Als ich mich nach zehn Minuten etwas besser fühlte, war mir klar, daß nur die Spülung betätigen nicht genügen würde. Ich mußte die Toilette saubermachen, jedenfalls, wenn ich niemanden vor den Kopf stoßen wollte. Und das wollte ich ja nicht.

Das Badezimmer war gut ausgestattet. Ich sah einen Fön, mehrere Sorten Lippenstift, eine altmodische Rasierklinge, aber keine Toilettenbürste. Erst nach fünf Minuten entdeckte ich sie. Sie sah aus wie eine Palme. Ich wienerte das Toilettenbecken mit der Palmformbürste, wie ich nur selten ein Toilettenbecken gewienert hatte. Offenbar wienerte ich etwas zu stürmisch, denn plötzlich brach der Bürstenkopf ab. Ich hatte nur noch die Palme in der Hand. Die Bürste selbst steckte tief in der Schüssel, dort, wo diese langsam in das Abflußrohr übergeht. Ich drückte mit der Palme gegen die Bürste, doch das hatte zur Folge, daß die Bürste noch tiefer im Abflußrohr verschwand. Mir war klar, daß ich das Badezimmer so nicht verlassen konnte. Ich mußte die Palmenbürste reparieren. Ich lief ein paarmal auf und ab, wobei ich zu mir sagte: »Verlier jetzt nicht die Nerven, verlier jetzt nicht die Nerven.«

Dann kam ich auf die Idee, noch mal die Spülung zu betätigen. Vielleicht würde die Kraft des Wasser dafür sorgen, daß sich die Bürste löste.

Chaval

Chaval

Ich drückte, aber die Bürste rührte sich keinen Millimeter. Im Gegenteil, sie blockierte den Abfluß, so daß das Wasser nicht ablief, sondern emporschoß. Es füllte die ganze Schüssel und begann langsam herauszutropfen, auf den Marmor. Es war kein sauberes Wasser. Ich sah die Reste meiner Ausscheidungen im Wasser treiben.

Ich verfluchte mich selbst und dachte: Du verdienst nicht zu leben. Dann dachte ich: Warum kaufen Leute aber auch Toilettenbürsten, die wie Palmen aussehen? Ich sah das Rasiermesser des Hausherrn und fragte mich, warum man immer von Leuten liest, die aus Liebe oder wegen zu großer Schulden Selbstmord begehen, aber warum sich in der gesamten Literaturgeschichte noch nie jemand wegen einer Toilettenbürste den Tod gegeben hat.

In dem Moment klopfte es an die Tür. »Alles in Ordnung?« fragte die Frau des Hauses. »Ja«, antwortete ich, »langsam kommt es raus.« Mir war klar, daß ich keine Wahl hatte. Ich steckte die Hand ins Toilettenbecken, jetzt tropften noch mehr Wasser und Dreck über den Rand, und zog mit aller Kraft, die ich in mir hatte, an der Bürste. Doch wie sehr ich auch zog, die Bürste steckte bombenfest. Außerdem war sie ziemlich glitschig, so daß sie mir immer wieder aus den Fingern rutschte.

Meine Kleidung war bekleckert, aber das fiel mir kaum auf. Ich brauchte eine Kneifzange, nur eine Kneifzange konnte mich noch retten. Ich durchsuchte das ganze Badezimmer, doch natürlich war da keine Kneifzange zu finden.

Schließlich öffnete ich die Tür. Das Bad grenzte direkt ans Wohnzimmer. Ich streckte den Kopf heraus. Alle sahen mich an. »Ich brauche eine Kneifzange«, sagte ich leise. »Hat jemand zufällig eine Kneifzange zur Hand?«

Ein paar Sekunden lang blieb es totenstill. Darum sagte ich sicherheitshalber: »Es ist dringend.«

Dann begannen alle durcheinander zu flüstern, ohne daß mir irgendwer mit einer Kneifzange geholfen hätte. Ich hörte den Kolonel wispern: »Das wundert mich nicht, wenn man sein Buch gelesen hat.« Da ging mir ein Licht auf: Sie dachten, daß ich mich mit der Kneifzange selbst befriedigen wollte.

»Ich muß etwas reparieren«, rief ich.

Schließlich verstummte das Geflüster, und die Frau des Hauses überreichte mir eine Kneifzange. Sie blieb einigermaßen auf Distanz und hatte einen irren Blick in den Augen.

Sobald ich die Kneifzange hatte, schloß ich mich wieder ein. Doch auch mit der Kneifzange gelang es mir nicht, die Bürste herauszuziehen. Das einzige, was mir damit gelang, war, sie noch tiefer in das Abflußrohr hineinzuschieben. Als die Bürste zuletzt ganz darin verschwunden war, begann das Wasser langsam zu sinken. Es dauerte ungefähr zehn Minuten, bis es ganz abgelaufen war. Mit Toilettenpapier machte ich alles so gut wie möglich wieder sauber. Da ich nicht wagte, noch mal auf die Spülung zu drücken, versteckte ich das Toilettenpapier irgendwo hinten in einem Schrank.

Ich bedankte mich freundlich für die Kneifzange und setzte mich wieder auf meinen Platz. Plötzlich stieß die Galeristin neben mir einen Schrei aus. Ich war gerade dabei, mir ein Stück Sandwich in den Mund zu schieben. Sie zeigte auf meinen Ärmel. Erst in dem Moment sah ich, daß ein Fitzelchen Scheiße an meinem Ärmel klebte. »Es war ein Unfall«, sagte ich noch, doch niemand hörte mir zu. Fenster wurden geöffnet, und ich bekam nichts mehr zu trinken angeboten. Wieder hörte ich den Kolonel flüstern: »Das wundert mich nicht, wenn man sein Buch gelesen hat.« Fünf Minuten später verließ ich die Wohnung. Niemand schüttelte mir die Hand. Auf dem Flur stand der Liftboy schon bereit, doch ich ließ ihn stehen und nahm die Feuertreppe.

René Goscinny & Jean-Jacques Sempé

Der kleiner Nick und die Familienfeier

Heute ist ein besonderer Tag – der Geburtstag von Oma. Das ist die Mama von meiner Mama, und jedes Jahr trifft sich die Familie zur Geburtstagsfeier in einem Restaurant zum Essen, und das ist lustig.

Als Papa, Mama und ich in dem Restaurant angekommen sind, waren alle schon da. Mitten im Restaurant war ein großer Tisch mit Blumen drauf, und die Familie hat drum herumgestanden, und alle haben gerufen und gelacht und sie haben uns begrüßt. Die anderen Gäste in dem Restaurant waren nicht so laut, aber sie haben gelacht. Wir haben Oma umarmt, die saß am Ende vom Tisch, und Papa hat zu ihr gesagt: »Du wirst auch mit jedem Jahr jünger, liebste Schwiegermutter!« Die Oma hat ihm geantwortet: »Du hingegen, lieber Schwiegersohn, siehst abgespannt aus, du solltest dich nicht überarbeiten!« Dann war Onkel Eugen da, der Bruder von Papa, der ist dick und rot und lacht die ganze Zeit. »Wie geht es dir, alter Bürstenbinder?« hat er zu Papa gesagt und da hab ich lachen müssen, nämlich das hab ich noch nie gehört und das muß ich meinen Freunden erzählen. Onkel Eugen, den hab ich gern, er ist sehr komisch und erzählt immer Witze. Es ist nur schade, immer wenn er damit anfängt, werde ich rausgeschickt. Dann waren da noch Onkel Kasimir – der sagt nie viel – und Tante Mathilde, die redet die ganze Zeit; Tante Dorothea, die ist die Älteste, und sie schimpft mit allen, Martina, das ist die Kusine von Mama, die ist sehr hübsch und Papa hat es ihr gesagt, und Mama hat zu Martina gesagt, sie muß den Friseur wechseln, die Dauerwelle ist unmöglich. Dann waren noch Onkel Silvio da und Tante Amalia – die ist oft krank und hat schon viele Operationen gehabt, und sie erzählt die ganze Zeit davon. Sie hat schon Recht, denn die Operationen haben viel gebracht: Tante Amalia sieht wirklich kerngesund aus! Dann waren noch meine Vettern da, die sehe ich nicht so oft, nämlich die wohnen weit weg, Rolf und Lambert, aber die sind ein bißchen kleiner als ich und sie sind sich ganz ähnlich, weil sie am selben Tag geboren sind, ihre Schwester Klara, die ist so alt wie ich und hat ein blaues Kleid angehabt, und mein Vetter Elmar, der ist ein bißchen größer als ich, aber nicht viel.

Die Großen haben uns über den Kopf gestrichen, Rolf, Lambert, Klara, Elmar und mir, sie haben zu uns gesagt, wir sind aber tüchtig gewachsen, und sie haben uns gefragt, ob wir in der Schule auch fleißig lernen und wie viel acht mal zwölf ist, und Onkel Eugen hat mich gefragt, ob ich schon eine kleine Freundin habe, und Mama hat gesagt: »Eugen – du änderst dich auch nie!«

»Gut«, hat die Oma gesagt, »wir könnten jetzt allmählich mal Platz nehmen, es ist schon spät.« Und alle haben angefangen, sich einen Platz zu suchen. Onkel Eugen hat gesagt, er weist allen die Plätze zu. »Martina, du setzt dich neben mich, Dorothea neben meinen Bruder...« Aber Papa hat ihn unterbrochen und hat gesagt, das geht nicht auf die Weise, wie er sich das gedacht hat. Aber Tante Dorothea hat Papa nicht ausreden lassen, und sie hat zu ihm gesagt, vielleicht ist sie nicht mehr so liebenswert und wir sehen uns doch nicht so oft, und man sollte sich Mühe geben, ein bißchen höflich zu sein. Martina hat gelacht, aber Papa hat nicht gelacht und er hat zu Onkel Eugen gesagt, er muß sich wohl immer aufspielen. Oma hat gesagt, das fängt ja gut an.

Ein Kellner, der energischer aussah als die anderen, ist zu Oma gekommen und hat gesagt, es ist schon spät, und sie hat gesagt, der Oberkellner hat uns geraten, Platz zu nehmen, egal wie, und da haben sich alle hingesetzt, Kusine Martina neben Onkel Eugen und Tante Dorothea neben Papa. »Ich denke«, hat der Oberkellner gesagt, »wir setzen die Kinder ans Ende der Tafel.«

»Sehr gute Idee«, hat Mama gesagt. Aber Klara hat angefangen zu weinen und sie hat gesagt, sie will bei den Großen sitzen, mit ihrer Mama, man muß ihr das Fleisch schneiden und es ist nicht gerecht und sie wird bestimmt krank. Die anderen Gäste von dem Restaurant haben aufgehört zu essen, und sie haben alle zu uns rübergeschaut. Der Oberkellner ist ganz schnell gekommen und er hat ärgerlich ausgesehen. »Ich bitte Sie!«, hat er gesagt. »Ich bitte Sie!«

Da sind alle aufgestanden, damit Klara einen Platz neben Tante Amalia haben kann, das ist ihre Mama. Als sich alle wieder hingesetzt haben, hat jeder einen anderen Platz gehabt, außer Onkel Eugen, der saß immer noch neben

Martina, und Papa, der saß zwischen Tante Dorothea und Amalia, und die fing gerade an, ihm von einer fürchterlichen Operation zu erzählen.

Ich, ich hab am Ende vom Tisch gesessen mit Rolf, Lambert und Elmar. Die Kellner haben angefangen, die Austern zu servieren.

»Für die Kinder«, hat Tante Mathilde gesagt, »keine Austern, vielleicht etwas Aufschnitt.«

»Warum krieg ich keine Austern?« hat Elmar gerufen.

»Weil du sie nicht magst, Liebling«, hat Tante Mathilde gesagt – das ist die Mama von Elmar.

»Mag ich wohl!« hat Elmar gerufen. »Ich will auch Austern!«

Der Oberkellner ist gekommen, sehr verärgert, und Tante Mathilde hat gesagt: »Geben Sie dem Kleinen ein paar Austern.«

»Das ist ja eine komische Erziehungsmethode«, hat Tante Dorothea gesagt. Das hat aber Tante Mathilde nicht gefallen. »Meine liebe Dorothea«, hat sie gesagt, »laß mich bitte mein Kind so erziehen, wie ich es für richtig halte. Immerhin bist du ledig und hast von Kindererziehung sowieso keine Ahnung.«

Tante Dorothea hat angefangen zu weinen, sie hat gesagt, niemand liebt sie und sie ist sehr unglücklich – genau wie Adalbert in der Schule, wenn man ihm sagt, er ist der Liebling von unserer Lehrerin. Alle sind aufgestanden, um Tante Dorothea zu trösten, und dann ist der Oberkellner angekommen mit allen Kellnern, und die brachten eine Menge Austern. »Platz nehmen!«, hat der Oberkellner gerufen. Die Familie hat sich wieder hingesetzt, und ich habe gesehen, wie Papa versucht hat, den Platz zu wechseln, aber das hat nicht geklappt.

»Hast du gesehen«, hat Elmar gesagt, »ich hab Austern!« Ich habe nichts gesagt und hab meine Salami gegessen. Elmar hat seine Austern angeschaut, aber er hat sie nicht gegessen. »Was denn?«, hat Tante Mathilde gesagt. »Ißt du sie nicht, deine Austern?«

»Nein«, hat Elmar gesagt.

»Siehst du, Mama hat Recht gehabt«, hat Tante Mathilde gesagt. »Du magst sie nicht, die Austern.«

»Mag ich schon«, hat Elmar gerufen, »aber die sind nicht frisch!«

»Eine schöne Entschuldigung«, hat Tante Dorothea gesagt.

»Das ist keine Entschuldigung!«, hat Tante Mathilde gerufen. »Wenn der Kleine sagt, die Austern sind nicht frisch, dann sind sie nicht frisch! Übrigens finde ich auch, daß sie einen merkwürdigen Geschmack haben.«

Der Oberkellner ist gekommen, sehr nervös.

»Ich bitte Sie«, hat er gesagt, »ich bitte Sie!«

»Ihre Austern sind nicht frisch«, hat Tante Mathilde gesagt. »Nicht wahr, Kasimir?«

»Ja«, hat Onkel Kasimir gesagt.

»Aha – seht ihr, ich habe es ihm nicht eingeredet!« hat Tante Mathilde gesagt.

Der Oberkellner hat einen Seufzer ausgestoßen und er hat die Austern abtragen lassen – außer denen von Tante Dorothea. Danach ist der Braten gebracht worden, der war sehr gut; Onkel Eugen hat Witze erzählt, aber sehr leise, und die Kusine Martina hat die ganze Zeit gelacht. Tante Amalia hat das Fleisch geschnitten und mit Papa gesprochen und Papa hat aufgehört zu essen, und dann mußte Tante Amalia schnell raus, mit Lambert und Rolf, denen ist nicht gut gewesen. – »Natürlich«, hat Tante Dorothea gesagt, »wenn man die Kinder überfüttert...« Der Oberkellner hat neben unserem Tisch gestanden und er hat gar nicht gut ausgesehen und er hat sich mit dem Taschentuch die Stirn abgewischt.

Elmar hat mir beim Nachtisch (Kuchen!) erzählt, er hat spitzenmäßige Schulkameraden und er ist der Bandenchef. Ich, ich hab gelacht, nämlich meine Freunde sind viel besser als seine: Otto, Georg, Roland, Franz und die anderen – die sind nicht zu vergleichen mit Elmars Schulkameraden. »Deine dämlichen Freunde«, hab ich zu Elmar gesagt, »und außerdem: Ich bin auch Bandenchef und du bist blöd!« Und wir haben uns verhauen. Papa, Mama und Tante Mathilde sind gekommen, um uns zu trennen, und dann haben sie sich gestritten, Klara hat angefangen zu weinen, und alle sind aufgestanden und haben geschimpft, auch die anderen Gäste und der Oberkellner.

Als wir nach Hause gekommen sind, sahen Papa und Mama nicht besonders glücklich aus. Das kann ich verstehen. Es ist traurig, daß man jetzt wieder ein Jahr warten muß bis zum nächsten Familientreffen.

Brüder Grimm

Von dem Mäuschen, Vögelchen und der Bratwurst

Es waren einmal ein Mäuschen, ein Vögelchen und eine Bratwurst in Gesellschaft geraten, hatten einen Haushalt geführt, lange wohl und köstlich im Frieden gelebt, und trefflich an Gütern zugenommen. Des Vögelchens Arbeit war, daß es täglich im Wald fliegen und Holz beibringen müßte. Die Maus sollte Wasser tragen, Feuer anmachen und den Tisch decken, die Bratwurst aber sollte kochen.

Wem zu wohl ist, den gelüstet immer nach neuen Dingen! Also eines Tages stieß dem Vöglein unterwegs ein anderer Vogel auf, dem es seine treffliche Gelegenheit erzählte und rühmte. Derselbe andere Vogel schalt es aber einen armen Tropf, der große Arbeit, die beiden zu Haus aber gute Tage hätten. Denn, wenn die Maus ihr Feuer angemacht und Wasser getragen hatte, so begab sie sich in ihr Kämmerlein zur Ruhe, bis man sie hieß den Tisch zu decken. Das Würstlein blieb beim Hafen, sah zu, daß die Speise wohl kochte, und wenn es bald Essenszeit war, schlingte es sich ein mal viere durch den Brei oder das Gemüs, so war es geschmalzen, gesalzen und bereitet. Kam dann das Vöglein heim und legte seine Bürde ab, so saßen sie zu Tisch, und nach gehabtem Mahl schliefen sie sich die Haut voll bis an den andern Morgen; und das war ein herrlich Leben.

Das Vöglein anderes Tages wollte aus Anstiftung nicht

mehr ins Holz, sprechend, es wäre lang genug Knecht gewesen und hätte gleichsam ihr Narr sein müssen, sie sollten einmal umwechseln und es auf eine andere Weise auch versuchen. Und wiewohl die Maus und auch die Bratwurst heftig dafür bat, so war der Vogel doch Meister: es mußte gewagt sein, spieleten derowegen, und kam das Los auf die Bratwurst, die mußte Holz tragen, die Maus ward Koch, und der Vogel sollte Wasser holen.

Was geschieht? Das Bratwürstchen zog fort gen Holz, das Vöglein machte Feuer an, die Maus stellte den Topf zu, und erwarteten allein, bis Bratwürstchen heim käme und Holz für den andern Tag brächte. Es blieb aber das Würstlein so lange unterwegs, daß ihnen beiden nichts Gutes vorkam, und das Vöglein ein Stück Luft hinaus entgegenflog. Unfern aber findet es einen Hund am Weg, der das arme Bratwürstlein als freie Beut angetroffen, angepackt und niedergemacht. Das Vöglein beschwerte sich auch dessen als eines offenbaren Raubes sehr gegen den Hund, aber es half kein Wort, denn, sprach der Hund, er hätte falsche Briefe bei der Bratwurst gefunden, deswegen wäre sie ihm des Lebens verfallen gewesen.

Das Vöglein, traurig, nahm das Holz auf sich, flog heim und erzählte, was es gesehn und gehöret. Sie waren sehr betrübt, verglichen sich aber, das Beste zu tun und beisammen zu bleiben. Derowegen so deckte das Vöglein den Tisch und die Maus rüstete das Essen und wollte anrichten, und in den Hafen, wie zuvor das Würstlein, durch das Gemüs schlingen und schlupfen, dasselbe zu schmälzen: Aber ehe sie in die Mitte kam, ward sie angehalten und mußte Haut und Haar und dabei das Leben lassen.

Als das Vöglein kam und wollte das Essen auftragen, da war kein Koch vorhanden. Das Vöglein warf bestürzt das

Holz hin und her, rufte und suchte, konnte aber seinen Koch nicht mehr finden. Aus Unachtsamkeit kam das Feuer in das Holz, also daß eine Brunst entstand; das Vöglein eilte, Wasser zu langen, da entfiel ihm der Eimer in den Brunnen, und es mit hinab, daß es sich nicht mehr erholen konnte und da ersaufen mußte.

F.K. Waechter

LAMBERT kommt wohl nicht? Komisch...
Hat LAMBERT das Lokal gewechselt?
Was ist mit LAMBERT?
Was habt ihr mit LAMBERT gemacht?
Er ist doch nicht krank?
Wo steckt er denn?
Euer LAMBERT versetzt euch wohl, wie?
Der hat Zeit! Der nimmt's gemütlich!
Habt ihr Krach?
Ach, ist Monsieur LAMBERT heute nicht da?

Jean-Jacques Sempé
Monsieur Lambert

Gestern hatte es Backerbsensuppe, Rindsroulade mit Kartoffelpüree und Gurkensalat gegeben. Das war normal, denn es war Dienstag, und Dienstag bedeutet Backerbsensuppe, Rindsroulade mit Kartoffelpüree und Gurkensalat. Heute Mittwoch gab es Selleriesuppe, paniertes Schweinskotelett, gemischten Salat und Weincreme – das übliche Mittwochsmenü. Das einzig Ungewöhnliche war nur, daß Lambert noch nicht da war, obwohl wir schon fast halb zwei hatten.

Lamberts Fehlen blieb natürlich nicht unbemerkt. Aber wir begegneten dem Hagel von mehr oder weniger anzüglichen Fragen mit einer Würde, die ganz die durch und durch liberale Gesinnung zum Ausdruck brachte, die in unserem Kreis herrscht. Allerdings ließ uns das die beunruhigende Abwesenheit Lamberts nur noch deutlicher empfinden. Wir nahmen unser Gespräch wieder auf. Noch nie war Lambert später als halb oder vielleicht zwanzig vor eins gekommen. Chaudère hatte ihn diesen Morgen im 66er gesehen – krank war er also nicht.

Lambert kam um 13 Uhr 40. Wir empfingen ihn ganz normal, als ob nichts vorgefallen sei, getreu jener Liberalität, die uns allen Respekt einträgt. Lambert gab keinerlei Erklärung ab. Wir hatten ihn übrigens auch um keine gebeten. Lambert ist Lambert, und wenn er Lust hat, kann er auch um zwanzig vor zwei kommen. Genausowenig fragten wir ihn, warum er nicht aß. Im allgemeinen hat er sein Essen gern möglichst heiß, aber heute ließ er sein Schweinskotelett (um Zeit zu gewinnen, hatte er die Selleriesuppe übersprungen) auf dem Teller kalt werden. Wir machten ihn lediglich darauf aufmerksam, daß es kalt werde.

Am folgenden Tag, dem Donnerstag (Reissuppe, Paprikaschnitzel, Salzkartoffeln und Gelbe-Rüben-Salat), war Lambert um halb zwei noch immer nicht da. Er kam so gegen fünfundzwanzig, zwanzig vor zwei … Wieder wirkte er irgendwie komisch, aber wir hätten uns lieber die Zunge abgebissen, als ihm irgendeine Frage zu stellen.

Am Freitag erwartete uns eine gehörige Überraschung: Lambert war schon da, vor allen anderen! Er aß hastig sein Goldbarschfilet, verschlang einen Camembert, verzichtete auf das Dessert und ging.

Am Montag darauf erschien Lambert zur gewohnten Zeit; aber er war nicht wirklich da. Verstehen Sie mich recht: Er war da, aber doch anderswo – na ja, Sie wissen schon: er war eben abwesend. Er aß zerstreut vor sich hin und beteiligte sich so gut wie nicht an der Diskussion. Wir taten natürlich, als würden wir sein zumindest seltsam anmutendes Verhalten gar nicht bemerken.

Am Dienstag ereignete sich ein nach außen hin harmlos wirkender Zwischenfall. Wir sprachen gerade über weiß Gott was, als Lambert unvermittelt etwas bezüglich der – so schien es uns – Rindsroulade sagte, die er vor sich auf dem Teller liegen hatte. »Sie ist wunderbar.« Wir waren erstaunt. Normalerweise rümpft er die Nase, wenn es Rindsroulade gibt, und Anfang des Monats leistet er sich am Dienstag immer etwas anderes – Tartar, für das er eine Schwäche hat, oder auch Rostbra-ten –, aber wir sollten noch mehr Grund zum Staunen bekommen ... Er zögerte nicht lange. Es sprach, ohne daß wir ihn dazu drängten. Er hatte eine Frau kennengelernt. Eine wunderbare Frau. Und nachdem er einmal soviel verraten hatte, fing er an, uns alles zu erzählen: warum er manchmal erst um zwanzig vor zwei kam, warum er manchmal schon gegen halb eins ging – die ganzen Warums und Wiesos. Sie hieß NANCY. Komisch, der Name, aber er schilderte sie uns in eindrücklichen Details. Ein Klasseweib. Ein Traum von einer Frau. Die, an der kein Mann vorbeisehen kann.

Von diesem Augenblick an wurde alles anders. An den Tagen, an denen Lambert noch nicht da war (er sagte es uns nie zuvor. Vielleicht wollte er nicht, oder vielleicht wußte er auch nie im voraus, ob er Nancy sehen würde), schwelgten wir in seiner Abwesenheit. Wir gaben uns ganz den Erinnerungen an unsere vergangenen Lieben hin. Und wenn einer von uns seine Träumereien unterbrach, dann nur, um ein paar Kostproben aus seinem Liebesleben zum besten zu geben. Natürlich hatten wir alle eine ganze Anzahl Abenteuer hinter uns gebracht – manche erregend, voller Leidenschaft, andere wieder fast halsbrecherisch. Mit einem Wort, wir hatten das Leben in seiner ganzen Fülle ausgekostet. Deshalb konnten wir Lambert auch so gut verstehen, ja sogar bera-

St RAPHAËL
L'APÉRITIF
REX
L'AMOUR

ten. Er war jung und besaß natürlich noch nicht die nötige Kaltblütigkeit, die für alle amourösen Manöver größeren Umfangs unerläßlich ist.

Dann kam Lambert. Seine Beziehung gestaltete sich nicht ganz unkompliziert: Sie nahm den 95er und er, um in Havre-Caumartin mit ihr zusammenzutreffen, den 66er um 8 Uhr 05 – obwohl der um 8 Uhr 16 für ihn praktischer gewesen wäre. – Dann stieg er zu ihr in den 95er um und begleitete sie bis Palais-Royal, wo sie gemeinsam ausstiegen und ein paar Schritte zusammen gingen; daraufhin nahm er dann den 39er bis Sentier und langte gerade noch pünktlich in seinem Büro an.

Zwischen zwölf und zwei Uhr trafen sie sich wieder, manchmal vor, manchmal nach dem Mittagessen, und tranken einen Aperitif oder eine Tasse Kaffee zusammen. Abends gelang es ihm dann auch noch, sie einen Moment lang zu sehen.

Einmal war Lambert um zehn vor zwei noch immer nicht da. Wir waren voller Sorge: Vielleicht war Nancy nicht gekommen, und er wartete bis zur letzten Minute auf sie. Ohne große Lust machten wir uns auf den Weg zur Arbeit.

Am folgenden Mittag war Lambert wieder da. Am Vortag hatte sich etwas sehr Wesentliches ereignet: Er hatte Nancy zum Mittagessen eingeladen. Man merkte ihm an, daß es gut, ja sehr gut verlaufen war. Wir beschlossen einstimmig, heute etwas à la carte zu nehmen (Lendenschnitte in Madeirasauce), und tranken zum Abschluß jeder einen Kognak. Wir sahen Lambert immer seltener, kaum mehr als zwei, drei Mal die Woche. Dann berichtete er uns mit dem schicklichen Takt des Gentleman über den Stand seines Abenteuers. Dieser Filou!

Wir waren über unsere gegenseitigen Amouren inzwi-

Unser DONJUAN hat's eilig!
Grüßen Sie sie schön von mir!...
Ho ho! Sie brauchen nur brav zu sein!
Väter, hütet eure Töchter!
Und wieder stürzt sich CASANOVA ins Getümmel!
Der macht sich wenigstens keine Gedanken!
Die einen wissen eben, wie man leben muß, Monsieur CAZENAVE...

Das ist zuviel! Mann, wir sind moralische Leute!
Schockierend!
Holt die Sittenpolizei!
Das ist'n Ding!
... nicht mal Zeit gehabt, sich's abzuwischen!
Er steht eben zu dem, was er tut, Monsieur CAZENAVE!
Lippenstift! Er hat Lippenstift auf der Backe!

schen vollauf unterrichtet. Chaudère hatte geliebt und war geliebt worden. Sicher, gewisse Frauen hatten mehr gezählt, andere weniger, aber er mußte doch zugeben, daß es das Leben mehr als gut mit ihm gemeint hatte. Und wir standen ihm darin nicht nach …

Selbstverständlich bemerkte man bei Picard, daß Lambert ein, sagen wir mal, ziemlich unregelmäßiges Leben führte. Wir ignorierten alle Anspielungen und umgingen sie mit jenem Feingefühl, das einen unabdingbaren Bestandteil jeder echten Freundschaft ausmacht. Lambert, dieser Teufelskerl! Weiß Gott, jetzt war er an der Reihe. Sollte er doch seinen Spaß haben, genauso wie wir ihn gehabt hatten!

Wenn Lambert jetzt auftauchte, wurde er mit Zurufen empfangen, die ihn oft – man konnte nicht sagen, ob vor Stolz oder vor Verlegenheit – erröten ließen. Die gleichen Bemerkungen begleiteten seinen Abgang.

Einmal erschien er mit einer Krawatte, die wir noch nie an ihm gesehen hatten. – Nancy, ohne jeden Zweifel! – Ein anderes Mal kam er herein, und sofort brach ein allgemeines Gegröle los: Auf seiner linken Backe waren Spuren von Lippenstift zu sehen!

Wer weiß, wie wir darauf kamen – aber jedenfalls sprachen wir plötzlich über kritische Situationen (die einen tragischen Ausgang hätten nehmen können) bei unseren verschiedenen galanten Abenteuern. Wir kamen alle vier zu spät zur Arbeit.

Eines Tages, an einem Mittwoch, als wir uns gerade über das verbreiteten, was unsere größte Passion, unsere einzig wahre und wirkliche Passion gewesen war: die Frauen … kam kurz vor halb eins Lambert herein. Wir hatten ihn nicht erwartet. Er sah schlecht aus. Er schien schlecht gelaunt. Ja, mehr noch, er wirkte traurig, traurig und enttäuscht ... Er setzte sich. Wir stellten ihm keine Fragen. Da es Mittwoch war, widmeten wir uns unserer Selleriesuppe, dem panierten Schweinskotelett und dem Rest ...

Auch an den folgenden Tagen kam er wieder. Pünktlich wie *früher.* Mit allen möglichen Gesprächsstoffen versuchten wir sein Interesse zu wecken, um ihn aus den schwarzen Gedanken zu reißen, die ihm eine so bedrückte Miene verliehen. Alles war wie früher. Lambert sagte nicht viel, aber wir wußten, daß ihm unsere Freundschaft guttat. Unter Männern zählt eben die Freundschaft. Es gibt ja auch nichts anderes als die Freundschaft. Alle ernstlichen Schwierigkeiten im Leben gehen immer nur von den Frauen aus, das ist mehr als bekannt.

Wir wußten, daß er uns für unseren Takt dankbar war. Er sollte sich nicht durch Fragen und Ratschläge belästigt fühlen ... Wir hofften nur, daß er wieder auf die Füße fallen würde. Und im Kreis seiner Freunde würde er auch wieder auf die Füße fallen, und zwar schneller als SIE vielleicht glaubte. Man darf die Frauen einfach nicht zu wichtig nehmen. Wir jedenfalls haben diesen Fehler Gott sei Dank nie gemacht!

Es gibt Männer, die jeder versäumten Gelegenheit nachtrauern. Uns kann das nicht passieren. Wie hat doch Chaudère erst neulich gesagt: »Auf die Frauen, auf die hab ich schon immer gepfiffen. Ein oder zwei Mal diesen Schmus, und ich hatte genug.« Recht hat er.

Etwas allerdings gibt es, was uns immer wieder begeistert hat: Fußball. Wir haben alle selber mal gespielt. Wenn es um Fußball geht, haben die Frauen nichts mehr zu melden, so war es früher schon und so ist es auch heute noch. Fußball ist immer unser halbes Leben gewesen. Vor allem wegen dem Teamgeist (so was verstehen die Frauen gar nicht: Teamgeist). Fußball – das bedeutet elf Kameraden, die sich jedesmal freuen, wenn sie zusammenkommen und gemeinsam spielen können.

Es ist ein bißchen wie bei uns. Wir freuen uns, wenn wir uns jeden Mittag treffen. Montag bis und mit Freitag. Das Menü für Montag ist übrigens Tomatencremesuppe, Wienerschnitzel mit Mayonnaisensalat und Reispudding. Dienstag ist's Backerbsensuppe, Rindsroulade mit Kartoffelpüree und Gurkensalat. Und heute haben wir wieder einmal Dienstag, und es ist dreiviertel zwei, und Lambert ist immer noch nicht da. Dieser Lambert! Ein Teufelskerl! … Soll er sich nur amüsieren! Man muß sich amüsieren, solange man jung ist! Wir werfen bestimmt nicht den ersten Stein!

Heinrich Hoffmann

Die Geschichte vom Suppen-Kaspar

Der Kaspar, der war kerngesund,
ein dicker Bub und kugelrund.
Er hatte Backen rot und frisch;
die Suppe aß er hübsch bei Tisch.
Doch einmal fing er an zu schrein:
»Ich esse keine Suppe! Nein!
Ich esse meine Suppe nicht!
Nein, meine Suppe eß ich nicht!«

Am nächsten Tag – ja sieh nur her!
da war er schon viel magerer.
Da fing er wieder an zu schrein:
»Ich esse keine Suppe! Nein!
Ich esse meine Suppe nicht!
Nein, meine Suppe eß ich nicht!«

Am dritten Tag, o weh und ach,
wie ist der Kaspar dünn und schwach!
Doch als die Suppe kam herein,
gleich fing er wieder an zu schrein:
»Ich esse keine Suppe! Nein!
Ich esse meine Suppe nicht!
Nein, meine Suppe eß ich nicht!«

Am vierten Tage endlich gar,
der Kaspar wie ein Fädchen war.
Er wog vielleicht ein halbes Lot –
Und war am fünften Tage tot.

Liebe Eltern
Danke für die tolle Paris-Reise. Tante Béatrice ist sehr gastfreundlich, wenn auch ziemlich zickig. Ich sitze im Café, vermutlich sogar an dem Tisch, an dem Simone de Beauvoir ihr bahnbrechendes Werk *Das zweite Geschlecht* geschrieben hat. Im übrigen wollte ich Euch darüber aufklären, daß ich nicht mit dem Zug um 18 Uhr 20 am Donnerstag heimkomme, sondern erst mit dem um 22 Uhr 20 am Freitag. Mein Entschluß ist unwiderruflich.

Yael Hedaya

Im Café

Er schenkte mir ein Lächeln. Das war im August 1979, an einem abscheulich heißen Tag, ich trug eine schwarze Jeans und ein ziemlich uninteressantes weißes Hemd. Ich saß im Patio des Café Milano und übte mich im Frausein. Mag sein, daß ich lächerlich wirkte, die Ellenbogen auf den Tisch gestützt, einen Espresso um den anderen trinkend, eine starke Nelson rauchend und mit einer etwas gekünstelten Fieberhaftigkeit Gedichte schreibend, weil ich damals dachte, inspiriert zu sein sei irgendwie sexy; ich war ganz auf mich selbst und die Servietten konzentriert, die sich, vollgekritzelt mit verführerischen und in Reimen gefaßten Gedankenspielen, unter dem Glas stapelten, das ich darauf gestellt hatte, damit sie nicht davonflogen – nicht daß sie in der Hitze von elf Uhr vormittags überhaupt eine Chance dazu gehabt hätten –, aber ich war wohl doch nicht so ganz auf mich und die kindischen und gleichzeitig ernsthaften Gedichte konzentriert, weil ich immerhin bemerkte, daß an der Brandmauer ein trauriger Mann saß und mich anlächelte.

Was mich ermutigte, weiterzuschreiben und noch einen doppelten Espresso zu bestellen, wobei ich gut hörbar für den alten Kellner und den Fremden, von dem ich hoffte, daß er mithörte, die Worte ›ohne Milch‹ betonte – die Frau, die ich zu sein gedachte, sollte nämlich eine gefährliche und mysteriöse Frau sein, in deren Blut Koffein, Nikotin und eine Verheißung flossen –, mir anschließend eine Zigarette mit der Glut ihrer Vorgängerin anzündete und mir den Schweiß abwischte, der sich über meiner Oberlippe gesammelt hatte, von der Hitze oder, wie ich damals fest glaubte, vom schöpferischen Elan, weil ich dachte, daß ich vielleicht endlich von einem Talentjäger entdeckt worden sei, oder wenigstens von einem Jäger anderer Sorte.

Ich war fünfzehn und bereute zutiefst, daß ich mir anläßlich der unerwarteten Begegnung mit dem Fremden nicht etwas Effektvolleres angezogen hatte, ein bodenlanges schwarzes Kleid etwa, Ohrringe vielleicht, oder eine dunkle Sonnenbrille, die von den seelischen Umwälzungen und dem Weltschmerz zeugen würde, die sich dahinter verbargen.

Der Fremde war gekleidet wie jemand, der keine besondere Aussage über sich treffen möchte: Jeans mit einem Gürtel, den wie bei Superman eine große, glänzenden Schnalle zierte, und ein gewöhnliches weißes Hemd, dessen Ärmel bis zum Ellenbogen aufgekrempelt waren. Auf den ersten Blick wirkte er wie ein Bürohengst.

An diesem Morgen saß niemand im Patio des Café Milano, weil die Sonnenschirme nicht viel Schutz boten und die Stammkunden die Deckenventilatoren vorzogen, die sich ebenso müde an der Decke drehten wie der Kellner seine Runden zwischen den Tischen und die eher dekorativ als wirkungsvoll waren. Wir waren allein, ich und dieser Mann mit dem Aussehen eines Angestellten, der mit dem Rücken zu der von staubigem Efeu überrankten und von geschäftigen Insekten wimmelnden Brandmauer saß, eine Zigarette rauchte und mir ein Lächeln schenkte.

Ich legte den Bleistift ab und öffnete mit den Zähnen zwei Zuckertütchen; eines davon riß zu weit auf, und der

Und ich sage dir, ich habe dich an dem Tisch dort drüben vor zwanzig Jahren gebeten, meine Frau zu werden!

Inhalt verteilte sich über den Tisch, was sofort zwei aggressive Wespen anzog, die sogleich surrend um die Tasse, den Aschenbecher und die klebrigen Gedichte kreisten. Der Mann erhob sich von seinem Platz, steckte seine Zigaretten und die Zündhölzer in die Brusttasche, und ich dachte, er würde gleich zahlen und mich mit meinen gesammelten unausgegorenen Plänen, die nun nicht mehr zu verwirklichen wären, allein lassen. Doch er kam an meinen Tisch, kratzte sich am Kopf und erklärte: »Man sitzt dort drüben nicht gut. Alles voller Stechmücken.«

»Ja«, gab ich zurück, »aber hier ist es noch gefährlicher, hier gibt es Wespen.«

Er setzte sich mir gegenüber und pustete die Zuckerkörnchen vom Tisch und fegte sogar mit der Hand nach; selbst die Servietten mit den Gedichten hob er hoch, um sie sanft auszuschütteln.

»Das war's, jetzt werden sie gleich verschwinden«, meinte er und verfolgte mit dem Blick die Wespen, die sich nur zögerlich vertreiben ließen und immer wieder gegen die Sonnenschirme prallten, bis sie schließlich verärgert surrend über die Efeuwand davonflogen und sich auf die Suche nach einem anderen süßen Plätzchen begaben.

Er bat den Kellner, ihm die Sachen, die er auf seinem Tisch an der Brandmauer gehortet hatte, zu meinem Tisch zu bringen, der jetzt anscheinend unserer war: ein Glas Wasser, eine Tasse Milchkaffee und ein halb aufgegessenes Käsesandwich.

Binnen zehn Minuten wußte ich, daß er Insekten verachtete, den Sommer nicht ausstehen konnte, davon träumte, Filme zu machen, daß sein Wagen ganz in der Nähe parkte und er nicht wußte, wieso er das überhaupt erwähnt habe, er habe das ganz ohne Hintergedanken gesagt, und daß er Matti Rosen hieß. Er sprach mit einer Langsamkeit, die bestens zu seinem schuldbewußten Lächeln paßte.

Was über mich im Verlauf von zehn Minuten zu erfahren war, obwohl ich kein Wort sagte, noch nicht einmal meinen Namen, konnte man am züchtigenden Blick des Kellners ablesen, der plötzlich um uns herumschwirrte wie vorhin die Wespen, wie ein strenger Vater, der dazwischenfährt, um einen Eindringling in die Flucht zu jagen.

Er leerte den Aschenbecher aus, ehe die Kippen aufgeraucht waren, und brachte ihn tropfnaß wieder. Er nahm Matti sein Wasser weg und wollte wissen, ob er vorhabe, das Sandwich noch aufzuessen, und Matti legte eine schützende Hand auf das halbe Brötchen und erklärte, daß er genau das vorhabe. Der verärgerte Kellner verschwand wieder im Inneren des Cafés, und auf seinem alten Gesicht lag ein Blick, der besagte: ›Na gut, ich hab jedenfalls getan, was ich konnte.‹

„Da geht heut schön was rein, wie?"

F. K. Waechter

Joey Goebel

Freaks im Restaurant

Kellnerin

Zum ersten Mal heute abend ist mein Lächeln echt. Ich kann nicht anders. Da kommt ein kleines, vielleicht sieben oder acht Jahre altes Mädchen auf mich zugehüpft, und sie hüpft irgendwie synchron zum Rhythmus der Muzak. Ich schwör's ... sie ist ein Engel. Sie hat lockige blonde Haare, das Gesicht eines Babys und riesengroße wunderschöne Augen. Ein bißchen sieht sie aus wie das Mädchen in den alten Werbespots von Welch-Traubensaft, nur nicht so unheimlich. Allerdings haben ihre Eltern sie ziemlich schräg angezogen. Sie hat ein T-Shirt an mit einem Monstertruck drauf, Gravedigger heißt der. Es ist viel zu groß für sie und reicht bis über die Knie. Es sieht aus, als trüge sie überhaupt keine Hose, was ich bei einem Kind schon immer daneben fand. Wenigstens hat sie niedliche Schuhe an. Elegante schwarzweiße Halbschuhe, Saddle Oxfords.

»Hi!« begrüße ich sie.

»Hey.«

Sie sieht sich nach einer alten Frau um, die hinter ihr herkommt, wahrscheinlich ihre Oma. Die Oma sieht sogar noch peinlicher aus, und ich muß mir auf die Unterlippe beißen, um nicht laut zu lachen. Sie hat kurze weiße Haare, aber eine totale Schwuchtelfrisur und trägt hautenge Jeans, schwarze Cowboyboots mit Quasten und ein T-Shirt, auf dem »Sex Pistols« steht. Mir fällt nicht ein, welcher Prominenten sie ähnlich sieht, wahrscheinlich weil es unter den Promis keine alten Frauen gibt.

»Hi! Wie viele Personen? Zwei?«

Darauf die Oma mit lauter hoher Omastimme: »Nein, fünf. Die anderen kommen gleich.«

»Auf welchen Namen haben Sie reserviert?« Das muß ich fragen.

»Oglesby.«

»Raucher oder Nichtraucher?« Auch das muß ich fragen. Doch diesmal antwortet die Piepsstimme des niedlichen kleinen Mädchens.

»Raucher!«

Das gibt mir endlich einen Vorwand, um laut zu lachen. Ich habe Anweisung, den Gästen möglichst oft Komplimente zu machen, doch diesmal ist es mir ernst.

»Ihre Enkelin ist wirklich süß.«

»Sie ist nicht meine Enkelin«, entgegnet die alte Dame. »Und ich bin keine Oma.«

Ember

Die bescheuerte Kellnerin weist uns einen Tisch zu. Alle hier sind doof, von Opal und mir mal abgesehen. Wir mögen Rockmusik. Wir rocken.

Ein paar Familien mit Mamis und Papis sind da. Auch Männer und Frauen auf einem Date. Außerdem sind ein paar süße Jungs da. Das sind alle Gäste.

Ein Kellner kommt. Ich merke, daß Opal ihn so ansieht, wie sie Catcher ansieht.

»Hi! Mein Name ist Todd, und ich bediene Sie heute. Was darf ich Ihnen beiden zum Trinken bringen?«

»Ein Bier. Michelob Light«, antworte ich.

»Oh! Ihre Enkelin ist *wirklich* süß!«

»Sie ist nicht meine Enkelin«, sagt Opal. »Und ich bin keine Oma.«

Und ich will auf keinen Fall süß sein.

»Oh. Verzeihen Sie«, sagt Arschgesicht.

»Ich nehme ein Vervifontaine, und ihr geben Sie einen Shirley Temple statt des Michelob.«

Ich will keinen Shirley Temple. Normalerweise würde ich jetzt laut fluchen, aber ich mag Opal. Deshalb halte ich mich zurück.

»Tut mir leid«, sagt Arschgesicht. »Wir haben kein Vervi ... was Sie eben gesagt haben.«

Nirgends kriegt sie das, was sie will.

»Na schön. Dann halt ein Budweiser für mich«, sagt Opal.

»In Ordnung. Danke. Ist schon unterwegs«, sagt Doofkopp. Opal ist damit beschäftigt, den Hintern des Kellners zu betrachten, daher spiele ich mit meinem Messer. Verstümmeln. Verstummeln. Ich werde immer besser darin, mich nicht zu schneiden.

»Schneid dir bloß nicht deine hübschen Fingerchen ab, Ember.«

Ich richte das Messer auf sie.

»Uuuhh. Tu mir nichts, sonst kommt der schwarze Mann und holt dich.«

»Scheiß drauf. Den stech ich auch ab.«

Vor dem schwarzen Mann hatte ich noch nie Angst. Es gibt nämlich gar keinen schwarzen Mann. Es gibt keinen schwarzen Mann. Es gibt auch keine Zahnfee. Es gibt keinen Osterhasen. Und den Weihnachtsmann gibt's schon mal gar nicht. Ich bin nicht bescheuert. Der Weihnachtsmann ist eine dicke fette Lüge, mit der man dafür sorgt, daß die Kinder brav folgen. Ich hasse die Feiertage.

Ray

Leute arbeiten hier. Leute essen hier auch. Ich trete ein, weil ich etwas essen will, und zwar in der Öffentlichkeit. Eine hier beschäftigte junge Frau schenkt mir ein großes Lächeln. Ich schenke ihr auch eins und gehe rasch Richtung Essen. Da brüllt sie mir hinterher:

»Halt! Sir, wie viele?« höre ich, ehe ich den Eßraum erreiche.

Ich drehe mich zu der jungen Frau um. »Ich verstehe nicht.«

»Wie viele gehören zu Ihrer Gruppe?«

Ich betrachte sie, überlege, suche in meinem Gedächtnis. Gruppe. Wie viele.

»Mit wie vielen Personen möchten Sie essen?« fragt sie langsam und mit lauter Stimme, als wäre ich ein Baby und geistig behindert. Ich halte vier Finger hoch.

»Raucher oder nicht?« fragt sie.

Ich überlege gründlich, dann antworte ich: »Ich verstehe nicht.«

»Sir, rauchen Sie gern Zigaretten oder möchten Sie sich lieber nicht in der Nähe von Menschen aufhalten, die gern Zigaretten rauchen?«

Da fällt mir ein, daß es hier so viele Alternativen gibt. Hier trennt man Esser nach ihren Rauchgewohnheiten. Das gefällt mir! Aber ich will nur essen.

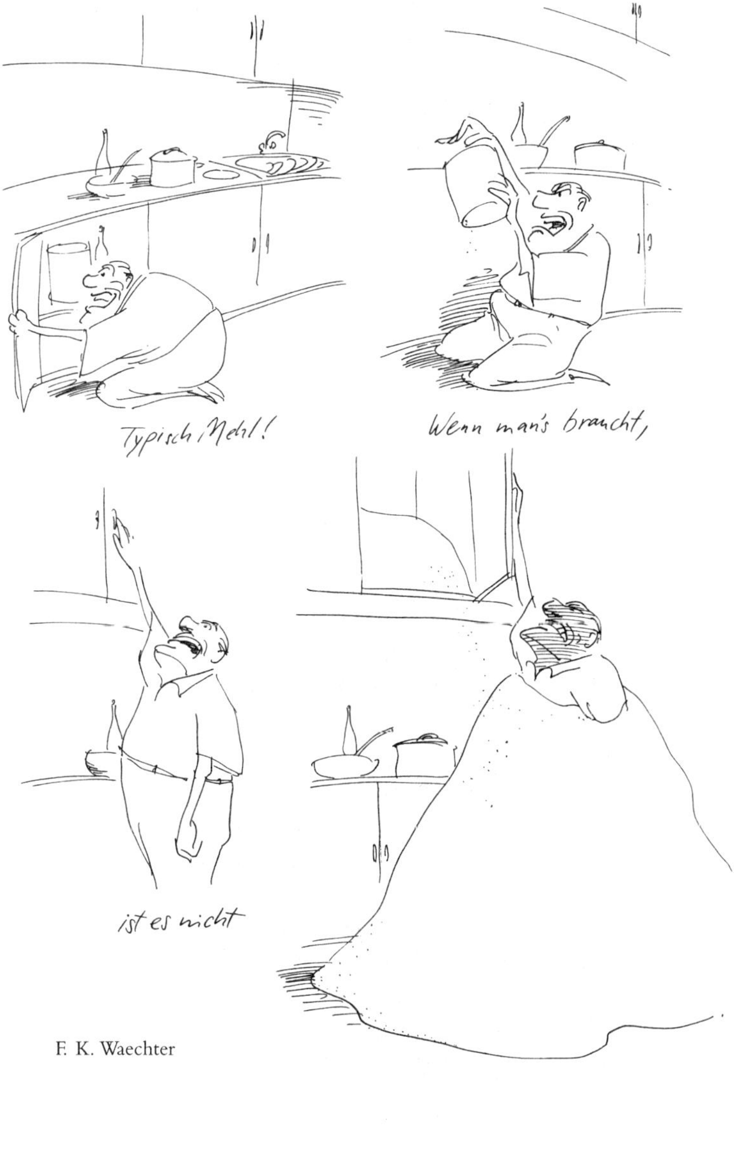

F. K. Waechter

»Ich möchte mich gern in der Nähe eines jungen Schwarzen, eines kleinen Mädchens, einer älteren Dame und einer hübschen jungen Frau im Rollstuhl aufhalten.«

Die junge Frau lächelt. »Aha. Okay. Möglicherweise weiß ich, welchen Tisch Sie meinen.«

Am liebsten möchte sie laut lachen, drückt es aber herunter. Sie glaubt, ich verstehe den Humor dieser Situation nicht.

Gast

Kaum dachte ich, noch ausgeflippter könnte es nicht werden, als so ein dicklicher, tuntiger mittelalter Ausländer reinkommt. Der Typ sieht total schrill aus in seinen Flipflops mit weißen Socken, superkurzen Khaki-Shorts, einem Hemd mit abgeschnittenen Ärmeln und mit seiner Hüfttasche aus Jeansstoff. Und einem dicken schwarzen Schnauzbart. Mit anderen Worten, er ist der typische dunkelhäutige Nahostler, bloß ohne Vollbart und ohne Handtuch um den Kopf. Er setzt sich neben die Oma mit dem T-Shirt, auf dem »Sex Pistols« steht.

»Jungs, ich hätte nie gedacht, daß ich so was noch mal erleben darf«, sage ich zu meinen Kumpels. »Wir sitzen nicht mehr am coolsten Tisch.« Sie lachen. Ich hab's drauf.

Ich denke mir, das muß wohl so 'ne Art Ausflug aus irgendeiner Anstalt sein, in der sie Irre oder Zurückgebliebene wegsperren. Scheiße. Es muß doch 'ne Erklärung dafür geben, daß die hier im Rudel auftreten. Wer wohl als nächster kommt? Ein Rabbiner? Ein Zwerg? Ein Roboter?

Meine Kumpels und ich beobachten sie weiter, während wir unsere Rolling Rocks austrinken. Die Kleine hätte sich fast eine Zigarette angezündet, doch die alte Schnepfe nimmt sie ihr weg und raucht sie selber. Das hat Josh und Jeremy wohl auf die Idee gebracht, sich auch eine anzuzünden, also zünde ich mir ebenfalls eine an.

»Hab noch nie so viele miese Frisuren an einem einzigen Tisch gesehen«, sag ich zu meinen Jungs. Wieder wird gelacht. Da steh ich drauf.

Doch die eine Schnalle ist echt scharf. Nur schade, daß sie in 'nem Rollstuhl sitzt, so wie die aussieht, geht sie im Bett ab wie 'ne Rakete. Die Kleine wird eines Tages wohl auch mal scharf aussehen. Bestimmt war die alte Zicke vor siebzig Jahren auch mal scharf.

O Mann. Ich schwör's, die Rollstuhlschlampe guckt zu mir rüber. Die würde mir wohl gern mal die Stange halten.

Joshs Handy klingelt, ein alter Song von Jay-Z, und zwar der, in dem er dieses Lied aus dem Musical Annie gesampelt hat. Das dürfte der Anruf von Joshs Dealer Jerome sein, auf den wir gewartet haben. Meine Frau müßte den Kleinen eigentlich in ein paar Stunden ins Bett gebracht und sich selbst hingelegt haben, dann ist die Hütte frei für meine Jungs und mich, dann können wir Party machen. Ich frag mal die Kellnerin hier, die ich zu High-School-Zeiten gebumst habe, ob sie sich nachher ein bißchen mit uns amüsieren will.

»Jede Wette, die Gruppe da drüben weiß, wie man so richtig abfeiert«, sage ich zu meinen Jungs. Kein Riesenlacher, aber ich bin immer noch der King. Zum Ausgleich lache ich selbst extra laut.

Plötzlich dreht sich der Schwarze zu uns um, deshalb hören wir auf zu lachen und sehen absichtlich weg.

F. K. Waechter

Wenn ich statt Brustwarzen Augen hätte, würde ich jetzt gerade einen Anglotzwettbewerb verlieren. Aber wenigstens werde nicht ich allein angestarrt. Meine Freunde ziehen einige der Blicke auf sich, noch ein Grund mehr, mit ihnen befreundet zu bleiben.

»Hey! Laßt uns anstoßen!« schlage ich vor, als der Kellner Ray eine Limo gebracht hat. Seit kurzem stehe ich sehr auf Trinksprüche, schließlich gehören sie zu den Dingen, bei denen man sich erwachsen vorkommt, ohne daß man Krankheiten verbreitet.

»Klar. Gute Idee«, sagt Luster. »Worauf sollten wir anstoßen, kleine Ember?«

»Auf Vaginas.«

»Das gefällt mir. Auf Vaginas«, sagt Luster. Und wir heben unsere Gläser und rufen: »Auf Vaginas«, was mir nicht so behagt.

Ich bin in einem schwierigen Alter, und das seit neunzehn Jahren. Und es wird immer schlimmer. Beispielsweise gibt es auf den Partys meines Dads das Problem, mit seinen Freunden zu reden. Rein rechnerisch gesehen, bin ich inzwischen alt genug, daß man eigentlich von mir erwarten könnte, ein Gespräch mit ihnen zu führen, aber ich weiß nie, was ich sagen soll, und komme mir am Ende immer doof vor. Manchmal denke ich, ich sollte es wie meine Schwester, die Schlampe, machen und nach Kalifornien ziehen. Dann müßte ich mir nicht mehr überlegen, was ich auf den Partys meines Vaters machen soll.

Wenigstens brauche ich hier keine Angst zu haben, mich zu blamieren. Ich kann alles sagen, was mir gerade einfällt.

»Deine Haare sehen bomfortionös aus, Opal«, sage ich. Sie hat eine neue Dauerwelle.

»Ich weiß. Hab ich heute erst machen lassen«, antwortet sie.

»Ich habe überlegt, wieder blond zu werden, aber schwarz paßt besser zu dem ganzen Satansding«, sage ich.

Sie nickt nur. Hier werde ich akzeptiert, und unter diesen Leuten bin ich wirklich glücklich. Für mich sind diese Freunde so etwas wie die Verkaufsautomaten im Untergeschoß eines Krankenhauses.

Damals, als meine Mom im Sterben lag und Dad, meine Schwester, die Schlampe, und ich sie im Krankenhaus besuchten, waren die Automaten im Keller mein einziges Vergnügen oder meine einzige Fluchtmöglichkeit. Alles andere war krank oder keimfrei, beige und schauderhaft und wurde außerdem ausgesprochen unvorteilhaft beleuchtet. Doch unten im Keller standen die Automaten, voller fröhlicher bunter Packungen, genau wie man sie außerhalb des Krankenhauses bekam.

Heute bin ich älter, und Süßigkeiten schmecken mir nicht mehr so gut wie früher, aber das ist unwichtig. Wichtig ist, daß mir die passenden Bilder dazu einfallen.

Inzwischen bin ich mir sicher, daß diese Deppen uns anglotzen. Ich kenne die Sorte aus der High-School, und auch wenn sie aussehen, als wären sie Anfang Zwanzig, sind sie mental nie über die zehnte Klasse hinausgekommen, da bin ich mir sicher. Solche Typen haben sich mittags in der Essensschlange immer vorgedrängelt, als wäre es ihr gottgegebenes Recht, vor den Menschen zweiter Klasse zu essen. Solche Typen mußten auf dem Klassenfoto immer in der ersten Reihe stehen, damit alle sahen, wie sie ihre Stinkefinger in die Kamera hielten (wie rebellisch!). Solche Typen fuhren mit offenen Fenstern durch die Straßen und ließen Rapmusik laufen, immer in genau der gleichen Pose, den linken Ellbogen aufgestützt, die linke Hand lässig vor dem Mund, fast als würden sie für ein Klassenfoto posieren. Ich wollte schon damals nichts mit ihnen zu tun haben, und ich will heute nichts mit ihnen zu tun haben. Ich weigere mich zu studieren, damit keine jungen Leute um mich sind.

Und die sehen meine Freunde und mich an und lachen.

»Sie machen's immer noch«, sage ich. »Ich halte das echt nicht mehr aus.«

»Es ist wirklich betrüblich, wenn Gelächter nicht willkommen ist. Falls das nicht aufhört, werde ich mir die Ärsche vornehmen müssen«, sagt Luster.

»Nein, Luster, bitte nicht schon wieder.« Ich wechsle das Thema. »Na, was hast du heute in der Schule gelernt, Ember? Und sag nicht ›Gar nichts‹.«

»Heute hab ich die Schule geschwänzt.«

»Ja!« ruft Ray. »Ich dachte doch, ich hätte dein Zweirad an der Sonnenbank vorbeifahren sehen, aber ich hatte Kunden und konnte dir keinen Gruß schenken.«

Mir fällt auf, daß Ray sich, noch während er spricht, umsieht, ob er nicht irgendwo seinen Typ sieht.

Dann prusten die schicken Kerle mit ihrem Jason-Priestley-Lächeln und den Boy-Band-Dreitagebärten wieder laut los, eindeutig in Richtung unseres Tisches, bis schließlich Ember ausrastet, nicht Luster.

»Haltet die Fresse, verdammt!« brüllt sie, steigt auf ihren Stuhl und zeigt mit ihrem Besteck auf die Männer. »Ich hab ein Messer, und ich schlitz euch auf vom Arsch bis zu den Ohren.« Ich glaube, den Spruch hatte sie von einem aus dem Studiopublikum der Krawalltalkshow Jenny Jones.

»Ganz ruhig, Kleines«, sagt einer von ihnen. »Da hat wohl eine vergessen, ihr Ritalin zu nehmen.«

Als seine bescheuerten Freunde lachen, steht Luster sofort auf.

»Nimm bitte Platz, mein ungebärdiges Kind«, sagt Luster. Ember macht einen Schmollmund und setzt sich widerstrebend hin. Sie legt ihr Messer ab, und ich nehme es ihr weg, für alle Fälle. Dann hören wir Luster zu, dem Sprecher unserer Gruppe.

Gast

Dieser Schwarze mit der riesigen lächerlichen Frisur mustert mich also mit seinem irren Blick, wahrscheinlich hat er sich mit irgendwas zugedröhnt. Da bleib ich erst mal cool.

»Was läuft, Mann?« sage ich.

»Ich entschuldige mich für meine ungestüme Begleiterin. Sie führt eine Art Punky-Brewster-de-luxe-Leben. Sie hatte das Gefühl, daß Sie uns angestarrt und ausgelacht haben. Trifft das zu?«

»Nö, Alter. Wir haben über was anderes gelacht. Mach dir deswegen keine Gedanken.«

»Aber ich mache mir deswegen Gedanken. Sie lügen mich an. Ich bin besorgt, daß Sie so leichthin Lügen erzählen können. Außerdem macht mir Sorgen, daß Sie mich für so dumm halten. Würden Sie mir, um meines Seelenfriedens willen, bitte sagen, warum Sie mich so belügen?«

»Tja ... Weil ich es *kann,* Bruder.« Meine Jungs lachen. Ich bin der King.

»Ist meine Essensgesellschaft so grotesk, daß Sie sich um

unsere Gefühle keinen Deut scheren? Wollen Sie mir das damit sagen?«

»Tja, weiß auch nicht, Mann. Hey, verarsch keinen Verarscher.« Das ist mein Motto. Das hab ich in Jahrbüchern immer neben meinen Namen und meine Trikotnummer geschrieben. »Hey – ich spendier dir einen Drink. Vergeben und vergessen, okay?«

Ich versuche, bei diesem Typ ruhig zu bleiben, was ihn aber anscheinend nur noch wütender macht. Er setzt sich neben mich.

»Setz dich doch, mach ruhig«, sage ich.

»Und nun erzählen Sie mir genau, warum Sie uns anstarren und über uns lachen«, sagt er. »Fassen Sie es in Worte.«

»Reg dich ab, Alter«, sagt Jeremy. »Wir wollten doch nicht …«

»Halt dich da raus, Hilfiger. Ich rede mit dem Mann, der vergeben und vergessen will.«

Das bin dann wohl ich. Ich will keinen Streß, sonst müßte ich handgreiflich werden.

»Alter …«

»Glauben Sie, mit der Anrede ›Alter‹ würden Sie Ihre Worte abmildern? Soll ich mich etwa darauf verlassen, daß Sie es ernst meinen, nur weil Sie sich die Zeit nehmen, mich ›Alter‹ zu nennen?«

»Ey, Mann …«

»Geschenkt. Ich erwarte mittlerweile, daß die Leute über unser kunterbuntes Grüppchen lachen. Das setze ich voraus, o du allmächtiger Großkotz. Doch ich würde gern von dir erfahren, warum genau ihr lacht. Kannst du deine Überlegungen in Worte fassen, oder sind sie so hohl, wie ich glaube? Verbirgt sich hinter dem Glitzern deiner Augen ein wenig Hirn? Kann diese Zunge im Duell brillieren? Kannst du einen Mann erleuchten, der nicht nur alles gesehen, sondern sogar alles auf Karteikarten schriftlich festgehalten hat?«

Was soll der Scheiß? Ich hab ja nichts gegen Anderssein und so, aber dieser Typ ist schon 'ne Nummer für sich. Bei dem krieg ich noch die Krise. Der muß sich erst mal beruhigen und sich anhören, wer ich bin.

»Hey, Mann, nimm's nicht persönlich«, sage ich.

»Nimm's nicht persönlich? Nimm's nicht persönlich? Was kommt wohl als nächstes? NICHT BÖSE GEMEINT? SO WAS KANN PASSIEREN?«

»Da fällt mir nichts zu ein.«

»Es ist also nichts Persönliches? Du suchst dir demnach irgendwelche x-beliebigen Leute aus und verdirbst ihnen den Abend?«

»Nä, Scheiße, aber wie du selbst gesagt hast, ihr wollt doch, daß Leute über euch lachen. Einfach wenn man euch so zusammen sieht. Das ...«

Ehe ich meinen Satz beenden kann, kramt er hinten in seiner Unterhose herum. Dann zieht er ein paar Karteikarten heraus und wirft eine auf den Tisch. Auf ihr steht: MACHT KEINEN SINN.

»Genau. Du hast meine Gedanken gelesen.«

»Man muß kein Hellseher sein, um vorauszusehen, was ein Humanoider als nächstes sagen wird.«

»Ach. Jetzt bin ich also ein Humanoider?«

»Ja. Genau das bist du, ein Humanoider. Du bist irgendein hübsches Gesicht in der häßlichen Menge. Du bist der Polizist im Porzellanladen. Du bist komplett durchprogrammiert. Du bist ein offenes Buch, das man in einem Rutsch durchlesen kann.«

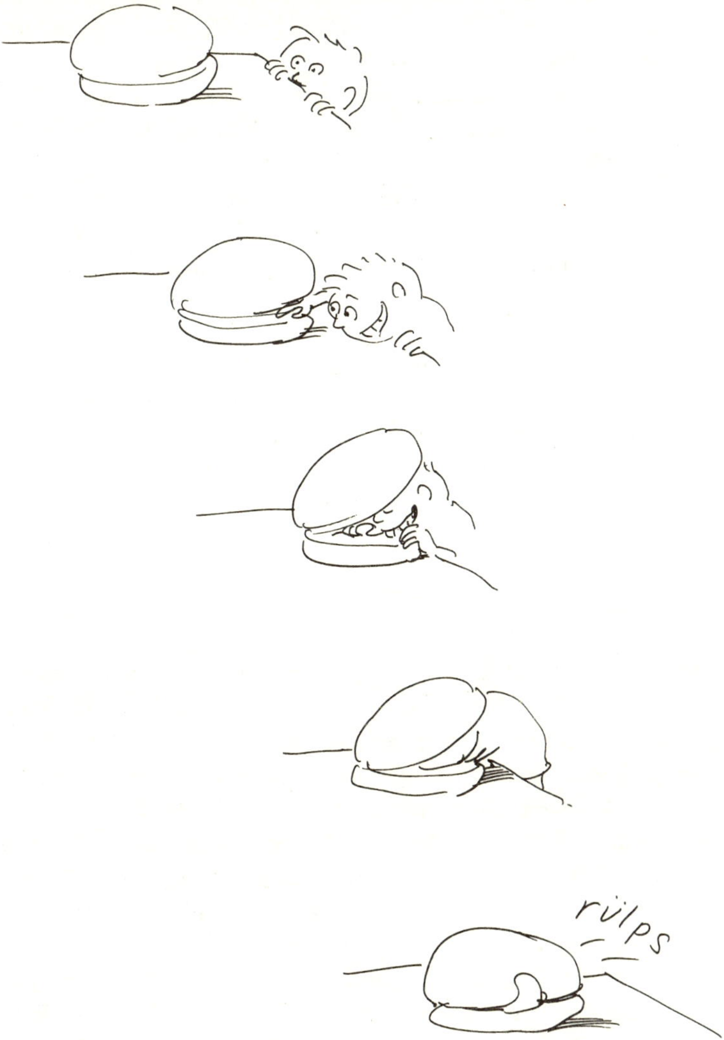

F. K. Waechter

»Du kannst mich mal«, sage ich im selben Moment, als er noch eine Karte auf den Tisch wirft. Darauf steht: DU KANNST MICH MAL.

»Ich wußte, daß du das sagen würdest. Du bist ein stereotyper Mensch. Auf deiner Stereoanlage läuft typische Musik.«

»Na schön. Dann verrat mir doch, was ich höre, Klugscheißer.«

Er mustert mich von oben bis unten, ehe er antwortet.

»Du hörst Eminem.«

»Klar. Na und? Jeder hört Eminem.«

»Ich nicht und meine Begleiter auch nicht. Aber damit bin ich noch nicht fertig. Ich kann dir hier auf der Stelle eine Kurzfassung deiner Lebensgeschichte vortragen.«

In so einer Situation war ich noch nie. Das ist echt krank. Mir fällt nichts ein außer zuzuhören.

Luster

Du wurdest als Unfall in eine Mittelschichtfamilie hineingeboren, die sich für eine Oberschichtfamilie hielt. Du hast ein geordnetes Leben geführt, bis sich deine Scheißeltern scheiden ließen. Davor hieß es Radfahren, Baseball, Schwimmen und Nintendo. Doch nach der Scheidung sind deine Nike Airs auf Abwege geraten. Zuerst hast du dich für die Trennung deiner Eltern verantwortlich gefühlt. Später bist du drauf gekommen, sie dafür verantwortlich zu machen, und du wirst sie jetzt ewig für alles verantwortlich machen. Als Jugendlicher hattest du das Gefühl, deine häuslichen Probleme gäben dir das Recht zur Rebellion. Du hast keine Party ausgelassen und fürs Wochenende gelebt. Du hast dich verpflichtet gefühlt, deine Unschuld zu verlieren, was du auch prompt tatest, als du jemand fandest, der dir dabei behilflich war. Auf der Schule warst du gerade gut genug, um irgendwie über die Runden zu kommen, was du mit den Worten kommentiert hast, du seist zwar klug, würdest dich aber nicht »genug anstrengen«. Du bist so früh wie möglich zu Hause ausgezogen, um aufs College zu gehen. Du hast dich einer Studentenverbindung angeschlossen. Du hast zugelassen, daß Frauen dein Schicksal bestimmten. Versehentlich hast du eine junge Frau geschwängert und dich verpflichtet gefühlt, sie zu heiraten. Du wolltest einen Sohn. Du hast dir einen Job gesucht, der dir zuwider ist, aber »irgendwie muß man ja seine Brötchen verdienen«, wie du immer sagst. Du findest deine Frau nicht mehr so hübsch wie damals, als du sie geschwängert hast, und siehst dich anderweitig um. Du und deine Frau, ihr haltet euch für etwas Besseres als die Nachbarn. Du bist deprimiert. Du rauchst Gras, um das zu ändern. Du gehst regelmäßig ins Fitness-Studio. Du legst dich auf die Sonnenbank. Du hast Angst, eine Glatze zu bekommen.

Nach einer längeren Pause sagt das Alpha-Männchen: »Halt die Klappe! Du kennst mich nicht ... ich bin nicht deprimiert.«

Das kommt noch. Das passiert zwangsläufig, irgendwann zwischen der Scheidung von deiner untreuen Frau und bevor dich deine Kinder ins Altersheim stecken.

»Das reicht, Mann. Bist du fertig, oder muß ich dich verprügeln?«

Ich schmeiße noch eine Karte auf den Tisch, die mit der Aufschrift: LEERE DROHUNG MIT GEWALT – DER LETZTE AUSWEG. Meine Karten versagen nie. Ich habe alles von ZU VIELE INFORMATIONEN über DAMIT MUSS SCHLUSS SEIN und

ICH HABE SCHON EINEN FESTEN FREUND bis hin zu WER HAT DEINE FRISUR VERSAUT?

Ich bin fertig. Tut mir leid, daß ich dich so vor deinen Kumpels bloßgestellt habe, von denen einige insgeheim schwul sind.

Die Freunde des Idioten mustern einander verunsichert.

Ich weiß, wieviel dir Respekt bedeutet, und ich bitte dich respektvoll, meine Freunde und mich nicht mehr zu belästigen.

»Von mir aus, Alter.«

Ich kehre an meinen Tisch zurück. Ich tue das, was ich gerade gemacht habe, nur ungern, aber die Humanoiden machen es mir so leicht, und nur deshalb tue ich es überhaupt. Ich kann den Schönling genausogut einschätzen, wie ich vorhersagen kann, daß der Typ mit Fliege ein Klugscheißer ist, daß die Märchenerzählerin unangenehm exzentrisch ist, daß die Englischlehrerin gern Rosamunde Pilcher liest und daß der Barkeeper übertrieben selbstbewußt ist.

»Warum mußt du immer wieder solche Szenen machen?« fragt Aurora.

Du hast dich doch beschwert, daß die Typen uns anglotzen. Glotzen sie uns jetzt *immer noch an*?

Die Freunde des Mannes trösten ihn, klopfen ihm auf die Schulter.

Dann ertönt ein mitreißend rhythmischer Reggae-Song. Meine Begleiter und ich erheben uns spontan und tanzen mitten im Restaurant, außer Aurora, die nur hin und her rollt. Wir tanzen wie Pantoffeltierchen, winden uns hin und her, jeder für sich, unkontrolliert. Musik, musizieren. Muse, Muse zieren. Wir zerren Muse auf den Mond.

Ich nähere mich meinem Opfer, dem professionellen Humanoiden.

Na komm, Alter! Wir haben uns doch vertragen, stimmt's? Wie wär's mit einem Tänzchen?

»Ach, halt doch die Fresse, verdammt.«

Ich lächle, lache und tanze weiter. Ich tanze so ausgelassen wie möglich, da ich weiß, daß uns jeden Augenblick jemand auffordern wird, damit aufzuhören und uns zu setzen, oder um genau zu sein, jemand wird sagen: »*Ich muß Sie hiermit auffordern,* damit aufzuhören und sich zu setzen.«

F. K. Waechter

Fee Zschokke

Ein Abendessen mit Tomi Ungerer

»Wo stecken wir uns?« fragt Tomi Ungerer, der viele Sprachen spricht, aber keine ganz perfekt – ein Tatbestand, den er so umschreibt: »Elsässisch ist meine Muttersprache, Englisch ist meine Futtersprache.« Er steuert auf einen kleinen, geschützten Tisch neben dem gußeisernen Bollerofen zu, der als Käseplatte zweckentfremdet ist, ordert Champagner und erklärt mir seine »Freß-Philosophie«: Am besten, meint Ungerer, Elsässer mit Wohnsitz in Irland und Kanada, ißt man zu Hause. Und am zweitbesten in einem Restaurant, wo man wie zu Hause ißt – zum Beispiel hier im Straßburger L'Arsenal, in der Rue de l'Abreuvoir, der Straße zur Tränke.

Das zweistöckige Restaurant befindet sich in einem Fachwerkhäuschen aus dem 17. Jahrhundert, dessen Bi-Ba-Butzenscheibenromantik an Illustrationen zu Ungerers *Liederbuch* erinnert. Die Küche ist eine gelungene Mischung aus fein und volkstümlich: Tony

Schneiders Bruder Jean-Louis – er hat bei den Gebrüdern Haeberlin in der sternefunkelnden Auberge de l'Ill gelernt – machte alte, fast vergessene elsässische Gerichte wie Huhn im Senfmehlhemd mit Biersauce oder Sauerkrautsalat mit Cervalatwurst wieder gesellschaftsfähig.

Natürlich hat auch Stammgast Tomi Ungerer auf der Speisekarte des »Arschenal«, wie er schalkhaft sagt, seine Spuren hinterlassen. Es gibt Crêpes Tomi Ungerer – würzige, mit Rindfleich gefüllte Pfannkuchen –, und die Karte schmückt eine Zeichnung von ihm: Ein Strauß steckt seinen langen Hals in einen Guglhupf. Der Elsässer, hat er darunter geschrieben, versteht nichts, sieht nichts, sagt nichts – ABER ER ISST GUT!

Der Champagner kommt. Irgendwie sieht das zarte Glas in Ungerers Händen fast verloren aus. Schmutzig sind sie und schwielig, keine feinnervigen Künstlerhände, eher abgearbeitete Bauernhände. Er bemerkt meinen Blick. »Diese Schwielen«, sagt er und zeigt auf den Mittelfinger, »die hab' ich vom Zeichnen. Und die anderen, die hab' ich von der Farmarbeit.«

Zusammen mit seiner dritten Frau, der 15 Jahre jüngeren amerikanischen Kunsthistorikerin Yvonne Wright, und seinen drei Kindern lebt Ungerer seit 1976 im »westlichsten Haus Europas«. In der irischen Grafschaft Cork hat er sich ein einsames Stück Steilküste gekauft, 150 Hektar Land mit fünf alten Bauernhäusern drauf, »viel Gebirge, baumlos, ganz unter dem Sturm«, wie er es beschreibt.

In der Einsamkeit zu leben machte das Leben einfacher, meint Tomi, nur fernab der Zivilisation könne er mit sich selbst in Harmonie leben. Die Ungerers schlachten selbst – »so ein Lammfleisch, wie wir es haben, das kriegt man in keinem Restaurant der Welt« –, brauen ihr eigenes Bier, backen ihr Brot selber und essen »lauter sehr gute, gesunde Sachen« wie gelbe Rüben und Kohl, an dessen Heilkraft er glaubt: »Wenn du eine Infektion hast, mußt du einfach Kohlblätter draufstecken, das ist das größte medikalische Wunder der Welt«, erklärt Tomi mit dem ihm eigenen Überschwang. Eine Heizung gibt es nicht, nur abends, beim gemeinsamen Essen, wird der Kamin angemacht, das ist »so schön heimelig«, und »Husten und Schnupfen hat's viel, das gehört nun mal dazu«.

Thérèse, die hübsche junge Frau von Tony Schneider, hat inzwischen eine Vorspeise serviert – natürlich die Crêpes Tomi Ungerer. Die schnittlauchbestreuten Pfannküchlein – einst als »Orgelpfiffe« die Leibspeise des kleinen Tomi – schmecken so köstlich, daß ich viel zuviel esse und fast schon satt bin. Dabei geht es jetzt erst los: Wenn es nach Tomi ginge, müßte ich die Speisekarte einmal rauf und einmal runter essen, um alles zu probieren. Meine schüchternen

Versuche, mir etwas auszusuchen, werden von ihm abgeblockt. »Saumagen mußt du essen«, erklärt er kategorisch, »ich bin ganz verliebt in das Ding... Der Tony muß mir unbedingt das Rezept geben. Wenn wir ein Schwein schlachten, werfen wir den Magen immer weg... Aber die Ente in Rhabarber-Sauce ist auch extraordinaire, die hab' ich schon gestern gegessen, und dann mußt du unbedingt den Salade au choucroute mit Löwenzahn probieren, das ist eine ganz eigene Erfindung...« Mir schwirrt der Kopf. »Ach«, sagt Tomi leichthin und enthebt mich damit jeder Entscheidung, »ich bestelle sowieso nie was, das kommt einfach, und dann essen wir das ... Ah! Tony« – er springt auf und umarmt ihn – »Bonsoir!«

Tony Schneider, ein vertrauenerweckender Hüne im dunkelblauen Nadelstreifenanzug, der alles versteht, alles sieht und durchaus nicht schweigsam ist, nimmt die Sache in die Hand. Ich kriege von allem ein bißchen: erst das Millefeuille d'asperges, einen wunderbar zarten Spargel im Blätterteig, dann vom Sauerkraut-Salat, dem gepriesenen, von den Pfannkuchen Grand-Mère, dem Pot-au-feu en gelée, den auch Ungerer als Vorspeise nimmt. Dazu bestellt er 1974er Château Montrose, einen »ganz tüchtigen Bordeaux«, wie er sagt.

»Als wir 1976 nach Irland kamen«, erzählt er, »da konnte man furchtbar viel Wein billig kaufen. Es ist ja eigentlich ein armes Land, und da sind so viele Weine steckengeblieben, unverkauft, daß man alte Bordeaux noch zum alten Preis finden konnte, obwohl sie doch mit den Jahren immer wertvoller geworden sind. Na, und als wir einen Monat vor der Geburt unseres ersten Kindes mit sechs Koffern angekommen sind, da haben wir zwar ein kaltes Haus gehabt, aber so viel Wein, daß die ganze Wand im Wohnzimmer nur aus Weinkisten bestand... Das haben wir inzwischen alles getrunken, jeden Tag eine gute Flasche, das geht schnell...«

Elsässer Wein dagegen mag er nicht, da kriegt er »Kopfweh und muß rennen«. »Ich bin nun mal ganz beschränkt, ich trinke nur roten Bordeaux, und dabei bleibt es, sogar zum Fisch. Meine Frau macht ein Aioli mit Lachs und dazu wird Bordeaux getrunken, das ist zwar gegen die Regel, aber es schmeckt phantastisch... Wir leben sowieso ganz regellos, wir sind ganz unverschämt, wie wir kochen und wie wir essen. Ich glaube, ich habe nie im Leben zweimal dasselbe Gericht gegessen, es verändert sich immer, wird immer neu erfunden. Wenn wir beispielsweise einen Pot-au-feu machen, und wir haben keinen Lauch oder kein Bouquet garni, dann nimmt meine Frau eben die grünen Blätter vom Blumenkohl und schmeißt sie zehn Minuten vor dem Ende hinein... Das ist fast schon ein bißchen cuisine chinoise.«

Tony bringt ein Stück Paté au

foie gras, nur so, zum Probieren. Tomi gerät wieder ins Schwärmen: »Die machen hier die beste Gänseleber, die ich kenne. Nirgendwo, nicht mal in Drei-Sterne-Restaurants, hab' ich so eine Gänseleber gekriegt wie hier, aber die ist eigentlich mehr für Freunde gemacht, die steht nicht mal auf der Karte.«

Mit Gänseleber begann auch die Freundschaft zwischen Tony und Tomi. Das war vor zehn Jahren, im Straßburger Restaurant Kammerzell. Tony Schneider erinnert sich: »Er hat unter dem Namen Ungerer reservieren lassen, so wie ein üblicher Ungerer, aber irgendwie hab' ich an ihn gedacht. Und dann ist er reingekommen, mit seiner Mutter, und hat als erstes gefragt: ›Haben Sie auch Gänseleber?‹ Natürlich, hab' ich gesagt. Er hat mich so aggressiv angesprochen, aber ich hab' vorher gesehen, daß er seiner Mutter so höflich den Stuhl hingestellt hat, und da hab' ich gedacht, das ist ein ganz Höflicher, obwohl er ziemlich furchtbar aussah...«

»... und dann hat er wieder aggressiv gefragt: Die Gänseleber, ist die gut? Die ist sehr gut, hab' ich gesagt, die macht mein Bruder selbst. Gut, hat er gesagt, dann nehme ich viermal! Dann hat er die Gänseleber gegessen und ist gekommen und hat gesagt, die ist wirklich gut, wie heißt du? Tony, hab' ich gesagt. Und er: Ich heiße Tomi, wir sind jetzt Freunde, du hast eine gute Gänseleber, zu dir komm ich wieder...«

Er entschwindet, um neue Gäste zu begrüßen. Es ist 20:30 Uhr. Das kleine Restaurant ist jetzt proppenvoll. Tony bringt den Canard à la rhubarbe für mich und ein Sauté de bœuf aux sabayon d'estragon für Monsieur. Dazu eine zweite Flasche Wein, einen 1974er »Margaux Château Palmer«, der nicht auf der Karte steht. »Das ist der Lieblingswein von meiner Frau und mir«, sagt Tomi und nimmt andächtig einen Schluck.

Tony kommt mit dem Käse. Es gibt immer nur eine Sorte, aber die ist »juste à point«, erklärt Tomi. Diesmal ist es ein Chambertin, und er ist wirklich perfekt. »Auf solche Käse soll man sich drauf sitzen« meint Tomi, dessen Magen unerschöpflich zu sein scheint.

Thérèse legt einen Stapel Speisekarten auf den Tisch: Mit Ungerer-Autogramm sind sie sehr begehrt. Er bittet Sie um »eine halbe Zigarette« und kriegt sie – fein säuberlich in zwei Hälften geteilt, wie gewünscht. Er raucht hastig. Dann noch mal eine halbe und noch mal eine halbe. Zwölf Jahre habe er nicht geraucht, sagt er. Warum fängt er jetzt wieder an? Er zuckt die Schultern. Die vielen Leute machen ihn nervös.

»Hast du Streichhölzer?« fragt er. »Streichhölzer sind zum Streicheln da, wie Frauen« – er macht eine Kunstpause – »und dann zum Anzünden!« Er lehnt sich mit seiner Zigarette zurück und grinst: »Das sind so meine Aphorismen, sie machen Pschtpscht! – und aus!«

Und dann sagt er, aus all dem Schabernack unvermittelt herausfallend: »Denkst du manchmal an den Tod? Meine Arbeiten, die sind für mich ein Totentanz...«

Eines seiner Bücher, *Rigor Mortis*, hatte den Tod zum Thema. Vier, fünf neue Bücher hat er schon wieder in der Schublade; sie werden bald herauskommen. Tomis »Totentanz« nimmt kein Ende.

»Eigentlich hast du mit allem, was du gemacht hast, Erfolg gehabt...«

Tomi unterbricht mich: »Erfolg, Erfolg, was ist das für ein verdammter Erfolg? Ich war 25 Jahre alt, bevor ich angefangen hab', und bin nach New York mit 60 Dollar in der Tasche gegangen... Man redet mir jetzt von Erfolg, und ich sage jedes Mal: Erfolg ist ein Minenfeld, Erfolg macht nicht glücklicher.«

»Aber in einem deiner letzten großen Interviews hast du kategorisch behauptet, wer heutzutage nicht glücklich ist, der gehört verhaftet.«

»Ja, ganz genau, das Glück ist ein unergreiflicher Regenbogen, man muß daran arbeiten. Ich habe meine Alterskrise gehabt in den letzten sechs Monten, aber ich hab' dran gearbeitet.«

»Wie hat sich die Krise bemerkbar gemacht?«

»Das ist persönlich, das geht niemanden was an, aber um neue Glücksnormen zu erreichen, muß man sich wieder ganz verwandeln wie die Schlangen. Da geht die ganze Haut ab, und dann ist man so nackt und so furchtbar für eine Weile, bis man wieder eine neue Haut findet.«

»Hast du eine gefunden?«

»Ich mach mir eine.«

»Eine maßgeschneiderte neue Haut? Du bist doch schon in so viele Häute geschlüpft – es gibt Tomi den Polemiker, den Poeten, den Zyniker, den Romantiker, den Gesellschaftskritiker, der sexuelle Obsessionen ins Bild setzt...«

»Ja, aber es muß mehr sein, es muß mehr ehrlich sein, es darf nicht mehr so viel mit Gimmicks zu tun haben... Ich glaube, die Kunst ist ein Resultat der Unsicherheit. Wenn man sich ernst nimmt, dann ist man auch kaputt. Manchmal mache ich die gleiche Zeichnung über Jahrzehnte hinweg, immer wieder, um etwas zu suchen.«

»Den vollendeten Strich? Bist du ein Perfektionist?«

»Nein«, antwortet er, »ich bin kein Perfektionist, weil es keine Perfektion gibt, und wenn es sie gibt, dann ist es boring, langweilig. Perfection is always boring« – er verfällt unvermittelt in seine »Futtersprache« – »a drawing is only good because of its imperfections. You see, you must always look for the right mistake.«

»Aber man strebt doch immer nach Vollkommenheit. Findest du es nicht deprimierend, daß es das nicht gibt?«

»Im Augenblick ja«, antwortet Tomi und zündet sich noch eine halbe Zigarette an, »im Augenblick bin ich ein ganz kleiner Mensch. Ich bin zu klein für die große Schlangenhaut, in die ich mich gestellt habe, die paßt nicht. Das ist das Problem. Ich hab' mich immer ganz schnell eingepaßt in eine neue Haut, aber in dieser neuen Haut bin ich verloren.«

Tony serviert das Dessert – Erdbeeren mit grob geschrotetem schwarzem Pfeffer und einer Sahnecreme. Es steht nicht auf der Karte; Tomi hat das Rezept mal aus dem Tessin mitgebracht, und er läßt die ›Pfeffer-Beeren‹ ein paar Mal zurückgehen: Mal sind ihm die Erdbeeren zu groß, dann ist ihm zu wenig Pfeffer drauf, dann ist ihm der Pfeffer zu fein gemahlen. Tony nimmt die Kritik geduldig entgegen, bis Tomi strahlt und alle ringsum kosten läßt: »He, voisin!« Er springt auf: »Nachbar, das mußt du probieren! Du mußt es zwei Minuten auf der Zunge arbeiten lassen – et voilà! C'est délicieux, hein?«

Ein schier nicht zu bewältigender Dessert-Teller wird vor mich hingestellt: »Sie essen von allem ein bißchen«, beruhigt mich Tony väterlich, »und von dem, was Ihnen am besten schmeckt, bekommen Sie eine große Portion!« Er macht eine Bewegung, die den ganzen Bollerofen umfaßt. Ein Dessert-Löffel fehlt. »Vous permettez?« Tomi Ungerer langt kurzerhand einen Löffel vom Nachtbartisch, putzt ihn an seiner Serviette ab und reicht ihn mir. Die drei Damen neben uns kichern, halb amüsiert, halb schokkiert vom wilden Tomi.

Es ist fast Mitternacht. Tomi wirkt müde. Ich bitte um die Rechnung. Er steht auf: »Nein, nein«, sagt er und stapft mit seinen schweren Stiefeln hinaus in die Nacht, »eine Rechnung gibt's nicht. Ich esse immer frei hier. Das ist so bei Freunden.«

Paul Ingendaay
Die Schädelstätte

Ich sage euch lieber gleich, daß die Schädelstätte einer der verrufensten Orte des ganzen Collegiums war. Genau wie der Speisesaal von Haus Sparta oder dem Juvenat. Wenn ihr Gefängnisfilme kennt, so ungefähr ging es bei uns zu. Mittendrin saßen Bruder Hermann und Bruder Gregor und versuchten Ordnung zu halten. Aber wenn Onni den langen Sven mit Brotkügelchen beschoß, kriegte keiner von den Schwatten etwas mit. Das war das Gute an dem riesigen Speisesaal. Wir waren vielleicht zweihundert Leute, und man fiel in der Masse nicht auf. Jede Woche gab es einen neuen Tischplan. Das Schlechte war, man konnte in der Masse auch untergehen. Einer wie Sven zum Beispiel hatte von Anfang an keine Chance. Svens Eltern waren sündhaft geschieden, und man merkte es ihm auf Schritt und Tritt an.

Einmal flog Onnis Brotkügelchen in hohem Bogen über Sven hinweg, landete bei Leo Siebenwirth auf der Brille und klebte dort fest. Siebenwirth war unser Erdkundelehrer. Onni hatte das Brotkügelchen ordentlich mit Spucke eingerieben. Als er sah, daß es bei Siebenwirth auf dem linken Brillenglas pappte, dachte er, jetzt ist er geliefert. Aber Siebenwirth schnippte das klebrige Ding einfach runter und aß weiter. Da wußten wir, daß Leo Siebenwirth nicht mehr zu helfen war. Er wußte nicht, was er in sich hineinschaufelte, und er sah nicht mehr, was ihm an der

Brille klebte. Vor vielen Jahren war ihm seine Frau weggelaufen, und seitdem wohnte er bei uns im Collegium, auf einem schiefgetretenen Holzflur in der Nähe des Nonnentrakts. Manchmal sahen wir ihn in der Frühmesse. Abends hörten wir das Klingeln seines Schlüsselbunds auf der anderen Seite von Türen, die zum Nonnentrakt gehörten und von uns nicht geöffnet werden konnten. Er schlurfte umher wie ein Pensionär, obwohl er dafür viel zu jung war. Er gehörte zu uns und doch nicht zu uns. Ich glaube, Siebenwirth wollte nur noch seine Ruhe haben, vor allem vor den Frauen. Jetzt zur Ernährung, dem eigentlichen Schrecken der Schädelstätte. Nach einem einzigen Blick auf den Speiseplan der Woche wüßtet ihr Bescheid. Dienstags zum Beispiel gab es Himmel und Erde, eine niederrheinische Spezialität, Blutwurst mit Kartoffeln und Apfelmus. Ihr findet sie auf meiner Liste. Die Blutwurst war eine kleine schwarze Platte. Sie war so schwarz und hart, daß kein Apfelmus der Welt ihr Herz erweicht hätte. Wenn ich sah, wie sich andere die schwarzen Stücke in den Mund schoben und kräftig zu kauen begannen, damit die Blutwurst schön zerkleinert und als schwarzer Matsch in ihrem verdammten Magen landete, wäre ich am liebsten schreiend aus dem Speisesaal gerannt. Wißt ihr noch, was Freitag ruft, als er dem alten Robinson sagen will, daß drei Kanus mit Kannibalen an der Küste ihrer einsamen Insel gelandet sind? O Herr! O Herr! O Jammer! O schlimm! Das ruft Freitag. Und dann sagt er noch: Ich sterben, wenn Ihr befehlen zu sterben, Herr. Genauso fühlte ich mich, wenn die schwarzen Blutwurstplatten an der Küste der Schädelstätte landeten. Wie Kannibalen sprangen die Blutwurstplatten von den Tellern und bemächtigten sich unserer Tische. Sofort schwärmten sie aus, bereit, unser Leben, unsere Ge-

F. K. Waechter

sundheit, alles, was uns heilig war, mit ihrem grausamen Angriff zu bedrohen. Niemand erwartete von der Blutwurst Schonung. In höchster Not rief ich aus: O Herr! O Herr! O Jammer! O schlimm! Aber niemand erhörte mein Rufen. Ich habe euch die übelsten Gerichte mal aufgeschrieben, ungefähr so, wie wir sie essen mußten. Damit ihr von der Schädelstätte ein Bild bekommt. Also. Montags gab es Fettläppchen mit Mischgemüse. Ein mittelschlechter Tag, weil die Woche begann und manche Sachen noch frisch waren, theoretisch jedenfalls. Das heißt, sie waren frisch, als sie in der Großküche des Collegiums angeliefert wurden. Aber schon ein paar Stunden später hatten sie sich in den alten Collegiumsfraß verwandelt, den wir kannten, als hätten sie neun Tage lang herumgelegen und wären am zehnten ohne Gegenwehr vergammelt. Die Fettläppchen hießen eigentlich Bonanza-Steaks und waren so groß wie, na ja, ein

Päckchen Kaugummi. Ein bißchen breiter vielleicht, aber genauso elastisch. Oh, Boy. Die Hälfte davon war Schweinefleisch, das von den Collegiumsschweinen kam. Das Collegium Aureum hatte nämlich seinen eigenen Schweinestall, neben der Werkstatt von Jan Spans. Die andere Hälfte der Fettläppchen war reines Schweinefett. Stellt euch das Ganze paniert vor und schön braun gebraten. Das war die Tarnkappe, damit man nicht sah, wo das Fett begann. Man schnitt in das Fettläppchen und dachte, oh, das muß der Fettstreifen sein, und setzte das Messer woanders an. Aber auch da schnitt man ins Fett. Oh, so viel Fett! dachten die, die das Fettläppchen noch nicht kannten. Und dann schnitten sie links hinein und rechts hinein, dann vorne und schließlich hinten. Und überall schnitten sie in reines Fett, das sich so lang ziehen ließ wie ein großes Zeichenlineal. Den Rest mache ich kurz. Dienstags kam die Blutwurst. Mittwochs gab's Frikadellen. Manche sagten, sie bekamen ihre Würze durch die Küchenmädchen. Vor dem Braten nahmen die Küchenmädchen die geformte Frikadelle, legten sie sich in die Achselhöhle und drückten den Arm kurz und kräftig nach unten. Wie die Henne ihre Flügel. Das waren die würzigen Frikadellen, wie sie aus der speziellen Frikadellenpresse der Schädelstätte kamen. Donnerstags gab's wieder Fleisch, Rind, glaube ich, jedenfalls dunkler. Es war nicht so elend wie die Fettläppchen, aber trocken, traurig und zäh, als hätten die Rinder große Langeweile gehabt und wären ohne Hoffnung auf ein Jenseits gestorben. Freitags kamen meistens Fischstäbchen, zu denen hört ihr von mir kein Wort. Manchmal gab es auch Spiegeleier mit Spinat. Ihr werdet sagen, Spiegelei mit Spinat ist nichts Aufregendes, und ich sehe das genauso wie ihr. Spiegelei mit Spinat ist überhaupt nichts Aufregendes. Aber unter widrigen Bedingungen lernt man, die einfachen Dinge zu schätzen. Robinson Crusoe, auf der Insel der Verzweiflung, mußte ja auch nehmen, was die Natur ihm gab. Seine sonstigen Aussichten waren, entweder vor Mangel zu sterben oder von wilden Tieren zerrissen zu werden. Das sagte er am Anfang immer wieder. Ständig hatte er Angst, wilde Tiere möchten kommen und ihn fressen. Solche Betrachtungen trieben ihm dann Tränen in die Augen, sagte er. Die Lappen, welche er Kleider nannte, konnte man vergessen, sie waren für ihn eine höchst unwichtige Sache. Es war ja auch keiner da, um ihn in seinen alten Lappen zu sehen. Aber in den ersten Jahren auf seiner Insel war er ein ganz einsamer Arsch, und ich vermochte sein Schicksal mit jeder Faser aufzunehmen. Die Unmöglichkeit seiner Rettung schien ihm so augenfällig, daß kein Funke von Hoffnung in seinem Innern zurückblieb. Ich durfte nur nicht daran denken, daß Robinson Crusoe ganz am Anfang seiner Zeit ein ganzes Schiff ausgeräumt hatte. Das heißt, er war im Vorteil. Erinnert ihr euch daran? Also. Vor der Plünderung des Schiffes hatte Robinson Crusoe nur sein Messer, den Tabak und die Tabakspfeife. Nach der Plünderung zog er mit Brot, Zwieback, Reis, Schnaps, Gouda und getrocknetem Ziegenfleisch ab. Ungefähr so betrachtete ich Spiegelei und Spinat, als Überlebender. Und ich sprach: Du freundliches Spiegelei! Du gütiger Spinat! Zwar erfüllt mich euer Anblick nicht mit Verlangen, aber ihr kommt annähernd aus der Natur. Ihr werdet mir helfen, meine körperlichen Kräfte auf der Insel der Verzweiflung zu bewahren und meinen Verstand mit Nahrung zu versorgen, damit mich die grauen Wolken des Nihilismus nicht umhüllen. Robinson Crusoe, der euch nicht verschmäht hätte, soll mein Zeuge sein: Auch ich werde euch nicht verschmähen! So sprach ich. Aber eigentlich war ich auf den alten Robinson neidisch, wenn ihr's genau wissen wollt. Nicht nur deswegen, weil er sich das Vergnügen des Rauchens gewährte, wann immer er wollte. Nein, wegen seines Speiseplans. Zum Frühstück aß er eine Weintraube, zu Mittag ein Stück geröstetes Ziegen- oder Schildkrötenfleisch, und zum Abendbrot begnügte er sich mit zwei oder drei Schildkröteneiern. Am liebsten hätte ich gerufen: Einverstanden, das Menü nehme ich auch! Und dann wäre ich nach draußen gelaufen, um eine Ziege zu schießen oder eine Schildkröte zu fangen. Vom Wochenendfraß auf dem Collegium Aureum will ich fast schweigen, besonders vom wortkargen Nudelsalat, der in einer absolut ungesetzlichen Schmiere ruhte. Nur das müde Graubrot muß ich noch erwähnen, dazu seinen zuverlässigen Partner, die kranke Fleischwurst. Die beiden traten immer als Paar auf. Am müdesten waren die beiden am Sonntag abend, der auch auf meiner Liste der nervtötenden Dinge auftaucht. Blaß und abgespannt und unterernährt lagen sie auf ihren

F.K. Waechter

Tellern, das Graubrot auf dem einen Teller, die Fleischwurst auf dem anderen Teller. Wir wußten, daß sie nicht mehr auf die Beine kommen würden, beide nicht. Sie funkten sich nur noch schwächer werdende Botschaften zu. Manchmal schlug Motte über der Fleischwurst ein Kreuzzeichen, aber nur, wenn Bruder Hermann nicht guckte. Jetzt habt ihr von der Schädelstätte ein ungefähres Bild.

Bosc

Anthony McCarten
Candlelight Dinner

Innen. Krankenhaus. Tag.
Adrian macht seine Runde, und sofort fällt ihm auf, daß dieselbe Krankenschwester wieder zu ihm herüberschaut. Eigentlich ist es eher ihr Lächeln, das ihm auffällt. Er bleibt stehen, dreht sich um und geht zu ihr hin. Wie Don im Hamburgerladen ist er ein schieres Nervenbündel, bis er schließlich seine Stimme findet. Was soll er sagen? Er will keinen Fehler machen. Schließlich nimmt er ein Wort aus einem viele Jahrhunderte alten verlorenen Lexikon.
ADRIAN: Hallo.

Innen. Schickes Restaurant. Abend.
Adrian blickt von der Speisekarte auf, als ... Angela mit ihrem Schwesterngang ohne jede erotische Raffinesse, taps taps taps, von der Damentoilette an den Tisch zurückkehrt. Aber sie sieht großartig aus in ihrem eleganten Abendkleid, eine gelbe Rose am tiefsten Punkt des Dekolletés. Im selben Moment erscheint auch der Kellner mit dem Wein. Adrian atmet tief den Duft seiner Pfefferminzzahnpasta ein. Nein, denkt er, nicht ganz so umwerfend wie seine Sophie, nicht die klassischen Linien, bei denen er immer am liebsten zum Malerpinsel greifen würde (das Barometer seines Begehrens), aber sie ist echt und sie ist hier; ja, sie ist hier und sie ist echt.
ADRIAN: Genau im richtigen Augenblick.

ADRIAN (*hebt sein Weinglas*): Ja dann. (*Lächelt*) Danke, daß Sie mitgekommen sind. (*Sie strahlt*) Ähm, ich … ich habe so etwas schon lange nicht mehr gemacht.
ANGELA: Ach, das kann ich mir gar nicht vorstellen.
ADRIAN: Doch, ehrlich. (*Pause*) Ich, ähm … Sie müssen wissen, ich bin verheiratet.
Jetzt strahlt sie nicht mehr.
ADRIAN: Tut mir leid. Ich dachte, ich sage es besser gleich.
ANGELA: Gleich? ›Hallo, ich bin Adrian. Ich bin verheiratet.‹ Das *wäre* ›gleich‹ gewesen. (*Überdrüssiger Seufzer*) Toll. Sie tragen keinen Ehering.

Adrian holt den Goldring aus der Brusttasche und streift ihn wieder über. Er muß daran denken, wie Sophie und er am Altar standen, vor fünfzehn Jahren, und wie Sophies zarte Hände, kaum größer als Kinderhände, ihm den Ring über den Wurstfinger zwängten. Zuerst hatte sie ihm tief in die Augen gesehen, aber dann mußte sie doch den Blick senken, damit sie mit Drücken und Drehen und Pressen den Trauring an Ort und Stelle bekam.
ANGELA: O Gott!
ADRIAN: Tut mir leid.
ANGELA: Sie tragen ihn in der Tasche?!! Hören Sie, ich gehe nicht mit verheirateten Männern aus. Soviel Zeit habe ich nicht.
ADRIAN: Meine Frau und ich haben eine Vereinbarung. Na ja, sie hat eine Vereinbarung. Ich habe die Katze.
ANGELA: Soll das so 'ne Art Witz sein?
ADRIAN: Sie hat einen anderen. Einen Tierarzt. Sie ist ganz verrückt nach Pferden.
ANGELA: Und das macht Ihnen nichts aus?
ADRIAN: Wir sehen uns nicht oft. Ich finde, ich bin nur realistisch.

F. K. Waechter

ANGELA: Haben Sie schon mal von Scheidung gehört? Klingt realistischer, für meinen Geschmack.
ADRIAN: O nein. Scheiden lassen wir uns nicht. Ich liebe sie noch immer. Und das Seltsame ist, sie sagt, auch sie liebt mich noch immer. Selbst jetzt noch. Und das Verrückteste daran – ich glaube ihr. Das Problem ist, daß sie mich körperlich nicht mehr begehrt ... Sie sagt, ihr macht das nichts. Sagt sogar, sie hat überhaupt keine sexuellen Regungen mehr. Und dann taucht Conrad auf. Ich frage mich, ob ich ihr Conrad ... zugestehen sollte. Ob ich es ihr schuldig bin. Finden Sie das verrückt?
ANGELA: Wer ist denn jetzt Conrad?
ADRIAN: Oh, er ist der Hengst. Ein lüsterner Veterinär. Reine Vorabendserie. Ich kann es nicht ändern.
Der Wein schmeckt ihm nicht mehr.
ANGELA: Tolle Verabredung – ich muß schon sagen, Sie haben ein Händchen für Frauen.
ADRIAN: Es tut mir leid. Ich hätte Ihnen das nicht erzählen

Da läßt sich eines anrichten nach allen Regeln der Kochkunst und trifft auf eine von billigem Knaster verhunzte Zunge. O, ich Elender!
Muss ich mir das von einem Krautwickel sagen lassen?

F. K. Waechter

sollen. Ich sollte nicht hier sitzen und Ihre Zeit verschwenden. Aber ich fand Sie sehr sympathisch. Ich *finde* Sie sehr sympathisch.
Darüber denkt Angela nach. Sie sitzt reglos da.
ANGELA: Gott, verzweifelte Mädchen sind was Schreckliches. Hören Sie, ich will doch nur ein bißchen Spaß. Ich arbeite hart. Ich will nur ein bißchen Spaß. Können wir nicht einfach ein bißchen Spaß haben?
ADRIAN (*lächelt nun wieder und hebt sein Glas*): Darauf trinken wir. Auf unseren Spaß. Wir haben ihn uns verdient.
ANGELA: Ich weiß nicht, wie das bei Ihnen ist, aber ich bestimmt. (*Unglücklich*) Hoffentlich taugt wenigstens der Nachtisch was.
Mit ihrem großen Durst leert Angela ihr Glas auf einen Zug.

Innen. Angelas Apartment. Abend.
Adrian sieht sich Angelas Sachen an – Bilder, Fotos. Hübsch. Geschmackvoll. Sie hat eine klare Vorstellung davon, wie ihr Leben aussehen soll. Dann fällt Adrian eine Entscheidung, trinkt das Glas mit einem einzigen Schluck aus und greift nach seinem Mantel, gerade als Angela aus dem Schlafzimmer kommt, in einem Négligé, das, wie man so sagt, ein bißchen bequemer ist.
ANGELA: Du gehst schon?
ADRIAN: Ist wohl besser. Aber danke für den Drink.
ANGELA: Ich weiß gar nicht, warum ich es überhaupt versuche.
ADRIAN: Für mich war es ein wunderschöner Abend, ehrlich.
ANGELA: Toll. Großartig. Hurra.
ADRIAN: Ehrlich. Ich sehe dich dann bei der Arbeit.
ANGELA: Nein, ich kündige. Ich gehe ins Kloster.

ADRIAN: Bitte nicht.
Er steht vor ihr. Sie blicken sich in die Augen. Nahe genug für einen Kuß.
ADRIAN: Na jedenfalls...
ANGELA: Bleib. (*Pause.*) Es ist sonst nicht meine Art, zu betteln.
Er küßt sie zart auf die Lippen. Sie schließt die Augen, er nicht.
ADRIAN: Ich gehe jetzt besser.
Er geht zur Tür.
ANGELA: He, schöner Mann.
Er bleibt stehen.
ANGELA: Gar nicht so übel.
Einen Moment lang steht Adrian einfach nur da und sieht sie an, wie ein Hund, dem gerade jemand einen Kartentrick gezeigt hat.

Außen. Angelas Apartment.
Adrian schließt die Tür und geht hinaus in die Nacht, doch nach ein paar Schritten bleibt er stehen, gelähmt vor Selbsthaß. Dummkopf, denkt er. Idiot. Und als ob Selbstwertgefühl und Gleichgewichtssinn zusammenhingen, torkelt er und lehnt sich an die erstbeste Mauer und atmet tief durch; erst da merkt er, daß er seit dem Kuß die Luft angehalten hat.
›Gar nicht so übel ...‹ Wie hat sie das gemeint? Als verhaltenes Kompliment? Oder ist er nicht gerade schlecht, aber auch nicht besonders gut? Welches von beidem? Das einzige, was er noch klar vor sich sieht, ist der Blick in ihren Augen. Da zumindest gibt es nichts zu analysieren, zu psychoanalysieren, nichts, wo er sich in den Stricken seines Berufes verfangen könnte, in der Vivisektion der Emotionen. ›Es könnte etwas zwischen uns geben‹, hatten ihre Augen gesagt: Es könnte etwas zwischen ihnen geben. Wenn er es

will. Er muß nur wollen.
Aber will er? Er weiß es nicht, unschlüssig wie immer. Sein bißchen Mut verläßt ihn, das Bild wird schwarz.

F. K. Waechter

Edward Gorey

John Irving
Bis ich dich finde

Und dann war da noch die Nacht im Sunset Marquis, einem kleinen Hotel in West Hollywood, wo Jack mit einem Model gevögelt hatte; die Frau hatte eine kleine Villa auf dem Gelände gemietet, keines der billigen Zimmer im Hauptgebäude. In der Nachbarvilla feierte eine laute Truppe von Musikern – Rock 'n' Roller und ihre Groupies –, und Jacks Model wollte noch auf die Party. Jack dagegen hatte genug und wollte nach Hause. Um ihn am Wegfahren zu hindern, spülte das Model seine Autoschlüssel die Toilette hinunter.

Jack hätte zum Empfang gehen und darum bitten können, ihm ein Taxi zu rufen, aber er wollte den Audi nicht über Nacht beim Sunset Marquis stehen lassen – dort waren schon üble Sachen passiert. Außerdem hatte seine Begleiterin über ihre Unterwäsche seine Kleidung angezogen und war zur Party der Musiker gegangen. Er hätte das Hotel in ihren Kleidern verlassen müssen, und die paßten nicht. (Sie hatte etwa Größe 36.)

Jack hatte Emma angerufen, die gerade schrieb. Er hatte sie gebeten, ein Taxi zu nehmen und ihm die Ersatzschlüssel des Audi zu bringen. Sie lägen in der Küchenschublade, beim Telefon, erklärte er gerade, als sie ihn unterbrach: »Versprich mir eins, Jack. Schlaf niemals mit meiner Mutter.«

»Emma, so was würde ich nie tun!«

»Da bin ich mir nicht so sicher, Zuckerbär. Sie würde es jedenfalls ganz bestimmt tun.«

»Ich verspreche es«, hatte er zu ihr gesagt. »Bitte komm mich holen.«

Das Model hatte Jacks Brieftasche mitgenommen, die sich in der linken vorderen Tasche seiner Anzughose befand; er mußte also zur Party der Rock 'n' Roller und sie finden. Er machte sich ziemlich gekonnt zurecht – Lippenstift, Lidschatten, das volle Programm. Ihre BHs waren so klein, daß Jack sie zunächst fälschlich für Strings hielt, aber es gelang ihm, einen davon mit zwei Tennisballhälften auszustopfen; den Tennisball hatte er entzweigeschnitten.

Das Model hatte ein Zucken in den Fingern – vermutlich irgendeine diätbedingte Mangelerscheinung –, und ihr persönlicher Trainer hatte ihr empfohlen, einen Tennisball zu drücken. Überall im Haus lagen Tennisbälle herum; Jack hatte ihre Nagelschere benutzt, um einen durchzuschneiden.

Er zwängte sich in ein limonengrünes Camisol, das die Taille frei ließ. Leider sah man die Linie schwarzer Haare, die sich von seinem Bauchnabel abwärts zog, doch Jack entfernte sie mit dem Rasierer des Models. Dabei enthaarte er über ihrem Waschbecken auch gleich seine Beine – und schnitt sich dabei ins Schienbein. Er klebte ein Stückchen Toilettenpapier auf den Schnitt und lackierte sich die Zehennägel blutrot, was gut zu seiner Wunde paßte.

Er fand einen pfirsichfarbenen Slip mit Spitzenbund, doch die Beinöffnungen hätten ihm das Blut abgeschnürt, wenn er sie nicht mit der Nagelschere eingeschnitten hätte. Natürlich bekam er den Reißverschluß des kurzen, marineblauen Rocks nicht zu, aber der aufklaffende Reißverschluß, der den Spitzenbund seines Slips sehen ließ, paßte mehr oder weniger zur Gesamterscheinung. Er sah ziemlich abgefahren aus, doch das galt auch für die Hälfte der Schnorrer und Groupies, die an der Bar des Sunset Marquis herumhingen.

In dem hohen Spiegel sah Jack, daß er sich die Zehennägel allzu hastig lackiert hatte – er sah so aus, als hätte er barfuß einen Unfall mit einem Rasenmäher gehabt. Der Rock saß schief, und das Camisol war auf einer Seite eingerissen, so daß die überdehnten Träger des elfenbeinfarbenen BHs zu sehen waren. Jacks Tennisballbrüste waren deutlich kleiner als sein Bizeps. Er sah aus wie eine im dritten oder vierten Monat schwangere Hockeyspielerin, deren Bauch sich gerade zu wölben beginnt.

Edward Gorey

Edward Gorey

Er hätte auf den Zehennagellack verzichtet, wenn er seine Schuhe hätte tragen können, aber die hatte das Model dazu benutzt, sein Jackett zu beschweren, das in zehn Zentimeter tiefem Wasser in der Badewanne lag.

Es war bloß eine Musikerparty – Jack rechnete nicht damit, daß die Kleiderordnung allzu streng sein würde. Er fand es passend, daß er einen Klacks vom extrastarken Festiger des Models verwendet und sich dann die Haare gefönt hatte. Er sah aus wie eine zur Nutte gewordene, ehemalige Hockeyspielerin, die in einem frühen Stadium der Schwangerschaft vom Blitz getroffen worden war, doch verglichen mit den Frauen, die man üblicherweise als Groupies der Rock 'n' Roller im Sunset Marquis sah, war Jack der Konkurrenz turmhoch überlegen.

Mit Ausnahme des Models – die war ein echter Knaller. Sie hatte Jacks Anzughose und das weiße Hemd abgelegt und tanzte ausgelassen in Jacks Boxershorts und ihrem BH. Die Musiker und ihr Gefolge waren schon so hinüber, daß Jack Toshiro Mifune im Fummel hätte sein können, und kein Mensch hätte es bemerkt. Keiner außer einem Typen, der eine Mundharmonika zu beatmen schien. Er hörte auf zu spielen und starrte Jack und insbesondere dessen Tennisballhälften an.

»Bist du mit ihr gekommen?« fragte er Jack mit einer Kopfbewegung zu dem tanzenden Model hin.

»Die Boxershorts und der BH kommen mir jedenfalls bekannt vor«, sagte Jack. Es war ein typischer Jack-Burns-Spruch – er verriet ihn.

»Man könnte dich glatt für Jack Burns halten«, sagte der Mundharmonikaspieler. »Ohne Scheiß.«

»Wirklich?« gab Jack zurück. »Irgendeine Ahnung, wo die Kleine in den Boxershorts den Rest ihrer Klamotten gelassen hat?«

Der Mundharmonikaspieler deutete auf eine Couch, auf der sich eine hochgewachsene junge Frau ausgestreckt hatte, die eingeschlafen, weggetreten oder tot war. (Jedenfalls schien sie den Lärm nicht wahrzunehmen.) Sie hatte sich mit Jacks weißem Hemd zugedeckt, das entweder sie oder das Model dazu benutzt hatte, sich den Lippenstift abzutupfen. Jack fand seine Anzughose und nahm die Brieftasche aus der vorderen linken Tasche. Die Hose zu behalten, hatte keinen Sinn – nicht angesichts des in der Badewanne des Models gewässerten Jacketts –, und er hatte hundert weiße Hemden. In Nächten wie dieser schrieb man seine Verluste ab und sah zu, daß man wegkam.

Das Model tanzte immer noch. »Sag ihr, sie kann die Boxershorts behalten, aber meinen BH will ich zurück«, sagte Jack zu dem Mundharmonikaspieler, der auf seinem Instrument wie eine angefahrene Katze jaulte. Er nickte Jack kaum merklich zu.

Es gab eine Art Rausschmeißer, der Jack nicht hatte hereinkommen sehen. Er folgte Jack nach draußen, auf das halbdunkle Gelände, wo noch andere Villen standen – manche erleuchtet, manche nicht. Auf dem Gras lag schon Tau. »Hey«, sagte der Rausschmeißer. »Irgendwer hat gesagt, du wärst Jack Burns, dieser Perverse.«

Jacks Gesicht reichte bis zu der breiten, in einem Hawaiihemd steckenden Brust des Rausschmeißers. Normalerweise wäre Jack ihm ausgewichen. Er hätte ihm mühelos bis zu der Warteschlange hinter der Samtkordel vor der Bar davonlaufen können. Vor den Augen einer Menschenmenge würde sich der Rausschmeißer nicht mit Jack anlegen. Aber Jacks Rock war so eng, daß seine Knie beim Gehen aneinanderrieben: Er hätte nirgendwohin rennen können.

»Bist du das, Schätzchen?« hörte er Emma sagen. Der Rausschmeißer trat zur Seite und ließ ihn vorbei. »Nun sieh dir das an – du bist ja halb ausgezogen!« sagte Emma zu Jack. Sie schlang ihm ihren fleischigen Arm um die Hüfte und zog ihn an sich.

Sie küßte ihn auf den Mund und verschmierte ihm dabei den Lippenstift. »Was ist denn mit deinen Schuhen passiert, Zuckerbär?« fragte sie.

»Unter Wasser«, erklärte Jack.

»Dann will ich mal hoffen, daß es nicht die Manolo Blahniks waren, sonst setzt es was, du schlimmes Mädchen«, sagte Emma und legte ihre große Hand auf Jacks Hintern.

»Scheißlesben!« rief der Rausschmeißer ihnen nach.

»Ich hab einen Dildo, davon würdest du Rotz und Wasser heulen!« schrie Emma dem Rausschmeißer zu, der im trüben Licht plötzlich blaß wirkte.

Ein hochgewachsener, schlaksiger Bursche, der an eine Vogelscheuche erinnerte, war über die Samtkordel vor der Bar gefallen und hing darüber wie ein Mantel auf einer Wäscheleine.

»Ich glaube, in Kalifornien ist es verboten, barfuß Auto zu fahren«, sagte Emma zu Jack.

»Ich verspreche dir, daß ich nie mit deiner Mutter schlafe«, flüsterte er ihr zu.

Edward Gorey

Meine Frau und ich gehen nur sehr selten aus.

W. Somerset Maugham

Die drei dicken Damen von Antibes

Die erste war Witwe und hieß Mrs. Richman; die zweite, eine zweifach geschiedene Amerikanerin, hieß Mrs. Sutcliffe, und die dritte – unverheiratet – Miss Hickson. Sie alle waren in die behaglichen Vierziger vorgerückt und besaßen viel Geld. Mrs. Sutcliffe hörte auf den ausgefallenen Vornamen Arrow. Als sie noch schlank und knusprig war, mochte sie den ›Pfeil‹ gut leiden, das paßte zu ihr, verlockte zu etwas allzu häufigen, doch sehr schmeichelhaften Scherzen und entsprach, wie sie sich einredete, auch ihrem geradlinigen, schnellen und zielbewußten Naturell. Jetzt schätzte sie Arrow weniger, seit ihre zarten Züge auseinanderliefen, Arme und Brüste sich mächtig rundeten und ebenso die gewichtigen Hüften. Es wurde zunehmend schwierig, ein Kleid zu finden, in dem sie so aussah, wie sie aussehen wollte, die Witzeleien über ihren Namen machte man nun hinter ihrem Rücken, und sie wußte genau, wie wenig schmeichelhaft sie waren. Aber sie fühlte sich durchaus noch in den besten Jahren. Sie trug unverdrossen Blau, um die Farbe ihrer Augen zu betonen, und ihr blondes Haar behielt dank aufwendiger Pflege seinen leuchtenden Glanz. An Beatrice Richman und Frances Hickson gefiel ihr vor allem der bedeutend größere Umfang der beiden, neben ihnen wirkte sie doch sehr schlank; auch waren beide älter und behandelten Mrs. Sutcliffe gern als ein junges Dingelchen, was ihr nicht unangenehm war. Gutmütig neckten sie sie mit ihren Verehrern, beide verschwendeten nämlich keinen Gedanken an diesen Unfug, ja, Miss Hickson hatte ihn nie in Betracht gezogen; doch Arrows Flirts verfolgten sie mit Wohlwollen und glaubten fest daran, daß sie in allernächster Zeit einen dritten Mann beglücken würde.

»Du darfst aber nicht zunehmen, Schatz«, sagte Mrs. Richman.

»Und prüfe um Himmels willen sein Bridge!« mahnte Miss Hickson.

Sie sahen sie mit einem guterhaltenen, distinguierten Fünfziger, einem Admiral a. D., der blendend Golf spielte, oder einem Witwer ohne Anhang, aber ein solides Einkommen wurde in jedem Fall vorausgesetzt. Liebenswürdig hörte Arrow ihnen zu und erwähnte mit keinem Wort, daß sie sich alles ganz anders vorstellte. Gewiß, sie wollte gerne wieder heiraten, doch ihre Phantasie wandte sich einem schlanken Italiener mit blitzenden Augen und klingendem Titel zu oder einem spanischen Aristokraten, keinen Tag älter als dreißig. Ein Blick in den Spiegel überzeugte sie von Zeit zu Zeit, auch sie sehe keinen Tag älter aus.

Miss Hickson, Mrs. Richman und Arrow Sutcliffe waren gute Freundinnen; ihr Gewicht hatte sie zusammengeführt und Bridge ihre Verbindung gefestigt. In Karlsbad hatten sie sich kennengelernt, wo sie im gleichen Hotel wohnten und vom gleichen Arzt mit der gleichen Herzlosigkeit behandelt wurden. Beatrice Richman, eine überwältigend dicke, doch hübsche Frau mit großen Augen, geschminkten Wangen und nachgezogenen Lippen, war mit ihrem Witwenstand und einem ansehnlichen Vermögen vollauf zufrieden. Sie aß furchtbar gern und liebte Butterbrot,

Sahne, Kartoffeln und Pudding. Elf Monate im Jahr gönnte sie sich einfach alles, worauf sie Lust hatte, dann ging sie vier Wochen nach Karlsbad, um abzumagern. Doch sie nahm Jahr für Jahr zu. Sie beschimpfte ihren Arzt, der kein Mitgefühl zeigte, sondern sie auf ein paar augenfällige und simple Tatsachen hinwies.

»Wenn mir alles verboten wird, was ich mag, ist das Leben nicht lebenswert«, widersprach sie ihm.

Mißbilligend zuckte er die Achseln. Nachher vertraute sie Miss Hickson an, sie schöpfe langsam den Verdacht, der Arzt sei doch nicht so tüchtig, wie sie gemeint habe. Miss Hickson brach in ein donnerndes Gelächter aus – das war so ihre Art. Sie besaß einen Baß und ein bleiches Vollmondgesicht, in dem zwei muntere Äuglein blitzten, lief lässig, die Hände in den Taschen, herum und rauchte eine dicke Zigarre, wenn es sich ohne Aufsehen machen ließ. Soweit wie möglich zog sie sich wie ein Mann an.

»Zum Teufel, was soll ich in Rüschen und Volants?« dröhnte sie. »Bei meinem Umfang kann man es ebensogut bequem haben.«

Sie trug Tweed und schwere Stiefel und verzichtete auf eine Kopfbedeckung. Außerdem war sie stark wie ein Pferd und behauptete, nur wenige Männer überträfen beim Golf ihren langen Schlag. Sie sagte, was sie dachte, und sie fluchte besser als ein Stallknecht. Obwohl sie eigentlich Frances hieß, ließ sie sich lieber Frank nennen. Mit fester Hand, doch nicht ohne Feingefühl, hielt sie durch ihren starken und geselligen Charakter das Grüppchen zusammen: Sie tranken gemeinsam ihr Wasser, badeten zur selben Zeit, wanderten energisch zusammen los, stapften zu dritt auf dem Tennisplatz herum mit einem Lehrer, der sie in Bewegung setzen mußte, und verzehrten am gleichen Tisch ihre kärgliche Diät. Nichts trübte ihre Heiterkeit außer dem Zeiger der Waage, und wenn eine der drei von einem Tag zum andern kein Gramm abgenommen hatte, vermochten weder Franks deftige Witze noch Beatrices Gutmütigkeit oder Arrows neckische Verspieltheiten die schwarzen Wolken zu vertreiben. Dann wurden drastische Maßnahmen ergriffen: Die Schuldige legte sich für vierundzwanzig Stunden ins Bett, und keine Nahrung kam über ihre Lippen mit Ausnahme der berühmten Gemüsesuppe ihres Arztes – sie schmeckte wie heißes Wasser, in dem man gründlich Kohl gewaschen hatte.

Die drei waren die dicksten Freunde und von niemandem abhängig, allein zum Bridge benötigten sie einen vierten ›Mann‹. Sobald sie jeden Tag ihre Kur überstanden hatten, setzten sie sich leidenschaftlich und begeistert an den Bridgetisch. Arrow, ganz Frau, spielte am besten von ihnen: brillant und grausam. Rücksichtslos nutzte sie jeden Fehler aus und gab keinen einzigen Punkt preis. Beatrice war solid und zuverlässig, Frank ein Draufgänger. Als große Theoretikerin schüttelte sie alle maßgebenden Lehrmeinungen nur so aus dem Ärmel. Zu dritt erhitzten sie sich über die verschiedenen Systeme und warfen mit Culbertson und Sims um sich. Selbstverständlich spielte keine von ihnen je eine Karte ohne fünfzehn triftige Gründe, und ebenso selbstverständlich ergab sich aus der folgenden Diskussion, daß fünfzehn gleich triftige Gründe gegen diese Karte sprachen. Obwohl vierundzwanzig Stunden mit der grauenvollen Suppe drohten, sobald die ›abscheuliche‹ (Beatrice), ›verdammte‹ (Frank), ›dumme‹ (Arrow) Waage beim Arzt einen Tag lang keinen Gewichtsverlust anzeigte, hätten sie herrlich und in Freuden gelebt, wäre nur nicht dieses ewige Problem gewesen, einen ebenbürtigen vierten Bridgespieler aufzutreiben.

Darum lud Frank Lena Finch ein, zu ihnen zu kommen, und von diesem Besuch handelt unsere Geschichte. Es war Franks Idee gewesen, zu dritt ein paar Wochen in Antibes zu verbringen. Als eine verständige Person fand sie es nämlich absurd, wenn Beatrice, die während ihrer Abmagerungskur stets zwanzig Pfund verlor, mit ihrem unbezähmbaren Heißhunger sofort alles wieder aufholte, weil sie allein allen Gelüsten erlag. Sie brauchte eben jemand mit einem starken Willen, der ihre Diät überwachte. Nach ihrem Karlsbader Aufenthalt, meinte Frank, sollten sie also ein Haus in Antibes mieten, wo sich reichlich Gelegenheit zu Sport biete – nichts macht bekanntlich so schlank wie Schwimmen – und sie ihre Kur fortsetzen könnten. Mit einer eigenen Köchin ließen sich zumindest alle eindeutig zu schweren Gerichte vermeiden. Und warum sollten sie nicht ein paar zusätzliche Pfund verlieren? Den beiden anderen leuchtete das ein. Beatrice wußte, was ihr guttat, und widerstand einer Versuchung, wenn sie nicht gerade vor ihrer Nase lag. Auch liebte sie Roulette – zwei- bis dreimal die Woche ein Spielchen im Casino würde den Aufenthalt recht vergnüglich gestalten. Und Arrow schwärmte für Antibes. Nach vier Wochen Karlsbad sah sie äußerst vorteilhaft aus und erwartete nur die Qual der Wahl unter all den jungen Italienern, leidenschaftlichen Spaniern, ritterlichen Franzosen und langgliedrigen Engländern, die sich den ganzen Tag in Badehosen und bunten Bademänteln tummelten. Franks Plan verwirklichte sich aufs schönste: Sie amüsierten sich großartig, aßen zweimal in der Woche bloß harte Eier und rohe Tomaten und stiegen jeden Morgen leichten Herzens auf die Waage. Arrow wog nur hundertfünfzig Pfund und fühlte sich wie ein junges Mädchen, während Beatrice und Frank gerade unter hundertachtzig blieben, wenn sie auf eine bestimmte Stelle traten. Sie hatten sich eine Waage gekauft, die Kilogramm anzeigte, und entwickelten eine außerordentliche Geschicklichkeit, ihr Gewicht blitzschnell in englische Pfund und Unzen umzurechnen.

Nur der fehlende Bridgepartner bildete immer noch das ungelöste Problem. Der eine spielte wie ein Anfänger, der zweite trödelte zum Verzweifeln, der dritte suchte Händel, der vierte konnte nicht verlieren, und der fünfte schwindelte sozusagen. Es war merkwürdig schwierig, den richtigen Mitspieler zu finden.

Als sie eines Morgens auf der Terrasse mit Blick aufs Meer frühstückten – Tee (ohne Milch und Zucker) und Dr. Hudeberts Zwieback, der garantiert nicht dick machte –, schaute Frank von ihrer Post auf.

»Lena Finch fahrt an die Riviera«, teilte sie mit.

»Wer ist das?« erkundigte sich Arrow.

»Eine angeheiratete Kusine von mir. Mein Vetter ist vor ein paar Monaten gestorben, und sie erholt sich soeben von einem Nervenzusammenbruch. Sollen wir sie für vierzehn Tage einladen?«

»Spielt sie Bridge?« fragte Beatrice.

»Und wie«, polterte Frank, »verdammt gut sogar. Wir wären ganz unabhängig von Außenstehenden.«

»Wie alt ist sie?« wollte Arrow wissen.

»So alt wie ich.«

»Gut.«

Der Vorschlag wurde angenommen. Gleich nach dem Frühstück zog Frank mit gewohnter Entschlossenheit los, um ein Telegramm aufzugeben, und drei Tage später traf Lena Finch ein. Frank holte sie am Bahnhof ab. Sie war in tiefer, doch nicht aufdringlicher Trauer. Frank, die sie zwei Jahre lang nicht gesehen hatte, küßte ihre Kusine herzlich und schaute sie forschend an.

»Du bist sehr schmal geworden«, sagte sie.

Lena lächelte tapfer.

»Ich habe in der letzten Zeit einiges durchgemacht.«

Frank seufzte, ob aus Mitgefühl über den betrüblichen Verlust, den ihre Kusine erlitten hatte, oder aus Neid, bleibe dahingestellt.

Lena war glücklicherweise nicht über Gebühr bedrückt, und nach einem kurzen Bad zeigte sie sich gerne bereit, Frank ins Hotel Eden Roc zu begleiten. Dort stellte Frank den Neuankömmling ihren beiden Freundinnen vor, und sie setzten sich in den ›Affenkäfig‹, die glasüberdachte Terrasse, die aufs Meer hinausging und im Hintergrund eine Bar besaß. Schwatzend drängten sich die Leute in Badeanzügen, Strandkleidern oder Bademänteln und tranken an kleinen Tischchen ihren Aperitif. Beatrices weiches Herz schlug mitfühlend der einsamen Witwe entgegen, und Arrow, im Bewußtsein, daß die andere bleich und recht durchschnittlich aussah und höchstwahrscheinlich achtundvierzig Jahre alt war, wollte sie sehr gern haben.

Ein Ober steuerte auf sie zu.

»Was möchtest du trinken, Lena?« fragte Frank.

»Ich weiß nicht recht, das gleiche wie ihr, einen Martini Dry oder eine White Lady.«

Arrow und Beatrice warfen ihr einen schnellen Blick zu. Man weiß doch, wie dick Cocktails machen!

»Du bist sicher abgespannt von der Reise«, sagte Frank freundlich und bestellte einen Martini Dry für Lena, für sich und ihre beiden Freundinnen aber Orangensaft mit Zitrone. »Bei dieser Hitze halten wir Alkohol nicht für sehr zuträglich«, erklärte sie.

»Mir bekommt er«, entgegnete Lena munter. »Ich mag Cocktails.«

Arrow erbleichte leicht unter ihrem Rouge (weder sie noch Beatrice benetzten beim Baden je ihr Gesicht, und die beiden fanden es albern, daß Frank bei ihrem Umfang sich als Taucherin gebärdete), doch sie schwieg. Leicht und lebhaft plätscherte das Gespräch dahin, sie unterhielten sich angeregt über naheliegende Dinge und bummelten dann gemütlich in ihre Villa zum Mittagessen.

In jeder Serviette steckten zwei kleine Stück Diätzwieback. Mit strahlendem Lächeln legte Lena sie beiseite.

»Kann ich eine Scheibe Brot haben?« fragte sie.

Eine handfeste Unanständigkeit hätte die Ohren der drei Damen nicht so schockiert wie dieses Ansinnen. Seit zehn Jahren hatten sie keinen Bissen Brot zwischen den Zähnen gehabt, sogar die anfällige Beatrice machte hier einen Punkt. Frank, als gute Gastgeberin, faßte sich zuerst.

»Natürlich«, antwortete sie, wandte sich zum Butler und bestellte Brot.

»Und bitte etwas Butter«, rief Lena mit der ihr eigenen charmanten Unbefangenheit.

Einen Augenblick herrschte verlegenes Schweigen.

»Ich weiß nicht, ob überhaupt Butter im Haus ist«, sagte Frank, »vielleicht in der Küche, ich werde mal fragen.«

»Ein Butterbrot ist etwas Herrliches, finden Sie nicht auch?« wandte Lena sich an Beatrice.

Mit mattem Lächeln murmelte diese ein paar ausweichende Worte. Der Butler brachte ein großes Stück knuspriges Baguette, das Lena zerteilte und fingerdick mit der wie durch ein Wunder aufgetauchten Butter bestrich. Gegrillte Seezunge wurde serviert.

»Wir essen sehr einfach«, erklärte Frank, »hoffentlich stört es dich nicht.«

»Nicht im geringsten, ich bin sehr für eine solide bürgerliche Küche«, sagte Lena, während sie ein Stück Butter auf ihrem Fisch zergehen ließ. »Mit Brot und Butter, Kartoffeln und Sahne bin ich völlig zufrieden.«

Die drei Freundinnen tauschten einen Blick. Franks Mondgesicht erschlaffte, als sie voll Widerwillen die trokkene, fade Seezunge auf ihrem Teller betrachtete. Beatrice sprang in die Bresche.

»Leider gibt es hier keine Sahne, darauf muß man an der Riviera eben verzichten.«

»Wie schade«, meinte Lena bedauernd.

Der nächste Gang bestand aus Lammkoteletts, deren Fett man sorgfältig entfernt hatte, um Beatrice nicht auf die Probe zu stellen, und in Wasser gedämpften Spinat. Zum Nachtisch gab es Birnenkompott. Lena kostete einen Löffel und blickte fragend zum Butler hinüber. Der hilfreiche Mann verstand sofort und reichte ihr ohne Zögern eine volle Zuckerschale, obwohl sie an diesem Tisch noch nie

Sempé

verlangt worden war. Lena bestreute ihr Kompott großzügig – die drei anderen schienen es nicht zu bemerken. Als der Kaffee serviert wurde, versenkte sie drei Stück Zucker in ihre Tasse.

»Sie sind aber eine Süße.« Arrow bemühte sich angestrengt um einen freundlichen Tonfall.

»Unserer Meinung nach ist Sacharin viel wirkungsvoller«, belehrte Frank Lena, während sie eine winzige Tablette in ihren Kaffee warf.

»Scheußliches Zeug.«

Beatrice ließ die Mundwinkel hängen, sehnsüchtig schielte sie nach der Zuckerdose.

»Beatrice!« warnte Frank.

Da unterdrückte Beatrice einen Seufzer und griff nach dem Sacharin.

Frank atmete auf, als sie sich an den Bridgetisch setzten.

Der erste Robber brachte Arrow und den neuen Gast zusammen.

»Nach welchem System spielen Sie, Vanderbilt oder Culbertson?« fragte Arrow.

»Nach keinem«, antwortete Lena unbeschwert, »ich folge der Stimme der Natur.«

»Ich halte mich genau an Culbertson«, bemerkte Arrow säuerlich.

Die drei dicken Damen wappneten sich zum Kampf. Kein System! Wahrlich, sie würden ihr's schon zeigen. Beim Bridge erkannte sogar Frank keine Familienbande mehr an, und sie rüstete sich mit der gleichen Entschlossenheit wie die beiden anderen, um den Fremdling in ihrer Mitte zu ducken. Doch die Stimme der Natur ließ Lena nicht im Stich. Sie besaß ein angeborenes Talent für Bridge und große Erfahrung, sie spielte schnell und kühn, sicher und

phantasievoll, und die drei Freundinnen waren viel zu routiniert, um das nicht sehr bald zu erfassen. Großmütig und edel, wurden sie nach und nach milder gestimmt. Das nannte man Bridge! Alle genossen es in vollen Zügen. Arrow und Beatrice begannen sich für Lena zu erwärmen, was Frank einen dicken Seufzer der Erleichterung entlockte. Der Besuch würde doch ein Erfolg!

Nach ein paar Stunden trennte man sich: Frank und Beatrice planten eine Runde Golf, Arrow einen anregenden Spaziergang mit einem Fürsten Roccamare, den sie erst kürzlich kennengelernt hatte. Er war sehr jung, ganz reizend und sah blendend aus. Lena wollte sich etwas hinlegen.

Vor dem Abendessen trafen sie wieder zusammen.

»Hoffentlich hast du dich nicht gelangweilt«, wandte sich Frank an Lena, »ich hatte ein furchtbar schlechtes Gewissen, daß ich dich so lange allein ließ.«

»Du brauchst dich nicht zu entschuldigen. Ich habe wundervoll geschlafen und dann im Juan unten einen Cocktail getrunken. Und weißt du, was ich entdeckt habe? Das freut dich bestimmt! Einen süßen kleinen Laden, wo es ganz frisch die schönste dicke Sahne gibt. Ich habe für jeden Tag einen Viertelliter bestellt. Das soll mein bescheidener Beitrag zum Haushalt sein.«

Lena strahlte. Offensichtlich dachte sie, die anderen würden entzückt sein.

»Wie lieb von dir«, dankte Frank mit einem Blick, der die Entrüstung auf dem Gesicht der Freundinnen zu beschwichtigen suchte, »aber wir verzichten auf Sahne. In diesem Klima hier schlägt sie einem auf die Galle.«

»Dann muß ich die Sahne ja ganz allein essen«, meinte Lena vergnügt.

»Denken Sie nie an Ihre Figur?« fragte Arrow voll eiskalter Berechnung.

»Der Arzt riet mir, ich müsse essen.«

»Brot und Butter, Kartoffeln und Sahne?«

»Ja. Ich dachte, das meinten Sie, als Sie von einfachem Essen sprachen.«

»Da werden Sie ja zur Kugel«, sagte Beatrice.

Lena lachte fröhlich.

»Keineswegs. Sehen Sie, ich werde einfach nicht dick. Ich habe immer gegessen, was mir Spaß machte, und kein einziges Gramm zugenommen.«

Die Grabesstille, die diesen Worten folgte, wurde erst durch das Eintreten des Butlers unterbrochen.

»Mademoiselle est servie«, verkündete er.

Sie besprachen den Fall in Franks Zimmer, nachdem Lena zu Bett gegangen war. Den ganzen Abend hatten sie sich verbissen von der heitersten Seite gezeigt und sich

so herzlich geneckt, daß auch der schärfste Beobachter darauf hereingefallen wäre. Aber jetzt ließen sie die Maske fallen: Beatrice schmollte, Arrow war gehässig und Frank mutlos.

»Es ist nicht angenehm, bei Tisch zusehen zu müssen, wie sie all das in sich hineinstopft, was ich besonders gerne mag«, sagte Beatrice.

»Es ist für uns alle nicht angenehm«, fuhr Frank auf.

»Du hättest sie eben nicht einladen sollen«, warf Arrow ein.

»Das konnte ich ja nicht wissen.«

»Ich bin der Meinung, wenn sie ihren Mann wirklich geliebt hätte, würde sie jetzt kaum so viel essen«, sagte Beatrice, »er ist doch erst vor zwei Monaten gestorben. Man sollte vor den Toten ein bißchen Respekt haben.«

»Warum kann sie nicht das gleiche essen wie wir?« fragte Arrow giftig. »Sie ist unser Gast.«

»Du hast doch gehört, was sie erzählte. Der Arzt hat ihr verordnet, sie müsse essen.«

»Dann soll sie in ein Sanatorium.«

»Frank, das hält kein Mensch aus«, jammerte Beatrice.

»Wenn ich es aushalte, kannst du es auch.«

»Sie ist deine Kusine, nicht unsere«, bemerkte Arrow. »Und ich will nicht vierzehn Tage dieser Frau gegenübersitzen, die sich mästet wie ein Schwein.«

»Ich finde es schrecklich ordinär, das Essen so wichtig zu nehmen«, donnerte Frank mit ihrem allertiefsten Baß, »der Mensch ist doch vor allem ein geistiges Wesen.«

»Frank, findest du mich ordinär?« fragte Arrow mit blitzenden Augen.

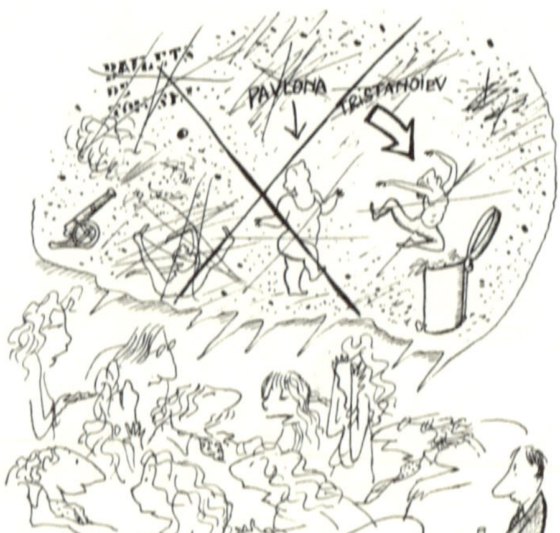

»Natürlich nicht«, begütigte Beatrice.

»Ich halte es durchaus für möglich, daß du in die Küche schleichst und dich heimlich vollfutterst, wenn wir im Bett sind.«

Frank sprang auf.

»Arrow, wie kannst du nur! Ich verlange nichts, was ich nicht selber auch leiste. Nach all den Jahren, die wir uns jetzt kennen, traust du mir eine solche Gemeinheit zu?«

»Und warum nimmst du nie ab?«

Frank schnaufte schwer und brach in Tränen aus.

»Wie grausam von dir. Ich bin doch zahllose Pfunde losgeworden!«

Sie heulte wie ein Kind, ihr gewaltiger Körper bebte, und große Tränen kullerten auf ihr Busengebirge.

»Liebes, ich hab's nicht so gemeint«, rief Arrow.

Sie warf sich auf die Knie und umfing mit ihren mächtigen Armen, was sie von Frank halten konnte. Auch ihr liefen Tränen, mit Mascara vermischt, die Wangen hinab.

»Glaubst du, ich sei nicht schlanker geworden?« schluchzte Frank. »Nachdem ich so viel durchgestanden habe?«

»Doch, Frank, ganz bestimmt«, gab Arrow schniefend zu. »Das fällt doch jedem auf.«

Sogar die sonst recht phlegmatische Beatrice begann leise vor sich hinzuwimmern. Es war alles so schrecklich traurig, und nur ein Herz aus Stein hätte ungerührt bleiben können, wenn Frank, diese Löwin, sich die Augen ausweinte. Aber bald trockneten die drei ihre Tränen und stärk-

ten sich mit einem Cognac-Soda, dem für ihre Linie unschädlichsten Mix-Getränk, wie ihnen jeder Arzt versichert hatte, und fühlten sich danach viel munterer. Sie beschlossen, Lena das gute Essen zu gönnen, und gelobten einander feierlich, mit ungetrübtem Seelenfrieden dabeizusitzen. Schließlich war sie unbestreitbar eine erstklassige Bridgespielerin, und vierzehn Tage gingen auch vorbei, und sie wollten alles tun, um Lena die Ferien so angenehm wie möglich zu gestalten. Nach einem herzlichen Gutenachtkuß trennten sich die drei seltsam beschwingt: Nichts sollte ihre schöne Freundschaft stören, die ihr Leben mit soviel Glück erhellt hatte.

Aber der Mensch ist schwach, und man darf nicht zuviel von ihm verlangen. Sie aßen gegrillten Fisch, während sich vor Lena brutzelnde Makkaroni mit Butter und Käse auftürmten; sie aßen gegrillte Kalbsschnitzel, während Lena sich ihrer Gänseleber widmete; zweimal wöchentlich aßen sie harte Eier mit rohen Tomaten, während Lena sich an Erbsen in Sahnesauce und vielen delikaten Kartoffelspezialitäten verlustierte. Die Köchin war eine gute Köchin und nützte die Gelegenheit, ein Gericht schmackhafter, würziger und üppiger zuzubereiten als das andere.

»Armer Jim«, seufzte Lena, wenn sie an ihren Mann dachte, »er hat die französische Küche so geliebt.«

Der Butler verriet, er beherrsche ein halbes Dutzend Cocktails, und Lena verhehlte nicht, daß ihr Arzt zum Mittagessen Burgunder und zum Diner Champagner empfohlen habe. Die drei dicken Damen blieben standhaft. Sie plapperten lebhaft, ja vergnügt (so hat die Natur den Frauen die Gabe der Täuschung verliehen), doch Beatrice wurde schlaff und elend, Arrows sanfte Augen glitzerten jetzt wie Stahl, und Franks Baß grollte immer heiserer. Beim Bridge schlug die Spannung Funken. Stets hatten sie ihre Partien mit Genuß diskutiert, aber in aller Freundschaft; nun schwang ein bitterer Unterton mit, und manchmal wies die eine mit unnötiger Offenheit auf einen Fehler hin. Ihre Manöverkritik wandelte sich in Rechthaberei, die Rechthaberei in Zank. Nicht selten beendeten sie ihre Runde in zornigem Schweigen. Frank warf Arrow vor, sie habe sie absichtlich im Stich gelassen, die weichherzige Beatrice brach zwei- oder dreimal in Tränen aus, während Arrow eines Tages ihre Karten auf den Tisch schmiß und erbost aus dem Zimmer rauschte. Die drei waren mit ihren Nerven am Ende, Lena stiftete jeweils Frieden.

»Wie dumm, beim Bridge zu streiten«, begütigte sie, »es ist doch bloß ein Spiel.«

Sie hatte gut reden nach einem reichlichen Essen mit einer halben Flasche Champagner. Dazu hatte sie noch sagenhaftes Glück und knöpfte den anderen alles Geld ab. Die Ergebnisse wurden allabendlich in einem Heft festgehalten, und Lenas Konto stieg mit unfehlbarer Regelmäßigkeit von Tag zu Tag. Gab es denn keine Gerechtigkeit mehr auf dieser Welt? Sie fingen an, einander zu hassen. Und obwohl sie auch Lena haßten, konnten sie dem Drang, ihr das Herz auszuschütten, nicht widerstehen. Eine nach der anderen suchte sie auf und erzählte ihr, wie sie die übrigen beiden verabscheue. Arrow meinte, es tue ihr nicht gut, dauernd mit so viel älteren Frauen zusammenzusitzen, sie habe gute Lust, ihren Anteil an der Miete in den Wind zu schreiben und für den Rest des Sommers nach Venedig zu fahren. Frank gestand, ihr männlicher Intellekt sei mit der Gesellschaft einer so frivolen Person wie Arrow und einem so offenkundigen Dummerchen wie Beatrice nicht ausgefüllt.

»Ich muß mich mit jemand gescheit unterhalten können«, posaunte sie, »bei meinem Verstand brauche ich den Umgang mit geistig Ebenbürtigen.«

Beatrice sehnte sich nur nach Ruhe und Frieden.

»Ich kann Frauen nicht ausstehen«, sagte sie zu Lena, »sie sind so unzuverlässig, so heimtückisch.«

Als sich Lenas zweiwöchiger Aufenthalt dem Ende zuneigte, sprachen die drei dicken Damen kaum noch miteinander. Vor Lena wahrten sie den Schein, unter sich verzichteten sie jedoch darauf. Übers Streiten waren sie weit hinaus: Sie ignorierten einander, und wenn dies nicht möglich war, befleißigten sie sich eines eisig-höflichen Tons.

Lena wollte noch Freunde an der italienischen Riviera besuchen, und Frank brachte sie zu dem Zug, mit dem sie gekommen war. Sie nahm eine Menge Geld von den drei Freundinnen mit.

»Ich weiß nicht, wie ich dir danken soll«, sagte Lena, als sie in ihr Abteil stieg, »für mich waren es zauberhafte Ferien.«

Zwar erfüllte es Frank Hickson mit tiefem Stolz, daß sie es mit jedem Mann aufnahm, aber mit noch größerem Stolz zählte sie sich zu den weiblichen Kavalieren, und ihre Antwort verband vollendet Anmut mit Würde.

»Wir fanden es alle reizend, dich bei uns zu haben, Lena«, erwiderte sie, »es war uns eine große Freude.«

Doch als sie dem abfahrenden Zug den Rücken drehte, seufzte sie vor Erleichterung so tief auf, daß der Bahnsteig unter ihr bebte. Dann straffte sie ihre gewaltigen Schultern und marschierte heim zur Villa.

»Uff!« stieß sie von Zeit zu Zeit hervor, »uff!«

Sie zog ihren einteiligen Badeanzug und Espadrilles an, warf einen Männerbademantel – warum schließlich nicht? – um und wanderte zum Eden Roc. Es reichte noch zu einem

Bad vor dem Mittagessen. Im Affenkäfig schaute sie sich um, ob sie Bekannte träfe, denn ihr war plötzlich so menschenfreundlich zumute – als sie zur Salzsäule erstarrte. Sie traute ihren Augen nicht: Ganz allein saß Beatrice an einem Tischchen in dem eleganten, ein oder zwei Tage zuvor bei Molyneux erstandenen Strandanzug; dazu trug sie ihre Perlen, und Franks scharfem Blick entging auch nicht, daß ihr der Friseur soeben kunstvoll die Haare gerichtet und daß sie sich ein neues Make-up zugelegt hatte. Trotz ihres gewaltigen, ja überwältigenden Umfangs war Beatrice zweifellos eine auffallend hübsche Frau. Doch was tat sie bloß? In ihrem typischen Neandertalerschritt latschte Frank zu ihr hin; sie glich in ihrem schwarzen Badeanzug einem der riesigen Walfische, welche die Japaner in der Torres-Straße zu jagen pflegen und die im Volksmund Seekuh heißen.

»Beatrice, was machst du da?« rief sie. Es klang wie Donnergrollen in den fernen Bergen. Beatrice blickte kühl auf.

»Essen«, antwortete sie.

»Verdammt noch mal, das sieht doch ein Blinder.«

Vor Beatrice stand ein Körbchen voll Croissants, Butter, Erdbeermarmelade, Kaffee und ein Kännchen mit Sahne. Hingegeben schmierte sie Butter auf das leckere warme Gebäck, klatschte Marmelade darauf und übergoß das Ganze mit dicker Sahne.

»Du bringst dich um«, bemerkte Frank spitz.

»Das ist mir egal«, muffelte Beatrice mit vollem Mund.

»Du wirst kiloweise zunehmen!«

»Scher dich zum Teufel!«

Sie lachte Frank glatt ins Gesicht. Meine Güte, wie verführerisch diese Croissants rochen.

»Beatrice, du enttäuschst mich, ich hätte mehr Charakterstärke von dir erwartet.«

»Du bist schuld, du hast dieses abscheuliche Frauenzimmer eingeladen. Vierzehn Tage lang habe ich mit angesehen, wie sie sich den Bauch vollschlagen konnte. Das hält kein Mensch aus. Ich will einmal anständig essen, und wenn ich platze!«

Frank traten Tränen in die Augen. Plötzlich war sie nur noch ein ganz schwaches Weib und sehnte sich nach einem starken Mann, der sie auf den Schoß nahm und streichelte und wie ein Kind mit zärtlichen Kosenamen tröstete. Stumm sank sie neben Beatrice auf einen Stuhl. Ein Ober eilte herzu. Mit tragischer Gebärde deutete sie auf den Kaffee und die Croissants.

»Bringen Sie mir das gleiche«, seufzte sie. Als sie matt nach einem Hörnchen langte, riß ihr Beatrice das Körbchen weg. »Laß das«, sagte sie, »und warte, bis deine Sachen kommen.« Frank titulierte sie mit einem Ausdruck, den Damen selten aus Zuneigung unter sich verwenden. Einen Augenblick später stellte der Ober Croissants, Butter, Marmelade und Kaffee vor sie hin.

»Idiot, wo bleibt die Sahne?« brüllte Frank wie eine gereizte Löwin.

Sie stürzte sich gierig auf das Essen.

Allmählich füllte sich der Affenkäfig mit Feriengästen, die sich einen oder zwei Cocktails gönnten, nachdem sie die Sonne und das Meer pflichtschuldigst absolviert hatten. Auch Arrow schlenderte herein mit Fürst Roccamare. Sie trug eine wundervolle Seidenstola, die sie mit einer Hand eng zusammenraffte, um möglichst schlank zu erscheinen, und reckte den Kopf hoch, damit ihrem Begleiter das Doppelkinn nicht auffalle. Sie lachte fröhlich und kam sich wie ein junges Mädchen vor, er hatte ihr eben – auf italienisch – zugeflüstert, im Vergleich zu ihren blauen Augen sei das

Mittelmeer bloß eine Erbsensuppe. Dann entschwand er in den Herrenwaschraum, um sein öliges schwarzes Haar zu kämmen, sie hatten sich in fünf Minuten zu einem Drink verabredet. Arrow steuerte auf die Damengarderobe zu, um etwas Rouge aufzulegen und ihre Lippen nachzuziehen, als sie Frank und Beatrice erblickte. Wie vom Blitz getroffen blieb sie stehen. Sie traute ihren Augen nicht.

»Großer Gott!« rief sie. »Ihr widerlichen Fresser!« Sie griff nach einem Stuhl. »Ober!«

Ihr Rendezvous hatte sie schlankweg vergessen. Schon stand der Ober bereit.

»Bringen Sie mir das gleiche wie diesen beiden Damen.«

Frank hob ihr schweres Haupt und schaute vom Teller auf: »Und mir eine Portion Gänseleber.«

»Frank!« schrie Beatrice.

»Halt den Mund.«

»Bitte. Mir auch eine Portion.«

Der Ober schleppte Kaffee, warme Hörnchen, Sahne und Gänseleber an, und die drei fielen darüber her. Sie tunkten die Gänseleber in Sahne, schaufelten die Marmelade mit dem Löffel, zermalmten krachend das knusprige Gebäck. Was bedeutete Arrow noch die Liebe? Der Fürst mit seinem Palast in Rom und dem Schloß im Apennin konnte ihr gestohlen bleiben. Keine sagte ein Wort, dafür war ihre Beschäftigung viel zu ernst: In feierlicher, inbrünstiger Verzückung widmeten sie sich dem Essen.

»Ich habe seit fünfundzwanzig Jahren keine Kartoffeln gegessen«, bemerkte Frank träumerisch.

»Ober!« rief Beatrice, »drei Portionen Pommes frites.«

»Très bien, Madame.«

Die Pommes frites standen auf dem Tisch und dufteten

verlockender als alle Wohlgerüche Arabiens. Sie langten mit den Fingern zu.

»Einen Martini Dry!« schmetterte Arrow.

»Aber Arrow, mitten im Essen einen Martini? Das geht doch nicht«, sagte Frank.

»Warum nicht? Wart nur ab.«

»Wie du willst. Mir einen doppelten.«

»Bringen Sie drei doppelte Martini Dry«, entschied Beatrice.

Sie leerten ihr Glas in einem Zug und blickten sich aufseufzend an. Die Mißverständnisse der letzten vierzehn Tage schmolzen dahin, und die aufrichtige Zuneigung, die sie miteinander verband, füllte wieder ihr Herz. Sie konnten es kaum glauben, daß sie je eine Freundschaft hatten aufkündigen wollen, die ihnen so viel handfeste Zufriedenheit schenkte. Sie verzehrten die letzten Pommes frites.

»Ob es hier Schokoladen-Eclairs gibt?« fragte Beatrice.

»Natürlich!«

Es gab sie. Frank stopfte ein ganzes Eclair in ihren riesigen Schlund, schluckte es hinunter und griff nach dem nächsten. Bevor sie es verschlang, stieß sie mit einem Blick auf ihre beiden Gefährtinnen den rächenden Dolch in die Brust dieser gräßlichen Lena.

»Ihr könnt sagen, was ihr wollt, aber ihr Bridge war wirklich miserabel.«

»Ganz schäbig«, stimmte Arrow zu.

Doch Beatrice fiel plötzlich ein, sie könnte eine Meringe essen.

Wilhelm Busch

Widmung in einem Kochbuch

Es wird behauptet, und mit Grund,
Ein nützlich Werkzeug sei der Mund. –
Zum ersten: Läßt das Ding sich dehnen,
Wie Guttapercha, um zu gähnen.
    Ach Grete! Wenn Du dieses mußt,
    Tu es im stillen, doch mit Lust.
Zum zweiten: Wenn es grad vonnöten,
Kann man ihn spitzen, um zu flöten.
    Sitzt dann der Schatz auch mal allein,
    Dies wird ihm Unterhaltung sein.
Zum dritten: Läßt der Mund sich brauchen,
Wenn's irgend passend, um zu rauchen.
    Dies kannst Du deinem guten Gatten,
    Der darum bittet, wohl gestatten.
Zum vierten: Ist es kein Verbrechen,
Den Mund zu öffnen, um zu sprechen.
    Vermeide nur Gemütserregung;
    Sprich lieber sanft mit Überlegung.
    Denn mancher hat sich schon beklagt:
    Ach, hätt ich das doch nicht gesagt!
Zum fünften: Wie wir alle wissen,
So eignet sich der Mund zum Küssen.
    Sei's offen, oder sei's verhohlen,
    Gegeben oder nur gestohlen,

Ausdrücklich oder nebenher;
Bei Scheiden oder Wiederkehr,
Im Frieden und nach Kriegeszeiten,
Ein Kuß hat seine guten Seiten.
Zum Schluß jedoch nicht zu vergessen:
Hauptsächlich dient der Mund zum Essen.
Gar lieblich dringen aus der Küche
Bis an das Herz die Wohlgerüche.
Hier kann die Zunge fein und scharf
Sich nützlich machen, und sie darf.
Hier durch Gebrätel und Gebrittel
Bereitet man die Zaubermittel
In Töpfen, Pfannen oder Kesseln,
Um ewig den Gemahl zu fesseln;
Von hier aus herrscht mit schlauem Sinn
Die Haus- und Herzenskönigin. –
Liebs Gretchen! Halt Dich wohlgemut!
Regiere mild und koche gut!

Tatjana Hauptmann

BAR
DES CIMES
BOSC

Peter C. Hubschmid

Ein Abendessen mit Ingrid Noll

Wenn es darum geht, einen Menschen um die Ecke zu bringen, der ihrem Glück im Wege steht, machen die Ich-Erzählerinnen in Ingrid Nolls Romanen nicht viel Federlesens. Die Schöpferin dieser Gestalten liebt Froschschenkel, aber nach reiflicher Überlegung verzichtet sie auf diese lukullische Grausamkeit, eine Spezialität der Auberge de l'Ill – so was sollte man eigentlich nicht unterstützen. Für unseren Lokaltermin hat sich Deutschlands erfolgreichste Krimi-Autorin einen Ausflug ins Elsaß gewünscht. Dorthin, wo Rosi Hirte, die unglückliche Heldin ihres ersten Romans *Der Hahn ist tot*, sich bei einer Wanderung mit Freunden an Gänseleber und Baeckaoffa, Fasan und Sauerkraut, Quiche Lorraine und Coq au Riesling mit reichlich Wein labt und eine nervende Rivalin kurzerhand in der Badewanne per Elektroschock betäubt und dann ertränkt. Eine Begegnung mit dem Elsaß und seiner üppigen Küche, wie die Autorin sie selbst erlebt und genossen hat – »natürlich ohne Mord, nur mit Freunden gemütlich spazieren – und essen gehen.«

Und so sitzen wir an einem Spätsommerabend im Wirtsgarten der Familie Haeberlin, unter den Trauerweiden am Ufer des träge dahinziehenden Flüßchens, trinken als Aperitif Champagner mit Sauerkirschsaft und studieren die Speisekarte.

Ingrid Noll entscheidet sich für Gänseleber als Vorspeise, wie ihre literarischen Wanderfreunde an ihrem ersten Abend im Elsaß. Bei Tisch erzählt die in Shanghai geborene Arzt-Tochter von ihrer Jugend in China: Den Haushalt der sechsköpfigen Familie besorgten ein ›Boy‹, also eine Art Butler, ein Koch, eine Waschfrau, ein Kuli (fürs Putzen und fürs Grobe) und ein Gärtner. Mit den Dienstboten verständigte man sich auf Pidgin-Englisch. »Der Koch kochte gern europäisch, besonders deutsch, oder was er dafür hielt. Abends, wenn er mit meinen Eltern das Menü für den nächsten Tag besprach, schlug er meist hoffnungsvoll ›falsch Has‹ vor – sein deutsches Leibgericht.« Ein paarmal im Jahr schenkten die Diener der Doktors-Familie ein chinesisches Festmahl, etwa zum buddhistischen Neujahrsfest, an dem es vor der Tafelei wie bei uns zu Weihnachten eine Bescherung fürs Personal gab.

»Besonders gern mochte ich einen im Ganzen gebackenen Fisch mit verknoteten Lilienstengeln in süß-saurer Sauce.« Jedes Kind hatte ein Schwein und eine Ziege. Letztere lieferten frische Milch, die Schweine aber pflegten irgendwann plötzlich zu verschwinden, während die Familie einen Ausflug machte, um kurz darauf die Tafel zu bereichern. »Mein Vater war ein echter Feinschmecker«, sagt Ingrid Noll, »er ging zwar äußerst selten in die Küche und hat nicht gekocht, aber er hat aus jedem Gericht die Zutaten herausgeschmeckt und konnte meist das genaue Rezept dazu liefern.«

»Diese Gänseleber ist wirklich eine kleine Sünde wert«, sagt Ingrid Noll und verdreht die Augen. Mein Salat mit warmen Langustinen, fritierten Glasnudeln und Koriander ist nicht minder lecker, wir reichen gegenseitig Kostproben. Fotograf Robert Dieth ist von seiner Truffe sous la Cendre begeistert, die freilich nicht in Asche, wie eine Kartoffel aus dem Feuer, daherkommt, sondern umhüllt von feiner Kalbfleisch-Farce und Blätterteig.

»Wenn es bei uns in China Kartoffeln gab«, erzählt Noll, »gingen wir immer in die Küche. Der Koch mochte die Schalen nicht wegwerfen und hat sie in Öl fritiert und mit Stäbchen an uns verfüttert. Es schmeckte köstlich.« Aber der Vater schimpfte, die Kinder sollten den Domestiken nicht die Schalen wegessen.

»Ich wittere den Steinbutt«, sagt Ingrid Noll, und gleich darauf kommt wirklich das Hauptgericht und verströmt beim Lüpfen der Cloche das delikate Aroma des Fisches und der darübergehobelten Trüffel. Gerüche faszinieren sie, »weil die Nase auch ein wahnsinnig gutes Erinnerungsvermögen hat«. Die ihre zum Beispiel an die Garküchen in den Straßen Nankings, den Duft von heißem Erdnußöl und Koriander oder anderem Kraut, das darin gebraten wird. »Es muß nicht unbedingt ein leckerer Duft sein, aber ein ganz spezieller Geruch, den man nicht vergißt.«

Der Butt auf ihrem Teller ist ein Herz-Stück vom ausgewachsenen Fisch, der ja eine ganz andere Konsistenz und einen intensiveren Geschmack hat als die wohlfeilen, verbreiteten Babyexemplare aus der Aquakultur.

1949 flüchtete Ingrid Noll mit Eltern und Geschwistern aus dem kommunistisch gewordenen China. »Unter Deutschland hatte ich mir den Schwarzwald vorgestellt, mit verschneiten Tannen wie auf der Weihnachtskarte.« Die Begegnung mit der Wirklichkeit der zerstörten

Städte der unbekannten Heimat war ein Kulturschock. Die Mutter mußte die »mächtig verwöhnte Familie« mit dem Bißchen befriedigen, was es auf Lebensmittelkarten gab.

»Kochen hat meine Mutter nur in der Theorie gelernt, war frisch verheiratet nach China ausgewandert, wo es das einfach nicht gab, daß eine weiße Frau kochte.« Sie seien damals zur Mutter »ziemlich ekelig« gewesen, gesteht Noll, »wir haben immer gleich losgemekkert.« Dann zog die Oma zur Familie, »hat gekocht und die Sache geschaukelt. Sie kochte die gutbürgerliche deutsche Küche und wohnte dann bei uns.« Omas Frikadellen hat sie noch in angenehmer Erinnerung.

Die Dessertkarte wird vorgelegt mit ihren neuen Verlockungen. Ihre erklärte größte Hoffnung, mal fünf Kilo abzunehmen, muß Ingrid Noll für heute hintanstellen. Sie liebäugelt mit den Croustillants des Quetsches d'Alsace, entscheidet sich dann aber für die Schokoladenpastete mit Vanilleeis. »Früher sind wir nur ganz selten essen gegangen«, sagt sie, »mein Mann hat beim Anblick der Rechnung immer gesagt, was hätten wir für ein schönes Stück Fleisch dafür kaufen und zu Hause braten können.«

Beim Käse erzählt sie von ihrem Vater, der leidenschaftlich gern Gorgonzola aß. 1949 mußte die Familie Noll nach der Ankunft in Genua in einem Lager auf die Weiterreise nach Deutschland warten. Vor der Abfahrt kaufte der Vater einen ganzen Gorgonzola. Der Käse wurde in die Hutschachtel der Mutter verpackt, wo er genau hineinpaßte. Es war heiß, und die Fahrt nach Deutschland dauerte länger als vorgesehen. Bei den Verwandten in der Heimat überreichte der Vater den Käse mit einer schwelgerischen Laudatio auf den Gorgonzola. »Als die Schachtel feierlich geöffnet wurde, lebte der Käse. Mein Bruder hat ihn samt der Hutschachtel im Garten des Onkels beerdigt.«

Anne Fadiman

Der literarische Vielfraß

Roland Topor

Als mein Sohn acht Monate alt war, konnte man allen Ernstes von ihm behaupten, daß er Literatur verschlang. Wenn man ihm ein Buch unter die Nase hielt, biß er hinein. Ein Teil von Henrys DNS wurde erfolgreich in die zernagten Seiten von *Gute Nacht, lieber Mond* integriert, und die fehlenden Ecken der Seiten 3 und 8 lassen ahnen, daß ein Teil von *Gute Nacht, lieber Mond* erfolgreich in Henry integriert wurde. Er war natürlich nicht das erste Kind, das sich der Bibliophagie hingab. Der berühmte Buchhändler Rosenbach aus Philadelphia vertritt die Ansicht, daß es so wenige erhaltene Exemplare der Erstausgabe von *Alice im Wunderland* gibt, weil die meisten verzehrt wurden.

Henry und seine wortverschlingenden Kollegen – darunter der *Wall-Street-Journal*-Mitarbeiter, der aus dem verlagseigenen Wörterbuch Papierfetzen ausreißt, zu Kügelchen rollt und sich in den Mund steckt – nehmen lediglich die Metapher des Bücherverschlingens wörtlicher als wir anderen, die wir uns darauf beschränken, davon zu reden, daß wir einen Zeitungsartikel durchgekaut hätten oder uns schwer damit täten, eine allzu umfangreiche Biographie zu verdauen. Wenn wir Leute als Bücherwürmer bezeichnen, vergleichen wir sie tatsächlich mit Insektenlarven, vorzugsweise der Ordnungen der Holz- und Staubläuse und der Borstenschwänze, deren Nahrung fast ausschließlich Papier und Buchbinderleim bilden. »Bücher sind Nahrung«, schreibt der englische Kritiker Holbrook Jackson, »und Bibliotheken sind gleichbedeutend mit einer Vielzahl von Fleischspeisen, die für die verschiedenen Gaumen angeboten werden. [...] Wir essen sie aus Liebe oder aus Hunger, wie wir es auch mit anderer Nahrung halten, meist jedoch aus Liebe.« Charles Lamb und Leigh Hunt sollen sich den Worten eines ihrer Freunde zufolge an erlesenen Gedichten mit einem Genuß erfreut haben, »als handelte es sich um reife und saftige Früchte«. Galilei verglich den *Rasenden Roland* mit einem Melonenfeld, Coventry Patmore verglich Shakespeare mit Roastbeef, und Edward Fitzgerald verglich Thukydides mit Parmesan.

Wenn Bücher Nahrung sind, dann dürften Bücher über Nahrung die *pièce de résistance* literarischen Geschmacks darstellen. Mein Sohn Henry, mittlerweile anderthalb Jahre alt, hat die Entwicklung vom primitiven Stadium des tatsächlichen Seitenverzehrs zur verfeinerten, symbolischeren Form der Gourmandise erfolgreich absolviert. Wenn er die Abbildung von etwas Schmackhaftem sieht, tut er so, als nehme er sie vom Papier und stecke sie in den Mund. Meistens tut er das mit Dingen, die wenigstens theoretisch genießbar sind – Wassermelonen, Honiggläser, Geburtstagstorten –, wenngleich er zu meiner Besorgnis einmal ein zahnärztliches Bohrgerät zu verschlingen vorgab, dessen gelbliche Farbe und längliche Form ihn möglicherweise an eine Banane erinnerten. Später, wenn Romane zu Henrys Ernährung gehören werden, erwarte ich, daß er wie seine Mutter die Figuren nicht danach beurteilen wird, wie sie aussehen, wie sie sich kleiden oder wie sie sich ausdrücken, sondern danach, was sie essen. In *Anna Karenina* werden alle grundlegenden Unterschiede zwischen Oblonski und Lewin in der Szene in dem Moskauer Restaurant aufgezeigt, in deren Verlauf Oblonski drei Dutzend Austern bestellt, Kräutersuppe, Steinbutt mit dicker Sauce, Roastbeef, Kapaun und zum Dessert Kompott, während Lewin am liebsten Kohl und Grütze hätte oder Brot und Käse.

Ich habe Keats schon immer Wordsworth vorgezogen, doch warum, das war mir nie so recht klar, bis ich eines Tages las, daß Wordsworth, wie es ein Besucher kolportiert hat, »den einen Monat von kaltem Rindfleisch lebt und den nächsten von ranzigem Speck«, während Keats seinem Freund Charles Wentworth Dilke schrieb: »Da wir vom Vergnügen sprechen, fällt mir ein, daß ich mit einer Hand schrieb und mit der anderen eine Nektarine zum Mund führte – mein Gott, wie herrlich. Sie war ein so weicher, fleischiger, glitschiger, feuchter Genuß – ihr ganzer köstlicher Embonpoint zerging in meiner Kehle wie eine große verklärte Erdbeere.«

Noch nie habe ich zwei Sätze gelesen, die ähnlich sexy klingen. Daß es zu einem Feuerwerk kam, als Keats Fanny Brawne begegnete, das ist einem ebenso klar, wie einem klar ist, daß in der berühmten Essensszene in *Tom Jones* der Appetit des Helden auf Mrs. Waters seinem Appetit auf das Dinner in nichts nachstehen wird, ein Dinner, in dessen Verlauf »mindestens drei Pfund von jenem Fleisch, welches vordem zur Beschaffenheit eines Ochsen beigetragen hatte, nunmehr die Ehre widerfuhr, Bestandteil des Individuums Tom Jones zu werden«.

Am häufigsten besteht meine Reaktion auf gastronomische Stichworte in der Literatur in einem unmittelbaren Bedürfnis, den Kühlschrank zu plündern. Wenn ich gerade im Bett lese, sind meine diesbezüglichen Beutezüge Anlaß für so manches eheliche Zerwürfnis. Als Gattin Charles Lambs, der Coleridge einmal anvertraute, Bücher, die Spuren gebutterter Teebrötchen aufwiesen, seien ihm besonders lieb und teuer, hätte ich keine Schwierigkeiten, doch statt seiner

Roland Topor

habe ich George geheiratet, für den Krümel auf dem Kopfkissen – vor allem nach dem Zähneputzen – an moralischer Verwerflichkeit kaum zu überbieten sind. (Es ist mein Los, mich in Asketen vom Schlage Lewins zu verlieben statt in Lebemänner wie Oblonski. Meinen Freund am College fragte ich einmal, was er am liebsten esse. Nach langem Überlegen, während ich von Crème brûlée und reifem Brie träumte, sagte er schließlich: »Na ja, ich esse gern Brot.«) Doch welcher vernünftige Mensch wäre in der Lage, nach der Lektüre von M.F.K. Fishers Beschreibung von Rühreiern in *How to Cook a Wolf* oder der von Hemingways Ode an Würstchen und Kartoffeln in *Paris – Ein Fest fürs Leben* oder nach Thomas Wolfes Auflistung des Inhalts von Joel Pierces Kühlschrank in *Von Zeit und Strom* dem Wunsch zu widerstehen, einen kleinen Snack in das Ehebett mitzubringen?

Meine Freundin Susan MacCarthy, Mitverfasserin von *Wenn Elefanten weinen*, erinnerte mich kürzlich daran, daß das Lesen von Szenen der Nahrungsaufnahme einen auch schreiend aus der Küche laufen lassen kann. Sie hatte eine Stelle in einem Buch gelesen, die beschreibt, wie Killerwale Buckelwale fressen. »Sie reißen ihnen mit den Zähnen die Haut ab«, erklärte sie. Susan hat mit dem Gedanken gespielt, die fragliche Passage als Abschreckungsmittel an die Tür ihres Kühlschranks zu kleben. Diese Funktion ließe sich auch für die Formulierung John Lanchesters in *Die Lust und ihr Preis* vorstellen, mit der er den ersten Gang eines englischen Internatsessens beschreibt als »eine Suppe, bei der Knorpelstücke schamlos und unverhüllt in einer schmutzfarbenen Brühe schwammen, die von Textur und Temperatur her verdächtig an Schleim erinnerte«. Doch ich bin fest davon überzeugt, daß Susan und ich diese Stellen dort lassen werden, wo sie hingehören, nämlich in unseren Bücherregalen. Tief in unserem Inneren haben wir nämlich keineswegs den Wunsch, uns den prächtigen Appetit zu verderben, den das gedruckte Wort herbeizubeschwören vermag. Der Kunstkritiker Erick Gibson hat mir erzählt, daß eines seiner frustrierendsten Erlebnisse darin bestanden habe, die Schilderung eines Eintopfs aus Huhn und Chorizo in Laurie Lees Erinnerungen aus dem Spanischen Bürgerkrieg zu lesen, während er in Washington mit der U-Bahn fuhr, mehr als eine halbe Stunde Fahrzeit von der Küche in seiner Wohnung entfernt.

Meine Lieblingsbücher über Nahrung haben so gut wie gar nichts mit echten Mahlzeiten zu tun. In ihnen geht es um eingebildete und erträumte Mahlzeiten – um die gefräßigen Träumereien jener, die sich Hunderte Meilen von der nächsten Speisekammer entfernt befinden. In Berichten von arktischen und antarktischen Expeditionen wimmelt es von solchen erträumten Gelagen. Bei der glücklosen wissenschaftlichen Expedition, die Adolphus Greely 1883 nach Esselsmere Island unternahm, verfaßte Lieutenant James B. Lockwood eine Liste der Gerichte, nach denen er sich am meisten sehnte: Truthahn mit Austernfüllung, Cracker, Hafermehlplätzchen, Maisküchlein. »Nagte heute abend den Fuß eines Fuchses ab«, schrieb er in sein Tagebuch. »Nichts als Knochen und Knorpel.« Diesem Eintrag folgte der Wunschtraum: »Orangen-Kokos-Auflauf.« Auf Ernest Shackletons Antarktisexpedition von 1914 bis 1917 fragte Dr. James McIllroy die einundzwanzig Männer, die auf Elephant Island festsaßen, welches Gericht sie sich wünschten, wenn sie sich für eines entscheiden müßten. Die Süßspeisenliebhaber sind auffallend in der Mehrheit.

Hier ein Auszug:

Clark	*Devonshireklöße mit Sahne*
James	*Sirupauflauf*
McIllroy	*Orangenmarmeladenauflauf mit Sahne*
Rickenson	*Brombeer-Apfel-Kuchen mit Sahne*
Wild	*Apfelauflauf mit Sahne*
Hussey	*Porridge mit Zucker und Sahne*
Green	*Apfelklöße*
Greenstreet	*Plumpudding*
Kerr	*Klöße mit Sirup*
Macklin	*Rührei auf Toast*
Bakewell	*Schweinebauch mit weißen Bohnen*
Cheetham	*Schweinebraten, Apfelsauce, Kartoffeln und Rüben*

Als einem Mitglied unserer zivilisierten Gesellschaft war mir die engste persönliche Bekanntschaft mit derartigen Phänomenen während meiner zwei Schwangerschaften vergönnt, zu jenen Zeiten, da die eigene Gefräßigkeit sowohl übermächtig als auch erlaubt ist. Als ich mit Henry schwanger war, lag ich eines Nachts im Bett und dachte aus irgendeinem Grund an Stevensons *Schatzinsel,* und mir fiel auf, daß ich mich an einen einzigen Satz aus diesem Buch wortwörtlich erinnern konnte, einen Satz, den Ben Gunn, seit drei Jahren ausgesetzt, zu Jim Hawkins sagt: »Viele lange Nächte habe ich von Käse geträumt – meistens getoastet.« Dann ertappte ich mich dabei, daß ich wie in schlafwandlerischer Trance zur Küche schwebte. Ich öffnete den Kühlschrank. In einem der Fächer befand sich ein Stück Cheddar. Ich legte es in eine Teflonpfanne, schaltete den Herd ein und drückte den Käse mit einem Holzlöffel flach. Als Kochen kann man das nicht bezeichnen, sofern man nicht das, was ein Neandertaler mit seinem Stück pelzigen Mammutfleischs über dem Lagerfeuer anstellte, ebenfalls als Kochen bezeichnen will. Als der Käse geschmolzen war, aß ich ihn aus der Pfanne. Ob er gut geschmeckt hat? Das weiß ich nicht. Ich war zu gierig beim Essen.

Seitdem frage ich mich, ob dieses In-utero-Erlebnis, das mir entsetzliche Bauchschmerzen beschert hat, die Ursache für zwei der auffälligsten Eigenschaften meines Sohnes sein könnte: Er liebt Bücher. Er verabscheut Käse.

Roland Topor

Chaval

Petros Markaris

Tatjanas Emanzipation

Der blonde Kopf war über die Kasse gebeugt, reglos. Er blieb es den ganzen Abend über, bis das Lokal schloß. Von weitem erinnerte er an eine steinerne Büste, als hätte irgendein Bildhauer diesem gesichtslosen Schuppen namens Odessa ein wenig Grazie und Schönheit verleihen wollen. Wieso hatte eine pontusgriechische Flüchtlingsfamilie den Namen Odessa dem Odissos der Heimatvertriebenen vorgezogen? Vielleicht wußten sie nicht, daß Odessa auf griechisch Odissos hieß. Vielleicht sollte Odessa den Eindruck vermitteln, daß im Lokal russische Küche serviert wurde. Das zumindest stand außer Zweifel. In einer Zeit, da die Neugriechen Schweinekotelett durch Lendchen an Mispelmus mit Walnußstückchen und Makrele vom Grill durch Loup de Mer in Ananas- und Orangenmarinade ersetzt hatten, servierte das Odessa echten Borschtsch und klassischen russischen Salat, der nichts mit der in Griechenland geläufigen Variante zu tun hat, die in Imbißstuben mißbräuchlich auf Sandwiches gepinselt wird.

Vom Erscheinungsbild her war das Odessa ganz dem Lebensgefühl griechischer Billiglokale nachempfunden: Resopaltische, auf denen Papiertischdecken mit Waffelmuster und dem Aufdruck »Guten Appetit!« lagen, und Brotkörbchen, die mit Besteck und Papierservietten garniert waren. An der Wand zur Linken hing der Nachdruck einer Gravur, die das Odessa des neunzehnten Jahrhunderts abbildete. Das übrige Bildprogramm bestand aus touristischen Fotoaufnahmen griechischer Inseln.

Und da war noch Tatjanas schöner, über die Kasse gebeugter Hals. Man hätte glauben können, sie lege es darauf an, die Aufmerksamkeit der männlichen Kundschaft zu erregen. Denn ihre totale Hingabe an die Welt der Zahlen hatte zur Folge, daß sich die Besucherzahl der Herrentoiletten, die sich neben der Kasse befanden, nahezu verdoppelte. Männer jeder Altersklasse defilierten an ihr vorüber und hofften, sie würde, von ihrer Ausstrahlung verführt, den Blick heben. Sie erreichten aber lediglich, daß sich eine Schlange vor dem Eingang zu den Toiletten bildete.

Vielleicht hätten sie von ihren hoffnungslosen Bemühungen Abstand genommen, wenn sie den Grund für Tatjanas auf die Kasse gehefteten Blick erfahren hätten: die wachsamen Augen ihres Vaters. Das Odessa war ein Unternehmen der Familie Serchidis beziehungsweise Serchow, wie sie sich in der ehemaligen Sowjetunion genannt hatte. Maria, die Mutter, hatte die Küche übernommen. Die beiden Söhne, Vangelis und Iosif, kellnerten, und Tatjana, der jüngste Sproß, saß an der Kasse. Der einzige, der nichts tat, war Vassilis, der Vater. Er hatte den Oberbefehl und die wachsamen Augen.

Als sie 1993 nach Griechenland gekommen waren, hatte Vassilis seine Haßliebe zum sowjetischen Regime mitgebracht: Eine Seite des sozialistischen Systems akzeptierte er, eine andere wies er mit angeekelter Miene von sich. »Die Partei und der Kreissekretär überwachen mich, ohne selbst etwas zu tun«, sagte er. »Ich beuge den Kopf, halte den Mund und arbeite, weil das System es so verlangt. Bei mir zu Hause aber bin ich die Partei. Dort überwache ich und tue nichts, während meine Frau und meine Kinder den Kopf beugen, den Mund halten und arbeiten.«

Das bildete für Vassilis die Seite des Systems, die er akzeptierte. Diejenige, die er ablehnte, betraf seine Tochter Tatjana. Als sie ihm erzählte, sie wolle Agrarökonomie studieren, verabreichte er ihr eine schallende Ohrfeige und schickte sie in die einzige Produktionseinheit, die ein Haushalt aufweist: in die Küche.

»Von diesem kommunistischen Gewäsch, daß alle jungen Männer und Frauen studieren müssen, halte ich nichts«, meinte er. »Bei uns werden die Mädchen erst mal Hausfrauen, bis man sie mit einem netten jungen Mann verheiratet.«

Marx unterstrich zwar, der Sozialismus würde den neuen Menschen schaffen, doch Vassilis kannte Marx nicht, er kannte nur den Kreissekretär. Die Sowjetunion wurde aufgelöst, Vassilis nahm seine Familie und kam nach Griechenland, um auch hier dieselbe sozialistische Keimzelle zu errichten – so wie er sie verstand. Das System funktionierte prächtig bis zu dem Tag, als er beschloß, das Speiselokal zu eröffnen. Da stellte sich ihm die Frage: Was sollte er mit Tatjana anfangen, einer jungen Frau von einundzwanzig Jahren, hellblond, blauäugig, langbeinig und zart wie eine Elfe? Erst dachte er, sie zu Hause einzuschließen. Aber sollte sie bis zu ihrer Rückkehr um drei Uhr morgens allein zu Hause bleiben? Da kam ihm der Gedanke mit der Kasse. So würde sie sowohl dem Unternehmen dienen als auch unter seiner Aufsicht stehen.

Die erstarrte Büste, welche die Kunden jeden Abend erblickten, war Vassilis' Werk. Tatjana spürte ständig den Blick des Vaters, selbst wenn er in der Küche oder gar nicht im Lokal war. Denn in seiner Abwesenheit kontrollierten

Sempé

die Brüder sie mit ihren Blicken. Also lernte sie, ihren Kopf gebeugt zu halten und nur Hände zu sehen – die Hände ihrer Brüder, wenn sie die Rechnungen holten –, Stimmen zu hören und die Befehle aufzuschreiben: »Einen Kartoffelsalat für Tisch zwei! Drei Borschtsch für Tisch elf!«

Mit der Zeit schärfte sich ihr Gehör wie bei einer Blinden. Sie konnte aufgrund der Stimmen im Lokal sagen, wie viele Gäste an jenem Abend da waren, wer Stammgast war und wer zum ersten Mal kam. Ihr genügte der Klang der Stimme, um zu wissen, wer an welchem Tisch saß. Das Odessa lag an der Ajion-Assomaton-Straße, in einer Gegend, wo sich die Oberschicht und der Bodensatz Athens trafen, wo der Pelzmantel der Kunstlederjacke und der Mercedes dem dreirädrigen Motorkarren begegnete. Es gehörte sicherlich nicht zu den teuren Restaurant-Bars, die sich in den neoklassizistischen Bauten eingenistet hatten. Es war in einem alten Handwerksbetrieb mit nackten hohen Fenstern untergebracht. Doch dank der russischen Küche hatte das Odessa bald einen gewissen Ruf erworben. Nach und nach sank unter den Gästen die Zahl der Kunstlederjacken, während die der Mäntel aus Kamelhaar und Schurwolle stieg.

»Schau mich an«, sagte der Mafioso. Und Tatjana hob langsam den Blick.

Es war Vassilis Serchidis' großer Traum, das Odessa zu einem Restaurant mit weiß gestärkten Tischdecken, weiß gestärkten Servietten und Silberbesteck zu machen, ganz so wie eines jener Etablissements, in denen damals am Schwarzen Meer die Parteifunktionäre verkehrten.

»Hier geben Butterbrotpapier und Tischtücher mit

Waffelmuster den Ton an«, sagte er. »Mir kommt das ja entgegen, aber ich muß schon sagen: Bei uns drüben ging's aristokratischer zu.« Restaurants wie jene am Schwarzen Meer, in denen die Parteibonzen dinierten, hätte er bestimmt in den nördlichen Athener Vororten finden können. Doch Vassilis kannte die Vororte im Norden Athens genausowenig, wie er Marx kannte.

Möglicherweise kannte sie der Anführer der Athener Zweigstelle der russischen Mafia, der eines Samstagabends gegen elf Uhr, als das Lokal brummte, das Odessa besuchte. Er war mittelgroß, um die Vierzig und hatte markante Gesichtszüge. Einer der beiden Schläger in seiner Begleitung trat Iosif in den Weg und fragte auf russisch: »Der Chef?«

Iosif begriff sofort. Er deutete auf die Küche, während die Teller in seinen Händen klirrten. Der Mafioso ging wortlos an ihm vorbei, und die beiden Schläger bezogen vor der Tür Stellung.

Tatjana spürte den Blick des Mafioso. Es war eines der wenigen Male, daß sie ihre Fassung verlor. Panik erfüllte sie, und sie wäre am liebsten hinter der Kasse verschwunden. Doch bald gewann sie ihre Fassung wieder, denn der Mafioso ging an ihr vorbei in die Küche. Er blieb vor Vassilis stehen und blickte ihn schweigend an, dann warf er noch einen Blick ins Lokal.

»Schöner Laden«, sagte er, als hätte sich sein erster Eindruck bestätigt.

Instinktiv legte Vassilis die Latte tiefer. »Ach was, ein billiger Schuppen. Stopft mit Müh und Not fünf Mäuler.«

»Kannst dir leisten, die Preise anzuheben. Du hast gute Kundschaft.«

»Wenn ich die Preise erhöhe, bleibt sie mir weg.«

»Angsthase«, sagte der andere und wiegte den Kopf.

»Billigware verkauft sich nicht. Damit wir das begreifen, mußte bei uns alles den Bach runtergehen. Du solltest ein gehobenes Lokal führen, aber dafür brauchst du Schutz.«

Vassilis blickte ihm in die Augen. »Ich brauche keinen Schutz«, meinte er entschieden, als wolle er ihm beweisen, daß er kein Angsthase war.

Der andere hob die Schultern. »Schau dich um. Überall stellen Banken, Büros und Lokale Sicherheitspersonal ein. Wir machen dieselbe Arbeit zum halben Preis.«

»Ich brauche keinen Schutz«, wiederholte Vassilis.

»Denk drüber nach. Dabei verlierst du nichts. Wir sprechen uns wieder.«

Er trat aus der Küche, ohne Vassilis' Antwort abzuwarten. Vor der Kasse blieb er stehen.

»Schau mich an«, sagte er zu Tatjana. Seine Stimme war weder rauh noch befehlend, sondern ein suggestives Flüstern. Tatjana gehorchte und hob langsam den Kopf. Sie spürte, wie sein forschender Blick über ihr Gesicht glitt, als wolle er jede Einzelheit festhalten. Doch diesmal hatte sie keine Angst. Sie ließ es zu, daß er sie in aller Ruhe musterte.

»Du bist schön«, sagte er mit derselben Flüsterstimme. Tatjana senkte wieder den Blick, und der Mafioso entfernte sich. Sie hörte, wie die Tür des Lokals hinter ihm ins Schloß fiel.

Vassilis verfolgte die Szene von der Küche aus. Er hätte sich am liebsten auf den Mafioso gestürzt, doch der Leitsatz aus der Zeit der Sowjetherrschaft hielt ihn zurück: »Der Kreissekretär sitzt auf dem längeren Ast. Also halt den Mund und tu deine Arbeit.« Er biß die Zähne zusammen, bis die Familie um drei Uhr morgens nach Hause ging. Dann stürzte er sich auf seine Tochter und schrie: »Den Mafioso mußtest du anschauen, du Luder! Ausgerechnet den Mafioso!« Und unerbittlich schlug er auf sie ein. Die Familie zog es vor, sich zu verkrümeln. Vassilis prügelte seine Tochter, bis ihm die Luft ausging. Dann ließ er von ihr ab und fiel, angezogen wie er war, ins Bett.

Am nächsten Abend kam der Mafioso wieder. Diesmal nahm er an einem Tisch Platz, aß und bezahlte seine Rechnung wie ein normaler Gast. Seit jenem Abend wurde er zum Stammkunden. Vassilis schäumte vor Wut, doch er wagte es nicht, sich mit ihm anzulegen. Dazu gab er ihm auch keinen Grund. Er aß mit seinen beiden Schlägern, zahlte und ging. Nur einmal fragte er Vassilis, ob er über seinen Vorschlag nachgedacht hätte. Vassilis wiederholte, er brauche keinen Schutz. Der andere bestand nicht weiter darauf, und das Thema hatte sich erledigt.

Tatjana hingegen kriegte alles ab: Jeden zweiten Abend kühlte Vassilis sein Mütchen an ihr.

Der Telefonanruf riß sie mitten aus dem Schlaf. »Das Odessa brennt«, sagte eine Stimme und hängte ein. Vangelis, der älteste Sohn, hatte ganz verschlafen den Hörer abgenommen und brauchte eine Weile, um die Nachricht zu begreifen. Als ihm die Wahrheit dämmerte, weckte er die Familie, und alle sprangen in den Lieferwagen, um zum Lokal zu fahren.

Schon von weitem waren die Flammen zu sehen. Auf dem Bürgersteig gegenüber hatte sich eine Menschenmenge versammelt, und die Bewohner der umliegenden Häuser bestaunten von ihren Balkonen aus die Feuersbrunst. Zwei Löschzüge der Feuerwehr versuchten, das Feuer unter Kontrolle zu bringen. Vassilis begriff, daß nichts als die Grundmauern von seinem Restaurant übrig bleiben würden. Er näherte sich dem Feuerwehrhauptmann: »Was war es? Eine brennende Zigarette oder das Propangas?«

Der Feuerwehrmann drehte sich um. »Brandstiftung«, sagte er trocken. »Jemand hatte eine Rechnung mit dir offen.«

»Ich habe mit niemandem Streit. Hier in der Nachbarschaft kennen mich alle.« Im selben Augenblick kam ihm der Mafioso in den Sinn, aber er sagte nichts, so wie früher beim Kreissekretär. Er dachte zwar an ihn, erwähnte ihn aber mit keinem Wort.

»Das kannst du bei der Befragung erzählen«, meinte der Feuerwehrmann und wandte sich wieder seiner Arbeit zu.

Als er sich zu den Ermittlungen einfand, waren vom Odessa nur noch die Brandreste übrig. Er wurde über drei Stunden befragt, doch wiederum sagte er kein Wort über den Mafioso. Vor dem Feuerwehrgebäude wartete seine Familie mit dem Lieferwagen auf ihn. Alle, außer Tatjana.

»Wo ist Tatjana?« fragte er.

Die Familie blickte sich verlegen an. »Wissen wir nicht«, antwortete Iosif, der jüngere Sohn. »Als wir heimfahren wollten, war sie verschwunden.«

»Vielleicht ist sie schon zu Hause«, meinte Maria. Doch dort war sie nicht. Und auch in den darauffolgenden Tagen tauchte sie nicht auf. Vassilis klapperte mit seinen Söhnen alle Schuppen ab, in denen sich Russinnen, Pontusgriechinnen und Ukrainerinnen prostituierten, doch ohne Erfolg.

Zwei Schicksalsschläge in einer Nacht waren zu viel für Vassilis. Er untersagte seiner Familie jegliche Erwähnung Tatjanas. Die beiden Söhne, stellvertretende Wahrer der Familienehre, beeilten sich, es ihm recht zu machen. Maria wagte keinen Einspruch und gab ihrer Trauer mit lautlosen Tränen Ausdruck.

Die beiden Schicksalsschläge hatten Vassilis in seiner Haltung nur noch bestärkt, statt ihn zu erweichen. Er hatte ein wenig Geld auf der hohen Kante und beschloß, das Lokal wieder zu eröffnen. Er stürzte sich in die Arbeit und versuchte, Tatjanas Verschwinden zu vergessen. Schließlich waren seit dem Zusammenbruch der Sowjetunion Tausende junger Frauen von zu Hause verschwunden und erst in irgendeinem erdölexportierenden Land wieder aufgetaucht.

Eine Woche vor der Neueröffnung tauchte der Mafioso mit seinen beiden Schlägern auf.

»Na, viel Glück für die Zukunft«, sagte er freundschaftlich zu Vassilis. »Bravo, du bist tüchtig und gibst nicht so schnell auf.« Vassilis blickte ihn an, außer sich vor Wut. »Ich zahl dir keine Schutzgebühr. Da schlafen wir lieber alle mit unseren Gewehren im Lokal. Dann zünd es nochmals an, wenn du dich traust.«

Der Mafioso lächelte. »Wer redet denn von Schutzgebühr? Wir reden von Teilhaberschaft.«

»Ich will keinen Teilhaber am Hals. Und schon gar keinen Teilhaber, der mir den Laden abfackelt.«

»Ich lege noch mal soviel Kapital drauf, damit du ein Luxusrestaurant daraus machen kannst, und der Gewinn wird sechzig zu vierzig geteilt.«

Vassilis zauderte. Einerseits sah er die Möglichkeit vor sich, wie sein Traum in Erfüllung gehen konnte, andererseits paßte ihm ein Mafioso als Teilhaber nicht. Doch dann dachte er mit kühlem Kopf noch einmal darüber nach. Hätte er denn abgelehnt, wenn ein Kreissekretär ihm angeboten hätte, sein Teilhaber zu werden?

»In Ordnung, aber fünfzig-fünfzig.«

Der Mafioso lächelte und klopfte ihm freundlich auf die Schulter, als Zeichen seines Einverständnisses. Das Odessa sollte tatsächlich zu einem Luxuslokal werden, mit gestärkten Tischdecken, Stoffservietten und Tafelsilber, wie eines jener Restaurants, in denen der Kreissekretär und die Parteibonzen getafelt hatten.

Eine Stunde vor der Neueröffnung sah Vassilis einen schwarzen Mercedes vorfahren. Einer der beiden Schläger stieg aus und öffnete die Wagentür. Die junge Frau, die aus dem Wagen stieg, trug einen Pelzmantel und war perfekt geschminkt und frisiert. Vassilis hätte Tatjana fast nicht wiedererkannt. Zur Salzsäule erstarrt, brachte er keinen Ton hervor. Seine Tochter ging gleichgültig an ihm vorbei und betrat das Lokal. Sobald er sich erholt hatte, eilte Vassilis hinter ihr her.

»Du Flittchen!« schrie er und wollte sich auf sie stürzen, doch die beiden Schläger packten ihn und drückten ihn auf einen Stuhl.

Tatjana wandte sich lässig zu ihm um. Sie zog sich den Pelz von den Schultern und warf ihn über eine Stuhllehne. Darunter trug sie ein schwarzes Abendkleid. Ohren, Hals und Hände waren mit Schmuckstücken übersät.

»Von heute an wirst du an der Kasse sitzen«, sagte sie auf russisch zu ihrem Vater. »Die Aufsicht über das Restaurant übernehme ich. So hat Igor entschieden.« Dann wandte sie sich an ihre Brüder, die alles mit offenem Mund verfolgten. »Ihr habt eine Woche Zeit, um von Kellnern zu Maîtres zu werden«, meinte sie, wieder auf russisch. »Sonst jage ich euch davon und stelle jemand anderen ein. Ich kann keine dahergelaufenen Zigeuner in meinem Restaurant gebrauchen.«

»Wer bist du denn, daß du mir befehlen kannst?« rief Vassilis wütend. »Dieses Lokal habe ich im Schweiße meines Angesichts aufgebaut.«

»Das weiß ich«, entgegnete seine Tochter kühl. »Deshalb überlasse ich dir auch die Hälfte. Doch wenn du dich nicht zu benehmen weißt, kaufe ich dir deine Hälfte ab und setze dich vor die Tür.«

Seit jenem Abend sagte Tatjana kein einziges griechisches Wort mehr. Sie sprach mit allen russisch. Und Vassilis hielt – wie früher in der Sowjetunion – den Mund und tat seine Arbeit. Das Lokal gab ihm keinen Anlaß zur Klage. Unter Tatjanas Federführung warf es eine Menge Geld ab. Seine eine einzige Klage galt dem Verhalten seiner Tochter. Wie konnte sie ihre Familie, ihre Heimat, ihre Muttersprache verleugnen? Wenn er freilich Marx gelesen hätte, dann hätte er gewußt, daß Geld keine Heimat und keine Verwandtschaft kennt. Doch Vassilis hatte, wie gesagt, Marx nicht gelesen.

Chaval

Gustav Zumsteg (1915–2005) vor dem von Varlin gemalten Porträt seiner Mutter Hulda (1890–1984), die 1925 mit ihrem Mann die Zürcher Kronenhalle übernahm und zu einem der berühmtesten Restaurants der Welt machte.

Daniel Keel

Um den Joyce-Tisch

Wo auf der Welt kann man unter einem wunderbar gemalten *Stilleben mit Austern* von Henri Matisse frische Austern essen? Jeder einem anständigen Essen nicht abgeneigte Mensch weiß es: Das kann man nur im Zürcher Restaurant Kronenhalle. Da, wo früher James Joyce seine geliebten Nierchen gegessen hatte, saßen wir jetzt bei einer Bratwurst und einer Stange hell in dem von uns despektierlich ›Kantine‹ genannten Lokal. Am legendären Joyce-Tisch tafelten jetzt Friedrich Dürrenmatt oder Federico Fellini. Der eine genießt einen exquisiten Gurkensalat, der andere schwärmt vom Picasso-Gemälde, das über diesem Tisch hängt.

Im Gästebuch findet man nicht nur diese beiden illustren Gäste, sondern ganze Generationen von Diogenes-Autoren, von Paul Flora, Eric Ambler, Muriel Spark, Roland Topor, Urs Widmer, Patricia Highsmith und John Irving bis Ingrid Noll, Donna Leon, und von Maurice Sendak, Tomi Ungerer, J. J. Sempé, F. K. Waechter, Hugo Loetscher, Ian McEwan, Slawomir Mrożek bis Doris Dörrie, Leon de Winter, Jakob Arjouni, Arnon Grünberg und Joey Goebel.

Patrick Süskind hat mir einmal erzählt, er sei an einem frühen Nachmittag als einziger Gast von mehreren Kellnern so königlich bedient worden, daß er das Lokal beglückt ver-

Zeichnung von Friedrich Dürrenmatt im Gästebuch von Carmelina Ferrari

ließ, beschwingt zum See hinunterlief und den ganzen Nachmittag auf einem Dampfer verbummelte.

Loriot hat die Kronenhalle in einer Rede zum 30. Geburtstag des Verlags wie folgt gewürdigt: »... In den frühen Morgenstunden des 10. Oktober fanden spielende Hunde auf den Eingangsstufen der Kronenhalle, eingewickelt in den Wirtschaftsteil der *Neuen Zürcher Zeitung,* einen noch warmen Säugling, der auf den Namen ›Daniel‹ hörte. Die Wirtin des noblen Restaurants, damals wie heute führend in der Bewältigung gastronomischer Probleme, bewies auch in diesem Fall Geistesgegenwart und Geschmack. Sie sagte: ›Der kommt mir nicht auf den Tisch.‹ So wuchs das Kind zwischen den Stuhlbeinen der renommierten Gaststätte auf, erhielt den Beinamen ›Keel‹, lernte rasch essen, relativ stockend lesen und schreiben, jedoch niemals rechnen. Zurück zum nämlichen Morgen des 10. Oktober 1930. Kurz vor fünf stieß ein Schrankenwärter zwischen den Gleisen der Strecke Zürich–Basel auf einen Geschenkkarton der Firma Teuscher. Statt der erwarteten drei Kilo Champagnertrüffel entnahm der enttäuschte Beamte dem Karton einen gesunden Knaben, eilte in die Kronenhalle, verzehrte dort mehr, als er sich leisten konnte, und gab den Säugling in Zahlung.«

Rund 10 Jahre später, es ging wieder um unseren gemeinsamen Geburtstag (mein Freund und Geschäftskompagnon Ruedi Bettschart und ich sind am gleichen Tag geboren), meldete sich Patrick Süskind mit einer düsteren Gratulation:

Keel und Bettschart sechzig – schön;
Doch wie soll das weitergehn? (...)
Was tun wir – diese Frage muß man sehen
Wenn Keel und Bettschart von uns gehen?

Letzte Festschrift. Meinetwegen.
(Ihnen auf das Grab zu legen)
Eine letzte Rede halten
vor betretenen Gestalten,
Kronenhalle, Leichenschmaus,
verheerendes Besäufnis – aus!
(...)

Bleibt der Sprecherstraßen-Bau?
Überlebt das ›Tiefenau‹?
Geht die Kronenhalle ein?
Wird Zürich dann noch Zürich sein?
Horrorfragen, Seelenbeben ... –
Nein, sie sollen ewig leben!

Auch Dürrenmatt pries in Seinem Gedicht *Kronenhalle* das weltberühmte Speiselokal:

Ich bin an wenigen Orten daheim

Im Haus über dem See

Auf der andern Seite des Monds

Auf der Bühne des Schauspielhauses
Umstellt von Kulissen

Und in der Kronenhalle
In Mutter Zumstegs Reich

Die Leberknödelsuppe dampft
Aldo kommt mit dem Wagen angerollt
Und ich denke über einen Auftritt der Giehse nach

An den Nachmittagen zwischen drei und vier
    Am Tisch
Zwischen den Glasscheiben

Wie hinter Silberstaub schläft die Katze
    Auf der Bank in der Ecke
Kein Gast wagt sie zu stören
Vor blauen Tramwagen manchmal
    Bewegen sich die Vorhänge

Geisterhaft auf die gleiche Scheibe gespiegelt
    Erscheint aber auch
Mein Gesicht und die fernere Theke

Schiebt sich
    Der Hintergrund vor den Vordergrund.

Einen besonders rührenden Moment in unserer inzwischen etwas versnobten Kantine bescherte mir der Maler Fernando Botero. In unserem Verlag war gerade ein bescheidenes Buch Boteros erschienen, als dieser meine Frau und mich zum Essen in die Kronenhalle einlud. Unter dem Tisch hatte er ein unförmiges Paket aus Packpapier und Schnüren abgestellt, das er zum Dessert hervorholte. Es war eine zarte Bleistiftzeichnung mit einem sympathischen dicken Reiter, der ein ebenso sympathisches dickes Pferd besteigt. »Zum Dank für das schöne Buch«, sagte Fernando Botero.

Die Überraschung: Der Künstler honorierte den Verleger – statt umgekehrt. Und das äußerst großzügig, denn die kleine Zeichnung ist längst ein kleines Vermögen wert.

Zeichnung von Sempé
im Gästebuch der *Kronenhalle*

Margaux de Weck

Die Kronenhalle

»Lieber Fritz, herzlichen Dank für Dein Buch. – Und: wenn du's kannst, verzeih, daß ich an dem Abend in der Kronenhalle durchgedreht habe.« Wer da durchdrehte, ist Max Frisch, und Fritz ist der Beinahe-Freund und Rivale Friedrich Dürrenmatt. Die »Fehlleistung«, für die sich Frisch brieflich entschuldigt, ein von Alkohol angeheizter Wutausbruch: Frisch retourniert aus nichtigem Anlaß ein Buch, das Dürrenmatt ihm geschenkt und gewidmet hat. Ein weiterer Schritt auf den sich trennenden Wegen jener zwei, die stets in einem Atemzug genannt wurden und die sich »wacker auseinander befreundet« hatten (Dürrenmatt). Aber was ist das für ein Ort, wo sich Literaturgeschichte abspielt?

Das Haus an der Rämistraße 4 hatte schon bessere Zeiten erlebt, als Hulda und Gottfried Zumsteg es 1925 übernahmen. Im Biedermeier erbaut als Dépendance des Gasthauses ›Zur Krone‹ mit Scheune und Stall, feierte die Kronenhalle im 19. Jahrhundert eine erste Glanzzeit als bürgerliche Gaststätte mit gelegentlicher musikalischer Unterhaltung. »Mittag – dito Abendessen (Suppe, 2 Fleisch und Gemüse, Käse und Dessert) zu Fr. 1.50« preist ein Plakat aus den 1860er Jahren, und vor allem: »Größte Auswahl an Wiener-, Pilsner, Bayerisch- und Englischbier«. Seite an Seite mit dem Zürcher Großbürgertum speisten und tranken hier

Arnold Böcklin, Conrad Ferdinand Meyer und Gottfried Keller. 1902 ging die Kronenhalle konkurs, das Gebäude verwahrloste, und erst die Zumstegs erweckten es zu neuem Leben. Hulda Zumstegs Biographie klingt wie ein Märchen: von der Schustertochter, die aus Geldmangel nicht hatte Lehrerin werden können, mit zwei unehelichen Kindern von zwei verschiedenen Vätern, zur reichen Patronne, für die Couturiers wie Hubert de Givenchy Kleider entwerfen. Seit dem Tod ihres Mannes 1957 Alleinherrscherin über die Kronenhalle, ist sie mit den Großen der Welt auf Du und Du, pelzgewärmt und juwelenbehangen. Dieses Märchen beruht auf harter Arbeit – wir haben es ja mit einem Zürcher Märchen zu tun. Hinzu kommen Hulda Zumstegs strenges Qualitätsbewußtsein in Küche und Weinkeller, höchste Ansprüche an sich selbst und die Belegschaft. Und, bedenkt man, daß Hulda Zumsteg nur bis vierzehn die Schule besuchte, – eine erstaunliche Stilsicherheit.

Das Interieur der Kronenhalle hat sich seit ihren Anfangsjahren kaum verändert. Am Bellevue, hinter den Spitzenvorhängen mit der emblematischen Krone, verbirgt sich ein Reich des gedämpften Lichts, der weißen Tischtücher und des schweren Bestecks, des lauten Gesprächswirrwarrs am Abend und der beinahe sakralen Stille am Nachmittag. Der vordere Speisesaal, die sogenannte Brasserie, hat nach Wolfram Siebeck »etwas von einem Ersterklassewartesaal der k.u.k. Eisenbahnen«: Bänke mit grünen Lederpolstern, Garderobenständer aus Messing, von der hohen Decke hängen Kronleuchter, die diesen Namen verdienen. An die dunkle Holztäfelung der Wände schließt sich ein Fries mit den Wappen der Zürcher Zünfte, jedes mit einem gereimten Sprüchlein versehen. Bei den Weggen, der Bäckerzunft, heißt es: »Schlimme Zeiten / kann's bereiten / herrscht im

Zeichnung von Tomi Ungerer
im Gästebuch der *Kronenhalle*

Lande Hungersnot. – / aber Frieden / ist beschieden / hat der Mensch sein täglich Brot.« In der Kronenhalle findet der Mensch mehr als sein täglich Brot: Schweizer Spezialitäten wie Zürcher Geschnetzeltes mit Rösti, daneben Süddeutsches, Österreichisches, Französisches und Italienisches. Die Küche der Kronenhalle ist das Gegenteil von Nouvelle Cuisine – sie ist Cuisine Ancienne: aus besten Zutaten zubereitete, währschafte Hausmannskost in großzügigen Portionen. Nein, in der Kronenhalle ist wahrlich noch keiner verhungert – es sei denn, es mangelte ihm am nötigen Kleingeld.

Das Restaurant ist Abend für Abend voll. Denn gibt es einen zweiten Ort auf der Welt, wo man unter einem echten Miró oder Chagall speisen kann? Gustav Zumsteg, Huldas Sohn, entwickelt schon in seiner Jugend eine Leidenschaft für schöne Stoffe – er wird vom Lehrling zum Teilhaber der Zürcher Seidenfirma Abraham aufsteigen – und für zeitgenössische Kunst. Zwei Passionen, die der Kronenhalle zugute kommen: Die großen Pariser Modeschöpfer, Gustav Zumstegs Kunden und Freunde, bringen als erste Internationalität und Glamour in die Kronenhalle. Und Zumsteg kauft Gemälde von Braque, Picasso, Bonnard, Varlin und vielen anderen, zu einer Zeit, da sie noch unbekannt und erschwinglich sind. Als für die Sammlung an den Wänden seiner Wohnung der Platz ausgeht, beginnt er die Bilder im Restaurant seiner Mutter aufzuhängen. Seither ißt in der Kronenhalle das Auge mit. In der Rechnung inbegriffen ist der Eintritt in ein Privatmuseum, wo, anders als in großen Ausstellungshallen, die Kunst mit den Menschen lebt.

Zusätzlich erkaufen sich die heutigen Gäste mit einem Roastbeef oder Sole-Filet den Eintritt in eine Legende, sie reihen sich ein in die Folge der vielen berühmten Kronenhallengänger. Will man erklären, was die Kronenhalle ist, kommt man um Name-Dropping nicht herum. Denn die Künstler, deren Bilder an den Wänden hängen, kamen als Freunde der Zumstegs auch persönlich ins Restaurant und wurden, wenn nötig, von der Chefin durchgefüttert. Auch Richard Strauss, Strawinsky, Lehár zählten zu den Gästen. Generationen von Schauspielern und Regisseuren feierten nach den Premieren im Schauspielhaus in der nahegelegenen Kronenhalle weiter. Und erst die Schriftsteller: Thomas Mann, Musil, Brecht, Zuckmayer oder Joyce, der in seinen letzten Lebensjahren fast allabendlich in der Kronenhalle bei einem Glas Fendant anzutreffen war, immer am selben Tisch, und der kurz vor Ausbruch des Zweiten Weltkriegs schrieb: »Alles, was ich über Zürichs Zukunft sagen kann, ist, daß ich hoffe, wer auch immer die Stadt einnehmen mag, er [...] Othmar Schoeck, Vogts Augenklinik und die Kronenhalle verschonen möge.« Unter Zürcher Verlegern besteht eine lange Tradition, sich in der Kronenhalle mit ihren Autoren zu treffen, die auch der deutsche Philohelvet Siegfried Unseld beherzigte. Zwangsläufig ist die Kronenhalle zu einem Schauplatz der Literatur geworden: So orten Experten Anspielungen auf die Kronenhalle in James Joyce' Sprachungetüm *Finnegans Wake*. Das Restaurant ›Du Théâtre‹ in Dürrenmatts Roman *Justiz* ist der Kronenhalle nachempfunden. In Patricia Highsmiths letztem Roman *›Small g‹ – eine Sommeridylle* findet eine Geburtstagsparty dort statt. In Tomi Ungerers Kinderbuch *Kein Kuß für Mutter* will Katzen-Mutter Angora Tatze ihren kußunwilligen Sohn Tobi mit einem Besuch im Restaurant ›Bei Hulda‹ versöhnen – »das beste Restaurant der Stadt«, berühmt für seinen »Maulwurfsgulasch«. Und zum Schluß von John Irvings Mammut-Roman *Bis ich dich finde* kommt es auf der Männertoilette der Kronenhalle zu einer hinreißenden Vater-und-Sohn-Szene, bei der sich – mehr soll nicht verraten werden – ein älterer, über und über tätowierter Herr nackt auszieht, was einen hereinplatzenden Zürcher Bankier einigermaßen verunsichert.

Allerdings ist die Kronenhalle kein Literatencafé. Trotz Überschneidungen ist die Kundschaft nicht dieselbe wie im Odéon gegenüber, wo einst Anarchisten, Pazifisten und andere -Isten diskutieren. In der Kronenhalle plant man keine Revolutionen, hier wird das Bestehende gepflegt. Denn die Kronenhalle ist bürgerlich. Geld und Geist sitzen hier seit

Zeichnung von Loriot
im Gästebuch von
Carmelina Ferrari

jeher nebeneinander: Bankiers, Industrielle, Honoratioren, Intellektuelle und Künstler, damals wie heute. Die Kronenhalle atmet eine eigenartige »Mischung von weltgewandter Offenheit und behäbigem Lokalkolorit. Es ist nicht übertrieben, wenn man diese besondere Färbung als für Zürich wesentlich bezeichnet«, schreibt Gustav Zumsteg. Nur dank dieser Mischung kann sie so vielen verschiedenen Leuten gefallen: den Konservativen, den Exzentrikern, den im Herzen Altmodischen, den protzenden Neureichen, den Kulturbeflissenen, den Snobs und sogar den jungen Trendsettern, die ihre Kronenhalle ironisch verstehen.
Sie ist ein öffentlicher Ort, eine Bühne so gut wie das nahegelegene Schauspielhaus. An der Schwierigkeit oder Leich-

tigkeit, mit der man einen Tisch in der Brasserie bekommt, kann man seinen sozialen Status ablesen. Man führt hier die Juwelen aus, beobachtet, wer mit wem ißt. Jede Handlung gerinnt zu einem Auftritt. 1964 schreibt Max Frisch an Dürrenmatt: »Um ins Gespräch zu kommen, brauchen wir, nachdem es lang und nicht nur äußerlich unterbrochen war, etwas Zeit, Ruhe; in der Kronenhalle fühle ich mich nicht frei.« Vielleicht ist die Kronenhalle doch ein Ort, an dem sich Geister scheiden: Dürrenmatt nämlich widmet ihr ein Gedicht, in dem er gesteht, neben »der anderen Seite des Mondes« sei die Kronenhalle einer der wenigen Orte, an denen er daheim sei.

Zeichnung von Patricia Highsmith
im Gästebuch von Carmelina Ferrari

Jessica Durlacher
Voll wie Fisch

Ich bin noch nicht einmal Jüdin. Mein Vater ist Jude. Und sogar gefilte Fisch ist für mich nur ein Wort. Es wirkt auf mich wie ein Wort voller Geschichte, voller Kultur, voller Nostalgie, aber ob das meine Geschichte ist, meine Kultur? Und warum sollte es dann meine Nostalgie sein?

Dennoch ist die Kultur von gefilte Fisch mehr meine Kultur als die vieler anderer. Anderer ohne einen jüdischen Vater. Und wenn ich einen gefilte Fisch sehe, werde ich ihn beschützen und umsorgen und verteidigen bis zur letzten Gräte. Denn auch geliehene Nostalgie bietet genug Stoff für Gefühle. Es gibt Wörter, die ganze Welten vor mir erstehen lassen, ohne daß ich diese Welten auch nur im entferntesten kenne. Welten, die sich nur über Emotionen und nicht mit tatsächlichen Gegebenheiten fassen lassen. Klischees für Attribute der Sicherheit, die es vielleicht irgendwann einmal, wenn auch bedroht, in Arglosigkeit gegeben hat, die aber in unserer Familie und bei vielen nichtgläubigen assimilierten Juden nur noch als Symbole für eine Art ironischer Geisterbeschwörung gelten: Hühnersuppe, Butterkuchen, Chanukka, Kippa, eine Mesusa an der Tür. Es sind bequeme Kitschklischees für Leute wie mich, aber sie machen auch einen Teil des Bewußtseins aus, eine Vorgeschichte zu haben, von der vieles nicht mehr da ist und in der diese Wörter – nicht ohne Grund ist viel tröstlich Eßbares darunter –

ein Mittel zur Verteidigung gegen Wut und Angst sind. Sogar das behagliche Heulheimweh, das der Klezmermusik eigen ist und auch dem heuchlerischen Freudenschrei »Nächstes Jahr in Jerusalem« während der wenigen Chuppas, die ich je besucht habe, ist in diesem Sinne legitim genug, eine rituelle Gefühlsäußerung, die letztlich an Verlassenheit rührt und an den Verlust der nahen Vorfamilie. Denn diese Familie ist tot, sie war schon tot, als ich kam.

Ich spreche hier von einem Erbe, das kein Klischee ist und auch nie eines werden darf.

(Und daß es neben den Paraphernalien des osteuropäischen Judentums auch noch den Humor gibt und die Moral und die Zehn Gebote und »Was Du nicht willst, das man Dir tu', das füg auch keinem andern zu«, das Gewissen und den Anstand – daß auch dies allesamt das Erbe der jüdischen Kultur in meiner Familie ist, ist mir erst allmählich immer stärker bewußt geworden.)

Januar 1986. Ich bin in Paris, um in Einsamkeit darüber nachzudenken, ob ich meinen derzeitigen Geliebten verlassen und bei meinem neuen Geliebten bleiben soll, mit dem ich sehr viel mehr gemeinsam habe, sehr viel mehr Hintergrund, sehr viel mehr Empfindsamkeiten, sehr viel mehr, einen Geliebten, der wie ich Halbjude ist. Ich bin also in Paris, um in Einsamkeit diejenige – mich – zu mustern, die offenbar derart gewissenlos ist, daß sie jemanden verlassen wird, um zu jemand anderem zu gehen, den sie mehr liebt. Die Entscheidung ist also schon längst gefallen, alles weiß ich bereits. Paris ist lediglich ein Symbol, aber ein notwendiges Symbol, gewiß, gedacht zur Reifung und Reflexion.

Es war sehr, sehr kalt. Ich wohnte in einem fürchterlichen, aber auch fürchterlich billigen Hotel. Ich hatte vorgehabt, eine Woche zu bleiben, doch bereits nach zwei Tagen hatte ich die Grippe, wenigstens dachte ich das, da meine Augen ständig tränten und ich die ganze Zeit todmüde war und fror. Das mit den Augen kam wahrscheinlich vom Weinen. Jede Nacht weinte ich mich in den Schlaf, aber mir war dabei vollauf bewußt, daß dies historische Augenblicke für mich waren, und sogar das Weinen hatte etwas Literarisches. Ich wäre von mir selbst enttäuscht gewesen, wenn ich diese Tränen nicht hervorgebracht hätte. Die Einsamkeit brannte zwar, aber auch das mußte an diesem Wendepunkt so sein. Bis es meinem neuen Geliebten nach drei Tagen offenbar gelungen war, meine Telefonnummer herauszubekommen. Am selben Abend noch stand er vor der Tür.

Verlegen betrat er mein feuchtes Pariser Blümchenzimmer. Es war so normal und selbstverständlich, daß ich ihm deswegen beinahe böse war. Die Einsamkeit, in der jede Handlung eine Bedeutung gehabt hatte und in der während der Tränen der Unterschied zwischen den beiden Lieben sich verschärft und verwischt hatte – und sich nochmals verschärft und verwischt hatte, bis ich darüber außer mir geraten war –, kam mir mit einem Mal unbedeutend und sinnlos vor. Als er hereinkam, verwandelte sich meine persönliche literarische Umkehr plötzlich in einen Bus, in dem ich nur noch die Rolle eines Passagiers spielte. In einen herrlichen Luxusbus mit Heizung und federnden Rädern und mit Sitzen, deren Lehnen sich ganz weit nach hinten kippen ließen. Mein Entschluß hatte die Gestalt dieses Mannes angenommen. Meine Zweifel, die es vielleicht nie gegeben hatte, hatten den früheren Geliebten, der so anders war als ich, nun so wehrlos und über alle Maßen lieb und teuer, in schmerzlich argloser Jungenhaftigkeit vor mir erstehen lassen, im Kontrast zu dem anderen, dem neuen, der Stoff zum Widerstand und zur Rivalität bot. An ihm war nichts wehrlos, da er das Alte mit enormer Überlegenheit verjagte. Ein Mörder all dessen, was sanft, lieb und teuer und unwiderruflich Vergangenheit war. Aber zugleich brachte er eine Wirklichkeit mit, der ich so tief vertraute, daß jede andere Wirklichkeit hinfällig wurde. Mit ihm konnte ich über alles reden. Von ihm bekam ich immer eine interessante Antwort. Er führte alles auf das Wesentliche zurück, mit einer Ehrlichkeit, von der sich mein eigenes grüblerisches Gewissen leichtfertig abhob. Und er war ebensoviel Jude und Nichtjude wie ich.

Wir gingen an diesem Abend zum Essen in ein jüdisches Restaurant. Kreplach, Matzeballen, koschere Wurst, Sauerkraut und gefilte Fisch. Wir hatten das beide noch nie gegessen, obwohl sein Vater ebenso Jude war wie meiner – und genauso alt.

Sein Vater war während des ganzen Kriegs untergetaucht, bei Leuten, die später seine Schwiegereltern und seine Frau werden sollten, F.'s Großeltern, F.'s Mutter also. Aber bei ihm zu Hause wurde nie über diesen jüdischen Hintergrund gesprochen, geschweige denn über diese Zeit des Untergetauchtseins. F.'s Vater kam aus einer sehr assimilierten Familie, und daß er wegen dieser von ihm als völlig irrelevant empfundenen Nebensächlichkeit des Judeseins hatte untertauchen müssen, hatte bei ihm eine lebenslange Hemmung und Scham in bezug auf alles ausgelöst, was mit diesem Krieg – und in geringerem Maße auch mit diesem Judentum – zu tun hatte.

Mein Vater, der aus Deutschland stammte, hatte seine Eltern in den Lagern verloren und war selbst nur mit knapper Not davongekommen. Auch er hatte darüber nie mehr Worte verlieren wollen als diese zu einfache Zusammenfassung. Allerdings hatte er nach jahrelanger Krankheit und Schlaflosigkeit vor kurzem ein Buch über diese Zeit geschrieben, das alle sehr geschockt hatte. Auch mich. Immer hatte er so getan, als wüßten wir bereits alles, als hätten wir durch seine Anwesenheit diese Geschichte wie von selbst beim Wachstum mitbekommen. Und wir hatten verrückterweise nie mehr wissen wollen, als er herausrückte. Es war unmöglich gewesen – und zu schmerzhaft –, danach zu fragen, und mein Vater hatte alles lieber vergessen wollen. Allmählich hatte ich geglaubt, daß es nicht wirklich gewesen war, ein Spuk, der keine Form hatte, der seinen Inhalt nach und nach verloren hatte. Ein Spuk, von dem nur das alptraumhafte Abdruck übriggeblieben war, wie die anekdotenlose Erinnerung an einen schrecklichen Traum. Er in

höchsteigener Person war unser Krieg, Tatsachen oder Einzelheiten waren dabei von untergeordneter Bedeutung.

Nach seinem Buch waren wir fassungslos und sogar leicht beleidigt. All diese Dinge über sich, über seine Eltern, über die Lager, die er anderen jetzt auf einmal erzählen konnte. Er hatte als Kind ein Köfferchen gehabt, das Ezechiel hieß. Das hatte ich nicht gewußt. In meiner Verwirrung konnte ich kaum glauben, daß alles wahr sein sollte, daß dies wirklich einen Teil des Lebens meines Vaters ausgemacht haben sollte. Doch in der Zeit, in der sich der Krieg zum einzigen Gesprächsthema bei uns zu Hause entwickelte, bezog ich als Studentin eine eigene Bude.

Schon solange wir, F. und ich, uns kannten – und das war schon eine ganze Weile –, war klar, daß wir ganz unterschiedlich über unseren jüdischen Hintergrund dachten. F. mit seinem jüdischen Namen wollte das Jüdische an der Familie seines Vaters aus einem nach meinem Dafürhalten unangebrachten, im nachhinein betrachtet geerbten Gefühl der Bescheidenheit und Scham am liebsten ignorieren. Er mochte sich selbst nicht als Jude bezeichnen, weil er nicht jüdisch genug war, nicht genug vom Judentum wußte. Als hätte er eine Goldmedaille im Schrank, ohne je einen Sieg errungen zu haben. Daß ich mich als eine mit dem Krieg meines Vaters und mit dem Judentum verbundene Person gefühlt hatte, solange diese noch eine komplizierte, schwarze, unbenannte Wolke in meinem Leben gewesen waren, war ihm immer ein wenig als Anstellerei und Wichtigmacherei vorgekommen. Und jedesmal wenn ich mich bei F. über die Marotten meines Vaters beklagte, hatte er ihn bis dahin einen geizigen, machtgierigen Egoisten genannt. Den ich daraufhin sofort – egal, wie sauer ich auf meinen

Vater war – immer wieder mit dem Hinweis auf seine schwerbeladene Vorgeschichte verteidigte. Womit ich die Schuld meines Vaters durch meine ersetzte.

Nun hatte F. das Buch gelesen und war sehr beeindruckt davon. Was für mich gegolten hatte, galt auch für ihn: Er wußte das zwar von meinem Vater, zugleich aber wußte er überhaupt nichts, eine Situation, in der der Ärger schnell die Oberhand gewinnt. Mein Vater und damit auch ich hatten für ihn, den Zyniker auf jedem Gebiet des Judeseins, nun endlich eine gewisse Bedeutung erhalten. Meine Verbundenheit schien ihn mit einem Mal nicht mehr zu ärgern.

Es könnte sein, daß ich die erste ernsthafte Annäherung zwischen F. und mir dem Buch meines Vaters verdanke. Und obwohl mich seine Wertschätzung mit Stolz erfüllte und ich

glücklich darüber war, daß mein Vater nun von jemandem ernst genommen wurde, dessen Urteil mir sehr viel bedeutete, schämte ich mich meiner sicheren Freude.

Nicht nur, weil F.'s Anerkennung mir weniger hätte ausmachen sollen als die Geschichte meines Vaters, sondern auch noch aus einem anderen Grund.

Eigentlich waren das Judentum und der Krieg meines Vaters mit diesem Buch für mich zum ersten Mal genau so fremd und schockierend geworden wie für jeden anderen. Mehr denn je fühlte ich mich im Angesicht der grauenhaften Realität klein und possierlich. Während F. ein wenig von seiner Aversion gegen die uneigentliche Identifikation mit dem Judentum kuriert zu sein schien, hatte ich mir nach der

Lektüre eine derartige Gleichsetzung aus dem Kopf geschlagen. Doch jetzt konnte ich nicht mehr zurück zwischen die Schemen, in die schwarze Wolke. Die Geschichte meiner Familie hatte Wörter bekommen und war unwiderruflich offenbart worden. Diese Geschichte war mittlerweile noch mehr die meine geworden als früher, viel mehr, als mir lieb war.

So trafen F. und ich einander schließlich in der Mitte.

In Paris gingen wir zum Essen ins Goldenberg. Was ich als großes Entgegenkommen, aber auch als einen Beweis gegenseitiger Liebe empfand. Die Wahl gerade dieses Restaurants stellte eine implizite Anerkennung – durch uns beide – der Tatsache dar, daß uns auch dieses jüdische Getue miteinander verband.

Kreplach, Matzeballen, koschere Wurst, Sauerkraut und gefilte Fisch – wir bestellten alles, was uns bekannt in den Ohren klang. Es gab schließlich etwas zu feiern, ein geheimes Ritual, die Bestätigung dieses Bundes.

Doch die Bezeichnungen all dieser Gerichte machten uns alle beide verlegen, die unermeßliche osteuropäische Folklore, die uns in unserem niederländischen, nichtjüdischen Leben beinahe frevelhaft banal und schamlos vorkam, bewirkte, daß wir uns ein wenig lächerlich fühlten. Und wir waren uns bewußt, daß es uns banal vorkam, weil wir so wenig davon wußten, weil wir die Gefühle, die dazugehörten, nur von anderen geliehen hatten, für die es wirkliche Gefühle waren. Wir fühlten, daß diese anderen sich die Banalität und Folklore eher erlauben konnten als wir.

Aus Verlegenheit und Scham aßen wir folglich viel zu viel in dem großen, jüdischen Restaurant. Als wollten wir mit jedem Bissen das ganze belastende Material auf dem Tisch, die ganzen jüdischen Wörter, möglichst schnell verschwinden lassen. Als könnten wir das unangebrachte Heimweh, das wir davon bekamen, doch noch abmildern. Scham und Fröhlichkeit wechselten einander in hohem Tempo ab. Die sentimentale Geigenmusik im Hintergrund machte uns nervös und albern. Wir schauten uns kaum an, da wir genau wußten, daß ein Hochamt stattfand. Nur daß es ein Hochamt war, dessen Regeln wir nicht kannten, obwohl es für uns war, und das in einer fremden Kirche stattfand. Feierlich und zum Lachen zugleich. Ich empfand ein verzehrendes Mitleid – und F. auch, glaube ich.

Schließlich konnten wir kaum noch reden, so voll und betrunken waren wir. Im Innern waren wir nun so sehr Juden, wie es nur ging, mit einem Essen, mit dem man es im Schtetl wieder ein paar Wochen hätte aushalten können. Weg war es, heruntergeschlungen, transformiert zu einer lediglich zum Teil bedeutungslosen Energiequelle, die uns als Aussteuer dienen mußte.

Verbrüdert, auch wegen unserer Bauchschmerzen, hielten wir uns an den Händen, als wir zurück ins Hotel wankten, zwei sentimentale, volle Außenstehende, mit verdorbenem Magen, noch immer ebensoviel Jude wie Nichtjude, dafür aber über beide Ohren verliebt.

Paulo Coelho

Das Butterbrot, das auf die verkehrte Seite fiel

Ein Mann nahm sorglos sein Frühstück ein, als plötzlich die Scheibe Brot, die er gerade mit Butter bestrichen hatte, zu Boden fiel. Seine Überraschung war groß, als er feststellte, daß die Seite, die er mit Butter bestrichen hatte, nach oben zeigte! Der Mann glaubte an ein Wunder. Er erzählte seinen Freunden davon, und auch sie waren alle verblüfft, denn normalerweise fällt eine Scheibe Brot immer mit der gebutterten Seite nach unten auf den Boden und macht alles dreckig.

»Vielleicht bist du ja ein Heiliger«, sagte einer, »und hast gerade ein Zeichen Gottes erhalten.« Die Geschichte sprach sich im Dorf herum, und alle diskutierten aufgeregt darüber, wie es angehen konnte, daß das Brot dieses Mannes, anders, als immer behauptet wurde, nicht mit der gebutterten Seite nach unten zu Boden gefallen war. Da niemand eine rechte Antwort wußte, suchten sie einen Meister auf, der in der Umgebung lebte, und erzählten ihm die Geschichte.

Der Meister erbat sich eine Nacht zum Beten und Nachdenken und um die göttliche Inspiration für eine Antwort zu erflehen. Am nächsten Tag gingen alle gespannt zu ihm. »Es ist ganz einfach«, sagte der Meister. »In Wahrheit ist das Stück Brot genau so gefallen, wie es sollte. Nur war es auf der verkehrten Seite mit Butter bestrichen.«

1
2
3
4
5
Loriot

Doris Dörrie

Die Weihnachtsgans

In der Küche war es kalt. Imo gab mir eine Tasse Tee. Wir tranken schweigend. Die beiden nackten Gänse lagen in ihrem Blut auf den Tellern, schwarze Löcher zwischen den Beinen.

Imo sah mich an. In ihrem Nachthemd, die grauen Haare noch nicht aufgesteckt, sondern lang herunterhängend, wirkte ihr altes Gesicht wie ein Versehen. Ich sah sie plötzlich, wie sie gewesen sein mußte, als sie jung war. Es schien nicht so lang her, wie ich immer geglaubt hatte. Das machte mir Angst.

Sie stellte ihre Tasse ab. O Gott, sagte sie leise, ich habe keine Lust. Ich habe einfach keine Lust mehr. Jedes Jahr dasselbe. Alles wiederholen. Immer wieder und wieder. Als ginge es nur noch um die Wiederholung. Als wüßten wir nicht, daß sich alles verändert.

Sie sah mich scharf an. Dir kann ich das ja sagen, nicht?

Ich nickte und fühlte mich geehrt.

Ich hasse Wiederholungen, flüsterte sie. Ganz langsam verzog sich ihr Gesicht zu einem müden Lächeln. Na dann, sagte sie laut und stand auf.

Draußen wurde der Himmel stahlgrau.

Energisch fuhren ihre Hände in die Gänse und kamen wie mit roten Handschuhen überzogen wieder heraus. Ich hielt ihr einen kleinen Teller hin, und sie legte das Herz und die Leber darauf. Das Gänseherz hatte wirklich eine gleichmäßige Herzform und war blaßrosa. Es sah hübsch aus, wie ein Anhänger.

Um Punkt zehn Uhr würde ich es in Butter braten und zusammen mit der Leber meinem Großvater als Weihnachtsfrühstück ans Bett bringen.

Er würde sich lächelnd aufsetzen, wie er es immer tat, wenn er mich mit dem Teller neben seinem Bett stehen sah, er würde sich die spärlichen weißen Haare aus der Stirn streichen und mir ›Schöne Weihnachten‹ wünschen.

Was würde er tun, wenn es keine Wiederholungen mehr gäbe?

Ich gab ihm das Tablett. Er lächelte mich an. Seine Schlafanzugjacke stand offen. Seine Brusthaare waren weiß und gekräuselt wie bei einem Lamm. Er soll früher ein Frauenheld gewesen sein. Ich stellte mir Frauenhände in seinem Lammfell vor.

Er stach die Gabel in das Gänseherz. In der Butter schwammen kleine Blutstropfen.

Ma kam in die Küche geschlurft. Sie sah verquollen aus, die Augen so schmal wie Schlitze. Ihr Hintern bewegte sich wie eine große Glocke unter dem dünnen Nachthemd. Sie haßt ihren Hintern, sie behauptet, daß sie ihn von Imo hat.

Jeder in der Familie kennt die Geschichte, wie mein Vater ihr, als sie noch nicht verheiratet waren, ein Abendkleid geschenkt hat; nachtblau mit meergrünen Pailletten, ein Kleid wie aus dem Märchen, und wie er einen Tisch in einem sündhaft teuren Restaurant reserviert hatte, um dort mit meiner Mutter in dem neuen Kleid essen zu gehen. Aber sie kam nicht. Sie kam den ganzen Abend nicht, und er meinte, sie habe es sich vielleicht anders überlegt und wolle ihn nie wieder sehen.

Aber meine Mutter saß heulend zu Hause, weil sie nicht in das Kleid paßte. Ihr Hintern war zu fett.

Ma schenkte sich einen Kaffee ein und sah auf die beiden bleichen Gänse. Meinst du, die werden rechtzeitig gar, Imo? Sie ließ sich schwer auf einen Stuhl fallen.

Natürlich, erwiderte Imo und drehte mir den Rücken zu. Einen Moment lang war es still.

Ma legte das Gesicht in die Hände. Ich habe fast überhaupt nicht geschlafen, sagte sie. Das sagt sie fast jeden Morgen. Seit meiner Geburt hat sie Schlafstörungen, sie war deshalb schon einmal in einer Schlafklinik, aber es hat nichts genützt.

Ich schnitt die Äpfel klein und gestattete mir selbst eine hauchdünne Scheibe. Der Geschmack überwältigte mich fast, ich bekam weiche Knie, so süß war dieser Apfel. Du mußt höllisch aufpassen, wenn dir das passiert. Sekunden später siehst du dir zu, wie du dir alles in den Mund stopfst wie im Rausch, und wenn du dich dann nicht erbrechen kannst, weil sie dich beobachten, ist das wie Folter. Ich fühle mich gut und stark, wenn ich fast nichts esse. Gelangt auch nur eine Kalorie zuviel in meinen Körper, gerate ich in Panik, überfällt mich beinahe Todesangst, als hätte ich Gift geschluckt, versagt, alles verloren. Mein Fleisch fühlt sich dann fett und quallig an, es verrät mich, es tut, was es will, ein Haufen dummes, fettes Fleisch. Jeder Tag ist ein neuer Kampf gegen diesen Quallenkörper. Er hat immer Hunger. Ich betrüge ihn, indem ich von morgens bis abends Tee trinke. Aber er revanchiert sich. In schwachen Momenten gaukelt er mir vor, daß er mein bester Freund ist.

In Gedanken notierte ich zehn Kalorien für diese Apfelscheibe. Ich vermischte die Äpfel mit Rosinen, streute Zucker und Zimt über sie und stopfte sie in die Gänse. Es ist erstaunlich, wieviel in so eine Gans hineinpaßt. Imo gab mir eine dicke Nadel und Faden und zeigte mir, wie man die Gänse zunäht.

Ich stach in das weiße Fett unter ihrer kalten, pickligen Haut. Bei jedem Stich gab es einen kleinen schmatzenden Ton. Ich möchte, daß meine Haut sich wie Stoff über meine Knochen spannt, ohne ekelerregendes Fett, ohne diese wabbelige, willenlose Masse.

Meine Mutter redete mit Imo über Charlotte. Charlotte fällt doch auf jeden Käse rein, sagte Ma, sie sieht keinen Millimeter dünner aus.

Aber sie hat keine Kopfschmerzen mehr, sagte meine Großmutter. Sie breitete Zeitungspapier auf dem Tisch aus und gab mir ein Messer zum Gemüseputzen. Die reine Beschäftigungstherapie, sagt meine Mutter, mit gesunder Ernährung hat das nichts zu tun.

Es ist nicht so schwierig, wie es klingt, erklärte Imo, man gewöhnt sich dran. Du trennst Eiweiße von Kohlehydraten, du ißt eben kein Fleisch mehr mit Kartoffeln, kein Müsli mit Milch, kein Wurstbrot...

Und keine Weihnachtsgans mit Knödeln, unterbrach meine Mutter.

Es gibt dieses Jahr keine Knödel, sagte Imo kühl, sondern Reis.

Keine Knödel? Meine Mutter war fassungslos. Imo, das kannst du uns nicht antun! Das ist doch gar keine richtige Weihnachtsgans ohne Knödel. Mit Reis! Das paßt doch gar nicht, Reis zur Weihnachtsgans.

Charlotte hat sich's so gewünscht. Sie ißt dann eben nur den Reis.

Wegen ihrer blöden Trennkost sollen wir alle Reis essen?

Imo antwortete nicht.

Ich weiß nicht, sagte meine Mutter mit ihrem eifersüchtigen Herzen, könnte meine Schwester sich vielleicht mal mit etwas Vernünftigerem beschäftigen als mit ihrer Gesundheit?

Oh, sagte Imo, sie zieht ihre Kinder groß.

O Gott, stöhnte meine Mutter, jetzt geht das wieder los.

Imo stand wortlos auf und legte die zugenähten Gänse auf ein Blech.

Meine Mutter rührte in ihrem Kaffee. Sie lachte auf. Wie du das sagst: Sie zieht ihre Kinder groß. Warum werde ich seit über vierzig Jahren das Gefühl nicht los, daß du alles, was Charlotte tut, automatisch gut findest, und alles, was ich tue, automatisch schlecht.

Imo schob das Blech mit den Gänsen in den Ofen. Als sie sich aufrichtete, zitterten die Sonnenblumen auf ihrem T-Shirt. Sie ließ die Arme hängen und sah meine Mutter an.

Ich weiß es nicht, sagte sie leise. Ich weiß es einfach nicht. Ich habe mich immer bemüht, euch beide genau gleich zu lieben.

Meine Mutter schwieg einen Moment, dann sagte sie: Darf Charlotte vom Füllsel essen?

Ja, erwiderte meine Großmutter, das ist ja kein Eiweiß.

Schade, sagte meine Mutter, vom Füllsel ist immer zu wenig da.

Charlotte kam in die Küche. Sie trug Imos Bademantel, ihre Haare waren noch naß. Sie nahm sich eine geschälte Karotte und streute ein wenig Salz drauf. Schöne Weihnachten, sagte sie.

Du könntest schon mal das Silberbesteck zum Putzen holen, sagte Imo zu meiner Mutter.

Na, sagte Charlotte, über wen habt ihr gerade gelästert?

Über dich, sagte Ma und aß jetzt auch eine Karotte, über dich und deine Trennkostdiät.

Imo und ich streiften den Gänsen die weißen Papiergamaschen über die braungebratenen Beine. Ich sah Schweißtropfen auf Imos Stirn, rote Flecken an ihrem Hals. Sie sah auf die Uhr. Geschafft, sagte sie. Es war nur wenige Minuten nach eins. Über die Uhrzeit wurde später viel gesprochen.

Geh du voran, sagte sie zu mir. Sie ging dicht hinter mir. Ich spürte ihren Atem im Nacken. Alle klatschten beim Anblick der Gänse.

Vogel piep, sagte der kleine Jakob, und alles lachte.

Ich saß neben Lena. Sie roch nach Schweiß und trug ein unförmiges schwarzes T-Shirt über ihren dicken Brüsten. Ihre Glatze glänzte. Ich arrangierte in Gedanken meinen Teller. Zwei Löffel Reis und drei Karotten würde ich essen, vom Fleisch würde ich mir zwar nehmen, um blöde Fragen zu vermeiden, aber essen würde ich es auf gar keinen Fall. Ich legte meine Stäbchen neben meinen Teller.

Imo tranchierte die Gans.

Alle – außer Lena – versuchten anfangs noch, sich zu beherrschen, Manieren zu zeigen. Aber als dann die Fleischplatte herumging und das dampfende Füllsel, luden sie sich die Teller voll, als hätten sie wochenlang gehungert. Sie widerten mich an mit ihrer Gier. Ich betrachtete sie angeekelt und spürte gleichzeitig entsetzt, daß mein Körper immer mehr Macht über mich gewann, mich schließlich überwältigte.

Das letzte, was ich sah, war der erstaunte Blick meiner Eltern, weil ich ausnahmsweise ohne Stäbchen aß. Danach nahm ich nichts mehr wahr. Keinen mehr von ihnen. Ich aß. Ich hörte ihre dummen Geschichten von ihren Reisen und Berufen und Problemen mit ihren Häusern und Kindern nicht mehr. Ich aß. Ich fraß.

Imo tranchierte die zweite Gans. Sie saß immer auf dem Platz neben der Tür. Selbst aß sie kaum etwas, weil sie keine Zeit dazu hatte. Dauernd war sie auf dem Sprung. Mehr Reis. Mehr Soße. Mehr Gans. Mehr Weihnachten.

Keiner vermißte sie. Ich erinnere mich an die Farben auf meinem Teller, an das strahlende Weiß vom Reis, die orangeroten Möhren, die hellgrünen Erbsen, das dunkelbraune Gänsefleisch, wie eins von diesen Küchenfotos meiner Mutter.

Manchmal stelle ich mir vor, wie verhungernde Kinder in Afrika ein altes Heft von *Schöner Essen* aus dem Mülleimer eines Hotels ziehen und sich die Fotos meiner Mutter ansehen, und dann wird mir sofort übel. Ich werde nie verstehen, wie meine Mutter es schafft, drei Viertel dieser Welt

ständig zu verdrängen. Vielleicht ist es einfach zu viel für ihr armes Gehirn. Alles ist zu viel für sie. Manchmal finde ich sie deshalb richtig süß und manchmal einfach zum Kotzen.

Keiner konnte sich mehr bewegen, so viel hatten wir gegessen. Lena hatte ihre Hose aufgeknöpft. Alle können sich noch daran erinnern, daß Jakob hereingewackelt kam und rief: Imo sssläft! Und daß wir alle lachten. Mit meinem dicken Bauch, schläfrig, vollgefressen, ein bißchen betrunken, mochte ich meine Familie sogar. Sie fühlte sich jetzt an wie ein großes Wasserbett.

Endlich, als alle von der Tafel aufbrachen, um sich ins Wohnzimmer zu setzen und einen Kognak zu trinken, ging ich die Treppe hinauf in den ersten Stock. Ich schloß mich im Badezimmer ein, löste ein wenig Seife im Wasserglas auf, trank es, legte mir ein Handtuch schalldämmend über den

Kopf und beugte mich über die Kloschüssel. Ich versuchte, so leise wie möglich zu sein. Mein Körper zuckte wie unter Stromschlägen, als ich mich erbrach.

Es tat mir leid um die Gans, um all die Arbeit von Imo und von mir, aber es machte mich glücklich, meinen Körper auszuleeren wie ein Faß. Danach fühlte ich mich leer, leicht und frisch, wie ein besserer Mensch, ich hatte alles wieder unter Kontrolle.

Mit ein wenig Zahnpasta spülte ich mir den Mund aus, kämmte mir die Haare. Ich sah mein gelblich fahles Gesicht im Spiegel. Die Angst macht mich müde. Angst vor dem Dickerwerden, Angst vor dem Hunger, Angst vor der Gier.

Mir wurde plötzlich so schwindlig, daß ich in die Knie ging.

Auf allen vieren kroch ich den Flur entlang zum Schlafzimmer meiner Großeltern. Die Tür war nur leicht angelehnt. Die Vorhänge waren zugezogen, es brannte kein Licht. Imo lag auf dem breiten Ehebett, die Hände auf dem Bauch gefaltet, die Augen geschlossen. Ich kletterte hinein, legte mich dicht neben sie und schlief mit ihrem Lavendelduft in meiner Nase sofort ein.

Ich träumte, ich sei in Italien in einer Kirche. Ich sollte heiraten, aber wußte nicht wen. Ich trug ein schwarzes Kleid und ging langsam zu wunderschöner Musik auf den Altar zu. Der Pfarrer hielt eine Hostie in der Hand. Ich machte den Mund auf.

Hast du deine Stäbchen dabei? fragte er mich. Ich klappte meine Handtasche auf, dort lagen sie, weiß und unschuldig. Du hast das falsche Kleid an, flüsterte er. Ich wurde in eine Zelle geführt, und dort auf dem Bett lag ein Abendkleid, nachtblau, mit meergrünen Pailletten. Ich zog mich aus, und als ich nackt war, sah ich an mir herunter, und mein Körper war riesengroß und fett. Meine Brüste hingen wie große Säcke bis zum Bauchnabel, mein Bauch war so dick, daß ich mich vorbeugen mußte, um meine Füße zu sehen. Ich fing an zu weinen.

Ich wachte auf, das Gesicht an den Arm meiner Großmutter gepreßt. Ein wenig Spucke war aus meinem Mund auf ihren Arm getröpfelt. Ich wischte sie ab, da fiel mir erst auf, wie kalt ihre Haut war. Eiskalt.

Ich weiß noch, wie ich gezögert habe, die anderen zu rufen. Sie wirkte so glücklich.

Als ich sie im Krankenhaus wiedersah, kamen Schläuche überall aus ihrem Körper wie die Arme einer Krake, die von ihr Besitz ergriffen hatte. Meine Mutter saß neben ihrem Bett und hatte den Kopf auf die Decke gelegt.

Charlotte legte Weintrauben auf den Nachttisch. Die Männer standen herum und schuffelten unruhig mit den Füßen.

Warum? fragte meine Mutter wie ein kleines Kind, warum tut sie uns das an?

Otto Jägersberg
Fletschen

Im Oktober 1984 wurde in den Wäldern Lichtenthals ob Baden-Baden der Es-Punkt eingeweiht, ein von Alfonso Hüppi und Eberhard Eckerle geschaffenes unterirdisches Denkmal, das an die Hütte erinnert, in der Georg Groddeck *Das Buch vom Es* schrieb. Anlaß war der 120. Geburtstag Groddecks. Groddeck starb am 11. Juni 1934, und am 3. Juni 1924 starb Franz Kafka.

Auf einer Ansichtskarte von einer Reise, die er mit seiner ältesten Schwester Elli unternahm, um deren Mann, der als Soldat in Ungarn im Einsatz war, zu besuchen, schrieb Kafka an Felice Bauer: »Heute bin ich seit früh auf dem Land, allein mit einer Biographie Bismarcks, in der ich kaum lese...«

Mag sein, aber einiges hat er doch behalten. Als es im Sanatorium Kierling mit ihm zu Ende ging, und der Arzt, der Medizinalkandidat Robert Klopstock, ihm geraten hatte, wegen seiner sich verschlimmernden Kehlkopftuberkulose nicht mehr zu sprechen, schrieb Kafka, was er zu sagen hatte, auf Zettel. Klopstock hat diese Gesprächszettel aufgehoben, dreimal wird auf ihnen Bismarck erwähnt, immer im Zusammenhang mit seinem Leibarzt Schweninger:

»Sie haben von Schweninger, dem Arzt Bismarcks, nichts gehört? Er stand zwischen Schulmedizin und ganz selbständig gefundener Naturheilkunde, ein großer Mann, der es mit Bismarck sehr schwer hatte, weil er ein großartiger Fresser und Säufer war.«

»Bismarck hat auch einen eigenen Arzt gehabt, auch geplagt.«

»Der Arzt war auch ein großer Mann.«

Schweninger war nicht nur Leibarzt von Bismarck und Cosima Wagner, er behandelte darüber hinaus den wichtigeren Teil der oberen Gesellschaft des Kaiserreichs, das heißt, ließ behandeln, die schwierigsten Patienten bekam Groddeck, sein Assistent. Als Groddeck sein eigenes Sanatorium in Baden-Baden aufmachte, nahm er einen Teil der Kundschaft mit, den anderen Teil überwies ihm Schweninger.

Kafkas Ansichtskarte an Felice Bauer stammt vom 3. Mai 1915. Es wäre Zeit genug gewesen, sich an Schweninger zu wenden. Schweninger starb im Januar, Kafka im Juni 1924. Schweninger hätte den Patienten Kafka, da habe ich keinen Zweifel, an Groddeck überwiesen. Kafka war nah dran, Patient in Groddecks Sanatorium zu werden! Als er es wagt, sich mit Bismarck zu vergleichen, Bismarck und er als Patienten, die ihren Arzt plagen, ist es freilich zu spät.

Kafka hatte Probleme mit dem Essen. Er mochte vieles nicht, vor Fleisch ekelte er sich. Die gemeinsamen Mahlzeiten der Familie Kafka waren Franz ein Greuel. Er wehrte sich und schrieb die Erzählung *Der Hungerkünstler*, in der die letzten Worte des Hungerkünstlers (gehaucht, ins Ohr des Aufsehers) dem Motiv seines Hungerns gewidmet sind. »Weil ich«, sagte der Hungerkünstler, hob das Köpfchen ein wenig und sprach mit wie zum Kuß gespitzten Lippen gerade in das Ohr des Aufsehers hinein, damit nichts verloren ginge, »weil ich nicht die Speise finden konnte, die mir schmeckt. Hätte ich sie gefunden, glaube mir, ich hätte kein Aufsehen gemacht und mich vollgegessen wie du und alle.«

Wir wissen nicht wie Mutter Kafka die Erzählung aufnahm, fest steht, sie sah keine Veranlassung, ihren Speisezettel zu ändern.

Prager Küche um 1900, das konnte nicht gutgehen. Diese Kohlknödel und Krautkugeln, dieses Geselchte von Pute und Gans, diese Goldene Suppe, Patioka, Karpfen jüdisch in Natursoße, Heringshackbraten mit gesäuertem Rote-Rüben-Salat, Tscholent und Tschorba, Kreplech (Öhrchen) und Latkes aus Matze, Gulasch aus Geflügelinnereien, Faferlwürstchen! Und diese großzügig austeilende Mutter und dieser herzhaft zugreifende Vater und die mit der Küche einverstandenen Schwestern! Und der Geruch, dieser Prager Geruch nach Tierfleisch und stundenlang geschmurgeltem Kraut!

Kafkas Gegenmaßnahmen hatten groddecksches Format. Kauen, kauen, kauen! lautete die Anweisung in Groddecks Sanatorium, wenn das Ich schlappmacht, ist das Es dran. Erst wenn das Es kaut, kommt die Nahrung voran! Kafka kam mit seinem Es nicht klar, sein Ich mußte alles alleine machen. Kafka kaute und kaute, auch die Suppe. Er hatte das Buch des Amerikaners Horace Fletcher (1849-1919) verinnerlicht, in dem sehr frei nach Groddeck alle Erkrankungen des Rachens, der Speiseröhre, der inneren Organe auf ungenügendes Kauen zurückgeführt wurden. Nicht nur zweiunddreißig Mal jeden Bissen kauen, für jeden Zahn einmal, sondern für jeden Zahn dreimal, also sechsundneunzig mal jeden Bissen kauen. Dieses sechsundneunzigmalige Kauen eines Bissens nannte man, nach seinem Erfinder Fletcher, der auch Pionier in der Entwicklung des Kaugummis war, fletchern. Kafka fletcherte jeden Bissen!

Vater Kafka konnte den Anblick seines fletchernden Sohnes nicht ertragen. Er schirmte ihn während der gemeinsamen Mahlzeiten mit einer in die Höhe gehaltenen Seite des *Prager Tagblatts* ab.

Stellen Sie sich vor: Abendessen bei Kafkas. Der Vater mit der hochgehaltenen Zeitung den fletchernden Sohn abdeckend. Die Mutter hat dem Vater das Fleisch und Gemüse vorgeschnitten, damit er alles einhändig essen kann, die andere Hand braucht er ja für die Zeitung. Und daneben der Sohn, Franz Kafka, der seine Hände selten braucht, nur alle anderthalb Minuten führt er einen Bissen zum Mund, dann fletchert er, sechsundneunzig mal – anderthalb Minuten...

Was an Kafka gesund blieb, waren die Zähne. Daher besondere Empfindlichkeit für den mangelhaften Zustand fremder. Für Kafka waren die Zähne Ideen, ein Lebensvorrat. Sollten Ideen bis zur Handlungsfähigkeit reifen, bedurfte es intakter Zähne. Im Gebiß manifestierte sich für Kafka die Freiheit des Menschen, die Freude am Leben erwuchs in den Zähnen. Die seiner Verlobten Felice Bauer waren ein Quell des Unheils. Dauernd hatte sie Zahnschmerzen. Nichts war Kafka widerlicher als Menschen mit Zahnschmerzen. Die Zahnschmerzen seiner Verlobten zerstörten Kafkas Ideen vom Zusammenleben so nachhaltig, daß es zur Entlobung kam, und erst als Felice Bauer ein neues Gebiß hatte, konnten sie sich erneut verloben und ernsthaft eine Heirat planen. Das Gebiß von Felice Bauer war aus Gold. Wenn Kafka, der ja trunken nach Küssen war, seine neuerliche Verlobte küssen wollte, hilflos vor Liebe, mußte er erst einen Tresor öffnen.

Ach, wir hätten Groddeck Kafka gegönnt, Kafka Groddeck. Wie innerlich nah Kafka Groddeck war, zeigt sein Gesang der Kinder aus *Ein Landarzt*: »Freuet euch ihr Patienten, / Der Arzt ist euch ins Bett gelegt!«

George Orwell

Zur Verteidigung der englischen Küche

Wir haben in den letzen Jahren viel davon gehört, wie wünschenswert es sei, ausländische Touristen in unser Land zu locken. Englands zwei schlimmste Nachteile, aus Sicht der ausländischen Besucher, sind dabei wohlbekannt, die Trostlosigkeit unserer Sonntage nämlich und die Mühe, die man hat, einen Drink zu bekommen.

An beidem sind fanatische Minderheiten schuld, die nachhaltig gezügelt werden müssen, nicht zuletzt durch umfangreiche Gesetzesverordnungen. Doch gibt es etwas, das die öffentliche Meinung rasch zum besseren wenden könnte: Ich meine die englische Küche.

Allgemein wird behauptet, und dies sogar von den Engländern selbst, daß die englische Küche die schlechteste der Welt sei. Sie soll nicht nur ungenügend sein, sondern sich zudem in bloßer Nachahmung erschöpfen, und noch vor kurzem habe ich in dem Buch eines französischen Autors folgende Bemerkung gelesen: »Die beste englische Küche ist natürlich die französische Küche.«

Das ist natürlich falsch. Wie jeder weiß, der lange im Ausland gelebt hat, gibt es eine ganze Reihe von Köstlichkeiten, die sich außerhalb der englischsprachigen Länder nicht auftreiben lassen. Die folgende Liste kann zweifellos ergänzt werden, doch sei hier einiges angeführt, nach dem ich selbst in fremden Ländern gefahndet habe, ohne es finden zu können.

Allen voran sind Kippers, Yorkshire pudding, Devonshire cream, Muffins und crumpets zu nennen. Dann eine Liste Puddings, die kein Ende fände, wenn ich sie in ganzer Länge wiedergäbe: Eigens erwähnen will ich nur den Christmas pudding, den Treacle pudding sowie Apfel im Schlafrock. Außerdem eine fast gleich lange Liste mit Kuchen, so etwa den dunklen Pflaumenkuchen (wie man ihn vor dem Krieg bei Buzzard bekam), short bread und saffron buns sowie unzählige Arten von Biskuits, die man natürlich auch anderswo bekommt, doch wird allgemein anerkannt, daß sie in England besser und knuspriger sind.

Dann gibt es die diversen Methoden, Kartoffeln zu kochen, die für unser Land typisch sind. Wo sonst werden sie direkt unter dem Braten geröstet, die bei weitem beste Art ihrer Zubereitung? Oder man denke nur an die köstlichen Kartoffelkuchen, wie man sie in Nord-england bekommt. Außerdem ist es viel besser, neue Kartoffeln auf englische Weise zu kochen – also mit Minze, serviert mit ein wenig geschmolzener Butter oder Margarine –, statt sie zu braten, wie es in den meisten Ländern geschieht.

Dann gibt es die verschiedenen, für England typischen Soßen, die Brotsoße etwa, die Meerrettichsoße, die Pfefferminzsoße oder die Apfelsoße, um gar nicht erst den roten Johannisbeer-Gelee zu erwähnen, der köstlich zu Lamm oder Kaninchen schmeckt, sowie unterschiedliche Arten sweet pickle, die es bei uns in größerer Vielzahl als in den meisten anderen Ländern zu geben scheint.

Was noch? Nie habe ich außerhalb der britischen Inseln haggis entdeckt – mit einer Ausnahme, und das war haggis in der Dose, auch keine Dubliner Garnelen, keine Oxforder Orangenmarmelade oder einige andere Marmeladensorten (Kürbismarmelade zum Beispiel und Brombeergelee), auch keine Würstchen der Art, wie es sie bei uns gibt.

Und dann ist da noch der englische Käse. Es finden sich bei uns zwar nicht viele Sorten, doch halte ich den Stilton für weltweit den besten Käse seiner Art, knapp gefolgt vom Wensleydale. Englische Äpfel sind über die Maßen gut, besonders die Sorte Cox's Orange Pippin.

Und zu guter Letzt möchte ich noch ein Wort für das englische Brot einlegen. Alle Brotsorten sind gut, vom riesigen jüdischen, mit Kümmel gewürzten Brotlaib bis hin zum russischen Roggenbrot von der Farbe schwarzen Sirups. Doch sollte es noch etwas geben, das so gut wie die weichen Kanten eines englischen Cottage loafs schmeckt (wann werden wir nur endlich wieder Weißbrot zu Gesicht bekommen?), dann kenne ich es nicht.

Einige der gerade von mir genannten Leckereien kann man zweifellos auch auf dem Festland bekommen, so wie sich in London Wodka oder Vogelnestsuppe auftreiben läßt, doch sind sie typisch für unser Land und in weiten Teilen des Kontinents buchstäblich unbekannt. Ich halte es sogar für unmöglich, südlich von – sagen wir – Brüssel einen Suet pudding zu bekommen. Im Französischen gibt es nicht mal eine genaue Übersetzung für ›suet‹. Darüber hinaus kennen die Franzosen in ihrer Küche keine Minze und verwenden schwarze Johannisbeeren nur als Basis für ein Getränk. Man wird feststellen, daß wir keinen

Grund haben, uns unserer Küche in bezug auf ihre Originalität oder hinsichtlich ihrer Zutaten zu schämen. Und doch läßt sich das Eingeständnis nicht vermeiden, daß es für den ausländischen Besucher ein ernstliches Hindernis gibt, nämlich, daß man gute englische Küche kaum außerhalb eines privaten Haushaltes findet. Verlangte einen etwa nach einem ordentlichen Stück Yorkshire pudding, erhielte man sie weit eher im ärmsten englischen Haus als in einem Restaurant, in dem doch der ausländische Besucher gezwungenermaßen die meisten Mahlzeiten zu sich nimmt.

Es ist eine Tatsache, daß Restaurants mit ausgesprochen englischer Küche, die zudem noch gutes Essen servieren, schwer zu finden sind. Außer Kartoffelchips und geschmacklosen Sandwiches bieten Pubs in der Regel überhaupt kein Essen an. Die teuren Restaurants und Hotels aber imitieren nahezu ausnahmslos die französische Küche, selbst die Speisekarten sind auf französisch, und will man ein gutes, billiges Mahl, wendet man sich wie selbstverständlich einem griechischen, italienischen oder chinesischen Restaurant zu. Wir werden wohl kaum Touristen anziehen, solange England für ein Land mit schlechter Küche und unverständlichen Gesetzesverordnungen gehalten wird. Gegenwärtig läßt sich nicht viel dagegen tun, doch früher oder später muß es mit der Rationierung vorbei sein, und dann ist der Augenblick gekommen, unsere nationale Kochkunst wiederzubeleben. Es gibt schließlich kein Naturgesetz, das besagt, jedes Restaurant in England müsse schlecht sein, wenn es keine ausländische Küche anbiete, und ein erster Schritt auf dem Weg der Besserung bestünde darin, daß die Briten selbst ihre so althergebrachte wie leidgeprüfte Einstellung zur englischen Küche in Frage stellten.

BOSC

Valerie Wilson Wesley

Kochen in der Familie

Für diejenigen, die es noch nicht wissen: Thanksgiving Day ist der amerikanische Feiertag schlechthin, an dem die Amerikaner sich darüber Rechenschaft ablegen, wie gut es ihnen geht, und die Tugend des Gebens feiern. Zum ersten Mal feierten ihn die Pilgerväter 1621. In jenem Winter zeigte Amerika den Neuankömmlingen eine ausgesprochen eisige Schulter. Ohne die Freundlichkeit der Ureinwohner, die ihnen großzügig zu essen gaben und zu überleben beibrachten, würden wir heute in den USA nicht Englisch sprechen.

Thanksgiving dürfte der erste multikulturelle amerikanische Feiertag sein. Pilgerväter und Indianer versammelten sich gemeinsam um einen Tisch, genossen die Gaben der Ernte, feierten einander und begründeten neue Freundschaften. Thanksgiving ist immer ein Fest des Hegens, Pflegens und Nährens gewesen. Und ein Fest des Essens – gut, reichlich, so viel man nur wegputzen kann. Ich bin in einer Familie von Köchinnen und Köchen aufgewachsen. Wir können Stunden damit verbringen, die Finessen einer Lieblingsmahlzeit zu erörtern. Für meine Familie hat Thanksgiving den gleichen Stellenwert wie Silvester für Festbrüder: eine Gelegenheit, um auf den Putz zu hauen, zu kochen bis zum Gehtnichtmehr. Doch während der letzten paar Thanksgiving Days ist das Essen für mich sekundär geworden. Ich habe das Kocherbe meiner Familie an meine Töchter, die beide ledig und in den Zwanzigern sind, weiterzugeben versucht, doch keine scheint daran interessiert, es weiter zu pflegen. Samen für neue Familienrituale sind noch keine gesät worden oder jedenfalls noch nicht aufgegangen. Weshalb mich anläßlich dieses Feiertags Gedanken an verlorene Familien und Eßtraditionen überkommen. Ich kann sie beinah schmecken, den göttlichen Maiseintopf meiner Mutter, die Süßkartoffelpasteten meiner Urgroßmutter. Mit all den verschiedenen Geschmäcken, Düften und Konsistenzen erinnert Thanksgiving mich an meine Vergangenheit. Es bringt auch neue Einsichten, oft bittersüße, für die Zukunft.

Als ich vor zwei Jahren gemeinsam mit meinem Vater für das

Thanksgiving-Abendessen zuständig war, mußte ich mir eingestehen, wie sehr er gealtert war. Er war immer der Spitzenkoch der Familie gewesen. Sogar zu Lebzeiten meiner Mutter war er derjenige, der für besondere Anlässe kochte. Wenn er sich die Schürze umband, wußten wir alle, daß es etwas besonders Leckeres geben würde.

An jenem Thanksgiving Day bat ich ihn, mich das Abendessen kochen zu lassen, doch er wollte nichts davon wissen. Als wir zum Essen eintrafen, stellten wir fest, daß er alles – Appetithäppchen, den Truthahn, die Beilagen und die Nachspeise – ›tischfertig‹ im Supermarkt gekauft hatte. Alles war einzeln in Plastik, Karton oder Alufolie verpackt und mußte nur aufgewärmt werden. Das war das erste Take-away-Thanksgiving-Essen meiner Familie. Mein Vater gab uns zu verstehen, daß er alt geworden und schlicht nicht mehr in der Lage war, so wie früher zu kochen. Zu stolz, um meine Hilfe in der Küche annehmen zu können, war er fest entschlossen, auf seine Art dennoch ein Thanksgiving-Essen aufzutischen.

Letztes Jahr feierte meine ältere Tochter mit der Familie ihres Freundes. Ich war glücklich, daß ihr die Beziehung offenbar sehr ernst war. Doch als wir uns zu Hause zum Thanksgiving-Essen setzten und ich ihren leeren Stuhl sah, hatte ich einen solchen Kloß im Hals, daß ich nichts essen konnte. Ich wurde einmal mehr daran erinnert, wie schnell die Zeit vergeht, welchen Veränderungen eine Familie andauernd unterworfen ist, daß Kinder groß werden, von zu Hause fortgehen, sich ein Leben und eine Zukunft schaffen. Dies war das erste Thanksgiving, bei dem eines meiner Kinder fehlte, und ich wußte, es würde nicht das letzte sein.

Vor vier Wochen wurde mir eine Lektion erteilt. Um den Tisch herum saßen lauter Kinder anderer Leute, die unterwegs, krank oder im Begriff waren, sich scheiden zu lassen. Die Kinder konnten nirgendwohin. Dieses Jahr traten meine Töchter ihr Erbe an. Wir schälten, buken, brieten und lachten beim Vorbereiten dieses Abendessens. Als wir endlich am Tisch saßen, wichen die grimmigen Mienen unserer jungen Gäste bald einem Lächeln. Am Ende waren wir völlig erschöpft, doch wir hatten gehegt, gepflegt und genährt, wie es sich gehört. Wir hatten die Fülle, die uns zugefallen war, geteilt, einander gefeiert und Beziehungen geschaffen, die davor nicht bestanden hatten.

Literarisches Buffet

Mit Vignetten von Tomi Ungerer

Allgemeines

Es gibt da einen alten Witz. Äh: zwei ältere Damen sitzen in einem Catskill-Berghotel – sagt die eine: »Gott, das Essen hier ist wirklich schrecklich!« – sagt die andere: »Stimmt, und diese kleinen Portionen!« – Na ja, und im wesentlichen sehe ich so auch das Leben.
Woody Allen, Der Stadtneurotiker

»Es gibt gedankenlose Leute«, sagte Dr. Johnson, »denen es gleich ist, oder die tun, als sei es ihnen gleich, was sie essen. Ich für meinen Teil pflege meinen Bauch höchst gewissenhaft, denn ich bin überzeugt, wem am Essen nichts liegt, dem liegt auch an andern Dingen nicht viel.« Er wirkte in diesem Augenblick ganz als Jean Bull philosophe; es war ihm aber mächtig ernst damit. Dabei habe ich ihn oft über Schlemmer sehr abfällig urteilen hören. Bei den auseinandergehenden Äußerungen Johnsons über diesen Gegenstand hält man sich wohl am besten an sein Tun und Lassen, und da muß ich gestehen, er legte so viel Wert auf gutes Essen wie nur irgendeiner. Bei Tisch ging er völlig in der Beschäftigung der Nahrungszufuhr auf, sein Blick blieb auf den Teller geheftet, auch sprach er, außer

in vornehmer Gesellschaft, kein Wort, noch schenkte er dem, was andere sagten, die geringste Beachtung, bis er seine gewaltige Eßlust gestillt hatte, der er sich mit einer solchen Inbrunst hingab, daß ihm die Adern an den Schläfen hervortraten und meistens auch starker Schweiß auf der Stirne stand. Auf ein zartes Gemüt konnte das nur abstoßend wirken, und es paßte zweifellos schlecht zum Wesen eines Weltweisen, der sich durch Selbstbeherrschung auszeichnen sollte. Leider läßt sich nicht leugnen, daß Johnson weder beim Essen noch beim Trinken maßvoll war. Sich einer Sache streng enthalten, das konnte er, aber maßhalten konnte er nicht. Wie er mir erzählte, hatte er einmal mühelos zwei Tage lang gefastet, und er behauptete, mit einer einzigen Ausnahme noch nie hungrig gewesen zu sein. Wer staunend mit ansah, wieviel er jederzeit vertilgte, sofern das Essen nach seinem Geschmack war, konnte sich nicht leicht vorstellen, was er eigentlich unter Hunger verstand; dabei fiel er nicht nur durch die außerordentliche Menge auf, die er verzehrte, er wollte auch noch als Feinschmecker gelten. So pflegte er sich kritisch darüber auszulassen, was irgendwo aufgetragen worden war, und wußte ganz genau anzugeben, was ihm besonders zugesagt hatte. Wurde er eingeladen, selbst zu einem vertrauten Freund, so war er mißvergnügt, wenn ihm nichts Besseres als Hausmannskost vorgesetzt wurde. Bei einer solchen Gelegenheit habe ich ihn sagen hören: »Das Essen war sicher recht gut, aber es war nicht ein Essen, zu dem man jemand einlädt.«

James Boswell, Dr. Samuel Johnson, Leben und Meinungen

Das gesamte Dasein ist geprägt von Monotonie. Wir nehmen zu bestimmten Zeiten Nahrung auf, weil die Planeten, sich niemals verspätenden Zügen gleich, in bestimmten Intervallen kommen und gehen.

Vladimir Nabokov, Die Venezianerin

Ich will ein königlich reiches Mahl, ein Bacchanale, das dieses Jahrhunderts, in dem alles wie man sagt, vollendet ist, würdig sei! Meine Tischgenossen sollen jung, geistvoll, vorurteilslos und ausgelassen bis zur Tollheit sein! Die Weine müssen immer stärker und immer feuriger einander folgen und uns drei Tage lang betrunken machen können. Entflammte Frauen sollen uns diese Nacht verschö-

nern! Ich will, daß rasende, brüllende Ausschweifung uns in ihrer vierspännigen Karosse davontrage bis an die Grenzen der Welt und uns an unbekannten Küsten aussetze! Die Seelen sollen sich bis in die Himmel erheben – oder sich im Schmutze baden; ich mag nicht wissen, ob sie sich erheben oder erniedrigen; es ist mir gleich. Ich befehle dieser düsteren Macht, mir alle Freuden in einer zu schaffen. Ich will die Lüste des Himmels und der Erde in einer Umarmung an mich reißen, um daran zu sterben. Nach dem Trunke wünsche ich ein antikisches Gelage voll unzüchtiger Rasereien, Gesänge, die die Toten erwecken sollen, dreifache Küsse, unendliche Liebesfeste, deren Laut über Paris hinfliege wie der Lärm einer Feuersbrunst, die Ehemänner aus dem Schlafe wecke und sie, selbst wenn sie siebzig Jahre alt sind, verjünge und brennende Gier in ihnen entzünde!
Honoré de Balzac, Die tödlichen Wünsche

Abendessen

Nach einem guten Abendessen kann man alles verzeihen, selbst einem Verwandten. *Oscar Wilde*

Alkohol

Regelmäßiger Alkoholgenuß macht schlauer: Zu diesem Ergebnis kommt eine Studie des Londoner University College. Danach schnitten bereits diejenigen, die lediglich ein Glas Wein pro Woche tranken, deutlich besser ab als Abstinenzler. Die besten Resultate erreichten den Angaben zufolge jedoch diejenigen, die eine halbe Flasche Wein oder rund einen Liter Bier pro Tag tranken. Die Wissenschaftler sehen ihre Ergebnisse als Bestätigung des Umstands, daß Alkohol das Risiko von Herzkrankheiten reduzieren kann und den Blutzufluß zum Gehirn erhöht. Aus letzterem resultiere eine verbesserte Denkfähigkeit, hieß es. »Regelmäßiges Trinken ist vielleicht gesünder als Alkoholkonsum nur zu besonderen Gelegenheiten«, so die Studie. Als nächstes wollen die Forscher nun untersuchen, ob Alkohol dabei helfen kann, die Verminderung der Denkfähigkeit in zunehmendem Alter zu verlangsamen.
Deutsche Presse-Agentur, 2.8.2004

Im übrigen glaube ich, daß die Menschheit den Alkohol so lange brauchen wird, als sie genötigt sein

wird, sich über ihre eigene Unzulänglichkeit hinwegzutäuschen; also vermutlich noch ziemlich lange. *Egon Friedell*

Macht euch trunken! Man muß immer trunken sein. Darin liegt alles: das ist die einzige Frage. Um nicht die fürchterliche Bürde der Zeit zu spüren, die eure Schultern zerbricht und euch zu Boden drückt, müßt ihr euch trunken machen ohn Unterlaß.
Doch womit? Mit Wein, Poesie oder mit Tugend, wie es euch gefällt. Doch macht euch trunken.
Und wenn ihr manchmal auf den Stufen eines Palastes, auf dem grünen Gras eines Grabens, in der trübseligen Einsamkeit eurer Kammer aufwacht und die Trunkenheit schon schwächer geworden oder verschwunden ist, dann fragt den Wind, die Welle, den Stern, den Vogel, die Uhr, alles, was flieht, alles, was seufzt, alles, was rollt, alles, was singt, alles, was spricht, welche Stunde es geschlagen hat; und der Wind, die Welle, der Stern, der Vogel, die Uhr werden euch antworten: »Es ist die Stunde, sich trunken zu machen! Wenn ihr nicht die gequälten Sklaven der Zeit sein wollt, macht euch trunken, ohn Unterlaß! Mit Wein, mit Poesie, mit Tugend, wie es euch gefällt.«
Charles Baudelaire

Vielleicht gibt es keinen Teufel, vielleicht ist es nur Gott, wenn er betrunken ist.
Tom Waits

Ich habe schon so lange keinen Champagner mehr getrunken.
Anton Čechov kurz vor seinem Tod

Austern

Ein schleimiges klumpiges Muscheltier, das die Menschen verspeisen, ohne seine Gedärme zu entfernen – eine Kühnheit, die sie der Zivilisation verdanken. Die Schalen werden zuweilen den Armen gegeben. *Ambrose Bierce*

Kleine Weihbecken des Meeres.
Marcel Proust

Wenn man die Wahl hat zwischen Austern und Champagner, so pflegt man sich in der Regel für beides zu entscheiden.
Theodor Fontane

Bar

Diese Bars, so kurz nachdem sie aufgemacht haben für den Abend – da fühle ich mich richtig wohl. Wenn die Luft drinnen noch kühl ist und rein und alles glänzt und der Barmann seinen letzten Blick in den Spiegel wirft, um zu sehen, ob seine Krawatte auch gerade sitzt und sein Haar schön glatt ist. Ich mag die sauberen Flaschenreihen auf dem Regal hinter der Theke und die blitzblanken Gläser und die ganze Erwartung, die darüber liegt. Ich sehe dem Manne gerne zu, wie er den ersten Drink des Abends mixt und ihn auf einen frischen Untersatz stellt und die kleine Serviette danebenlegt. Ich liebe es, den ganz langsam zu kosten. Der erste stille Drink des Abends in einer stillen Bar – das ist was Wundervolles.

Raymond Chandler

Bier

In zehn Jahren habe ich mehr als eine halbe Million Kronen für Bier, Pilsner Bier ausgegeben. In Gesellschaft meiner Freunde und mit Menschen, die nur zufällig an meinem Tisch saßen. Dieses Bier hätte ein Schwimmbecken gefüllt, nicht größer als das Becken im Prager Karlsbad, wir hätten darin schön baden, schön schwimmen können. Ich bereue nichts, besitze noch hunderttausend, und mein Traum geht in Erfüllung, nämlich die letzte Krone für Bier auszugeben, mit meinen Freunden oder mit Menschen, die sich einfach so an den Tisch gesetzt haben und folglich zu meinen Freunden geworden sind, denn ich habe keine anderen Freunde, keine Verwandte mehr, nur jene, denen ich beim Bier, beim Pilsner Bierchen begegnet bin. Sollten die Götter mich meiner Männlichkeit berauben, wie Kronos es seinem Vater angetan hat, durch dessen abgeschnittenes Glied das Meer vor Zypern dann so tobte, daß aus diesem Schaum die schöne Venus geboren wurde, dann hätte ich gern eine aus Bierschaum geborene Tochter. Wir leben jedoch nicht in Mythen, diesen schönen Legenden ... wenn ich aber eine Tochter hätte, würde ich sie wenigstens mit Bier taufen und das erste Jahr nur in Bier baden... mindestens die letzte Ölung gebe ich mir selbst ... die letzte Ölung mit Pilsner Bier.

Bohumil Hrabal, Ein Heft ungeteilter Aufmerksamkeit

Ein Maß Bier und zwei Maß Bier
Und hundert Maß Bier und
  tausend Maß Bier.
So leben wir, so leben wir
An der Isar.
Und Kalbshaxn und Kalbshaxn.
Wir sind keine Preußen, wir sind keine Sachsen.
Wir sind keine Spießer.
Wir sind Genießer.

Joachim Ringelnatz

Bier – meine Lethe, mein Paktolusfluß (wie wohl er mir Gold mehr weg- als zugeführt), mein Nil, meine vorletzte Ölung, mein Weihwasser u. dergl.
Jean Paul

Diät

Mäßigung ist etwas Fatales. Genug ist so schlecht wie eine Mahlzeit. Mehr als genug ist so gut wie ein Festschmaus.
Oscar Wilde

Mäßigkeit ist Liebe zur Gesundheit oder Unfähigkeit, viel zu essen.
François de La Rochefoucauld

Seit ich Diät halte, denke ich nur noch ans Essen, und seit ich ans Essen denke, werde ich nur noch dicker. Von jedem Keks, jeder Scheibe Brot oder Aufschnitt, jedem Gramm gedünstetem oder gebratenem Fleisch, von jeder Kelle Gemüse und Kartoffeln und von jedem Stück Obst, Schokolade oder Torte weiß ich mittlerweile, wieviel Kalorien darin sind.
Ich kann mir nichts mehr in den Mund stecken, ohne dabei auch einen Zahlenwert mitzuessen.
Ist mir der Zahlenwert, der zu einem bestimmten Lebensmittel gehört, nicht bekannt, wage ich nicht, es zu essen; ich muß erst wissen, wieviel Kalorien mir das einbringt.
In dem Moment, als ich darüber zu staunen begann, daß Chrisje einfach drei Teller Pommes mit Mayonnaise und einer extragroßen Frikadelle (mindestens 1600 Kalorien) essen konnte, ohne gleich dick davon zu werden, während ich mich mit einer Handvoll Fritten begnügte, die Mayonnaise gegen Mixed Pickles eingetauscht hatte und die Knackwürste gegen eine saure Gurke, so daß mir die ganzen Pommes vermiest waren, fing ich auch an zu begreifen, wo der Fehler lag. Erst recht, als ich eine Stunde nach dem Essen alle kalten Frikadellen aufaß, die noch übrig waren, weil meine Mutter sich nicht daran gewöhnen konnte, daß sie viel kleinere Portionen zuzubereiten brauchte, seit die Jungs aus dem Haus waren.
Man wird nicht dicker vom Essen, wenn man nicht schon dick ist. Es hat nämlich nichts mit dem Essen an sich zu tun, sondern mit dem Verbot, das man sich selbst auferlegt hat.
Ich mußte einfach aufhören, ständig an verbotenes Essen zu denken. Aber das ging zu dem Zeitpunkt schon nicht mehr.
Noch ein Jahr lang konnte ich nichts essen, ohne dabei gleichzeitig ans Essen zu denken. Und damit meine ich nicht, daß ich daran dachte, ob es mir schmeckte oder nicht, sondern daß ich in Relation setzte, wie gut das Essen war und mit wieviel Kalorien dieser Genuß in etwa zu Buche schlug.
Ich habe damit aufgehört, die Kalorien zu zählen, weil ich aufgehört habe, dem Essen die Schuld zu geben.

Das Essen ist schuldlos. Nur Menschen können Schuld haben.
Was ich noch nicht wußte, war, daß ich aufhören mußte, an Essen zu denken, wenn ich nicht aß. Dann konnte man vielleicht ans Kochen denken, an den Einkauf von Zutaten und wie man die alle kombinieren würde, und man konnte sich auf die bevorstehenden Gaumenfreuden freuen, aber man durfte nicht an das Essen selbst denken. Ans Essen zu denken, wenn man nicht ißt, gehört nämlich zu den wesentlichen Elementen der Sucht und der Obsession.
Connie Palmen, Die Freundschaft

Wunderliche Launen hat mein Hunger. Oft kommt er mir erst nach der Mahlzeit.
Friedrich Nietzsche

Eier

Eines Tages wurde sich Piero di Cosimo bewußt, daß er zuviel Zeit mit der Zubereitung seiner Mahlzeiten verplemperte. Er beschloß daraufhin, nur noch von hartgekochten Eiern zu leben. Um Zeit zu sparen, kochte er gleich hundert auf einmal. Dann tat er alle in einen Korb, den er in griffbereiter Nähe seiner Staffelei aufstellte.
Giorgio Vasari, Lebensbeschreibungen der berühmtesten Maler, Bildhauer und Architekten der Renaissance

Emanzipation

Eine Frau, die in ihrer Haushaltung selber kocht, ist keine anständige Frau. *Honoré de Balzac*

Essen

Alle Geschenke sind nix wert. Geld geht aus, Kleidung zerreißt, Spielzeug zerbricht, aber ein gutes Essen bleibt im Gedächtnis haften, das heißt, es geht nicht verloren wie andere Geschenke. Aus dem Körper weicht es sehr schnell, aber aus dem Gedächtnis sehr langsam.
Meir Shalev, Judiths Liebe

Keine Liebe ist aufrichtiger als die Liebe zum Essen.
George Bernard Shaw

Die große Mehrzahl der Menschen ist so beschaffen, daß, ihrer ganzen Natur nach, es ihnen mit nichts ernst sein kann, als mit Essen, Trinken und sich Begatten.
Arthur Schopenhauer

Gut essen und trinken, ach meine Brüder, ist wahrlich keine eitle Kunst.
Friedrich Nietzsche

Essen ist eine Notwendigkeit, aber intelligent essen ist eine Kunst.
François de La Rochefoucauld

Frühstück

Wie heißt überhaupt die Mahlzeit, die wir nach dem Erwachen als erste zu uns nehmen? Eine Frage, die für Schweizer nicht müßig ist. Das Problem wurde sogar literaturkompatibel. Bei den Proben zu *Romulus der Große* windet sich der deutsche Schauspieler, der als Romulus das ›Morgenessen‹ verlangen soll: »Herr Dürrenmatt, das Stück ist großartig, nur eben… es heißt auf deutsch nicht ›Morgenessen‹, sondern ›Frühstück‹.« Friedrich Dürrenmatt schrieb die Szene um, die heute so gespielt wird: Romulus verlangt das ›Morgenessen‹. Der Zeremonienmeister korrigiert: »Das heißt Frühstück.« Darauf antwortet Romulus der Große: »Was klassisches Latein in diesem Hause ist, bestimme ich.«
Nun postuliert der Ausdruck ›Frühstück‹, daß man diese Mahlzeit in der Frühe zu sich nimmt, eigentlich ein unangenehmes Wort für Langschläfer und Spätaufsteher. Morgenessen, Mittagessen und Abendessen haben ihrerseits etwas von einer beamtenmäßigen Tagesordnung. Da sind Bezeichnungen in andern Sprachen funktioneller: mit der ersten Mahlzeit wird eine Ent-Nüchterung vorgenommen: *déjeuner* oder *breakfast* heißt nichts anderes, als dem nüchternen Magen etwas abzugeben oder dem nächtlichen Fasten ein Ende zu setzen. Es gibt nicht nur eine Nüchternheit des Magens, sondern auch eine des Geistes. Dem tragen die Spanier sprachlich Rechnung, indem sie gegen das Nicht-Informiertsein ›frühstücken‹, ihre Unkenntnis ›entnüchtern‹; denn ein leerer Kopf taugt soviel wie ein leerer Magen. Die Frage ist nur, wieviel soll man einem leeren Magen und einem leeren Kopf zugestehen. Die Lateiner warnten, daß ein voller Bauch nicht gern studiert, ein fataler Satz, wenn er bei der Diskussion über Stipendienkürzungen ins Spiel gebracht werden sollte.
Hugo Loetscher

Kulinarische Gemeinplätze

Liste der in meiner Familie zirkulierenden Gemeinplätze: Nicht reden, während man Fisch ißt. Nach der Wassermelone keinen Wein trinken. Brühe ist immer nahrhaft. Nur hausgemachter tuco [Tomatensauce] ist gut. Nie nach dem Essen duschen, außer sofort, und dann heiß. Yankees sind anomale, kränkliche Wesen, weil sie nur Dosennahrung zu sich nehmen. Suppe soll man immer essen, das ist nämlich das beste Nahrungsmittel,

usw. Viele Möhren; Möhren und Kürbisse geben stramme Waden. Kinder sollen nie Wein trinken. (Außer an Neujahr; dann sollen sie saufen.)
Julio Cortázar, Andrés Favas Tagebuch

Erst kommt das Fressen, dann die Moral.
Bertolt Brecht, Die Dreigroschenoper

Der Mensch ist, was er ißt.

Willst du dein Essen, beleidige den Koch nicht.

Viele Köche verderben den Brei.

Wer nicht kommt zur rechten Zeit, der muß nehmen, was übrigbleibt.

Der Appetit kommt beim Essen.

In vino veritas.

Wein auf Bier, das rat ich dir, Bier auf Wein, das lasse sein.

Red, was wahr ist; iß, was gar ist; trink, was klar ist.

Nach dem Essen sollst du ruhn oder tausend Schritte tun.

Der dümmste Bauer hat die größten Kartoffeln.

Hunger ist der beste Koch.

Ein faules Ei verdirbt den ganzen Brei.

Der Mensch lebt nicht von Brot allein.

Die gebratenen Tauben fliegen einem nicht ins Maul.

Keine Suppe wird so heiß gegessen, wie sie gekocht wird.

»Saft oder Wein – nur in farblose Gläser einschenken«, erklärte Jakob mit Nachdruck, »in diesen Dingen gibt es Regeln. Wenn du ein Restaurant mit Kerzen siehst, geh nicht rein. Kerzen sind nicht der Romantik halber da, sondern ein Zeichen, daß der Koch was zu verbergen hat. Der Mensch muß sehr genau sehen, was er in den Mund steckt. Er guckt, er schnuppert, und schon fließt der Speichel. Es gibt sechs kleine Speichelhähne im Mund, die gleich zu arbeiten anfangen. Speichel ist wirklich was Großartiges, Sejde, mehr noch als Tränen, mehr als alles andere, was im Körper fließt. Beim Essen kommt er von der Begierde, beim Küssen von der Liebe und beim Ausspucken vom Haß.«
Meir Shalev, Judiths Liebe

Gewürze

»Was ist das Geheimnis des Geschmacks, Sejde? Daß alles frisch ist. Daß alles dezent ist. Nur ein Hauch. Nur eins neben das andere stellen. Nur die Nahrung mit ihrem Gewürz bekannt machen: Sehr angenehm, ich bin eine Kar-

toffel. Sehr angenehm, ich bin eine Muskatnuß. Darf ich bekannt machen, Frau Suppe, sehr angenehm, Herr Dill. Ein Gewürz, Sejde, ist keine Ohrfeige, ein Gewürz muß so sein wie ein Schmetterlingsflügel am Gesicht. Sogar bei einem einfachen ukrainischen Borschtsch darf der Knoblauch dir nicht das Gesicht verziehen, er soll dich nur ein Lächeln spüren lassen.«
Meir Shalev, Judiths Liebe

Der Tyrann Dionys war eines Tages von den Spartanern zu einem ›Festessen‹ geladen. Er äußerte sich abfällig über die schwarze Suppe, die man ihm vorgesetzt hatte. Da sagte einer der Spartaner: »Wundert mich gar nicht, Majestät, daß Ihnen die Suppe nicht schmeckt. Sie ist nicht richtig gewürzt.« Der Tyrann fragte: »Und was für ein Gewürz fehlt?«

»Arbeit«, erwiderte der Spartaner. »Arbeit, gut verrührt mit Hunger und Durst.« *Carl Brinitzer*

Ich habe die scharfgewürzten Gerichte geliebt, die von einem guten neapolitanischen Koch zubereiteten Makkaroni, Ogliapotrida, Neufundländer Kabeljau, recht klebrig, Wildbret mit Hautgout und Käse, dessen Vortrefflichkeit sich zeigt, wenn die kleinen Wesen, die darin hausen, sichtbar werden. Was die Frauen betrifft, so habe ich immer gefunden, daß die jeweils Geliebte angenehm duftete, und je kräftiger sie schwitzte, desto köstlicher schien sie mir zu sein.
Casanova, Aus meinem Leben

Gourmet

Jeder ist ein Gourmet, sofern er nicht ein Idiot ist. Der Mensch ist in gleicher Weise Gourmet wie er Künstler, Gelehrter oder Dichter ist. *Guy de Maupassant*

Der Anfang und die Wurzel alles Guten ist die Lust des Bauches. Denn auch Gelehrtes und Erlesenes bezieht sich auf sie zurück.
Epikur

Hunger

Sollte ich nicht den Beweis erbracht haben, daß der Hunger in gewisser Weise vollständiger sättigt als das kompletteste Essen imstande ist? Ich fordere diejenigen, die

Phantasie haben, auf, den Versuch zu wagen, sich mit eingebildeter Nahrung zu begnügen, wobei ich für Erfolg garantiere.
Robert Walser

Der ausgehungerte Tiger stürzt sich noch auf ein Gänseblümchen.
Bertolt Brecht

Kartoffel

Wer eine Kartoffel so zu kochen versteht, daß sie eine lockende Nahrung für sich darstellt, beweist, daß er Sinn für die Kochkunst hat.
Robert Walser

Käse

Ach, wieviel lange Nächte habe ich nur von Käse geträumt – meist von geröstetem –, und dann wachte ich auf, und es war wieder nichts!
R. L. Stevenson, Die Schatzinsel

Ein Land, das 325 Käsesorten hat, ist nicht lenkbar.
Winston Churchill über Frankreich

Schick mir einen Topf Käse, damit ich ein Festmahl halten kann, wann immer mir danach zumute ist.
Epikur

Es geht gar nicht darum, den eigenen Käse zu wählen, sondern gewählt zu werden. Es gibt ein Wechselverhältnis zwischen Käse und Kunde: Jeder Käse wartet auf seinen Kunden und bemüht sich auf seine Weise, ihn anzuziehen und zu reizen, sei's durch eine etwas hochmütig-reservierte Steifheit oder Kernigkeit, sei's durch ein hingebungsvolles Zerfließen.
Italo Calvino, Herr Palomar

Kochen

Auch ohne den Koch gibt's Essen. Da kann er den ganzen Tag dastehen und kochen, und zum Schluß ist doch die erste Gurke nach Pessach immer köstlicher als sein Braten, eine schwarze Santa-Rosa-Pflaume mit einem kleinen Sprung in der Haut ist besser als seine Sauce, und sogar einfach nur eine dünne Scheibe rohes Fleisch schmeckt besser als all seine Kreationen. *Meir Shalev, Judiths Liebe*

Mit dem Kochen war es so wie mit Sex, Politik und Religion: Als ich allmählich selbst dahinter kam, konnten meine Eltern mir nichts mehr darüber erzählen. Sie hatten mich nicht aufgeklärt, und zur Strafe würde ich sie jetzt nicht fragen. Mit Mitte zwanzig studierte ich Jura, aber die Gerichte, die ich

ausheckte, waren mitunter kriminell. Ganz oben auf meiner Liste stand Nackenkotelett mit Erbsen und Kartoffeln. Die Erbsen kamen natürlich aus der Tiefkühltruhe, die Kartoffeln aus der Dose, wo sie fertig geschält in einer süßlichen Lake schwammen, die ich gern trank; das Kotelett hatte keinerlei Ähnlichkeiten mit irgendetwas, das mir im späteren Leben unter diesem Namen begegnete. Knochenfrei, vorgeformt und leuchtend rosa zeichnete es sich dadurch aus, daß es seine fluoreszierende Farbe auch nach stundenlangem Braten nicht verlor. So konnte der Koch nicht viel falsch machen: Solange das Fleisch nicht mehr eiskalt und noch nicht kohlschwarz verbrannt war, war alles in Ordnung.
Julian Barnes, Fein gehackt und grob gewürfelt

Knoblauch

Jeder kennt den Geruch von Knoblauch – mit Ausnahme dessen, der Knoblauch ißt.
Alexandre Dumas fils

Küche

Der liebste Platz auf dieser Welt ist mir die Küche. Ganz gleich, was sonst geschieht – in einer Küche, an einem Ort, an dem man kochen kann, da geht's mir gut. Wenn diese Küche auch noch praktisch ist und alles darin seinen festen Platz hat, wenn überall saubere Tücher hängen und die weißen Fliesen funkeln und blitzen, dann ist's perfekt. Doch auch für wahnsinnig schmuddelige Küchen kann ich mich begeistern. Für Küchen etwa, deren Boden mit Gemüseresten übersät ist und so schmutzig, daß die Sohlen meiner Schlappen schwarz werden, und deren Boden eine Riesenfläche hat; so was finde ich toll. Vielleicht ragt darin ein riesiger Kühlschrank auf, vollgestopft mit Lebensmitteln, so vielen, daß man leicht über den ganzen Winter kommt. Vor dem stehe ich, gelehnt an seine metallene Tür. Wenn ich den Blick vom fettbespritzten Gasherd und den angerosteten Messern hebe, leuchten draußen vor dem Fenster einsam die Sterne. Übriggeblieben bin dann ich und die Küche. Ein tröstlicher Gedanke, wenn ich mir vorstelle, nur ich allein wäre noch da.
Manchmal, wenn ich total am Ende bin, denke ich mir: Wenn ich einmal sterben muß, dann will ich meinen letzten Atemzug in einer Küche tun. Ganz gleich, ob ich allein bin und es kalt ist, ob jemand bei mir sitzt und es warm ist: Furchtlos will ich da den Dingen entgegensehen. Wenn es nur in einer Küche wäre, denke ich – wie schön!
Banana Yoshimoto, Kitchen

Mahlzeit

›Mahlzeit‹ läßt sich auf verschiedene Weise sagen. Was gibt es da nicht alles für Stimmlagen, Tonarten, feuchte und trockene Aussprachen, Verstümmelungen, Manieriertheiten! Mahlzeit, als zweisilbiges Wort, kann auf der ersten oder der zweiten Silbe betont werden. Die Betonung auf der ersten Silbe ist das Übliche. Die Silbe kann kurz und komprimiert gesprochen werden: *Mall;* sie kann aber auch gedehnt werden: *Maahl.* Nach dem Essen wird sie häufiger gedehnt als vor dem Essen.

Die Betonung auf der zweiten Silbe ist seltener; sie hat dann einen auffordernden, gereizten, fast militanten Beiklang. Hierbei kann das *-zeit* in der gleichen Tonlage wie *Mahl-* gesprochen werden – es kann aber auch in höherer Lage, ja sogar mit ansteigender Tonhöhe gebracht werden, wobei das Schluß-t nachklingen, und sich geradezu wie *ts* anhören kann. Häufiger ist es so, daß ein mit Mahlzeit Angesprochener auf diese Weise – also mit einer gewissen Schärfe – antwortet, wie auf einen ungerechten Vorwurf.

Das Wort Mahlzeit wird etwa zwischen elf und fünfzehn Uhr gesagt. Man spricht es, mit nach hinten gedrehtem Kopf, wenn man sein Büro verläßt oder wenn man in dem erwähnten Zeitraum einem Kollegen begegnet. Das kann im Fahrstuhl sein, vor den Zigaretten-, Getränke- und Süßigkeits-Automaten im 2. Stock, im Toiletten-Vorraum, neben einem anderen, nach dem Händewaschen, oder – unter Männern – auch beim Urinieren, bzw. genauer: beim Zuknöpfen der Hose und Fortgehen. Selbstverständlich wird es gesagt, wenn man sich in der Kantine zu Tisch setzt. Gesagt wird es auch von einem, der sich vorzeitig, also noch vor Ende der Mittagspause vom Essenstisch erhebt – was nicht üblich ist –, wie eine Bitte um Erlaubnis an die Tischrunde: Ja, ich muß heut leider schon weg – also Mahlzeit zusammen. Und schließlich wird es beim allgemeinen Aufstehen vom Mittagstisch, untermalt vom Scharren und Quietschen der Stühle, in präzisem, blökendem Unisono gesprochen – niemand kann sich da ausschließen. – Hin und wieder, allerdings, gibt es Neulinge, oder Außenseiter, die Mahlzeit nicht sagen wollen, oder auf Mahlzeit absichtlich mit Guten Appetit! Oder Guten Tag! antworten; in den Ohren der Kollegen nimmt sich das als Mißton aus.

Walter E. Richartz, Büroroman

Mittagessen

Emanzipiere Dich vom Mittagessen: es kostet Dich mitten im Tage mindestens zwei Stunden Verdauung und dadurch verursachte Gehirnlähmung. Nimm einige Schnitten Weißbrot und dazu abwechselnd einen Teller Fleischbrühe oder ein Trinkei oder ein Glas Yoghurt oder eine Tasse Milchkaffee oder eine Portion gekochte Pflaumen (aber nicht alles auf einmal). Anfangs wirst Du etwas Hungergefühl empfinden, in zwei Wochen wirst Du daran gewöhnt sein.
Egon Friedell

Nationalküche

Wer in England gut essen will, muß dreimal am Tag frühstücken.
W. Somerset Maugham

Deutsche Küche: Wohl dem, der es verdauen kann.
Heinrich Heine

Die deutsche Küche überhaupt – was hat sie nicht alles auf dem Gewissen. Die Suppe vor der Mahlzeit (noch in venezianischen Kochbüchern des 16. Jahrhunderts ›alla tedesca‹ genannt), die ausgekochten Fleische, die fett und mehlig gemachten Gemüse; die Entartung der Mehlspeise zum Briefbeschwerer!… Der deutsche Geist ist eine Indigestion, er wird mit nichts fertig.
Friedrich Nietzsche

Ich bin überzeugt, daß es den Menschen besser geht, wenn sie gut essen und ein bis zwei Gläser Wein trinken. Die echte Religion in Italien ist das Essen und die Kirche ist der Eßtisch.
Donna Leon

Obst

Wir schämen uns der Bananenschale so, als hätten wir eine Socke auf dem Teller liegenlassen.
Stansisław Jerzy Lec

Einige Früchte erwecken Gefühle in mir, die tiefer reichen als nur der Appetit. Wenn ich die duftig goldene Rundung der Honigmelone betrachte oder das braun-grüne Seetangmuster der Tigermelone, die Schuppen der Ananasfrucht oder die Textur der Feigen und Nektarinen, die Verteilung der Orangen und Zitronen im Baum oder die Todesgefahr vortäuschenden Rankenschlangen der Weinrebe, gehe ich auf im Einssein mit ihnen.
Palinurus, Das ruhelose Grab

Pasta

Vorgestern träumte mir: ich befände mich in Italien und sei ein bunter Harlekin und läge, recht faulenzerisch, unter einer Trauerweide. Die herabhängenden Zweige dieser Trauerweide waren aber lauter Makkaroni, die mir lang und lieblich bis ins Maul hineinfielen; zwischen diesem Laubwerk von Makkaroni flossen, statt Sonnenstrahlen, lauter gelbe Butterströme, und endlich fiel von oben herab ein weißer Regen von geriebenem Parmesankäse. *Heinrich Heine*

Restaurant

Die Brust der Mutter ist das Restaurant des Säuglings.
Anton Čechov, Der Mörder

Someone at the table, whose order had not yet arrived, said, »I think ›waiter‹ is such a funny word. It is we who wait.«
Muriel Spark, The Finishing School

Suppe

Ich bin ein uneheliches Kind. Eines schönen Sonntagmorgens hat meine Mutter ihren Eltern sehr schonend mitgeteilt, daß sie schwanger sei und ihr Freund sie

nicht heiraten wolle. Mein jähzorniger Großvater hat uns beide, meine Mutter und mich, in den Hof gezerrt; er hat sein Gewehr hervorgeholt und auf mährisch geschrien: »Auf die Knie mit dir, daß ich dich umbringe!« Zum Glück ist meine Großmutter, die nicht auf den Mund gefallen war, in diesem Moment in den Hof hinausgegangen und hat gesagt: »Kommt essen, die Suppe wird kalt.«
Bohumil Hrabal

Ihr Haar zu liebkosen ist etwas ganz anderes, als es in der Suppe zu finden. (Dem Chronisten abgelauscht.)
Julio Cortázar, Andrés Favas Tagebuch

Meine närrische kleine Geliebte hatte mich zum Mittagessen eingeladen, und durch das offene Fenster des Eßzimmers betrachtete ich die beweglichen Baugebilde, die Gott aus den Wolkendünsten entstehen läßt, die wunderbaren Bildungen des Unfaßbaren. Und ich dachte bei mir, in diese Betrachtung versunken: »Alle diese Gaukelbilder sind fast ebenso schön wie die Augen meiner schönen Geliebten, des kleinen närrischen Ungeheuers mit den grünen Augen.«
Doch plötzlich erhielt ich einen gewaltigen Faustschlag in den Rücken, und ich hörte eine rauhe heisere Stimme, die Stimme meiner teuren kleinen Geliebten, die sagte: »– Wirst du wohl bald kommen und deine Suppe essen, du

garstiger Kerl von einem Wolkenhändler?«
Charles Baudelaire

Das erste Gericht war: keine Suppe. Das war schrecklich, besonders für einen wohlerzogenen Menschen wie mich, der von Jugend auf alle Tage Suppe gegessen, der sich bis jetzt gar keine Welt denken konnte, wo nicht des Morgens die Sonne aufgeht und des Mittags die Suppe aufgetragen wird.
Heinrich Heine

Tabak

Was immer Aristoteles sagt und die Philosophie überhaupt: Nichts geht über den Tabak. Er ist die Leidenschaft der Großen dieser Welt. Ah, sie wählen ihre Leidenschaften mit Bedacht! Wer heutzutage ohne Tabak lebt, lebt überhaupt nicht. Nicht allein, daß er das Gehirn reinigt und ergötzt. Er verschafft vor allem jene himmlische Ruhe, ohne die ein Mann von Welt kein Mann von Welt sein kann. Nur der Tabak ist es, der die Großen dieser Welt imstande setzt, die Leiden zu vergessen, besonders die der anderen.
Bertolt Brecht

Tischgesellschaft

Wer beim Dinner einen ganzen Tisch beherrschen kann, kann auch die Welt beherrschen.
Oscar Wilde

Eine scherzhafte Bemerkung ist das Salz aller gelungenen Dîners.
Honoré de Balzac

Alles in Ordnung, der Weißwein kam mit dem Fisch hoch.
Herman Mankiewicz, nachdem er sich an einer ›dinner party‹ übergeben mußte

Man hat eher darauf zu achten, mit wem man esse und trinke, als was man esse und trinke. Denn ohne

Freund ist das Leben eine Abfütterung des Löwen und des Wolfes.
Epikur

POST SCRIPTUM

Das Fleisch selbst und seine Qualität, schlechte Soßen und falsche Zubereitung richten allerdings bei weitem nicht soviel Schaden an wie die verzehrte Menge, ein falscher Ort und Zeitpunkt der Nahrungsaufnahme und die Maßlosigkeiten des Zuviel oder Zuwenig. Es ist nur zu wahr, daß die Völlerei, der allesverschlingende mörderische Bauch, mehr Opfer fordert als das Schwert. Und noch zutreffender ist der Satz des Plinius, einfache Speise sei die beste; das Aufhäufen verschiedener Fleischsorten mit den entsprechenden Soßen erklärt er für verhängnisvoll, denn viele Gänge bringen auch viele Krankheiten. Avicenna verurteilt solche Speisefolgen ebenso wie das Ausdehnen von Mahlzeiten über den normalen zeitlichen Rahmen hinaus. (...) Wenn wir einmal einfallsreich sind, dann unserem Schlund zuliebe, wenn wir uns Mühe geben, dann um den Gaumen zu kitzeln und den Bauch zufriedenzustellen. Livius beklagt sich darüber, daß ein Koch früher ein niederer Bediensteter war und nun als gefragte Person von Rang auftritt. Kochen ist zur Kunst und edlen Wissenschaft geworden, Köche gelten als feine Herren, der Bauch als Gott.
Robert Burton, Die Anatomie der Schwermut

POST POST SCRIPTUM

Sonntag
Eine Tragödie.
Ich ging im Regen, den Hut in die Stirn gedrückt, den Mantelkragen hochgeschlagen, die Hände in den Taschen.
Dann ging ich nach Hause.
Ich ging noch etwas zu essen kaufen.
Und aß es.
Witold Gombrowicz, Tagebücher

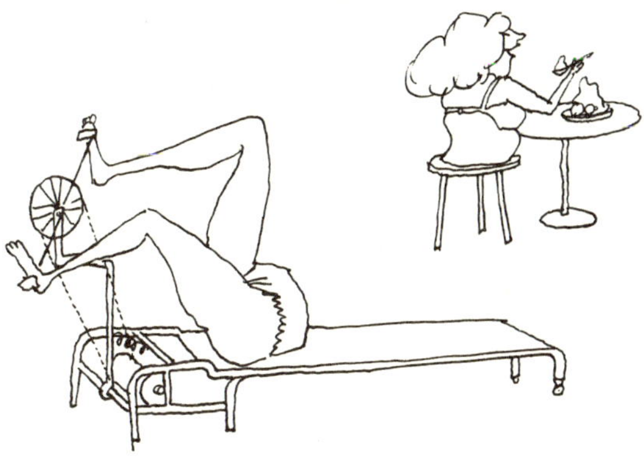

Die Hammelkeule war himmlisch, aber die Nacht war die Hölle.

F. K. Waechter

Urs Widmer

Gratinierter Fisch

Ich habe Essen erlebt«, sagt unser Großvater, der an unserm Küchentisch sitzt und uns beim Kochen zusieht, »da wurden Pasteten aufgefahren, aus denen eine dreißigköpfige Jazzband kletterte.« Er hustet und schaut aus dem Fenster, auf das Bürohaus gegenüber, in dem jetzt Putzfrauen Papierkörbe herumtragen, und auf die Autos unten auf der Straße. »Das waren Essen«, sagt er und wendet sich uns seufzend wieder zu, »vor denen die Damen des Hauses tagelang aufgeregt waren. Sie schliefen nicht mehr, sie herrschten die Kinder an, und sie hetzten die Dienstboten im Haus herum. Berge von Lebensmitteln türmten sich auf den Küchentischen. Wenn man Gärtner war oder für die Stallungen verantwortlich, dann ging das ja noch, aber wenn man Köchin oder Zimmermädchen war, dann, du heiliger Strohsack.«

Der Großvater schüttelt den Kopf. Er hat ein rotes Gesicht, einen abgewetzten grauen Kittel und eine rote Krawatte mit einem sehr kleinen, schrumpeligen Knoten. Seine Hand zittert ein bißchen, als er sich mit ihr über seinen Schnurrbart streicht. Wir nicken. Meine Frau legt ein Wachstuch auf den Küchentisch und streicht die Falten glatt.

»Die Dienstboten«, sagt mein Großvater nach einer Weile, »waren schon am frühen Morgen in der Küche und putzten an den Rüben und Kartoffeln herum. Sie knirschten mit den Zähnen, wenn sie die Schüsseln und Pfannen ansahen, denn sie wußten, daß sie am Abend, wenn die Gäste da waren, zusammen mit den Kindern essen mußten, Grießbrei mit Himbeersirup. Die Kinder waren dann schlecht gelaunt und patschten mit den Händen im Brei herum, so daß alle vollgespritzt wurden.«

»So war das also«, sage ich und öffne die Saucenwürfel. Meine Frau reißt einen Suppenbeutel mit Ochsenschwanzsuppe auf, gießt den Inhalt in die Pfanne, hält sie unter den Wasserhahn und rührt darin herum. Der Großvater nimmt die leere Packung, liest die Gebrauchsanweisung und riecht daran. Er niest.

»Die Gäste kamen am Abend mit Blumensträußen in der Hand«, sagt er dann. »Sie trugen weiße Schlipse und Halsketten. Ein Zimmermädchen stand in der Garderobe, das hübscheste, mit einem schwarzen Röckchen und einem weißen Schürzchen. Es knickste, wenn es den Gästen die Mäntel abnahm. Aber diese machten immer ein eiskaltes Gesicht. Mit einem strahlenden Lächeln gingen sie dann in den Salon hinüber und begrüßten die Dame und den Herrn des Hauses. Sie plauderten. Ich glaube, sie sprachen zum Beispiel darüber, daß der Champagner ganz vorzüglich sei und daß bei den vielen Menschen auf der Straße kaum ein Durchkommen sei. Der Kutscher habe die Peitsche gebrauchen müssen, und die Menschen hätte die Fäuste geballt und geschrien. Was das zu bedeuten habe?«

»Woher weißt du das alles so genau?« fragt meine Frau, während sie ein Stück Margarine in die Suppe tut. Der Großvater leckt am Margarinewürfel. Er schaut mich mit großen Augen an.

»Mit dem Herrn des Hauses sprachen die Gästeherren zu diesem Zeitpunkt noch nicht über Staatsanleihen, Zigarren oder Bauland«, sagt mein Großvater. »Das taten sie erst später, im Herrenzimmer, nach dem Essen, wenn die Damen allein im Salon zurückgeblieben waren. Dann sprachen sie auch von den unerklärlichen Unruhen in der Stadt, von den unangenehmen Barrikaden, von den ungeflickten Hosen, in denen diese Arbeiter herumliefen, und sie erzählten sich diese Geschichte: Der Herr des Hauses liegt in der Küche auf der Köchin. Die Röcke der Köchin sind hochgeschoben, die Köchin verdreht die Augen und keucht und röchelt und verschränkt die nackten Beinen hinter dem Rücken des Herrn des Hauses, der wie ein Kreuzfahrer vögelt – da geht die Tür auf, und die Dame des Hauses betritt unvermutet die Küche. Sie starrt auf ihren Mann. Madame, sagt dieser, würdevoll auf der Köchin liegend, ich weiß, vermutlich mögen auch Dienstboten junges Lamm lieber. Aber in meinem Haus müssen sie mit einem alten Bock vorliebnehmen.«

Wir lachen. Ich öffne den Wandschrank und hole die Kartoffelpüreeschachtel heraus. Ich gebe sie meiner Frau. »Irgendwo müssen doch die fixfertigen Fischstäbchen in Tomatensoße sein«, sage ich, vor dem Kühlschrank knieend. »Im Eisfach natürlich«, sagt meine Frau. Ich nicke. Ich sehe, daß mich mein Großvater anstarrt.

»Die Herrn im Herrenzimmer lachten auch«, sagt er dann mit einer belegten Stimme. »Sie pafften an ihren Zigarren und waren glücklich. Nur manchmal lugten sie durch die Vorhänge, um zu sehen, ob der Polizeikordon, der die demonstrierenden Leute vom Haus zurückhielt, noch dicht war. Das war aber alles erst nach dem Essen.«

Ich nicke. Ich stelle dem Großvater ein Glas Rotwein hin. Ich schaue ihn an. Ich liebe ihn. Manchmal schläft er ein. Dann sieht er wie ein Murmeltier aus.

»Vor dem Essen«, sagt der Großvater und nimmt einen Schluck von unserem Rotwein. Er hustet und spuckt den Wein aus. Hat er sich verschluckt? Meine Frau klopft ihm auf den Rücken. Langsam beruhigt er sich.

»Verzeihung«, murmelt er. »Der Geschmack hat mich überrumpelt.«

Lächelnd sehen wir ihn an. Er hat überall Runzeln. Er ist alt. Vielleicht wird er bald sterben.

»Vor dem Esssen«, sagt er dann, »sprachen die Gäste mit jungen Damen, die einen tiefen Ausschnitt und Apfelbrüstchen hatten. Junge Herren, die eben in den diplomatischen Dienst eingetreten waren, sprachen mit ernsten Gesichtern mit älteren Herren. Sie sprachen über die politische Lage und wie man den unerhörten Forderungen der Arbeiterführer am besten begegnen könne. Ihre Frauen standen lächelnd bei. Es gab sehr schöne junge Frauen damals, obwohl ich mir nicht vorstellen kann, daß diese Damen, wenn sie mit einem Mann allein waren, auch richtig, ihr versteht schon.«

Der Großvater macht mit der Hand eine Bewegung, als würde er einen Pumpenschwengel betätigen. Wir lachen. Meine Frau stellt Teller auf den Tisch. Ich reiße den Verschluß der Plastikflasche mit dem Quellwasser auf, nehme das in Scheiben geschnittene Brot aus der Folie und lege es auf den Brotteller. Ich gieße mir Wein ein und trinke einen Schluck. Ich atme heftig aus. »Und dann?« frage ich ihn. »Dann«, sagt der Großvater. »Dann öffnete ein weißlivrierter Neger die Flügeltüren, die zum Eßsalon führten. Er sagte: Es ist angerichtet, *Madame.* Die Herren boten ihren Damen den Arm. Die Flügeltüren wurden hinter ihnen geschlossen, so daß man das Rufen der aufgebrachten Menge nicht mehr mit anhören mußte. Alle gingen zu dem Teller, neben dem, auf einem Kärtchen, ihr Name stand. Manchmal hatte die Hausfrau auch Rebusse und Bilderrätsel erfunden. Dann rätselten alle lachend vor den Karten herum, und die jungen Damen nahmen die Hilfe der Herren vom diplomatischen Dienst in Anspruch, um zu wissen, wo sie saßen. Die Herren saßen dann nicht neben ihren eigenen Frauen, sondern neben einer anderen. Sie plauderten mit ihr. Sie sagten etwa: Sie sehen heut wirklich bezaubernd aus. Alle hatten strahlende Augen.«

Ich nicke. Mein Großvater glotzt auf meine Frau, die die Pfanne mit der Suppe auf den Tisch stellt. Sie gibt jedem von uns einen Suppenlöffel voll. Ich reiße die zugeschweißte Tüte mit dem geriebenen Käse auf und biete ihn dem Großvater an. Er streut sich ein bißchen davon über die Suppe. Wir beginnen zu essen.

»Dann kamen die Diener mit den Suppenschüsseln«, sagt der Großvater. »Sie servierten immer von links, höflich beugten sie sich über die Damen und sahen in ihre Ausschnitte hinein, während sich die Damen eine spatzenkleine Portion in die Schale vor sich schöpften.« Er ißt einen Löffel von unserer Suppe. Er schluckt langsam. Dann legt er den Löffel neben den Teller. »Ich will euch lieber sagen, wie das Essen bei den vornehmen Leuten weiterging: Also, es gab eine Suppe, eine Schildkrötensuppe zum Beispiel. Dann gab es gratinierte Fische.«

»Was sind gratinierte Fische?« fragt meine Frau.

»Ja, willst du denn wissen, wie man sie macht?« fragt mein Großvater.

»Natürlich«, sagt meine Frau.

»Man kann sie aber nicht vorgekocht und abgepackt kaufen«, sagt der Großvater.

»Sei nicht pestig, Großvater«, sage ich. »Iß deine Suppe.

Meine Frau tut, was sie kann. Sie ist halt nicht aus deinem Land, wo ihr euch die Milch direkt aus der Kuh in den Mund spritzt.«

Der Großvater lächelt. Er nimmt das Rotweinglas und schaut hindurch. Ich sehe, daß sich am Boden Kristalle abgelegt haben. »Also gut«, sagt er und nimmt, ohne zu trinken, den Löffel wieder in die Hand. »Ich sage euch, wie es zu den gratinierten Fischen gekommen ist. Die Köchin und das Küchenmädchen, ein vierzehnjähriges Kind, gingen mit großen Henkelkörben auf den Markt, am frühen Morgen. Denn: ohne gute Ware kein gutes Essen. Ein Beispiel: Ein Coq au Riesling wird kein Coq au Riesling, wenn man ein tiefgefrorenes dänisches Leghuhn kauft und es mit Kochwein begießt.«

»So weit leuchtet mir das ein«, sage ich. Ich sehe, daß mein Großvater sich unter den Tisch bückt, und als ich schnell das Wachstuch hochhebe, sehe ich, daß er in einem Rucksack kramt, den er neben seinen Stuhl gestellt hat. Mit zittrigen Händen schenkt er sich aus einer eigenen Flasche Rotwein in sein Glas. Dann sieht er, unter dem Tisch hindurch, daß ich ihn beobachte. Er schaut mich erschrocken an. Ich lächle ihm zu. Wir setzen uns beide wieder aufrecht. Meine Frau bringt den Fisch mit der Tomatensoße und das Kartoffelpüree und schöpft uns beides in die Suppenteller. Der Großvater hat einen roten Kopf.

»Auf dem Markt«, sagt er dann und trinkt einen Schluck, »kaufen die Köchin und das Küchenmädchen: Seezunge, Rotbarsch, Kabeljau, Scholle, immer die Filets, dann Krevetten, Champignons, Zitronen, Muscheln, Petersilie, Schalotten, Kapern, Butter, Mehl, Maggifleischwürfel –«

»Ha!« schreie ich. »Siehst du!«

Sempé

»– und eine Flasche herben Weißwein, zum Beispiel einen Saint-Saphorin oder einen elsässischen Riesling.« Der Großvater zwinkert mir zu, als er wieder einen gewaltigen Schluck aus seinem Glas trinkt.

»Also«, sagt er dann und wischt sich mit dem Ärmel über den Mund, »man nahm, wenn der gratinierte Fisch eine Vorspeise sein sollte, ein Filet für jeden Gast, Seezunge oder Scholle oder Kabeljau oder Rotbarsch oder alles durcheinander, wenn man genügend Gäste hatte.«

Ich beiße in den Tiefkühlfisch. Ich nicke. Ich notiere mir alles im Kopf. Ich will, wenn der Großvater das nächste Mal zu Besuch kommt, ein Essen auf den Tisch stellen, daß ihm die Tränen der Rührung kommen. »Du mußt nicht alles aufessen«, sage ich leise, während ich die vorfabrizierte Tomatensoße mit einem Stück Brot auftunke. Mein Großvater schaut mich an. Er lächelt. »Seid ihr mir wirklich nicht böse?« fragt er, und schon hat er den Rucksack auf den Tisch gestellt und holt einen Laib Ruchbrot, einen Käse und Radieschen heraus. Er schneidet sich Brot und Käse ab und beißt hinein. Wir lächeln uns an, als wir sehen, daß mein Großvater jetzt glücklich ist.

»Paß jetzt auf«, sagt er mit vollen Mund. »Die Filets wurden mit Salz und Zitronensaft auf eine Gratinplatte gelegt, die mit fein gehackten Schalotten, Petersilie und Kapern bestreut worden war. Auch der Fisch wurde damit und mit einigen Butterstückchen bestreut. Die Köchin hatte auch nicht vergessen, den Ofen zehn Minuten lang vorzuheizen. Sie dämpfte einen Eßlöffel Mehl in frischer Butter gelblich –«

»Warum nimmst du Mehl?« fragt meine Frau. »Du sagst immer, nur deutsche Hausfrauen nehmen immer Mehl.«

»Keine Regel ohne Ausnahmen«, sagt mein Großvater.

»Also. Die Köchin hatte einen Eßlöffel Mehl und frische Butter gelblich gedämpft, mit Fleisch- oder Bouillonwürfelbrühe abgelöscht, sie hatte Sahne, einen guten Schuß Weißwein und, falls sie hatte, etwas Bratensaft dazugegeben und das Ganze gut durchgekocht. Dann: nachdem der Fisch fünf Minuten lang nur mit Butter und Zwiebeln und Petersilie und Kapern im Ofen gewesen war, wurde er mit dieser Sauce zugedeckt. Die Köchin hatte inzwischen Champignons in Butter gedünstet und tat sie nun auch hinein, dazu noch Krevetten und Muscheln. Darüber tat sie ein Gemisch von Gruyère und Parmesan. Dann ließ sie alles zwanzig bis fünfundzwanzig Minuten lang gratinieren. Das war die Vorspeise. Sie schmeckte wie der sanfte Kuß eines Zimmermädchens im Morgengrauen.«

Ich nicke. Ich stelle mir diesen Geschmack vor. Ich sehe, daß sich mein Gesicht in der schwarzen Fensterscheibe, vor der der Großvater sitzt, spiegelt. Ich schwitze, und mein Herz klopft.

»Dann gingen im Eßsalon die Flügeltüren wieder auf«, sagt der Großvater, »und eine ganze Kolonne von Dienern brachte das Hauptessen herein: ein glasiertes Wildschwein, oder ein Spanferkel, oder ein Osterlamm. Die Gemüse waren zu Kunstwerken aufgetürmt. Die Gäste brachen in Applaus aus, auch, weil man dann den Lärm, der von draußen hereinkam, nicht mehr so deutlich hörte. Dennoch umklammerte manche Dame ängstlich den Arm ihres Kavaliers. Das sind die Aufständischen, machen Sie sich keine Sorgen, flüsterten diese lächelnd, aber die Damen sahen, daß ihnen der Schweiß auf der Stirn stand. Dann gingen die Türen wieder zu, und man hörte nur noch das Summen des Tischgesprächs. Vielleicht klingelte nun der Hausherr ans Glas, erhob sich und hielt eine Ansprache, in die er gegen Schluß ein paar ernste Töne einfließen ließ. Es geht nicht an, rief er, daß ein paar verantwortungslose

Strolche die Arbeit von Jahrzehnten kaputtmachen dürfen. Alle Gäste klatschten.«

Der Großvater schweigt. Er starrt vor sich hin. Er denkt an frühere Essen. Ich sehe, daß er sich mit seinen Händen über die Augen streicht.

»Woher kannst du so gut kochen?« frage ich dann. Der Großvater schreckt hoch. Er lächelt. »Weißt du«, sagt er, »ich war früher Gärtner bei Leuten, bei denen meine Frau Köchin war. Sie ist seit achtzehn Jahren tot.«

Wir schweigen. Meine Frau stellt sich und mir eine Tasse für den Nescafé hin. Der Großvater macht eine Handbewegung, er will bei seinem Rotwein bleiben.

»Wir standen oft an den dunklen Fensterscheiben des Herrenhauses, mit plattgedrückten Nasen«, sagt er. »Wir sahen, wie die Damen und Herren mit stummen Fischmündern miteinander redeten, während sie das Dessert aßen. Es gab eine Poire belle Hélène. Wir sahen dann, wie der Hausherr irritiert eine Meldung des Pförtners zur Kenntnis nahm, daß das Tor dem Druck der aufgebrachten Menge nicht mehr lange standhalten könne, und wie er in sein Arbeitszimmer hinüberging und heftig ins Telefon hineinschrie. Schnell gingen wir in die Küche hinunter, wo alle Angestellten herumsaßen, stumm, mit heißen Gesichtern. Wir hörten Rufe und Lärmen von der Straße her, das Klirren von Scheiben, dumpfe Schläge. Die alten Dienstmädchen beteten, aber die jungen hatten ganz rote Gesichter. Ein bißchen kann ich sie ja gut verstehen, murmelte der Pförtner, obwohl mein Herr ein guter Herr zu mir ist. Wir nickten. Meine Frau flüsterte mir ins Ohr, wenn es losgeht, verteidigen wir die Küche nicht, wie kämen wir dazu. Dann aber hörten wir Pferdegetrappel, Schreie, Schüsse, rennende Menschen. Der Küchenbursche kletterte auf die Gartenmauer und berichtete, daß berittene Polizei die Demonstranten wegdrängte. Dann, als es ganz ruhig war, ging der Pförtner ins Herrenzimmer hinauf, um dem Hausherrn den Erfolg des Telefonats zu melden.«

Wir schweigen. Stumm schiebe ich dem Großvater mein Glas hinüber. Er schenkt mir aus seiner eigenen Flasche ein. Ich trinke. Ich spüre eine schöne Hitze in mir. Der Großvater schaut mich an. »Tja«, sagt er. Er nimmt einen tiefen, großen Zug aus der Flasche. »Aber Feste waren das schon noch, das muß ich sagen«, sagt er dann. »Wenn ich nur daran denke. Die Zimmermädchen banden den Damen des Hauses vor dem Fest die Korsetts zu, indem sie den Fuß gegen ihre Hinterbacken stemmten und an den Schnüren rissen. Wir wußten alles ganz genau, weil sie uns in der Küche, während oben das Fest war, alles genau erzählten, daß die Tochter Pickel am Arsch hatte und alles. Die Herren des Hauses trugen Gürtel, die sich während des Essens automatisch lockerten, und trotzdem ist mehr als einer geplatzt.« Der Großvater seufzt. »Als dann oben alle beim Kaffee saßen, kam auch bei uns in der Küche wieder eine bessere Stimmung auf. Draußen war nun alles ruhig. Wir saßen Tischen und Küchenschemeln herum, aßen den übriggebliebenen gratinierten Fisch und tranken mehr als sonst. Der Kellermeister nahm ein gutes Dutzend Flaschen auf seine eigene Kappe, wegen der Aufregung von vorhin. Uns war nun alles egal. Wir kippten ein Glas nach dem andern. Die Zimmermädchen, die auch langsam betrunken wurden, erzählten, wie der Herr des Hauses aussah, wenn er, in seinen langen Flanellunterhosen, das Kragenknöpfchen unter dem Sofa suchte. Die Eßdiener beschrieben die Brüste, die sie beim Servieren observieren konnten, und der Kutscher erzählte die Geschichte vom Herrn des Hauses, der auf der Köchin liegt und schwitzt und stöhnt, und die Dame des Hauses kommt herein, und die Köchin sagt unter dem japsenden Herrn des Hauses hervor:

Madame, ich weiß, Sie haben mir empfohlen, junges Lamm zu kaufen. Aber heute habe ich nur einen alten Bock auftreiben können.«

Wir lachen. Der Großvater wischt sich über die Augen. Meine Frau schenkt mir und sich Kaffee nach. »Das Fest ging bis vier Uhr in der Früh«, sagt der Großvater. »Wir tranken und tanzten in der Küche herum, ich küßte das Zimmermädchen hinter der Treppe, und als wir den abfahrenden Gästen die Wagenschläge aufhalten sollten, waren wir stockhagelvoll. Aber die Gäste waren auch stockhagelvoll. Am nächsten Morgen war es unangenehm, weil wir, im Gegensatz zur Dame und zum Herrn des Hauses, um sieben Uhr wieder an der Arbeit sein mußten.«

Der Großvater schaut vor sich hin. Ich sehe, daß er müde ist. Er stützt die Stirn auf der Hand auf. Leise trinke ich einen Schluck vom alten Wein des Großvaters. Ich lasse ihn über die Zunge rollen und schlucke.

Loriot

Liliana Betti

Essen mit Federico Fellini

Eines von Fellinis täglichen Problemen besteht darin, nicht allein essen zu müssen; noch besser ist es, wenn er viel Gesellschaft hat. Bei der Wahl des Restaurants vertraut er, wenn er nicht gerade das Opfer einer seiner häufigen, vorübergehenden Vorlieben für ein bestimmtes Lokal ist, der Stimmung des Augenblicks, folglich seiner eigenen geheimnisvollen Klassifizierung der römischen Restaurants; oder er richtet sich danach, was für Gäste er eingeladen hat.

Fellinis Lieblingsrestaurant ist das Da Cesarina, ganz einfach deshalb, weil es dort Cesarina gibt, eine Wirtin aus Bologna, dick, mit der aggressiven und undurchdringlichen Miene eines gestiefelten Katers und dem zugleich gönnerhaften, rauhen, manchmal auch unhöflichen Gebaren einer emilianischen Regidora. Bei Cesarina zu essen, ist etwas Auserlesenes, eine perfekte Handlung. Es ist ganz überflüssig festzustellen, daß Cesarina eine Frau ist: Cesarina ist ein kulinarisches System, eine gastronomische Philosophie, ihre Cremetorte ist nicht mehr einfach Kuchen, sondern eine Meditation, ein Shakespeare-Monolog, ein Lehrsatz des Pythagoras. Es ist nicht nur unnötig, sondern auch unmöglich, genauer zu definieren, was für ein Frauentyp sie ist: Ihre Person ist die Verkörperung der Idee der Marketenderin, der Vorstellung von der Wirtin schlechthin. Deshalb duldet sie nur ungern Frauen in ihrem Restaurant: Die Küche ist für sie eine typisch weibliche Aufgabe und ein Tribut, den sie dem Mann zollt. Die Cesarina lebt nur in ihrem Restaurant, wahrscheinlich verflüchtigt sie sich draußen oder nimmt ein anderes Wesen an, wie Dr. Jekyll.

Fellini behauptete, die Cesarina habe eine echte Beziehung nur zu Paprika, Salsa Verde oder Beefsteak alla bolognese. Nur ein Künstler, ein Verrückter, ein Heiliger oder ein Gelehrter identifiziert sich so vollständig und auf eine solch schwärmerische Weise mit dem Gegenstand seiner Berufung. Fellini würde es überhaupt nicht wundern, wenn Cesarina in einem Seminar hervorragender Spezialisten neben

Einstein, Marcuse oder von Braun säße.

Wird Cesarina aufgefordert, ihre Meinung über ein anderes Restaurant zu sagen, ignoriert sie diese Herausforderung und legt die hochmütige Zurückhaltung eines Papstes an den Tag. Der wiegende Gang, mit dem sie sich dem Tisch eines Gastes nähert, mit dem ernsten, gespannten Ausdruck eines Menschen, der nicht scherzt, weil er einen religiösen Ritus zelebriert, ihr rasches, ständiges Hin- und Hergehen zwischen den einzelnen Tischen, die Länge und die Pausen ihrer klangvollen Worte im Dialekt der Romagna, ihr unerwartetes, einsames Lachen, ihre verächtlichen oder verwunderten Blicke, die Art, wie sie sich diskrete Komplimente anhört, die sie erwartet hat, diese ganze Szene von Gesten und Worten ist so sphärisch, autonom und ohne das geringste Bedürfnis nach Kommunikation, wie es andere haben, daß Cesarina zur erfundenen Gestalt wird, die Heiterkeit verbreiten und sofort sympathisch werden kann.

Im Jahre 1938 hatte die Cesarina in Bologna den damals noch ganz jungen Fellini vier Monate lang gratis verköstigt, nachdem sie ihn beim ersten Mal aus ihrem Lokal geworfen hatte, weil er nicht genug Geld besaß, um die Rechnung zu bezahlen. Heute erwartet sie ihn jeden Tag, so wie man auf einen Sohn, einen wichtigen Zeugen oder einen Künstlerkollegen wartet.

Eines Abends lud Fellini zum Abendessen bei Cesarina den schwedischen Regisseur Ingmar Bergman ein, für den er viel Achtung und Freundschaft empfindet, den er irgendwie als Gleichgesinnten betrachtet, auch wenn er dann mit einem Schauder der Fremdheit die neurotische Tiefsinnigkeit, die verzweifelte, düstere Atmosphäre seines letzten Films *Die Stunde des Wolfs* als »eisiges Sperma« bezeichnet. »Er ist sehr sympathisch«, sagt Fellini über seinen Kollegen, »er kommt mir vor wie ein Zahnarzt oder ein Arzt. Er hat ein außergewöhnliches, ein wenig beunruhigendes Gesicht, auf dem linken Auge scheint er blind zu sein, sein gleichsam zu Seife gewordener, gefrorener Anblick läßt einen an einen Freund denken, den man eines Tages plötzlich im Irrenhaus besuchen muß, weil ihm etwas zugestoßen ist, wovon er sich ›rasch erholen wird‹.«

An diesem Abend bei Cesarina also fand zwischen den beiden folgende Unterredung statt. (Die Regie dieses verschmitzten und ungebührlichen Dialogs konnte natürlich nur bei Fellini liegen.) Auf Bergmans Frage nach seinen Plänen antwortete Fellini beiläufig: »Ich bereite gerade einen Film über den Tod vor, und ich hoffe, daß ich in einigen Monaten mit den Dreharbeiten anfangen kann.«

Bergman spitzte höchst interessiert die Ohren. Der Tod war bisher eher seine Domäne gewesen. Fellini fuhr fort: »Vor ungefähr sechs Monaten habe ich eine schwere Krankheit durchgemacht, und da habe ich gedacht ...« Von der Vorstellung terrorisiert, an Boden zu verlieren, warf Bergman ein: »Auch ich bin vor einigen Jahren sehr krank gewesen, ich habe geglaubt, nun ist es aus ...« Fellini unterbrach ihn jedoch mit geduldiger Festigkeit: »Ja, aber ich wäre beinahe gestorben. Ach was, man kann sagen, ich war praktisch schon tot. Also weiß ich alles über dieses Thema.« Bergman, in der Luft herumfuchtelnd: »Ich habe mir einmal eine Injektion machen lassen, die eine Art klinischen Tod von fünf Stunden bewirkt hat, und ich bin zu dem Ergebnis gekommen, daß der Tod einfach das Nichtsein bedeutet.« Fellini, mit polemischem Zweifel: »Fünf Stunden kommen mir ein bißchen wenig vor, um sich eine so sichere Meinung zu bilden. Dazu müßte man schon mit einem Tod von mindestens fünf Jahren experimentieren.«

Fellinis Ungeduld bei Tisch ist regelrecht pathologisch: Kaum hat er ein Gericht bestellt, würde er am liebsten verlangen, daß es als Tischleindeckdich sogleich vor ihm steht. Da dies in der Regel nicht geschieht, gibt es ein unruhiges Hin- und Herlaufen vom Tisch zum Telefon, vom Tisch in die Küche, wiederholte peinliche Rufe und Aufforderungen an die Kellner, Vorspeisen und Obst, so viel wie eine halbe Mahlzeit, werden verschlungen, Stühle, Besteck und Gläser andauernd unnötig umgestellt, Teller, Brot und Flaschen neu angeordnet. Die einzige Initiative, mit der man solch chaotisches Wüten neutralisieren und beschwichtigen kann, besteht darin, Fellini irgendein Blatt Papier, die Speisekarte des Restaurants oder selbst eine Serviette zu reichen. Er fängt sofort an zu zeichnen, eine Skizze nach der anderen: die Karikatur eines Freundes, der ihm gegenübersitzt, die zwanghafte Wiederholung eines anatomischen Details oder unentzifferbare graphische Andeutungen. Und die versunkene Hingabe, mit der er zeichnet, ist mehr als bloßer Zeitvertreib: Es ist die Haltung dessen, der eine Emotion, den Fetzen einer flüchtigen Vorstellung oder einen allzu aufsässigen Dämon noch im selben Augenblick bildlich festhalten möchte.

Fellinis Speisekarte ist im allgemeinen sehr abwechslungsreich: Er ißt gerne von allem ein bißchen. Deshalb sollte man sich durch seine so liebenswürdigen Empfehlungen bei der Wahl dieses oder jenes Gerichts nicht geschmeichelt fühlen; er sorgt dafür, daß seine verschiedenen Gäste verschiedene Gerichte bestellen, damit er sich überall etwas herauspicken und kosten kann. Am liebsten ißt er Fisch.

Der fanatische Eifer, mit dem sich Fellini jedes Mal um die Sitzordnung bei Tisch kümmerte, kann als ein unvermeidlicher Auswuchs seines Berufes erscheinen: des Regisseurs nämlich, der organisiert und entscheidet. In Wirklichkeit ist dieser Eifer nur ein Mittel zum Zweck. Das Ziel ist, durch eine geschickte Platzierung der verschiedenen Temperamente und Charaktere ein heiteres Gleichgewicht, eine Art seelischer Harmonie herzustellen. Wenn man später feststellt, daß diese Harmonie, die anfänglich möglicherweise höchst unangenehm und ermüdend für die anderen ist, nicht nur eine Annehmlichkeit für Fellini persönlich darstellt, sondern mit der Zeit die ganze Gesellschaft mit Wohlbehagen erfüllt, kehrt man zur Theorie der *déformation professionnelle* zurück.

Kaum ist der letzte Bissen verschlungen, faltet Fellini die Serviette zusammen und beginnt unruhig zu werden und auf dem Stuhl hin- und herzurutschen: Die alte Unruhe ist wieder da, es ist Zeit aufzubrechen. Es fragt sich nur, wohin?

Zeichnung von Federico Fellini
im Gästebuch von Carmelina Ferrari

Matthias Matussek

Ein Abend für Meggie

Mit Zeichnungen aus ›The Party‹ von Tomi Ungerer

Und das ist Brian«, sagte Molly. Brian Felton verbeugte sich auf die altmodische Art, eine Spur zu tief, und überreichte der Gastgeberin eine weiße Keule aus Papier. Sie enthielt sechs Tulpen, die vom Koreaner an der Ecke so gut verpackt waren, als sollten sie noch in der gleichen Nacht nach Seoul verschifft werden.

»Danke Ihnen, Brian«, lächelte die Gastgeberin nervös. »Kommt rein, betrinkt euch, legt ab. Die Reihenfolge überlasse ich euch.« Sie wandte sich Mollys Freund zu. »Hallo, Kevin, Darling.« Sie küßte ihn über die Schulter ins Leere, weil sie im gleichen Moment nach dem klingelnden Telefon griff.

Während Molly und Kevin ihre Jacken nachlässig über einen Haken warfen, weil sie schon damit beschäftigt waren, sich angriffslustig lächelnd in dahintreibende Dinnergäste zu verwandeln, ließ sich Brian mit dem Aufhängen seines Mantels Zeit, so ernst und zögernd, als nähme er Abschied. Er genoß den Schutz des dunklen Flurs. Er wußte nicht, was auf ihn zukam. Er wußte nur, daß er nicht zusammenpassende Socken anhatte. Ein böses Omen, dachte er.

»Nein, Schatz«, sagte die Gastgeberin und gestikulierte den Neuankömmlingen zu, »mittlerweile sind alle da … die Nation wird es überstehen, aber meine Suppe nicht … also bis gleich.« Sie legte auf, breitete die Arme aus und führte die drei ins Wohnzimmer, als würde sie verirrte Schafe vor sich hertreiben. »Hier ist das Traumpaar«, rief sie, und ihr Jubel klang eine Spur übertrieben. Mit dem Essen sollte die Verlobung von Molly und Kevin gefeiert werden.

Der Raum war groß und legte Wert auf Pomp. Über dem Kamin, in dem Holzattrappen aus bemaltem Gips aufgeschichtet waren, hingen gekreuzte Hellebarden, die unter dem Schaft authentische Rostspuren aufwiesen. Ein Rittersaal im siebenunddreißigsten Stock eines Hochhauses, dachte Brian Felton bewundernd, eine leuchtende Festung über den Wolken.

Vor der Bücherwand stand ein Thronsessel, auf dem ein Nilpferd hätte übernachten können. Einige Bücherbatterien waren ledergebunden, daneben standen ladenneue, noch in Plastikhüllen verschweißt.

An der Wand über dem blumengeschmückten Flügel hing, in einem üppig geschnitzten Rahmen, das Ölporträt eines Mannes, der mit durchdringenden blauen Augen über scharfgekerbten Mundwinkeln auf die Dinnergäste herabschaute. Das Kinn hatte ein Grübchen. Er trug ein offenes, weißes Sporthemd und einen blauen Blazer. In der Hand hielt er ein Mikrophon. Es handelte sich um John Browning, den Hausherrn, einen berühmten Nachrichtenmoderator.

Es würde eine kleine, intime Angelegenheit werden, hatte Jane, Ressortleiterin beim *Wall Street Journal*, zu Molly gesagt. Nur ein paar Leute, ein gemütliches Essen, um die Verlobung von Kevin und Molly zu feiern. Kevin war ihr Lieblingsredakteur, ihr »Wunderkind«, und sie mochte Molly, die erotische Szeneromane schrieb.

Jane hatte einen Fernsehproduzenten dazugeladen, einen Schauspieler, dessen Produktion gerade abgesetzt war,

Charles, ihren Anwalt, Marie, ihre Freundin, und Gardner, einen Erfolgsautor, mit seiner Freundin Kim.

»Genau die richtige Mischung aus Freunden und wichtigen Kontakten«, hatte sie gesagt. Ein Essen, wie es jungen Leuten, die auf dem Weg nach oben sind, nützlich ist. »Vielleicht kann Gardner was für dich tun.« Ob Molly auch jemanden dabeihaben möchte?

»Er heißt Brian, ein alter Freund.«

»Natürlich, bring ihn mit.«

Die Wartenden, die sich unter dem imposanten Ölgemälde versammelt hatten, sahen aus wie eine versprengte Reisegruppe, die auf den Museumsführer wartet. Gelangweilt und ein wenig zermürbt. Sie tasteten die Ankömmlinge mit ihrem Lächeln ab wie nach versteckten Waffen.

Während sie die Runde machten und sich vorstellten, wurde Brian das Gefühl nicht los, daß Browning von der Wand herab mißmutig auf seine Socken starrte. Mit einem kurzen Blick überprüfte er, daß seine Hosen aufsaßen.

»Charles«, sagte jemand, und hielt ihm seine Hand hin. Brian Felton blickte auf und sah in ein glattes Babygesicht mit wachen, blauen Babyaugen.

»Tag«, sagte Brian, ergriff die Hand des Anwalts und verbeugte sich.

Timothy Gardner, der Bestsellerautor, nickte nur. Er stützte sich auf einen Stock, da sein Fuß wegen eines Skiunfalls eingegipst war, und er genoß seine Invalidität mit mondäner Zurückhaltung. Doch Kim, seine junge blonde Freundin, begann nun eifrig die astrologischen Vor- und Nachteile von Kevins Hochzeitsdatum zu erörtern. Sie liebte fremde Hochzeiten, um so mehr, als Gardner ihre eigene immer wieder hinauszögerte.

Ihr Plappern belebte die Runde wie ein aufflatternder

Vogel, der einen ganzen Schwarm nach sich zieht, und nun sprachen alle durcheinander, während Jane mit einem Seufzer in den Flur hinaus lief, weil das Telefon klingelte.

Brian Felton stand unter einem Wandteppich, auf dem eine Meute von Jagdhunden über einen Fuchs herfiel, und wartete auf ein Stichwort, das mit Abflußrohren zu tun hatte. Über Dichtungen und Gewindeschnitte wußte er alles, denn er war Klempner. Er war Mitte fünfzig und stand auf seinen Beinen wie ein eiserner Ringer. Molly, die er vor Jahren bei den Anonymen Alkoholikern kennengelernt und sofort unter seine Fittiche genommen hatte, hatte darauf bestanden, daß er mitkam.

Wenn es um Molly allein gegangen wäre, hätte er vielleicht einen Dreh gefunden, sich aus der Schlinge zu ziehen. Aber gegen Meggie kam er nicht an.

»Ich bin doch jetzt übern Berg, Brian«, hatte Meggie gesagt. »Du mußt mal unter Leute und andere Gesichter sehen als das von deiner alten Meggie.«

Sie hatte tatsächlich enorme Fortschritte gemacht, seit sie aus dem Krankenhaus entlassen wurde. Sie konnte sich allein aufsetzen und, wenn sie sich Zeit nahm, sogar ein paar Schritte laufen. Er hatte ihr Tee und Gebäck ans Bett gestellt und für alle Fälle die Telefonnummer hinterlassen, unter der er zu erreichen war.

»Für alle Fälle«, hatte Brian gesagt, und Meggie hatte erwidert: »Nun werd nicht albern, Brian.«

»Sie sind falsch verbunden«, rief Jane, knallte den Hörer auf die Gabel und verschwand kopfschüttelnd in der Küche. Kurz darauf balancierte sie ein Tablett herein, das sie auf einem gläsernen Couchtisch abstellte. Es enthielt chinesische

Schüsselchen mit schmal geschnittenen Sellerie- und Möhrenstangen und einem Dip aus Avocadocreme. Cracker gab es auch noch.

Man merkte Jane an, daß ihr die runden, routinierten Griffe einer Hausfrau völlig fehlten und daß sie es haßte, Gastgeberin zu sein.

»Damit könnt ihr euch durchschlagen, bis es anfängt. Marie, nimm doch noch ein Glas. Charles, bitte.«

Charles, der das Handicap einer beginnenden Glatze mit sportlichen roten Hosenträgern ausglich, nahm den Dip vom Tablett.

»Du kennst ihn doch«, sagte er, »John braucht so was.«

Brian Felton hatte keine Ahnung, was John brauchte oder nicht. Er war von der Gruppe, die sich nun in schweren Sesseln und Ledersofas niederließ, in die Zange genommen worden. Er saß eingekeilt auf dem Sofa, genau in der Mitte, wo es am tiefsten war. Natürlich rutschten seine Hosenbeine hoch und entblößten einen roten und einen grünen Socken, sichtbar wie eine Ampel. Meggie, dachte er, würde sich in Grund und Boden schämen für ihn.

Doch keiner achtete auf seine Socken, wie er zu seiner Erleichterung bemerkte. Alle waren auf ihren kleinen Gesprächsinseln beschäftigt. Neben Brian saß Marie, eine österreichische Innenarchitektin, die von ihrer neuen Wohnung in der Madison Avenue erzählte. Er mußte sich höllisch konzentrieren, weil sie mit einem Akzent sprach, der jedes Wort wie mit einem Gemüsemesser in kleine, körnige, unverdaubare Silben zerhackte, und das in einem rasenden Tempo.

Sie trug Ohrringe, die aussahen wie goldene Bandnudeln. Dazu eine goldene Halskette, goldene Ringe und einen goldenen Armreif von der Größe eines Zwischengewindes. Allerdings schien er federleicht zu sein, denn sie fuhr immer wieder anstrengungslos mit der Hand in die Luft und schüttelte sie. »Für unsere Zwecke einfach i-de-al!«

»Ich hoffe, du hast den Preis noch runtergehandelt«, rief Jane ihr zu und war aufgesprungen, weil das Telefon schon wieder klingelte. Es klang durchdringend und wichtigtuerisch.

»Was glaubst duuu denn«, rief ihr die Innenarchitektin hinterher. Ihr Jubel war wie der von Meggie, fand Brian, wenn sie vom Sommerschlußverkauf mit einem Kleid für zwanzig Dollar zurückkam. Frauen hatten eben einen Riecher für Schnäppchen, dachte er sich, während die Innenarchitektin wieder auf ihn einratterte.

»Aber wirklich nicht«, sagte die Gastgeberin im Flur, »Sie haben sich verwählt. Einen Mann dieses Namens gibt's hier nicht. Ja, mir tut es auch leid.«

Molly unterhielt sich mit Gardner. Sie hatte sich in ihren Sessel zurücksinken lassen.

»Letztens habe ich sie eine erotische Szene schreiben lassen«, sagte sie. »Hausfrauen, Rentner, schüchterne Schlosser, alles vertreten.«

Da ihre Romane nicht sehr viel einbrachten, unterrichtete sie Creative Writing in einer Abendschule.

»Kam überall das gleiche Zeug heraus. Mächtig symbolisch. In jeder Geschichte wurde Obst geschält.«

»Es gibt nichts Schwierigeres als Sex«, sagte der Erfolgsautor und biß in eine Karotte. Er schrieb Sachbücher.

Brian traute sich nicht, die Karotte, die er in der Hand hielt, in die Creme zu dippen, weil er sonst den Blickkontakt seiner Couchnachbarn unterbrochen hätte, die sich nun an ihm vorbei unterhielten. Also aß er die rote Stange so. Sie war trocken und sehnig und schmeckte nach nichts.

Allmählich fand Brian Gefallen an der Runde. Alle Gäste waren nachlässiger geworden und stießen an und sprachen sich mit Vornamen an und hatten sich einer Vertrautheit überlassen, die dünn wie Papier war und genauso leicht.

Brian Felton trank selber nicht, aber er hatte das Talent, sich von der zunehmenden alkoholisierten Nachlässigkeit anstecken und in die Höhe tragen zu lassen, ichverloren im allgemeinen Leichtsinn und Gelächter. Das hier, dachte er sich, war weder Wachen noch Träumen, sondern irgend was dazwischen. Meggie hatte vollkommen recht. Die Gesellschaft von unbeschwerten Menschen tat ihm gut.

»Auf die Liebe«, rief der Fernsehproduzent, der hinter Kevins Sessel stand, die üppige Hüfte weibisch eingeknickt, und stürzte seinen Whisky hinunter. »Liebe sorgt für Einschaltquoten.« Auf Meggie, dachte Brian Felton und trank sein Perrier.

Das Essen war auf acht angesetzt. Mittlerweile war es neun geworden, und alle hatten ihren zweiten Drink bereits intus. Die einzige, die sich offenbar unwohl fühlte, war Jane. Sie lauschte nervös dem Redeschwall der blonden, schmollmündigen Kim, wobei sie immer wieder auf die Uhr schaute.

»Krebs und Fische, die ideale Liebesverbindung«, rief Kim überschwenglich. »Ach, ja?« sagte Jane geistesabwesend, »für mich klingt es eher wie ein Imbiß in Montauk.«

Plötzlich sprang sie auf und klatschte in die Hände: »Ich glaube, wir fangen jetzt an. Und John kann die Koffer pakken und zu seiner ersten Frau zurückziehen.«

In diesem Moment klingelte es, Jane schaute dramatisch zur Decke und stöhnte: »Das ist er!«

Alle Augen wandten sich der berühmten Erscheinung zu, die nun den Raum betrat. John Browning trug noch das lehmige Make-up aus dem Studio. Der Kragen seines Sporthemdes stand offen, und sein Silberscheitel leuchtete. Doch der Clou war eindeutig das Grübchen im Kinn.

Als er Meggie erzählte, daß die Party bei dem Moderator zu Hause stattfinden würde, sagte sie: »Da mußt du hin, Brian. Und merk dir genau, was er getragen und gesagt hat.« Er durfte nicht vergessen, ihn später um ein Autogramm zu bitten. Für Meggie. Sie würde ganz außer sich sein.

»Die Ginsburg ist im Kongreß gegrillt worden«, sagte John Browning entschuldigend und eine Spur eifersüchtig auf die fortgeschrittene Fröhlichkeit, die ihn empfing, »aber jetzt liegen alle vor ihr auf dem Bauch. Sie wird's wohl machen.« Er wandte sich Jane zu. »Hat Sid angerufen?«

Jane schüttelte den Kopf. »Nur irgendeine Verrückte, schon zweimal, die sich in der Nummer geirrt hat.«

»Sid versucht den Präsidenten zu bekommen«, sagte John, »wir wollen morgen zehn Minuten aus dem Oval Office senden, die Bilanz der ersten hundert Tage.« Dann wandte er sich den Gästen zu und schüttelte Hände.

Jeder war sich bewußt, daß diese Hände anderntags die des Präsidenten der Vereinigten Staaten schütteln würden, und am meisten John Browning selber, der Kevin schulterklopfend zu seiner Wahl beglückwünschte. Molly wurde rot wie ein Schulmädchen. Brian machte seinen Diener und sagte: »Brian«, und der Moderator sagte: »Ah ja.«

Obwohl Molly und Kevin die Ehrengäste waren und obwohl auch ein Bestsellerautor eingeladen war, war der Moderator ganz selbstverständlich die Glanzfigur des Abends. Er strahlte Erfolg und Lebensglück aus wie einer, dessen Gewohnheitsrecht sie geworden waren.

Er war berühmt, das war es, dachte Brian. Berühmt und dadurch auf magische Weise geschützt vor den Nackenschlägen gewöhnlicherer Schicksale. »Berühmtheiten sind unser Adel«, sagte Meggie. »Wir leben in einem Land, das selbst seinen Präsidenten nicht verehrt, weil er Präsident ist, sondern eine Berühmtheit.« Meggie, fand Brian, war einfach die klügste Frau, die er je getroffen hatte.

»Auf Molly und Kevin«, sagte der Moderator, »und auf die Nominierung von Ruth Bader Ginsburg, damit wir den Mist endlich hinter uns haben. Absolutes Quotengift.«

Quotengift war alles, was nicht mit Haß oder Affären oder Totschlag zu tun hatte. Meggie, überlegte sich Brian, war höchstwahrscheinlich Quotengift. Sie hatte ihre Operation gut überstanden.

Ginsburg… Brian hatte den Namen schon einmal gehört, aber er konnte nichts damit anfangen. Die letzten Wochen hatte er fast pausenlos im Krankenhaus bei Meggie zugebracht. Er versorgte sie mit Wäsche und Illustrierten, und sie unterhielten sich viel über früher. Manchmal saß er auch einfach nur da und sah ihr beim Schlafen zu. Jetzt war sie endlich wieder zu Hause.

»Also, was erwarten wir vom neuen Supreme Court«, sagte John Browning unternehmungslustig. »Welche neuen Gesetze soll er erlassen?«

Die Gastgeberin sagte schnell: »Todesstrafe für Menschen, die in fremden Gärten Minga-Ralia-Büsche klauen.« Sie hatte einen kleinen Salatschnipsel an der Oberlippe hängen. »Das ist uns jetzt zum zweiten Mal passiert. Die kosten ein Vermögen. Ich hab schon gar keine Lust mehr rauszufahren.«

»Was macht man denn mit einer Minga Ralia? Oder sind die männlich?« fragte Kevin.

»Da steckt eine Mafia dahinter«, sagte der Erfolgsautor. »Wahrscheinlich gibt es in New Jersey irgendwo eine Riesenhalde von Minga Ralias.«

»Oder es ist ein Triebverbrecher«, sagte Molly. »Er holt sich die Büsche und quält sie nachts in seinem Keller.«

»Meine arme kleine Minga Ralia«, rief die Gastgeberin mit gespieltem Entsetzen. Alle sprachen plötzlich durcheinander und lachten.

»Und du, Molly«, fragte John, nachdem sich das Gelächter gelegt hatte, »was würdest du unter Strafe stellen?«

Molly mußte nicht lange überlegen.

»Schlecht geschriebene Liebesszenen«, sagte sie. »Ebenfalls Todesstrafe.«

Sie schmückte ihre Geschichte aus dem Creative-Writing-Kurs noch ein wenig aus, und John prustete mit der Schlußpointe davon. »Schillerndes Fruchtfleisch«, wiederholte er, »mein Gott, diese verklemmten Spießer!«

»Und Sie, Brian?« Plötzlich schauten ihn alle an. Molly lächelte. Der Anwalt nahm einen Schluck Wein. Der Erfolgsautor gab der Gastgeberin die Salatschüssel zurück und murmelte ein Kompliment. Brian schaute verwirrt auf seinen Salatteller, der japanisch aussah. Ein schwarzer Strich, eine rote Schlängellinie, sonst nichts. Wie eine Fieberkurve, dachte er.

»Ich weiß nicht«, sagte er schließlich schroff. »Ich bin doch kein Richter.«

Für eine Sekunde war alles still. Dann räusperte sich der Anwalt, und John sah die Gastgeberin stirnrunzelnd an. Molly lachte nervös auf und sagte: »Das ist ja klar, Brian, daß du kein Richter bist. Keiner von uns ist ein Richter. Es ist doch nur ein Spiel. Das ist doch der Witz.«

Brian schluckte. Er hatte wirklich keine Ahnung von Gesetzen. Soviel er wußte, war jede neue Verordnung mit endlosen Beratungen verbunden. Man mußte da sehr vorsichtig sein.

Aber es gab schon Sachen, die er gerne anders hätte. Als er Meggie ins Krankenhaus brachte, wollten sie sie gar nicht erst aufnehmen, weil sie keine Versicherung hatte.

»Vielleicht ein Gesetz, daß jeder operiert werden kann, auch wenn er nicht versichert ist«, sagte Brian.

Die Freundin des Erfolgsautors kicherte in die Stille hinein. Molly blickte hilflos auf ihren Teller. John sagte »Ah ja« und wandte sich an die Gastgeberin: »Schatz, ich habe lange genug an dem Grünzeug hier herumoperiert. Gibt es noch irgendwas, was man essen kann? Auch ohne Versicherung?«

Jane stand beleidigt auf und verschwand in der Küche. Der Anwalt lachte gehässig und erzählte einen Witz, der mit Michael Jacksons kosmetischen Operationen zu tun hatte. Nun lachten alle anderen auch, und Brian war froh, daß die Aufmerksamkeit von ihm abgelenkt worden war. Er ärgerte sich über seine dumme Antwort. Doch dann beruhigte er sich damit, daß er eigentlich nur für Meggie hier saß, und sie war es sicher wert, daß er ein bißchen für sie litt.

Im Flur klingelte das Telefon, und kurz darauf hörte man Janes wütendes »Nein!«.

»Ist es Sid?« rief der Moderator in den Flur. Jane gab keine Antwort.

Kurz darauf trug sie ein großes Tablett aus der Küche herein.

»Diesmal war's ein obszöner Anruf«, sagte sie. »Hauptsächlich Gekeuche. Weibliches Gekeuche.«

»Warum hast du mich nicht geholt?« rief John mit gespielter Enttäuschung. »Warum bekomme ich nie Anrufe, in denen gekeucht wird?«

»Weil du zu geizig bist«, sagte der Anwalt. Wieder lachten alle.

Das Hauptgericht bestand aus weißer gekochter Hühnerbrust, wildem Reis und einem Gemüse mit italienischem Namen, den Brian nicht kannte. Broccoli war es nicht. Im

Krankenhaus gab es ziemlich oft weißes Hühnerfleisch. Meggie würde reichlich enttäuscht sein, wenn er ihr davon erzählte. Auch die Gäste schienen unzufrieden, weil sie so lange gewartet hatten, und dann war es nur Hühnerbrust.

Irgendeiner bemerkte, daß vor jedem Teller ein eigenes kleines Salz-und-Pfeffer-Set stand.

»Sehr kultiviert«, sagte die Freundin des Erfolgsautors. »Wahnsinnig europäisch.«

Jane war froh darüber, von dem mißglückten Essen ablenken zu können. Sie erzählte, wie sie die kleinen Porzellanstreuer auf ihren Ersteklasseflügen nach London heimlich in ihre Handtasche gesteckt hatte. »Jeder Flug ein Set.« Sie erzählte die Geschichte mit viel Bravour, und John brachte einen Toast auf British Airways aus.

Brian bewunderte ihre Kaltschnäuzigkeit. Ihm wären die Dinger sicher bei der Paßkontrolle aus der Tasche gefallen. Oder Meggie hätte sie in seinen Sachen entdeckt und an die Fluggesellschaft zurückgeschickt, anonym natürlich.

Strenggenommen war es natürlich Diebstahl, dachte er, und jeder der Anwesenden hätte der Gastgeberin einen Strick daraus drehen können. Doch offenbar vertraute sie ihren Gästen, und nun gab es ein Geheimnis, das alle teilten, auch Brian. Nach der Schlappe mit dem Richterspiel hatte man ihn links liegenlassen, doch mit dem Bekenntnis der Gastgeberin war er wieder zum Komplizen geworden und aufgenommen in diesen auserwählten Kreis.

Deshalb traf es ihn wie ein kalter Guß, als er John sagen hörte: »Ein Trottel, dieser Bryan.«

Doch kurz darauf merkte Brian zu seiner Erleichterung, daß nicht er gemeint war, sondern ein Politiker, über den Gardner seinen Bestseller geschrieben hatte.

»War das nicht der mit der Gold-Rede?« warf nun der

Anwalt ein. Jeder wußte plötzlich mehr über diesen Bryan als dessen Biograph. Der Schauspieler deklamierte, wobei er mit der Gabel in die Luft stieß: »Du aber sollst die Menschheit nicht an ein Kreuz aus Gold nageln.« Alle brüllten vor Lachen, bis auf Gardner.

Im Flur klingelte wieder das Telefon. Jane erhob sich mit einem unterdrückten Fluch.

»Silber-Rede«, warf Gardner gequält ein. »Nicht Gold-, sondern Silber-Rede. Es war die berühmte Silber-Rede von 1912.« Dann wandte er sich an John und brachte mit gepreßter Stimme hervor: »Er war natürlich viel komplexer.«

Jane kehrte an den Tisch zurück und rief John zu: »Sid. Bisher Fehlanzeige. Er meldet sich noch mal.«

John nickte nur geistesabwesend. »Also, mein Bester«, sagte er gönnerhaft, »ich habe zwar dein Buch nicht gelesen, aber ich hoffe, du hast klargemacht, daß Evangelisten in der politischen Arena immer ein Verhängnis waren.«

Brian hatte keine Ahnung, über wen John dort eigentlich zu Gericht saß. Auf jeden Fall war er schwer in Fahrt.

»Sicher hast du erwähnt«, sagte er, »daß es Bryan war, der Darwins Evolutionstheorie aus den Schulbüchern in Florida streichen ließ.« Gardner schwieg beleidigt. John schien sich überall auszukennen. Ein Ausnahmemensch.

Brian würde sich anstrengen müssen, das alles zu behalten. Er hätte sich am liebsten Notizen gemacht. Er wußte, daß Meggie ihm Löcher in den Bauch fragen würde. Sie konnte einem damit ganz schön auf die Nerven gehen. Von den Socken durfte er ihr natürlich nichts erzählen.

Browning war offenbar froh, daß er wieder eine Zeitlang im Mittelpunkt gestanden hatte. Jetzt gab er sich versöhnlicher.

»Bei genauerem Hinsehen«, meinte er, »bin ich mir allerdings auch nicht sicher, ob Darwins Theorie hinhaut. Eine ständige Höherentwicklung der menschlichen Rasse kann ich jedenfalls nicht entdecken.« Er ergriff sein Weinglas und nahm einen weiteren Schluck. Jeder wußte, daß er wieder eine Pointe vorbereitete.

»Sicher nicht, wenn ich mir die Briefe durchlese, die mir meine Zuschauer so schreiben. Die eine Hälfte ist schwachsinnig, die andere kriminell.« Alle lachten, froh darüber, daß sich Johns abschätzige Bemerkung nicht auf sie bezogen hatte.

Hoffentlich hatte Meggie ihm nicht auch mal geschrieben, dachte Brian. Sie machte manchmal so verrückte Sachen. Zuzutrauen wär's ihr. Wie es ihr wohl gerade ging? Der Arzt sagte, er werde sie schon wieder hochpäppeln.

Mensch, Meggie, wenn du wüßtest, was es hier zu essen gibt, dachte Brian, als er den Nachtisch sah. Er bestand aus

Kiwischeiben und Himbeersoße. Mittendrin, wie ein kleiner weißer Eisberg, der in einem roten Meer schwamm, ein Zipfel Zitroneneis.

John Browning rührte die Süßspeise nicht an, weil er auf seine Linie achten wollte. Er sprach über sein dämliches Publikum und zitierte besondere Idiotien aus den Zuschriften, die er erhielt.

Über seinem Kopf an der Wand hing ein Bild, das Brians Aufmerksamkeit auf sich zog, auf eine ganz unauffällige, magische Art. Es zeigte ein Haus, das auf einer Wiese stand. Das Haus hatte keine Fenster und nur eine winzige schwarze Öffnung, die wohl eine Tür darstellte. Brian konnte sich nicht vorstellen, daß irgend jemand darin wohnte. Und wenn, wäre es wie ein Gefängnis.

Warum hatte ein glücklicher Erfolgsmensch wie Browning ein solches Bild in seinem Salon hängen?

Das Haus warf einen großen Schatten, der bis in den Horizont reichte. Man konnte nicht genau ausmachen, wo die Wiese in einen trüben Himmel überging. Insgesamt war es eine ziemlich verschwommene Angelegenheit. Das einzig Klare auf dem Bild war das Haus, und ausgerechnet das war ein Rätsel. Brian mochte das Bild, obwohl es ihn traurig stimmte. Auch Meggie würde es gefallen.

Brian konnte sich nicht mehr erinnern, wie es war, allein zu sein. Sein ganzes Leben hatte er mit Meggie geteilt. Sicher, es war nicht immer einfach für sie gewesen, das stand mal fest. Als er noch getrunken hatte, hatte er sie beschwindelt und kam manchmal nächtelang nicht nach Hause. Einmal hatte er die Wohnungstür aufgebrochen, und sie holte die Polizei. Dann hatte sie die Scheidung beantragt. Aber das alles war lange her. Als er wieder trocken war, stand sie zu ihm wie eine Eins.

In den schwersten Stunden ihres Lebens hatten sie zueinandergestanden. Gemeinsam hatten sie alle Hindernisse überwunden. Irgendwann wußte man gar nicht mehr, wo man selber aufhörte und der andere anfing. Vielleicht war das das Geheimnis der Liebe, dachte Brian.

Auf jeden Fall hatte es nichts mit Einschaltquoten zu tun. Als sie noch im Krankenhaus lag, hatte er sich wie amputiert gefühlt. Wenn er abends allein zurückkehrte, war die Wohnung wie tot. Fast wie das Haus auf dem Bild.

»Und ich war buchstäblich am Verhungern«, sagte Molly gerade. Alle lachten. Sie gab die Geschichte zum besten, wie sie Kevin kennengelernt hatte.

»Das teilst du mit der Garbo«, sagte John lässig, als spreche er über eine alte Freundin.

»Das Studio hatte sie auf strikte Diät gesetzt, weil sie so schnell zulegte.« Er nahm einen Schluck. »Und bei besonders dramatischen Liebesszenen stand hinter der Kamera jemand, der eine dicke Stulle hochhielt.« Er lachte. »So haben sie dann diesen Sehnsuchtsblick hingezaubert. Sie hatte nichts als Kohldampf. Die Göttliche Garbo, einfach verfressen.« Nun mußte auch Brian lachen. Das mußte er Meggie erzählen.

Schließlich standen alle auf und gingen hinüber ins Wohnzimmer, um dort ihren Mokka zu trinken. Brian achtete darauf, daß er diesmal den krummbeinigen Stuhl am Bücherregal erwischte, weniger tief als das Sofa. Diesmal rutschten seine Hosenbeine nicht hoch.

John ging mit einer Cognacflasche herum. Brian lehnte diskret ab. Als trockener Alkoholiker hatte er Routine darin. »Nein, danke«, sagte er, lächelte kurz und schaute zur Innenarchitektin, die ihm nicht mehr von der Seite wich und immer wieder seinen Arm umklammerte.

»Ich wette, Sie können ’ne Badewanne allein anheben«, sagte sie.

»Würde mir nichts ausmachen, wenn Sie drin säßen«, erwiderte Brian gutgelaunt.

Auch Molly ließ die Flasche an sich vorüberziehen und tätschelte Kevin den Arm, und der Fernsehproduzent hatte sich an den Flügel gesetzt und klimperte *Maggie May.*

»Wir haben es uns tatsächlich überlegt«, sagte Jane zu Kim. »Aber wir sind die Woche über ja meistens in Manhattan und tagsüber weg, und wer sollte dann auf einen Hund aufpassen?«

»Fürs Land wär es schon eine feine Sache«, meinte John.

»Jetzt haben wir uns für einen Kompromiß entschieden.«

»Ein Kompromiß?« sagte der Anwalt. Er gluckste. »Wie sieht denn ein Kompromiß-Hund aus?«

»Vielleicht hat er nur zwei Beine«, sagte Gardner. »Ein zweibeibeiginer Hund.«

Er sagte »zweibeiginer« statt »zweibeiniger«. Er hatte den Schlipsknoten heruntergezogen und den obersten Hemdenknopf geöffnet. »Ich meine damit natürlich keine Anwesenden«, sagte er schnell in Richtung John und hielt ihm sein Glas hin.

»Woll'n wir ihnen unsern Tiger zeigen, Darling?« fragte John.

Jane schmunzelte. »Aber daß mir keiner auf die Idee kommt, ihn zu füttern«, sagte sie. »Und Charly«, sie zeigte auf den Anwalt, »wird mich rechtlich vertreten, falls es zu Scherereien kommt. Ich spreche von Bißwunden und dergleichen.«

Dann verschwand sie in einem angrenzenden dunklen Raum, und Brian wurde es ein wenig mulmig. Wenn jetzt wirklich ein Tiger reinkäme? Meggie würde ihm das nie glauben.

Doch Jane kam nicht mit einem Tiger zurück, sondern mit einem großen Plastikgehäuse, das einen roten Boden hatte. An der rechten oberen Kante war eine durchsichtige Spirale angebracht, die sie mit einer Hand festhielt.

Die andere balancierte den Boden des Gebildes. Sie stellte es ab, trat einen Schritt zur Seite und deutete, wie in der Zirkusarena, mit beiden Händen auf das Häuschen.

Alle klatschten Beifall und johlten, und der Fernsehproduzent rief: »Vorsicht, die Bestie ist bissig.« Natürlich war es keine Bestie, sondern ein Goldhamster, wie jeder sehen konnte. Ein kleines braunes Ding, das aufgeregt hin und her flitzte.

Das Plastikgebilde war eine Art Käfig, anders als alles, was Brian bisher gesehen hatte. Es war ein regelrechter Freizeitpark, ein Disneyland für Hamster. Da war ein kleines

Bad, eine Kletterspirale, ein kleines Wäldchen, sogar ein Karussell. Natürlich gab es auch die ganz gewöhnliche Tretttrommel. Was für ein Leben, dachte Brian. Eingesperrt in diese Plastikwelt, und vor allem eingesperrt in sich allein.

Alle beugten sich jetzt nahe über den Hamsterkäfig. John hatte plötzlich ein ganz kindliches Gesicht, und Gardner lächelte, und selbst Charles, der Anwalt, hielt sich mit seinen sarkastischen Bemerkungen zurück.

Es gab eine fast andächtige Stille, ein tonloses gemeinsames Staunen über das Leben und seine Verletzbarkeit und sein Rätsel, und alle schauten dem kleinen, braunen Hamster zu, der seine Trommel bearbeitete. Es war eine hellblaue Trommel. Sie quietschte ein bißchen.

»Wo habt ihr ihn gekauft?« wollte Kim wissen.

»In der 72. auf der Westseite«, sagte Jane stolz. Sie schob eine kleine Luke hoch und griff in das Gehäuse, vorsichtig, um ihre Nägel nicht abzubrechen. Mit ihrer Hand trieb sie den kleinen Nager in eine Ecke und packte zu. Sie erwischte ihn an einem Fellzipfel hinter den Ohren und zog ihn heraus. Seine kleine weiße Brust pumpte, er zappelte und warf plötzlich den Kopf zur Seite und biß Jane in den Finger. Sie schrie auf und ließ den Hamster fallen, der sofort unter eine Kommode flitzte.

Kim ließ sich flach auf den Boden fallen und spähte unter das Möbel und rief: »Ich sehe ihn!«

John brüllte irgend etwas von »Hinterhalt« und rief Befehle: »Charly hinten an die Ecke. Jim und Ashton an die Schmalseite. Kim, laß mich mal ran.«

Jagdfieber hatte die Gesellschaft gepackt, die nun unter Gelächter und hitzigen Kampfrufen, zwischen fallenden Tischchen und stürzenden Gläsern den Hamster durch den Raum trieb.

Brian rutschte mit den anderen auf dem Boden herum. Seine Socken hatte er völlig vergessen. Es gab nun nichts Wichtigeres auf der Welt, als diesen kleinen braunen Kerl zu jagen. Schließlich flitzte das Tier unter die schwere Ledercouch. Die Jagdgesellschaft legte sich rings herum auf die Lauer und war einen Moment ratlos. Da hob Brian das schwere Möbel mit einer Hand an und griff mit der anderen nach dem überraschten Hamster.

Er wurde wie ein Held gefeiert. »Mein Gott, sind Sie stark, Brian«, schmachtete die Innenarchitektin, und John klopfte ihm wohlwollend auf die Schulter. »Gut gemacht, mein Junge.«

»Steck ihn zurück, John«, rief Jane, als sie in den Flur eilte, um das Telefon abzunehmen, das schon wieder klingelte.

Brian war glücklich. Nun sah er den Moment gekommen, in dem er Browning um ein Autogramm bitten konnte.

»Aber sicher, mein Junge«, sagte John und griff in seine Jackentasche. Er hatte seine eigenen Autogrammkarten bei

sich. Dann zog er einen silbernen Kugelschreiber hervor und schrieb: »Für Brian, den Löwenbändiger.« Er hatte gerade mit schwungvollen Kringeln seinen Namen darunter gesetzt, als Jane im Türrahmen stand.

»Das Krankenhaus. Der Kerl behauptet, hier gebe es einen gewissen Felton. Er läßt sich nicht abwimmeln. John, geh du doch mal ran.«

»Felton?« sagte Brian. »Ich heiße Felton!«

Jane biß sich nervös auf die Lippe. »Sie sind Felton?« Sie schien sich zu ärgern.

»Aber das wußte ich nicht... Woher haben die unsere Nummer? ... Na, egal«, ihr Ton war nun frostig geworden, »hier ist ein Gespräch für Sie.« Hilflos winkte sie mit dem Telefon. »Fassen Sie sich bitte kurz«, sagte sie, »das Weiße Haus will noch anrufen.«

Brian nahm ihr den Hörer betreten aus der Hand. Wahrscheinlich würde in diesem Moment der Präsident der Vereinigten Staaten mit John Browning telefonieren wollen, und er, Brian Felton, blockiert...

»Mr. Felton?« sagte die Stimme im Hörer.

»Am Apparat«, sagte Brian.

Plötzlich spürte er, wie trocken sein Gaumen war und daß seine Hände zitterten. Im Wohnzimmer hörte er Gelächter. Wahrscheinlich hatte John wieder einen Witz erzählt.

»Hier spricht James Kinley vom Mount Sinai Hospital. Mr. Felton, ich bedauere außerordentlich ...« Er mußte sich anlehnen, weil seine Knie plötzlich wacklig wurden. Die Stimme im Telefon war so weit weg und so unwirklich.

»Der Notruf kam zu spät... unerwartete Komplikationen ... Beinvenenthrombose ... Lungenembolie ... alles unternommen ...« Die Stimme sprach ohne Punkt und Komma.

»Sie hielt einen Zettel mit dieser Telefonnummer umklammert.«

Tomi Ungerer

Das kulinarische »...mag ich, mag ich nicht«

Mag ich:

Semmeln mit Honig (Marion Gräfin Dönhoff). Cremetörtchen, die in Spanien pastelazo heißen (Luis Buñuel). Rotwein, Obst, Oliven jeder Art (Günther Anders). Alles gut gewürzt, bei Menschen wie beim Essen, guten Wodka (John Huston). Beinfleisch, Frigor-Schokolade, geselchte (geräucherte) Zunge, geröstete Erdäpfel (Hans Weigel). Steak und Pommes frites, roten Wein, Whisky, italienische Straßen-Cafés (Chaval). Risotto, Nougat-Eis, Kirschen, Brunello di Montalcino, leere Lokale, verlassene Restaurants, Basilikum, geröstete Kastanien, bittere Schokolade, Wimpies (Federico Fellini). Wenn ein Gastgeber oder eine Gastgeberin mit einem schlimmen Schnupfen anruft und sagt, die Dinnerparty, zu der man sowieso nicht gehen wollte, sei verschoben worden, mexikanisches Essen (Patricia Highsmith). Wie meine Frau kocht, Milch mit Schwarzbrot, russische Trunkenbolde, gebratenes Fleisch (Alexander Sinowjew). Rotwein, Weißwein, saure Suppe, die Mandelschnitten meiner Tocher, türkischen Kaffee (Paul Flora). Butterbrot, Picknicks, Cassoulet, Tarte Tatin (Joan Aiken). Himbeeren, Rotwein, gebratene Pilze (Leszek Kolakowski). Kuchen, Tee, Obst! (Maurice Sendak). Kaffee, zwei Gläser Wodka jeden Abend zum Essen, einfaches Essen, besonders wenn ich hungrig bin, was nach drei oder vier Stunden fast immer der Fall ist: die Hungeruhr wartet auf niemanden und am wenigsten auf mich (Alain Sillitoe). Knoblauch, spanischen Wein (Milan Kundera). Ganz durchgebackene frische Semmeln, ein Luxus, der in Deutschland unbekannt ist, Dill, Burgunder, besonders den 78er (Hans Magnus Enzensberger). Ananas, Brot, Quenelles de Morue, Perrier-Mineralwasser, Sauvignon (Barbara Vine). Die chinesische Küche, französische Weine, Servietten, die Brasserie Lipp (Fernando Botero). Auberginen (Ingrid Noll). Gutes Essen (Hartmut Lange). Fische und Meeresfrüchte, mein Glas Whisky nach elf Uhr nachts (Petros Markaris). Gebackene Nierchen es-

sen zu müssen (Urs Widmer). Harzer Käse, Malzbier, Petersilie (Klaus Staeck). In dunklen Kneipen Rotwein trinken (Fanny Morweiser). Belgische Schokolade (ich bin ein Chauvinist, aber das ist eines der wenigen Dinge, in denen die Belgier gut sind), Irish Coffee (aber nur das Original), perfekt gegrillte T-Bone-Steaks, für sanft sprechende, intelligente, gebildete etc. Menschen kochen, Vanilleeis mit Schokoladensauce und Schlagsahne (John Vermeulen). Kaffee mit Milch am Morgen, kochen (John Irving). Jeden, der mir Kaffee ans Bett bringt, Eiscreme – ich bin schließlich Amerikanerin (Donna Leon). Meinen Herd, meine Weine (Otto Jägersberg). Schwarzen Kaffee (Wolf Wondratschek). Jelly, am liebsten giftgrün oder himbeerrot, grünen Veltliner, der nach Sonne, Weinreben und Kellergasse schmeckt (Alfred Komarek). Wein, Irish Coffee, Acai, ein typischer Fruchtsaft aus Brasilien (Paulo Coelho). Jerusalem-Artischocken-Suppe, Schokolade, Rotwein, Curry-Gerichte (Anne Fine). Eine große, reife Tomate auf einem wohlgebrauchten Schneidbrett, ein scharf geschliffenes Messer in meiner Hand, kaltgepreßtes Olivenöl, Knoblauch und Zitrone, Bitterschokolade, kolumbianischen Kaffee, Gin Tonic (Ian McEwan). Vegetarische Salate – bitte ohne Kopfsalat und Karotten, Vielfraße, Knoblauch, Paprikaschoten, Grappa, Zartbitterschokolade, Hühnersuppe (Meir Shalev). Kalten Cava, Milchkaffee aus großen Tassen, Gartenbeizen, Wurstsalat, Bloody Marys über Wolken, kaltes, frischgezapftes Bier (Martin Suter). Risotti aller Art (Tatjana Hauptmann). Zider und belgisches Bier (Sibylle Mulot). Grappa, Aal in Dillsauce, Hammelkeule, Königsberger Fleck, Glasnudeln, Krebse

Loriot

(lebend und gekocht), Frühstück im Hotel (Katja Lange-Müller). Zitrusfrüchte, Himbeeren (Andrea De Carlo). Die Stille nach den letzten Gästen (Erich Hackl). Matjes von der Fischbude Ecke Utrechtstraat / Herengracht in Amsterdam, Matjes von Hen Schoorl in Ijmuiden, Sonntagsfrühstück in The Rose in Venice, Kalifornien, unter Sonnenschirmen und Palmen, mit Ei, Lachs und frischem Toast, mit Freunden und Kindern, vielleicht einem Glas Weißwein, für meinen Sohn ein Spiegelei braten und diesen erwartungsvollen Blick, den er dabei in den Augen hat, Foie gras im Negresco, Nizza, in der Küche zusammensein (Leon de Winter). Bier, lange beim Essen sitzen, Rotwein, sofern er aus dem Ausland stammt, Sushi, Pasta (Martina Borger). Markthallen, Märkte, Grüne Soße, Rindswurst, Entrecôte, Aperitife, zur Speise passendes Besteck, altes Hotel-Porzellan, Meeresfrüchte-Risotto, Muscheln, Bitterschokolade, Innereien, Austern, Maronencreme, Brasserien, weiße Bohnen, Küchen, italienischen Kaffee (Kimbo), frischgepressten Orangensaft, Speisewagen, Zunge (Rind, Lamm, Schwein), Feigen, eiskaltes Wasser, rote Johannisbeeren, Pfeffer aus der Mühle, Blutwurst, Matjes, Calvados, weißen Sancerre, roten Corbieres, rohen Knoblauch, Salbei, Rosmarin, Munster, Camembert, Ziegenkäse, Parmesan, Vacherin, Ingwer, Foie gras, blaue Muscattrauben (Jakob Arjouni). Pasta – und um ehrlich zu sein: Essen (Yael Hedaya). Migros-Cremeschnitten, Zwiebelsalat (Rolf Dobelli). Ich mag Hotels, in denen das Frühstück im Zimmer serviert wird – wie sanft ist das Aufwachen in Zeitlupe, mit Croissants? Oh ja! Mhh! Ich mag leckere Kuchen und Fruchttorten, meine Linie ist auf

Loriot

dem weißen Papier, sie verlangt von mir nicht, auf Gutes zu verzichten. Noch ein Stück? Ja! Sollen die Topmodels doch für uns leiden. Ich mag Abendessen, die sich in die Länge ziehen, und Nächte, in denen es später wird, weil man in guter Gesellschaft ist (Fatou Diome). Edamame (Sojabohnen), Sushi, Spaghetti mit Fleischbällchen in Carmine's Restaurant in Manhattan, dunkle Schokolade (Jason Starr). Anderen beim Kochen zuschauen, solange es nicht in meiner Küche stattfindet, Frauen, die ein Essen geniessen können und nicht ständig Angst haben, ein Gramm zuzunehmen, Apfelcidre zum Lunch (Arnon Grünberg). Wenn mich Kellnerinnen mit »Honey« oder »Hon« anreden (Joey Goebel).

Mag ich nicht:
Speck, Kohl, Paniertes (Günther Anders). Hühnchen (John Huston). Gekochte Milch, Pfefferminz, die griechische Küche, Basler Leckerli (Hans Weigel). Gourmets, Chinesische Restaurants, kleine Pariser Bistros (Chaval). Kutteln, Schnekken, Musik in Restaurants, Gorgonzola, Austern, offizielles Essen, Trinksprüche, eingeladen werden, Schwarztee, Kamillentee, Kaviar, Crèpes Suzette (Federico Fellini). Mahlzeiten mit vier Gängen essen zu müssen, großmäulige Leute, die in Bars und Restaurants nicht glücklich sind, bis der Geräuschpegel jede Unterhaltung unmöglich macht (Patricia Highsmith). Jakobsmuscheln, Porridge (Paul Flora). Bordverpflegung auf Transatlantikflügen, Margarine, Pasta (Joan Aiken). Englische Küche, Sherry, Wildbret (Leszek Kolakowski). Risotto (Alfred Komarek). Cocktail-Parties (Paulo Coelho). Gäste, die sich selber einladen (Anne Fine). Britische Schankstunden, Musik in

Lokalen, Bars (Ian McEwan). Weiße Schokolade, Brokkoli, Kürbisse und süße Kartoffeln, cremige Suppen, maximalistisches Essen (Meir Shalev). Kalte Weine, warme Biere (Martin Suter). Laute Restaurants (Liaty Pisani). Kaviar, Champagner, Sekt (Tatjana Hauptmann). Rote Götterspeise mit Vanillesoße, Bananen, Tofu, jugoslawische Kellner, Gummibärchen (Katja Lange-Müller). Vakuumverpackte Matjes (bis auf die vom Flughafen Schiphol, die seltsamerweise ziemlich gut schmecken), Touristenmenüs (Leon de Winter). Schnaps, den Geruch von Popcorn im Kino, Cocktails & Empfänge & alle derartigen Veranstaltungen, Telefonanrufe beim Essen, McDonald's (Martina Borger). H-Milch, Cocktails, Mikrowelle, Barbecues, Pfeffer aus dem Streuer, Heinecken-Bier, amerikanisches Bier, amerikanische Weine, Supermärkte, Musik in Restaurants, Cafés. Steakhäuser, Chips, Filterkaffee, Kaffeebecher, Dosengetränke, Putenbrust, Whisky- und Grappa-Kenner, Fischbesteck, Parties (Yael Hedaya). Ich mag keine Stehempfänge, man muß sich dort immer zwischen Eßlust und Eleganz entscheiden (Fatou Diome). Gewisse Ziegenkäsesorten (Jason Starr). Umtrünke, volle Kneipen, Geschäftslunchs und -frühstücke, Kellner, die einem ungefragt die Rechnung auf den Tisch legen, Bananen, Literatenkneipen, diese modernen Mixgetränke (Arnon Grünberg). Essen berühren (Joey Goebel).

Loriot

Joachim Ringelnatz

Zwei Gedichte

Aus meiner Kinderzeit

Vaterglückchen, Mutterschößchen,
Kinderstübchen, trautes Heim,
Knusperhexlein, Tantchen Röschen,
Kuchen schmeckt wie Fliegenleim.

Wenn ich in die Stube speie,
Lacht mein Bruder wie ein Schwein.
Wenn er lacht, haut meine Schwester.
Wenn sie haut, weint Mütterlein.

Wenn die weint, muß Vater fluchen.
Wenn er flucht, trinkt Tante Wein.
Trinkt sie Wein, schenkt sie mir Kuchen:
Wenn ich Kuchen kriege, muß ich spein.

Prahlerei

»Das kommt von solcher Prahlerei!«
So schimpfte zornig ein Spiegelei
Und zischte über dem Feuer und wallte
Und brodelte, prustete, spritzte und knallte.
Man fragte es, warum es so zornig sei –
Und da erzählte das Spiegelei:

»Es war zum fröhlichen Osterfest;
Vier Eier lagen in einem Nest,
Das eine aus Schokoladeguß
War braun, als wie eine Haselnuß.
Die andern weißen riefen: ›Wie schade!
Ach, wären wir auch aus Schokolade!‹
›Ja‹, prahlte das braune, ›ihr armen Schlucker,
Ihr seid ja noch nicht einmal aus Zucker!‹
Da riefen die andern Eier: ›Juchhei!‹
Und schlugen einander die Köpfe entzwei.
Nun kroch aus jedem der Eier ein Küken,
Nur aus den haselnußbraunen Stücken
Kam nichts. Die waren ganz hohl und leer;
Da weinten sie nun und schämten sich sehr!«

Tatjana Hauptmann

Eduard Mörike

Restauration

Das süße Zeug ohne Saft und Kraft!
Es hat mir all mein Gedärm erschlafft.
Es roch, ich will des Henkers sein,
Wie lauter welke Rosen und Kamilleblümelein.
Mir ward ganz übel, mauserig, dumm,
Ich sah mich schnell nach was Tüchtigem um,
Lief in den Garten hinterm Haus,
Zog einen herzhaften Rettich aus,
Fraß ihn auf bis auf den Schwanz,
Da ward ich wieder frisch und genesen ganz.

Tatjana Hauptmann

Ian McEwan

Schokolade

Mein Vater war ein großer Mann. Ich war sein jüngstes Kind und sein einziger Sohn. Alle fürchteten sich vor ihm. Meine Mutter, meine vier Schwestern, sogar der Botschafter fürchtete sich vor meinem Vater. Wenn er die Stirn runzelte, brachte keiner mehr einen Ton heraus. Bei Tisch durfte man nur reden, wenn man vorher von meinem Vater angesprochen wurde. Jeden Abend, auch wenn ein Empfang bevorstand und meine Mutter angekleidet werden mußte, hatten wir mit geradem Rücken stillzusitzen und meinem Vater beim Vorlesen zuzuhören.

Jeden Morgen stand er um sechs Uhr auf und ging ins Bad, um sich zu rasieren. Bevor er nicht fertig war, durfte niemand aufstehen. Als ich ein kleiner Junge war, stand ich immer als nächster auf, hurtig, und ich ging ins Badezimmer, um ihn zu riechen. Verzeihen Sie, er hinterließ einen entsetzlichen Geruch, doch er wurde überdeckt vom Geruch der Rasierseife und seines Parfüms. Noch heute ist Eau de Cologne für mich der Geruch meines Vaters.

Ich war sein Liebling, ich war seine ganze Leidenschaft. Ich erinnere mich an einmal – vielleicht geschah es viele Male –, meine älteren Schwestern Eva und Maria waren vierzehn und fünfzehn. Es gab Abendessen, und sie flehten ihn an. Bitte, Papa. Bitte! Und zu allem sagte er nein! Sie durften nicht mit zu der Schulbesichtigung, weil dort Jungen sein würden. Es wurde ihnen nicht gestattet, Seidenstrümpfe zu tragen. Sie durften nachmittags nicht ins Theater gehen, es sei denn, ihre Mama ginge auch. Sie durften ihre Freundin nicht hierbehalten, weil sie einen schlechten Einfluß ausübe und nie die Kirche besuche. Dann stand mein Vater plötzlich laut lachend hinter meinem Stuhl, auf dem ich neben meiner Mutter saß. Er nahm mir das Lätzchen vom Schoß und stopfte es mir vorne ins Hemd. »Seht her!« sagte er. »Hier ist das nächste Familienoberhaupt. Vergeßt nicht, euch mit Robert gut zu stellen!« Dann ließ er mich die Debatte schlichten, und die ganze Zeit lag seine Hand hier auf mir und quetschte mir mit den Fingern das Genick. Mein Vater sagte dann: »Robert, dürfen die Mädchen Seidenstrümpfe anziehen, so wie ihre Mutter?« Und ich, zehn Jahre alt, sagte dann sehr laut: »Nein, Papa.« – »Dürfen sie ohne ihre Mama ins Theater gehen?« – »Auf keinen Fall, Papa.« – »Robert, dürfen sie ihre Freundin hierbehalten?« – »Niemals, Papa!«

Ich antwortete stolz, ohne zu wissen, daß ich benutzt wurde. Dies geschah vielleicht nur einmal. Für mich könnte es jeder Abend meiner Kindheit gewesen sein. Dann ging mein Vater zu seinem Stuhl am Kopfende des Tisches zurück und tat so, als sei er sehr traurig. »Es tut mir leid, Eva, Maria, ich wollte es mir gerade anders überlegen, aber jetzt sagt Robert, daß diese Dinge nicht sein dürfen.« Und er lachte, und ich lachte dann auch, ich glaubte alles, jedes Wort. Ich lachte, bis mir meine Mutter die Hand auf die Schulter legte und sagte: »Pst jetzt, Robert.«

Also! Haßten mich meine Schwestern? Von dem, was jetzt kommt, weiß ich, daß es nur einmal geschah. Es war Wochenende, und das Haus war für den ganzen Nachmittag leer. Ich ging mit eben den beiden Schwestern, Eva und

Maria, ins Schlafzimmer unserer Eltern. Ich setzte mich aufs Bett, und sie gingen an den Schminktisch meiner Mutter und kramten all ihre Sachen heraus. Zuerst lackierten sie sich die Fingernägel und wedelten sie in der Luft trocken. Sie taten sich Cremes und Puder aufs Gesicht, sie benutzten Lippenstift, sie zupften sich die Augenbrauen und tuschten sich die Wimpern. Sie befahlen mir, die Augen zuzumachen, während sie ihre weißen Socken abstreiften und Seidenstrümpfe aus der Schublade meiner Mutter anzogen. Dann standen sie da, zwei wunderschöne Frauen, und musterten einander. Und eine Stunde lang liefen sie im Haus herum, blickten über die Schulter in Spiegel oder Fensterscheiben, drehten sich in der Mitte des Salons im Kreis oder saßen sehr achtsam auf der Kante des Armsessels und ordneten ihre Haare. Ich folgte ihnen überallhin und schaute sie die ganze Zeit an, schaute sie einfach nur an. »Sind wir nicht schön, Robert?« sagten sie dann. Sie wußten, ich war schockiert, weil dies nicht meine Schwestern waren, dies waren amerikanische Filmstars. Sie waren von sich selbst hingerissen. Sie lachten und küßten einander, denn jetzt waren sie richtige Frauen.

Später am Nachmittag gingen sie ins Badezimmer und wuschen sich alles ab. Im Schlafzimmer räumten sie all die Töpfe und Tiegel weg und öffneten die Fenster, damit Mama ihr eigenes Parfüm nicht riechen würde. Sie falteten die Seidenstrümpfe und Strumpfhaltergürtel genauso zusammen, wie sie es bei ihr gesehen hatten. Sie schlossen die Fenster, und wir gingen hinunter, um darauf zu warten, daß unsere Mutter nach Hause kam, und ich war die ganze Zeit ganz aufgeregt. Plötzlich waren aus den schönen Frauen wieder meine Schwestern geworden, große Schulmädchen.

Dann kam das Abendessen, und ich war noch immer

aufgeregt. Meine Schwestern benahmen sich so, als sei nichts gewesen. Ich merkte, daß mein Vater mich fixierte. Ich blickte auf, und er sah mir geradewegs durch die Augen hindurch in mein Innerstes. Er legte sehr langsam Messer und Gabel beiseite, kaute und schluckte, was er im Munde hatte, und sagte: »Erzähl mir mal, Robert, was habt ihr heute nachmittag gemacht?« Ich glaubte, er wisse alles, so wie Gott. Er stellte mich auf die Probe, um herauszufinden, ob ich ehrenwert genug sei, die Wahrheit zu sagen. Lügen war also zwecklos. Ich erzählte ihm alles, vom Lippenstift, den Pudern, den Cremes und den Parfüms, den Seidenstrümpfen aus der Schublade meiner Mutter, und ich erzählte ihm – als würde dies alles entschuldigen –, wie sorgfältig diese Dinge aufgeräumt worden waren. Ich erwähnte sogar das Fenster. Zuerst lachten meine Schwestern und leugneten, was ich sagte. Doch als ich immer weiter redete, verstummten sie. Als ich fertig war, sagte mein Vater nur: »Danke schön, Robert« und aß weiter. Für den Rest der Mahlzeit sprach keiner mehr. Ich wagte nicht, in die Richtung meiner Schwestern zu blicken.

Nach dem Abendessen und kurz vor meiner Schlafengehenszeit wurde ich in das Arbeitszimmer meines Vaters gerufen. Dies war ein Ort, wo niemand hindurfte, hier lagen alle Staatsgeheimnisse. Es war der größte Raum im Haus, denn mein Vater empfing hier manchmal andere Diplomaten. Die Fenster und die dunkelroten Samtvorhänge reichten bis zur Decke hoch, und die Decke trug Blattgold und große kreisrunde Muster. Es gab einen Kronleuchter. Überall standen Bücher in Glasschränken, und der Fußboden lag voll mit Teppichen aus aller Welt. Mein Vater war Teppichsammler.

Er saß hinter seinem gewaltigen Schreibtisch, der mit

Edward Gorey

Papieren übersät war, und meine beiden Schwestern standen vor ihm. Er ließ mich auf der anderen Seite des Raumes in einem großen Ledersessel Platz nehmen, der einmal meinem Großvater gehört hatte, der ebenfalls Diplomat gewesen war. Keiner sprach. Es war wie in einem Stummfilm. Mein Vater holte einen Ledergurt aus einer Schublade und schlug meine Schwestern – drei sehr harte Hiebe auf das Hinterteil –, und Eva und Maria gaben keinen Mucks von sich. Plötzlich war ich draußen vor dem Arbeitszimmer. Die Tür war zu. Meine Schwestern waren auf ihre Zimmer gegangen, um zu heulen, ich ging die Treppe zu meinem eigenen Schlafzimmer hinauf, und das war das Ende. Mein Vater erwähnte diese Sache nie wieder.

Meine Schwestern! Sie haßten mich. Sie mußten Rache üben. Ich glaube, sie sprachen wochenlang von nichts anderem. Auch das Folgende geschah, als das Haus leer war, keine Eltern, keine Köchin, einen Monat nachdem meine

Schwestern geschlagen worden waren, vielleicht sogar noch später. Zuerst muß ich Ihnen noch erzählen, daß ich viele Dinge nicht durfte, obwohl ich der Liebling war. Vor allem durfte ich nichts Süßes essen oder trinken, keine Schokolade, keine Limonade. Mein Großvater verbot meinem Vater alles Süße, bis auf Obst. Das schade dem Magen. Vor allem aber schadeten Süßigkeiten, besonders Schokolade, den Jungen. Süßes mache sie so charakterschwach wie Mädchen. Vielleicht war daran etwas Wahres, das kann nur die Wissenschaft entscheiden. Mein Vater sorgte sich zudem um meine Zähne, er wollte, daß ich solche Zähne bekam wie er, vollkommen. Außer Haus aß ich die Süßigkeiten von anderen Jungen, doch daheim gab es keine.

Also, an diesem Tag kam Alice, die jüngste Schwester, zu mir in den Garten und sagte: »Robert, Robert, komm schnell in die Küche. Da gibt's ein Festessen für dich. Eva und Maria haben ein Festessen für dich!« Zuerst ging ich nicht, weil ich glaubte, es könnte ein Trick sein. Doch Alice sagte immer wieder: »Komm schnell, Robert!«, und schließlich ging ich, und in der Küche, da waren Eva und Maria und Lisa, meine andere Schwester. Und auf dem Tisch, da standen zwei große Flaschen Limonade, eine Sahnetorte, zwei Tafeln Kochschokolade und eine große Schachtel Marshmallows. Maria sagte: »Das ist alles für dich«, und ich war sofort mißtrauisch und sagte: »Warum?« Eva sagte: »Wir möchten, daß du in Zukunft netter zu uns bist. Wenn du das alles aufgegessen hast, wirst du daran denken, wie lieb wir zu dir sind.« Das klang einleuchtend, und die Sachen sahen so lecker aus, also setzte ich mich hin und griff nach der Limonade. Doch Maria hielt meine Hand fest. »Zuerst«, sagte sie, »mußt du eine Medizin einnehmen.« – »Warum?« – »Du weißt doch, daß Süßigkeiten deinem Magen schaden. Wenn du krank bist, wird Papa wissen, was du gemacht hast, und dann sitzen wir alle in der Patsche. Diese Medizin wird alles in Ordnung bringen.« Also öffnete ich den Mund, und Maria schob mir vier große Löffel voll mit etwas Öligem hinein. Es schmeckte scheußlich, aber das machte mir nichts aus, denn ich begann sofort, die Kochschokolade und die Sahnetorte zu essen und die Limonade zu trinken.

Meine Schwestern standen um den Tisch und sahen mir zu. »Schmeckt es dir?« sagten sie, aber ich aß so schnell, daß ich kaum reden konnte. Ich dachte, sie seien vielleicht deshalb so gut zu mir, weil sie wußten, daß ich eines Tages Großvaters Haus erben würde. Nachdem ich die erste Flasche Limonade ausgetrunken hatte, nahm Eva die zweite vom Tisch und sagte: »Ich glaube nicht, daß er die auch noch trinken kann. Ich werde sie wegstellen.« Und Maria sagte: »Ja, stell sie nur weg. Bloß ein Mann könnte zwei Flaschen Limonade austrinken.« Ich schnappte ihr die Flasche weg und sagte: »Natürlich kann ich sie austrinken«, und die Mädchen sagten alle zusammen: »Robert! Das ist unmöglich!« Also ließ ich von der Limonade natürlich nichts übrig und auch nichts von den beiden Tafeln Kochschokolade, von den Marshmallows und von der ganzen Sahnetorte, und meine vier Schwestern klatschten im Takt in die Hände. »Bravo Robert!«

Ich versuchte zu stehen. Die Küche fing an, sich um mich zu drehen, und ich mußte ganz dringend auf die Toilette. Aber plötzlich schlugen mich Eva und Maria zu Boden und hielten mich fest. Ich war zu schwach, um mich zu wehren, und sie waren viel größer. Sie hielten ein langes Seilende bereit und fesselten mir die Hände auf den Rücken. Alice und Lisa hopsten die ganze Zeit herum und sangen: »Bravo Robert!« Dann zerrten mich Eva und Maria auf die Beine und stießen mich aus der Küche, über die große Diele und in das Arbeitszimmer meines Vaters. Sie zogen den Schlüssel innen ab, schlugen die Tür zu und verschlossen sie. »Tschüs Robert«, riefen sie durchs Schlüsselloch. »Jetzt bist du der große Papa in seinem Arbeitszimmer.«

Ich stand mitten in diesem gewaltigen Raum, unter dem Kronleuchter, und zuerst begriff ich nicht, wieso ich dort war, und dann verstand ich. Ich kämpfte mit den Knoten, aber sie saßen zu fest. Ich rief und trat gegen die Tür und bumste mit dem Kopf dagegen, doch das Haus schwieg. Auf der Suche nach einem Winkel rannte ich kreuz und quer durchs Zimmer, und in jeder Ecke waren teure Teppiche. Schließlich konnte ich nicht mehr anders. Die Limonade kam und wenig später, ganz flüssig, die Kochschokolade und die Torte. Ich trug kurze Hosen, so wie ein englischer Schuljunge. Und anstatt stehenzubleiben und nur einen Teppich zu ruinieren, rannte ich kreischend und heulend überallhin, so als wäre mir mein Vater bereits auf den Fersen.

Der Schlüssel drehte sich im Schloß, die Tür flog auf, und Eva und Maria kamen hereingestürmt. »Puh!« riefen sie. »Schnell, schnell! Papa kommt.« Sie lösten das Seil, steckten den Schlüssel wieder von innen ins Schloß und liefen wie hysterische Frauen lachend davon. Ich hörte den Wagen meines Vaters in der Auffahrt halten.

Zuerst konnte ich mich nicht bewegen. Dann schob ich die Hand in meine Tasche und holte ein Taschentuch heraus, und ich ging zur Wand – ja, sogar an den Wänden war es, sogar auf seinem Schreibtisch –, und genauso tupfte ich einen alten Perserteppich ab. Dann sah ich meine Beine, sie waren beinahe schwarz. Das Taschentuch nutzte nichts, es war zu klein. Ich lief zum Schreibtisch und nahm mir irgendein Papier, und so fand mich mein Vater, wie ich mir mit Staatsangelegenheiten die Knie abputzte, und hinter mir glich der Fußboden seines Arbeitszimmers einem Bauernhof. Ich machte zwei Schritte auf ihn zu, fiel auf die Knie und erbrach mich fast über seinen Schuhen, erbrach lange Zeit. Als ich aufhörte, stand er noch immer in der Tür. Er hielt noch immer seinen Aktenkoffer, und sein Gesicht verriet nichts. Er warf einen Blick auf mein Erbrochenes und sagte: »Robert, hast du Schokolade gegessen!« Und ich sagte: »Ja, Papa, aber...« Und das genügte ihm. Später kam mich meine Mutter in meinem Schlafzimmer besuchen, und morgens kam ein Psychiater und erzählte etwas von einem Trauma. Doch meinem Vater genügte es, daß ich Schokolade gegessen hatte. Er schlug mich drei Tage lang jeden Abend und hatte viele Monate kein gutes Wort für mich. Das Arbeitszimmer durfte ich viele, viele Jahre lang nicht mehr betreten, erst wieder, als ich mit meiner zukünftigen Frau dort eintrat. Und bis zum heutigen Tag esse ich nie Schokolade, und meinen Schwestern habe ich nie verziehen.

... mag ich, mag ich nicht

Martina Borger

Mag ich: Barfußgehen. Im Morgengrauen alleine aufstehen und mindestens eine Stunde Zeit für mich haben. Bier. Marie. Wie still es wird, wenn es schneit. Wäsche aufhängen. Supermärkte im Ausland. Sommer. Tori Amos. Karten spielen. Laubwälder. Hamburg. Lange beim Essen sitzen. Rauchen. Italien (bisher überall). Strandspaziergänge. Quizshows. Rotwein, sofern er aus dem Ausland stammt. Den Gesang von Vögeln morgens sehr früh. Ein großes Buchpaket auspacken (merci, Zürich). Sushi. Gartenarbeit. Frische Bettwäsche. Den Duft von Freesien. Auf dem Sofa vergammelte Sonntage. Pasta. Sommertage auf dem Land, so wie bei Čechov. Alle Romane von Barbara Vine. Lange Autofahrten mit meinen Kindern. Italienische Filme der 70er und 80er Jahre.

Mag ich nicht: Warten. Arzttermine. Schnaps. Eitle Menschen. Märchen. Flugreisen. Unpünktlichkeit. Leere Lokale. Den Geruch von Popcorn im Kino. Berge. Cocktails & Empfänge & alle derartigen Veranstaltungen. Kälte, vor allem die feuchte. Sektierer. Berlin. Telefonanrufe beim Essen. Science-Fiction-Filme. Parfümerien. Schwimmbäder. McDonald's. Lehrersprechstunden. Post vom Finanzamt. Komiker à la Jerry Lewis und Jim Carey. Die Provinz. Ungepflegte Menschen. Schlafen bei geschlossenem Fenster. Interviews. Western. Meine eigene Ungeduld. Sogenannte Freizeitkleidung, außer beim Sport. Hotels. Expressionistische Malerei (mit wenigen Ausnahmen).

Maria Elisabeth Straub

Mag ich: Ins Blaue fahren. Wetter. Obsternte. Umgefallene Schafe wieder auf die Füße stellen und damit vorm sicheren Tod retten. Wäsche in den Wind hängen und nach zehn Minuten glatt und trocken wieder abnehmen. Kanufahrten und Picknick am Flußufer. Bücherpakete vom Verlag. Dogma-Filme. Offene Feuerstellen. Steputats Reimlexikon. Nachhause kommen. Märzenbecher, englische Rosen, Löwenmäulchen, Rittersporn etc. Kompost und Mulch. Stromausfall. Einsiedeln. Silvester mit Freunden Holzschnitte drucken und darüber den Jahreswechsel vergessen. Die hellen Sommernächte im Norden. Doppeldeckerbusse und -bahnen. Nordfriesland und das Wattenmeer aus der Luft. Vogelschwärme. ›... mag ich – mag ich nicht‹ von andern lesen.

Mag ich nicht: Seifenspender. Das eingestaubte Kabelgewirr unterm Arbeitsplatz. Hotels (bis auf die Schuhputzapparate). Falsch ausgestellte Bahntickets. Western. Frisörsalons Strumpfhosen. Schneckenplagen, in deren Verlauf sich übergroße, spitzschwänzige, graugelb gestreifte Arten herausmendeln. Austern essen. Ratten und Zecken. Gewitter direkt über dem Reetdach. Penetrantes Aftershave. Zu lange Fingernägel. Stehparties. Baccara-Rosen, Gerbera. Nägel schneiden. Die fünfstelligen Postleitzahlen, die kein Mensch sich merken kann. Drückende Schuhe. Überlappende Nachbarn im Flugzeug. ›... mag ich – mag ich nicht‹ schreiben (ich hab dafür zwei Jahre gebraucht).

Sławomir Mrożek
Tee oder Kaffee?

Tee oder Kaffee?« fragte die Dame des Hauses. Ich mag das eine wie das andere, und hier befahlen sie mir auszuwählen. Das hieß, sie geizten entweder mit Kaffee oder mit Tee. Ich bin gut erzogen, also ließ ich mir nicht anmerken, daß ich einen derartigen Geiz verabscheue. Ich war gerade mitten im Gespräch mit dem Professor, meinem Tischnachbarn, den ich von der Überlegenheit des Idealismus dem Materialismus gegenüber überzeugte, und tat so, als hätte ich die Frage nicht gehört.

»Tee«, sagte der Professor, ohne zu zögern. Natürlich, dieses Mistvieh war ein Materialist und drängelte sich gleich an den Freßtrog.

»Und Sie?« wandte sie sich an mich.

»Entschuldigung, ich muß mal raus.«

Ich legte die Serviette hin und ging zur Toilette. Ich mußte überhaupt nicht, aber ich wollte überlegen und Zeit gewinnen. Wenn ich mich für Kaffee entscheide, dann verliere ich den Tee und umgekehrt. Wenn die Menschen frei und gleich geboren werden, dann sind es Kaffee und Tee auch. Wenn ich Tee nehme, dann fühlt sich der Kaffee zurückgesetzt und umgekehrt. Eine solche Verletzung des Naturgesetzes des Kaffees, oder auch des Tees, widersprach meinem Gerechtigkeitsgefühl als der übergeordneten Kategorie.

Ich konnte aber nicht endlos in der Toilette sitzen, sei es auch nur deshalb, weil das nicht die reine Idee einer Toilette war, sondern eine allgemeine Toilette beziehungsweise eine gewöhnliche Toilette mit Kacheln. Als ich ins Eßzimmer zurückkam, tranken bereits alle entweder Tee oder Kaffee. Mich hatte man ganz offensichtlich vergessen. Das traf mich tief. Keinerlei Aufmerksamkeit, keinerlei Toleranz für das Individuum. Nichts kann ich sowenig leiden wie eine seelenlose Gesellschaft; ich lief also in die Küche, um die Menschenrechte einzufordern. Als ich auf dem Tisch einen Samowar mit Tee sowie eine Kaffeemaschine sah, erinnerte ich mich, daß ich das ursprüngliche Dilemma noch nicht gelöst hatte: Tee oder Kaffee, oder auch Kaffee oder Tee. Natürlich sollte man das eine oder das andere fordern, statt dem Kompromiß einer Wahl zuzustimmen. Ich bin aber nicht nur gut erzogen, sondern auch sehr zartfühlender Natur. Also sagte ich höflich zur Dame des Hauses, die in der Küche herumwirtschaftete: »Bitte halb und halb.«

Dann schrie ich: »Und ein Bier!«

Sempé

Martin Suter

Die Trinkgeldfrage

Vielleicht ist doch etwas dran am Gerücht, daß Susi Schläflis Vater mehrere Patente auf dem Befestigungstechniksektor besitzt. Wie sonst könnte sie sich Ferien in einem Land leisten, wo eine Cola über fünf Dollar kostet? Vom Flug dorthin ganz zu schweigen.

Die SchampBar vermutet einen Mann dahinter, und Susi unternimmt nicht viel gegen das Gerücht. Aber Geri weiß, daß sie alleine geflogen ist. Sie hat es ihm im Vertrauen gesagt. Denn immer, wenn Susi Schläfli eine längere Ortsabwesenheit plant, wird Geri zu ihrer Vertrauensperson. Das hat weniger mit Geri zu tun als mit Tonito, Susis kleinem Söhnchen. Geri ist der einzige, den sie zum Babysitten überreden kann.

Tonito ist zwar bei ihren Eltern gut aufgehoben, aber Susi findet es total wichtig, daß er den Kontakt zu ihrem Umfeld nicht verliert und nicht im Reihenhäuschen der Schläflis verspießert.

Obwohl Geri diese Maßnahme bei einem gut Einjährigen für übertrieben hält, holt er während Susis Abwesenheit Tonito jeden zweiten Tag zu einem kurzen Ausflug ab, der abwechselnd ins Fisch & Vogel oder ins Mucho Gusto führt. Schon nach wenigen Minuten ist er jeweils gezwungen, das Lokal wieder zu verlassen, denn Tonito ist am Zahnen und haßt den Kinderwagen, auf den Geri besteht. Selbst Frau Schläfli, die im Innersten überzeugt ist, daß es sich bei Geri um den von Susi so standhaft verheimlichten Kindsvater handeln muß, schafft es nicht, ihn dazu zu bewegen, Tonito im Babybeutel vor der Brust zu tragen. Denn auch bei Geri Weibel kennt das Nicht-nein-sagen-Können Grenzen.

Alle sind froh, als Susi wieder da ist, außer Susi selbst. Sie trägt eine Blüte hinter dem Ohr und ist in Gedanken weit, weit weg. Sie spricht wenig, trinkt zwei Daiquiris, und als Charly ihr das Wechselgeld bringt, steckt sie alles ein und läßt statt eines Trinkgelds die bereits etwas angewelkte Hibiskusblüte auf dem Tellerchen zurück. Charly vermutet Jetlag und stellt die Blüte in einem Schnapsgläschen neben die Kasse.

»Solange sie nicht mit Blüten bezahlt«, grinst er zu Carl Schnell, als Susi gegangen ist.

Als Charly am nächsten Tag das Wechselgeld für ihre Daiquiris bringt, klaubt Susi in der Handtasche. Vielleicht, denkt Charly, ist ihr das von gestern eingefallen und sie will die zwei Franken dreißig auf dem Tellerchen etwas aufstocken.

Aber Susi bringt ein leeres Joghurtglas zum Vorschein und entnimmt ihm zwei weiße Stefanotisblüten. Sie schaut Charly tief in die Augen und sagt: »Danke für die nette Bedienung, Charly.« Dann ersetzt sie das Wechselgeld auf dem Tellerchen durch die zwei Blüten und trippelt davon, wie barfuß durch den warmen Sand.

Es bleibt Geri Weibel vorbehalten, die SchampBar aufzuklären. Anläßlich des Debriefings von seinem Babysittereinsatz an einem Zweiertischchen im Fisch & Vogel, als Geri neben der Rechnung etwas Kleingeld liegenläßt, schwärmt sie ihm von der trinkgeldlosen Gesellschaft Tahitis vor.

Als Susi am gleichen Abend Charly wieder mit einem aufrichtigen Dank und einer Blüte im Wechselgeldtellerchen zurückläßt, trumpft Geri mit seinem Wissensvorsprung auf. »Du meinst, sie gibt Charly Blüten statt Trinkgeld, um ihn nicht in seinem Stolz zu verletzen?« staunt Robi Meili.

»Charlys Stolz«, kichert Carl Schnell, »kann man mit Trinkgeld nicht verletzen. Es sei denn, es ist zu klein.«

Freddy Gut und Alfred Huber verschlucken sich an ihren Drinks, und Geri genießt es, der Auslöser von so viel Heiterkeit zu sein.

Nur Charly bleibt merkwürdig still. Später, als die fünf bezahlen, nimmt er die Wechselgeldtellerchen und wischt die Trinkgelder mit dem Aschenbecherpinsel in den Abfalleimer.

Damit beginnt die trinkgeldfreie Periode der SchampBar. Die Abstellflächen um die Kasse füllen sich mit likörglasgroßen Vasen und flachen Kristallschalen, in denen Blüten schwimmen. Die Gäste gewöhnen sich an, Charly nach dem Bezahlen die Hand zu drücken und sich in aller Form für die Qualität seiner Bedienung zu bedanken. Robi Meili führt das ›Billet‹ ein, ein kleines Korrespondenzkärtchen mit ein paar schriftlichen Dankesworten.

Geri Weibel gelingt es, den größten Teil der Lorbeeren für diese gastgewerbliche Revolution für sich zu beanspruchen. Susi Schläfli hat zwar mit den Blüten begonnen, aber ohne Geri, den Promoter der Idee, hätte sie sich niemals durchgesetzt.

Erst als Charly die Preise um fünfzehn Prozent anhebt – von etwas muß der Mensch schließlich leben –, beginnt Geri sich vorsichtig von Tahiti zu distanzieren.

Friedrich Dürrenmatt

Es war köstlich!

Ich habe ausgezeichnet gegessen. Zwar war es ein bescheidenes Mahl, wie es angemessen ist in schwerer Zeit, doch wurde ich satt mit Gottes Hilfe, und ein wohliges Gefühl breitet sich über meine Glieder.

Ich denke mit innerstem Behagen an die Muränensuppe zurück, mit den Einsiedlerkrebsen und frischen Meeresschnecken, die mir zu Beginn serviert wurde.

Siehe, es war köstlich!

Auch liegt mir noch der Riesenhecht zärtlich im Sinn, wie eine ferne Geliebte, in rotem Landwein gekocht und mit Forelle gefüllt, Röteln, Blaufelchen und sauren Oliven, Essigreizkern, Perlzwiebeln und Gurken. Dies alles schmeichelte meinem Magen wie eine Frauenhand.

Wie brünstig war ich nach Froschschenkeln, Walliser Blindschleichen und Burgunderschnecken mit leichtgekochten Schwalbeneiern, die meiner königlichen Majestät auf silbernem Teller gereicht worden waren.

Gepriesen sei die Güte des Herrn, der solche Wunderwerke dem dunklen Schoß der Natur entlockt!

Er ließ die köstlichen Reben wachsen, deren Wein ich genoß. Gepriesen seien Nacktarsch und Liebfrauenmilch!

Gepriesen sei auch der Schweinebauch in Gelee und Kaviar, Austern mit Champagner, am Spieß gebratenes Osterlamm, gefüllt mit kleinen Straßburgerwürstchen, gebackenen Lerchen und dem Bries vorzeitig geborener Kälber, samt dem schweren Burgunderwein, der herrliche Fasan, von Krammetsvögeln umgeben, Rapunzel und Rosenkohl, der göttliche Pommard, die Biersuppe mit Leberklößen und das Glas Wasser, welches ich dazu getrunken, die Schokoladencreme, die niedersächsische Blutwurst, der Kartoffelsalat und die weißen Bohnen mit Speck, der saure Most und die Pastete von Champignons, Trüffeln, Morcheln, Kaiserpilz, der Reis, die Madeirasauce mit Kapern, der Zizerser in kostbarem Kristall!

Gesegnet und gebenedeit sei, was ich eben genossen!

O Russischer Salat mit Thunfisch!

O Steinhäger, o Sauerkraut!

O junger Kopfsalat mit gekochten Zwiebeln!

O Glas Stutenmilch mit Schwarzbrot!

Soll ich eurer nicht gedenken, wie man zärtlicher Stunden gedenkt?

Soll ich den Chambertin mißachten und den Gemsrücken, den gespickten Hasen, die Rehkeule?

Liebte mein Gaumen sie nicht?

Du Bärentatze, köstlich gewurmt, ihr grünen Bohnen mit Wodka, ihr sauren Zwetschgen mit Spargelspitzen, du Haferbrei mit Lindenblütentee, du Emmentaler, o Lambrusco und rote Kirschen in Rum, ich preise euch! Ihr tatet mir wohl, ihr tatet einem König wohl, ich preise euch!

Ihr syrischen Heuschrecken mit wildem sibirischem Honig, euch gilt mein Gruß, mein begeisterter Gruß! Ich genoß eurer Johannes zu Ehren, meinem erlauchten Vorgänger Johannes dem Täufer zu Ehren!

Liegt mir nicht der Geschmack der Erdbeeren wie Frauenkuß auf den Lippen?

Rot waren sie und reif, in Quittenmark mit Schlagsahne, Kirsch dazu, Marc und Pflümliwasser. O Tränen der Freude!

Laßt mich weinen im Andenken der Coupe Christiane mit Cherry-Brandy!

Laßt mich weinen, es sind königliche Tränen, welche auf diesen Teppich aus Belutschistan rollen.

Nun aber, gnädig gestimmt durch solche Mahlzeit, da ich auch einige Maß Bier zum Nachtisch geleert, deren letztes ich eben beende, will ich mich daran machen, meine Weiber zu empfangen, denn ich liebe es, allein zu speisen, höchstens, daß ich Stallknechte holen lasse, die mich, von der Ecke des Saales aus, mit ihren Witzen unterhalten.

Roland Topor

Sempé

Hugo Loetscher
Mittrinken und mitreden

Mittrinken ja – soll man sich dabei von Namen verführen lassen? Fängt man wegen eines Affentalers gleich an zu klettern? Oder kommt man nicht besser nach oben dank eines Himmelsleiterli? Wird einem fromm zumute bei Lacrimae Christi? Und wie fühlt man sich bei bzw. nach einem Räuschling? Und wohin entführt der Wein Unendlich?

Nein, man möchte nicht einfach mittrinken, sondern auch mitreden.

Nicht daß man, um terminologisch à la page zu sein, gleich in Montpellier die Wein-Universität zu besuchen gedenkt. Oder in London (bzw. in einer der Filialen in Napa Valley oder Sidney) Kurse des Instituts Masters of Wine absolviert, um in Zukunft auf der Visitenkarte hinter den Namen ein MW setzen zu dürfen, Master of Wine.

Warum nicht sich fürs erste einmal an Etiketten halten, auch wenn man sich bewußt ist, daß wir in einem Zeitalter der Verpackung leben – nicht die Ausstellung zählt, sondern der Katalog, nicht Shakespeare, sondern die Regisseur-Version, nicht die politische Idee, sondern das Parteiprogramm.

So schlechtgläubig wollen wir doch nicht sein. Die Etiketten sind immerhin erste Information, und dies, selbst wenn innerhalb des gleichen Landes verschiedene Bestimmungen gelten für das, was als Angabe obligatorisch und was fakultativ ist, wobei zu berücksichtigen ist, daß für die Ausfuhr in bestimmte Länder Sonderbestimmungen gelten. Obligatorisch sind in Frankreich etwa die Angaben über Alkoholgehalt, Kategorie, Füllmenge und Adresse des Abfüllers. Der Vermerk der Klassifizierung hingegen, wie man ihn bei einem Bordeaux findet, ist fakultativ. Wenn andererseits bei einem Burgunder die Buchstaben für den Namen der Reblage gleich groß sind wie für die Appellation, handelt es sich um einen Premier cru.

Sicher, so was muß man wissen. Und wenn auf der Flasche eines argentinischen Weins Zahlen wie 1800 oder 2000 vermerkt sind, wird es sich sicher schwerlich um Jahrgänge handeln. Verzeichnet wird die Höhenlage der Rebberge in den Anden, die Höhenmeter-Angabe der terrazzas, der Weinberg-Terrassen – die Höhenlage als Ausweis von Qualität. Damit kann Europa schwerlich konkurrieren. Im Wallis finden sich Heidenreben über dem Vispertal bis auf 1200 Meter hinauf, am Ätna klettern die Rebberge noch etwas höher.

Stimmen wir ein ins Lied. Da haben schon so viele mitgesungen, daß unsere Stimme kaum stört, in so vielen Sprachen wurde gesungen, daß sicher auch die unsere akzeptiert wird, und in so unterschiedlichen Gemütsverfassungen hörten wir das Lied, daß wir durchaus mithalten dürfen, wie immer es uns auch gerade zu Mute ist.

Angestimmt wurde das Lied seit Jahrtausenden, und noch immer ist es aktuell. Nur ist der Text auch nicht so originell, im Prinzip jedenfalls nicht:

Bittet der Chinese Po Chü-i »Den Weinbecher her und bis zum Rand gefüllt«, versteht das auch ein jüdischer Prophet: »Kommet und zehret von meinem Brote und trinket des Weins, den ich schenke.« Und ebenso kann der Grieche Alkaios mithalten, der den Freund Melanippos auffordert: »Trinke, sei trunken mit mir.« Auch wenn einer weder Chinesisch noch Hebräisch oder Griechisch beherrscht, er begreift, was gemeint ist, wenn die drei den Becher heben.

Anakreon, der nicht nur sang, sondern auch trank, erstickte im hohen Alter am Kern einer Weinbeere, so daß die Klage ging, er hätte sich besser an seine Lieder gehalten, statt Trauben zu essen: »Trink ihn, den Saft, gleich erwarmet meine Seele.« Er, der vor der persischen Besatzungsmacht aus Kleinasien, dem damaligen Ionien, geflüchtet war, ein Schützling athenischer Tyrannen, wurde stilbildend. Er verfaßte Trinklieder (Parönien), Hymnen, Elegien, Epigramme und Rundgesänge (Skolien) für Symposien. Er wirkte stilbildend nicht nur für seine Zeit. Das Rokoko, das Leichtlebigkeit kultivierte, liebte die Anakreontiker. Wie dies Johann Wilhelm Ludwig Gleim bestätigt: »Anakreon, mein Lehrer, / Singt nur von Wein und Liebe. // Soll denn sein treuer Schüler / Von Haß und Wasser singen?«

Warum sollten sie einander nicht begreifen und Sympathie aufbringen, schließlich haben alle Durst. Daß der Durst groß sein kann, erfuhr der Dichter, der über die Ironie und ihre tiefere Bedeutung schrieb, Christian Dietrich Grabbe: »Gebt mir die Dardanellen auszutrinken, / Ein Ätna glüht in meiner Lust.«

Was, wenn gar nicht aus Durst getrunken wird? Es gibt weiß Gott und weiß Bacchus genug Gründe, um zu trinken.

Trinken wir auf dich und auf mich, auf Freundin und Freund, bei der Hochzeit oder zum Examen, aus Anlaß eines Leichenmahls oder einer Geburt. Man versteht den, der das Wörterbuch konsultierte, um darin von A bis Z Trinkmotive aufzuspüren. Dieser anonyme Trinker scheint sich an einem berühmten Russen inspiriert zu haben. In welchem Maß Ossip Mandelstam, ein enttäuschter Revolutionär, Avantgardist war, mag man schon aus den Gründen erkennen, deretwegen er das Glas hob: »Ich trink auf soldatische Astern, auf alles, für was man mich rügt... auf mein Asthma, auf St. Petersburg«, aber auch »auf Rosen im Rolls-Royce oder auf das koloniale Chinin«. Wobei er nicht schlüssig war, ob er den »fröhlichen Asti Spumante« dem »Châteauneuf-du-Pape« vorziehen sollte.

Wie edel Gründe fürs Trinken sein können, mag man daraus schließen, daß der Wein auch im vaterländischen Lied unterkommt. »Da heißt«, nach Gottfried Keller, »ein Haus zum Schweizerdegen.« Von diesem Wirtshaus vernimmt man: »Lustig muß die Herberg sein«, denn »der Wirt schenkt Roten ein«, und »die schöne Wirtin, sie lacht, sie hat schon manchen zu Bette gebracht.« Das konnte im Chor jugendfrei gesungen werden, als noch nicht das Gespenst des *sexual harrassment* umging.

Aber nicht alles, was im Namen des Vaterlandes gedichtet wird, läßt sich patriotisch respektieren. Als Beethoven die *Neunte* komponierte, unterschlug er die 13. Strophe von Schillers *Lied an die Freude*. Diese lautete: »Brüder, fliegt von euren Sitzen, wenn der volle Römer kreist, laßt den Schaum zum Himmel spritzen; dieses Glas dem guten Geist.« Eine weise Auslassung; denn wie sollen die Brüder (und Schwestern) von den Sitzen fliegen, da sie beim Absingen der Nationalhymne sowieso schon stehen.

Wie immer auch, heben wir den Becher oder das Glas.

Da muß der Trinkende nicht gleich beißen oder schlürfen wie einer, der sich in Sache Zunge und Geschmack auskennt, der weiß, ihre Spitze ist zuständig für das Süße, gegen den Gaumen liegt die saure Zone und dazwischen die sal-

Sempé

zige. Solche Kenntnis ist wichtig für jemand, der den Wein nicht trinkt, sondern begutachtet oder verkostet, wie das professionelle Probieren heißt.

Wein ist nun mal nicht Wein. Nicht alle Weine haben es zu einem Vers gebracht – zu einem, zugegeben manchmal recht einfachen, wie dem von Aleksander Puškin etwa: »Du machst mich immer still und froh, / mein lieber guter Freund Bordeaux.«

Illuster sind die besungenen Weine.

In der Antike forderte Catull: »Knabe, alten Falerner gieß ein jetzt, / Füll mit würzigerem Tranke mir die Becher.« Der Falerner war die römische Konkurrenz zu den griechischen Spitzenweinen; noch heute wird nördlich von Neapel der Weißwein Falerno del Massico produziert.

Obwohl die Engländer nie große Weintrinker waren, haben sie literarisch gefeiert, was sie der Weintraube verdanken. Shakespeare hat das Lob Falstaff in den Mund gelegt, der von Prinz Johann sagt: »Daß ihn kein Mensch zum Lachen bringen kann! Aber das ist kein Wunder: Er trinkt keinen Wein. Es wird niemals aus diesem bedächtigen Burschen etwas Rechtes... Ein guter spanischer Sherry hat eine zwiefache Wirkung an sich. Er steigt in das Gehirn, zerteilt da alle die albernen, dummen und rohen Dünste, die es umgeben, macht es sinnig, schnell und erfinderisch, voll von behenden, feurigen und ergötzlichen Bildern... Und die zweite Eigenschaft unseres Sherry ist die Erwärmung des Blutes... wenn ich tausend Söhne hätte, der erste menschliche Grundsatz, den ich sie lehren wollte, sollte sein, dünnem Getränk abzuschwören und sich dem Sherry zu ergeben.« Wobei daran erinnert werden darf, daß das Wort »Sherry« auf deutsch mit »Sekt« übersetzt worden war, wohl weil einem damaligen deutschen Publikum Sherry nicht geläufig war.

Und eine nicht minder ehrenvolle Lobpreisung widerfuhr dem Portwein. Johann Heinrich Füssli, Maler und Illustrator, schrieb eine ›Ode‹ auf ihn. Nicht leicht zu deuten der Hymnus: »Und rasender Leidenschaften / Aufwiegler. Treibet uns nicht sein Taumelkelch / Ans Grab? Noch schaudert's mir durchs gehemmte Blut.«

Da die Deutschen mehr Trinklieder haben als irgendein anderes europäisches Volk, wurde dank ihner der (hauseigene) Rheinwein besungen wie selten ein anderer. Und dies von Dichtern recht unterschiedlicher Musen. Wie von Matthias Claudius: »Am Rhein, am Rhein, da wachsen unsre Reben, / Gesegnet sei der Rhein. Da wachsen sie am Ufer hin und geben / Uns diesen Labewein.« Aber auch Gottfried Benn, für einmal alles andere als expressionistisch, verfaßte ein *Ergo bibamus*: »Dann trinket den göttlich ambrosischen Wein, / Geblüht und gereifet am Ufer des Rheins.«

Die Rhein-Reben scheinen über geheimnisvolle Kräfte zu verfügen; spiegeln sie sich im Rhein, genügt dies, daß der Fluß betrunken ist. Dies jedenfalls hat ein Franzose wie Guillaume Apollinaire behauptet, als in einer »Nacht am Rhein« ihm »wie grelles Lachen sein Glas zersprang«. Zu militärischen Ehren ist allerdings nur ein Wein gekommen, ein Burgunder. Napoleon ließ die Soldaten das Gewehr präsentieren, als sie bei Chambertin vorbeimarschierten.

Ob gelobt oder unbesungen, verpassen wir den Moment nicht – eine Flasche und ein Glas her für den stillen Genießer.

Was für Spaß und welche Genugtuung ein solches Trinken bereitet, erfährt man aus der *Wirthäuselei* von Robert Walser: »Bald war es ein Zweier, bald ein Dreier und bald ein halber Liter, was ich trank, und ich trank mit dem größten Vergnügen beides, Rot- wie Weißwein... Und so ging es von einer Einkehrgelegenheit recht manierlich in die nächstbeste andere. Es war ein Einkehren und draus wieder Herausfegen, und als die Sonne untersank, hatte ich etwas so Schönes, etwas so rätselhaft Schönes im Besitz.«

Aber das Allein-Trinken kann eine verächtliche Bemerkung auslösen: »Boire comme Suisse«, damit meinen die Franzosen einen, der allein vor sich hin trinkt und mit niemandem Kontakt haben mag.

Eine recht bekannte Anekdote scheint dieser schweizerischen Verschlossenheit Recht zu geben. Gottfried Keller und Arnold Böcklin, der Dichter und der Künstler, hockten oft zusammen bei einem Glas Wein. Einmal gesellte sich ein Dritter zu ihnen und meinte im Verlauf des Abends: »Der Wein ist gut.« Was Keller beim Abschied zur Bemerkung veranlaßt haben soll: Einen solchen Schwätzer wollen wir nicht wieder am Tisch.

An dieser Anekdote ist nur richtig, daß die beiden keinen dritten bei sich am Tisch wünschten; setzte sich einer dazu, tauchten sie ins Schweigen. Ansonsten haben sie sich ausgiebig unterhalten, wie könnte es auch anders sein. Die Schweiz, ein klassisches Land der Wirtsstuben – nicht nur wegen des Trinkens. Die Wirtsstube ist eine Bildungsstätte für die politische Willensbildung, dies ist beim Erzieher Heinrich Pestalozzi wie beim Erzähler Jeremias Gotthelf nachzulesen oder bei Peter Bichsel.

Nicht daß alles, was sich in diesem Land als ›Sternen‹ oder ›Krone‹ oder ›Adler‹ anbietet, als ›Steinbock‹ oder ›Schwanen‹, Pädagogisches verspricht. Die Schilder laden zum Trinken ein, ob dies das ›Kreuz‹ oder ›Drei Könige‹ tun. Der Wein benötigt und verdient Orte und Möglichkeiten, die keine andere Absicht haben, als ihn auszuschenken, ob in einem Ratskeller oder in einer Weinstube, ob in einer

Sempé

Vinothek, in einer Gartenwirtschaft oder an der Bar, im Mineralienbad wie einst oder im Jacuzzi, in dem von damals und in dem von heute.

Wenn man vom Wein etwas erwarten darf, ist es sein Beitrag zur Geselligkeit. Daher die Lieder, die man nicht allein und für sich singt, auch auf das Risiko hin, daß das Trinklied zum Sauflied wird. Nicht nur in Auerbachs Keller fühlt man sich wohl als »wie fünfhundert Säue«.

Kein Geringerer als Martin Luther schimpfte über das deutsche Trinkgebaren. Was er mahnte, hätte die Einleitung zu einem Werk abgeben können, das zweihundert Jahre später erschien, zu Johann Wilhelm Peters *Geschichte der deutschen National-Neigung zum Trunke*. Luther zürnte: »Es muß ein jeglich Land seinen eigenen Teufel haben, Welschland seinen, Frankreich seinen, unser deutscher Teufel wird ein guter Weinschlauch sein, muß Sauf heißen, daß er so durstig und heilig ist, das mit so großen Saufen Weines und Bieres nicht kann gekühlt werden, und wird solcher ewiger Durst Deutschlands Plage bleiben, habe ich Sorge, bis an den jüngsten Tag.« Nicht daß der Reformator ein Verächter gewesen wäre; er soll sein populäres Kirchenlied *Ein feste Burg ist unser Gott* bei einer Flasche Niersteiner geschrieben haben. Was wiederum nicht heißt, daß man fürs Absingen des Kirchenliedes Niersteiner trinken muß.

Da darf ein anderer Verteidiger der Frömmigkeit zitiert werden, der heilige Augustin: »In vielen Fällen ist der Wein den Menschen aber notwendig. Er stärkt schwachen Magen, erfrischt matte Kräfte, den Leibkalten hitzt er an, auf die Wunde geträufelt, ist er heilsam, Traurigkeit scheucht er, alle Müdigkeit der Seele verjagt er, Freude bringt er, den Gefährten facht er die Lust am Gespräch.«

Ein klassisches Vorbild für geselliges Zusammensein

bietet das Symposium der Griechen. Dieses Symposium war nicht als pures Trinkgelage gedacht, sondern als Diskussionsrunde, wie wir heute sagen würden. Im Gegensatz dazu steht das heutige Symposium im Zeichen der Abstinenz, was nicht garantiert, daß die Nüchternheit die Klarheit der Gedanken begünstigt; man kann nicht nur zu tief ins Glas schauen, sondern auch zu tief in die Terminologie. Natürlich findet nach einem alkoholfreien Symposium kein Komos wie im klassischen Athen statt, bei dem die Symposiasten hinterher gröhlend durch die Gassen zogen, obwohl auch nach Mineralwasser und Traubensaft manches schwankt, was danach nicht durch die Gassen, sondern durch die Medien torkelt; aber es gibt nun einmal keine Promillegrenze fürs Dümmliche.

Von den Symposien waren üblicherweise Frauen ausgeschlossen, auch wenn zuweilen Hetären teilnahmen. Es haben sich durch Jahrhunderte frauenlose Trinksitten behauptet – bis zum volkstümlichen Stammtisch oder der feinen britischen Art, nach dem Essen die Frauen in den Salon zu schicken, damit die Männer beim Portwein-Trinken unter sich und unter ihren virilen Zoten sein konnten.

Der Ausschluß von Frauen ist im Grunde erstaunlich. Denn zur Weinseligkeit gehört doch das erotische Stoßgebet »Wein, Weib und Gesang«, das, wenn schon, emanzipiert werden müßte in »Wein, Mann und Gesang«, weder *play boy* noch *play girl* sondern *play wine*, wobei der Gesang heute an einen DJ oder eine CD delegiert werden kann.

Immerhin, wir reden nicht mehr nur vom Sommelier, sondern auch von der Sommelière, da es auch einen weiblichen Geruchsinn gibt und das Bouquet eines Weines nicht geschlechtsspezifisch ist. Zudem, was Weinkenntnisse betrifft, sind nun auch Önologinnen am Werk. In Respekt und

Anerkennung dieser Entwicklung sei Annette von Droste-Hülshoff zitiert, die eines der wenigen Loblieder auf den Wein verfaßte, das von einer Frau stammt: »Dann und wann ein kleines Gläschen / Macht mir nicht die Kehle naß. Erst nach meinem Lebenslauf / Hört mein frohes Trinken auf.«

Pablo Neruda, dessen erstes Buch *Zwanzig Liebesgedichte und ein Lied der Verzweiflung* hieß, der den *Großen Gesang* anstimmte, wird keine *Ode an den Wein* schreiben, ohne nicht zugleich die Frau zu feiern: »Möge zum Gewicht der Liebe / Seinen Kuß der Weinkrug fügen«, und das Bild der Geliebten und des Weins gehen ineinander über: »Geliebte du, auf einmal / Ist deine Hüfte / Des Glases / Vollendete Rundung, / Deine Brust auf Traubendolde, / Des Alkohols Schimmer deine Haarflut, / Deine Brustspitzen Traubenkugeln, / Dein Nabel makelloses Siegel, / Geprägt auf das Gefäß deines Leibes, / Und deine Liebe die Kaskade / Unerschöpflichen Weines …«

So sehr der Wein die erotische Phantasie und die Lust steigern mag, er kann Spielverderber der Potenz sein. Deswegen hat ein Klassiker wie Ovid gewarnt, ein Autor, der eine *Kunst der Liebe* verfaßte: »Wein treibt an zu der Liebe Genuß, wenn du nicht stark ihn trinkst, daß dein Herz in demselben ersäuft und stumpf wird. Wind ernähret, und Wind erlöschet auch wieder das Feuer; sanft ist es Speise der Flamme, stark ertötet er sie.«

Daß sich bei Wein über die Liebe reden läßt, weiß jeder, der am Gastmahl teilgenommen hat, über das Plato berichtete – obwohl es nicht ein Gastmahl war, sondern nach dem Essen stattfand.

An das klassische Symposium mag auch die deutsche Burschenherrlichkeit erinnern, wie sie das nationale Deutschland des 19. Jahrhunderts kultivierte. Beim griechischen

Symposium wurde ein Vorsitzender gewählt, der die Abendregie übernahm; er konnte Straftrinken verordnen. Desgleichen beim studentischen Comment. Nur daß dort nicht das Weinglas, sondern der teutonische Bierhumpen gehoben wurde.

Sollte es einmal zu einem Wettstreit zwischen Weinglas und Humpen kommen, könnte das Weinglas schon dafür Satisfaktion verlangen, weil es kurz und bündig als Weinglas apostrophiert wird, als ob eine Flöte ein Ballon oder ein Römer sei, als ob es nicht einen Glasbauch bräuchte um das Aroma voll zu entfalten, oder einen Kelch, damit die Kohlensäure nicht gleich entweicht. Bei diesem Wettstreit, den man sich auch als Sängerkrieg vorstellen darf, ist es denkbar, daß das Weinglas dem Humpen eine ›Bieridee‹ vorwirft. Doch der Humpen wird nie dem Weinglas eine ›Weinidee‹ vorrechnen; denn das könnte als Kompliment aufgefaßt werden, wenn man vor Augen hat, wozu der Wein nicht alles inspirierte.

Einen Zapfenzieher her. Er öffnet nicht nur Flaschen, sondern schlägt eine Anthologie von Dichtungen auf. Darin ist ein Trinklied zu vernehmen, das vor der Schlacht gesungen wird (»Vorwärts auf Leben und Sterben. / Ihr Brüder trinkt aus«), und eines, das sich bei Mondschein empfiehlt, oder gar ein spiritistisches: »Es geht ein Geist im Keller um, / Komm altes, treues Medium… Was sagt der Geist, was sagt der Geist, / der hier im Humpen schwimmt und kreist?«

Der Wein verführt Dichter zu Erstaunlichem. Paul Valéry hat, »gleich wie ein Opfer, das wir dem Nichts bereiten«, irgendwann einst in den Ozean köstlichen Wein geschüttet. Aus Kummer, wie er sich fragte, oder »daß ich den Wein vergoß und ans Blut gedacht« – auf jeden Fall »verloren der Wein und trunken die Wellen.«

Wenn Li-tai-pe einen Scheffel Wein trank, verfaßte er hundert Gedichte, das hat ein Dichterkollege bezeugt, Du Fu; er war Mitglied des Dichterzirkels »Acht Unsterbliche vom Weinbecher«, den Li-tai-pe gegründet hatte. Wer möchte seinem Wunsch nicht entsprechen: »Geh nach Hause, hol mir die Gitarre. / Und laß mich dann allein in meines Rausches Nachen. / Ich will mit einem jungen Lied im Arm erwachen.«

Georg Christoph Lichtenberg, ein deutscher Aufklärer, der es mit dem Denken ernst nahm, könnte eine programmatische Erklärung beisteuern: »Man muß zuweilen trinken, um den Ideen, die in eines Gehirn liegen, und den Falten mehr Geschmeidigkeit zu geben und die alten Falten wieder hervorzurufen. Wenn man manchen großen Taten und Gedanken bis zu ihrer Quelle nachspüren könnte, so würde man finden, daß sie öfters gar nicht in der Welt sein würden, wenn die Bouteille verkorkt geblieben wäre, aus der sie geholt wurden. Man glaubt nicht, wieviel aus jener Öffnung herauskommt.«

Entkorken heißt, den Wein aus der Gefangenschaft der Flasche befreien, nicht umsonst gibt man dem Rotwein die Chance, atmen zu können, bevor man ihn serviert, als müßte er sich erst einmal an die neugewonnene Freiheit gewöhnen, so daß er sich beim Ausschenken völlig entfaltet.

Er, der Erlöste, wird sich als Erlöser erkenntlich zeigen. Konstantinos Kavafis ist nicht der einzige, der dem Wein zugesteht: »Erschöpft vom Getümmel dieser unsteten Welt der Täuschung / finde ich meine Ruhe im Glas«, und er kommt sich vor »wie ein Matrose, dem Schiffbruch entronnen.«

Doch der Befreier befreit nicht; er dämpft, was er an Kummer, Schmerz und Problemen antrifft und wogegen er aufgeboten wird und wogegen aber auch kein Übermaß hilft. Wenn schon, ist es ein Vergessen mit Wiederkehr, ein Wiedersehen mit Benommenheit und Kopfschmerzen, mit der Mißstimmung eines Katers am Morgen danach.

Als Tröster kennt der Wein keine Vorurteile. Er wirkt im Guten wie im Bösen und für die Bösen wie für die Guten. So weiß Heinrich Heine von einer Spitzbübin zu erzählen, deren Gefährte ein Dieb war: »Des Morgens um sechs war er gehenkt, / Um sieben ward er ins Grab gesenkt. / Sie aber schon um achte, / Trank roten Wein und lachte.«

Und kein Geringerer als Charles Baudelaire hat von einem Mörder gedichtet: »Mein Weib ist tot und ich bin frei! Jetzt kann ich endlich toll betrunken sein.« Solche Freiheit wurde erst möglich, nachdem er zugibt: »Ich stieß sie tief in die Zisterne.« Baudelaire hat auch über den Wein der Lumpensammler geschrieben. Um den Groll zu ertränken und um die Trägheit all dieser Verfluchten erträglich zu machen, »hat Gott, voll Gewissensbisse, den Schlaf erfunden, und der Mensch hat dem Schlaf den Wein beigefügt, den heiligen Sohn der Sonne«. Der Dichter hat ebenfalls des »Weines der Einsamen« gedacht, es ist der Wein, den auch Liebende nutzen: »Laß ohne Gebiß, ohne Sporen und Zaum uns auf dem Wein aufbrechen in einen feenhaften, in einen Götterhimmel.« Baudelaire besaß ein Ohr, das hörte, was die Seele des Weins erhoffte: »Eine warme Brust als Grab suchend, darin es ihr weit mehr behagt als in ihrem kalten Keller«, und die verspricht: »Pflanzliches Ambrosia, werde ich in dich sinken, kostbares Korn, das der ewige Sämann ausgeworfen hat, auf daß unserer Liebe die Poesie entspringe, die sich zu Gott erheben wird wie eine seltene Blume.« *Künstliche Paradiese* suchend hat Baudelaire die Möglichkeit des Weins, die Individualität zu vervielfachen, mit der Wirkung des Haschisch verglichen.

Sicher – der Wein hat auch seinen Preis. Im *Buch der Unruhe* hält Fernando Pessoa fest: »Kann jemand nur in betrunkenem Zustand gut schreiben, sage ich zu ihm: Betrinken Sie sich. Und entgegnet er mir dann, das sei schlecht für seine Leber, frage ich ihn: Was ist Ihre Leber? Sie ist etwas Totes, das lebt, solange Sie leben, und die Gedichte, die Sie schreiben, leben ohne dieses Solange.« Der Portugiese hat sich an den eigenen Ratschlag gehalten; er starb 44-jährig an einer Leberkolik; geblieben sind Verse wie die: »Nicht nur mit Wein, auch mit Vergessen füll ich / Den Becher, und bin fröhlich, weil das Glück / Unwissend.«

Aber so sehr der Rausch zerstören mag und ein Gefährte jenes Vergessens sein kann, aus dem es kein Erwachen mehr gibt, wir kennen eine Trunkenheit, die öffnet Wege, die läßt das üblich Irdische hinter sich und erschließt einen Bereich, der als göttlich erfahren wird: »Nimmer würde ein Mensch, der Durst nach Wein hat, so sehnlich seiner begehren, da fern nicht etwas von Gott in ihm wäre.«

Diese Meinung von Meister Eckhart, einem deutschen Mystiker, würde auch ein persischer Dichter teilen, wenn er schreibt: »Hafisens Lied ist ganz und gar der Gottesweisheit Grundreim«. Und sein Lied ist eines, zu dem der Wein animierte. Hafis, ein Muselmann, der Wein trank und ihn feierte: »In Weinhäusern und Magiertempel / Gab es keinen, der so närrisch wär' wie ich, / Für Wein hab ich verpfändet, / Die Kutte hier, die Bücher dort.« Und angesichts seiner Dichtkunst hat ihm Friedrich Nietzsche eine alkoholfreie Trunkenheit bestätigt: »Bist aller Höhen Versunkenheit, / Bist aller Tiefen Schein, / Bist aller Trunknen Trunkenheit, / Wozu, wozu dir – Wein?«

Wer guten Wein trinkt, sieht Gott. Das propagierten im Burgund die Zisterzienser, die etwas von Wein verstanden:

»Qui bon vin boit, Bon Dieu voit.« Das verpflichtete zur Qualität. Was aber sieht einer, der schlechten Wein trinkt? Wohl nur die Hölle, und die ist tranig und glasig, ihr Wein schmeckt nach weiß der Teufel was allem. Dies im Gegensatz zum *grand cru* des Himmels und seiner Glückseligkeit *appellation d'origine contrôlée.*

Wenn der Trunkenbold deutsch spricht, hat er einen Affen, spanisch ist er voller als ein Faß, ein Portugiese kann voll sein wie ein Schwamm, das kann auch ein Niederländer, der aber auch betrunken ist wie ein Hecht oder ein Tempelherr, ein Engländer ist betrunken wie ein Lord und ein Franzose (politisch nicht ganz korrekt) wie ein Pole.

Sempé

F. K. Waechter

Friedrich Karl Waechter

Vollmond

Ick sitze hier
und esse Klops,
uff eenmal klopps.
Ick kieke, staune, wundre mir,
uff eenmal jeht se uff, de Tür.
Nanu, denk ick, ick denk, nanu!
Jetzt is se uff, erst war se zu.
Ick jehe raus und kieke,
und wer steht draußen? – Icke!
Ick denk noch, wat is nu passiert?
Da bin ick Läng lang hinjeschmiert.
Und ehe ick mir recht besinn,
rutsch ick durch Matschepampe hin
den Berg hinab und denke noch,
det jeht nich jut! Denn jeht et doch.
Ick weeß nich recht, wie mir jeschieht,
ick rutsch, ick schlidder, mache Speed,
und heb urplötzlich ab und schieß
wien Düsenjet durchs Paradies.
Und allet winkt mir zu und schreit,
du kommst zu spät! Is höchste Zeit!
Ick hab keen Jaspedal jeschont
und bin am Abend uffem Mond.

Ick denk, ick spinn. Der Mond is leer!
Ick frag mir, wat trieb mir hierher?
Ick kiek in alle Krater rin
und finde nüscht und keenen Sinn.
Da kiek ick mir die Erde an
und kiek und denke, Mann o Mann!
Und ick erkenne meene Spur
durch Matschepampe, Wald und Flur.
De Tür steht uff, ick seh die Klops
und seh – Mariechen – und da klopps
an meene Birne und meen Herz.
Ick mach mir schleunings erdenwärts.
Du hast jekloppt! Hab nüscht jesehn.
Ick Dussel! Nu wird allet scheen.

F. K. Waechter

Nach- und Hinweise

Jakob Arjouni (*1964, Frankfurt/Main, lebt in Südfrankfreich und Paris)
Und jetzt wird was Schönes gegessen! Zuerst erschienen im Februar 2004 in der Zeitschrift *Du*, Zürich. Abdruck mit freundlicher Genehmigung des Autors. Im Herbst 2006 ist von Jakob Arjouni der Roman *Chez Max* erschienen (auch als Hörbuch, gelesen vom Autor), außerdem als Hörbücher die Kayankaya-Kriminalromane *Happy Birthday, Türke!* und *Ein Mann, ein Mord*, gelesen von Rufus Beck.

Honoré de Balzac (1799, Tours – 1850, Paris)
Der Esser und der Vielfraß. Aus dem Französischen von Gerda Gensberger. Aus: *Caffee, Thee, Tabac*, übersetzt und mit einer Nachbemerkung von Gerda Genseberger, erschienen im Manholt Verlag, Bremen, 1993. Abdruck mit freundlicher Genehmigung des Verlags.

Bosc (1924, Nîmes – 1973, Antibes)
Die Zeichnungen auf S. 166 aus: *Ich liebe dich.* © Diogenes, Zürich 1974. Die Zeichnungen auf S. 30, 35, 40, 42f., 45f., 210, 253, 255f., 265, 268, 270, 278: Abdruck mit freundlicher Genehmigung von Alain Damman, Aigues Vives / Frankreich.

Martina Borger (*1956, Gunzenhausen, lebt in München)
... mag ich, mag ich nicht. Originalbeitrag für dieses *Tintenfaß*, im Herbst 2006 auch in dem Diogenes Taschenbuch *... mag ich, mag ich nicht* mit den gesammelten Beiträgen aus dem *Tintenfaß* erschienen. Foto auf S. 358 von Peter Peitsch. Zuletzt erschien von Martina Borger, zusammen mit Maria Elisabeth Straub, der Roman *Im Gehege.*

Wilhelm Busch (1832, Wiedensahl (Hannover) – 1908, Mechtshausen bei Seesen)
Widmung in einem Kochbuch. Aus: *Gedichte*, Diogenes, Zürich 1974. Im Frühjahr 2007 erscheinen zum 175. Geburtstag von Wilhelm Busch die *Gesammelten Werke* als Diogenes Taschenbücher in sieben Bänden und die *Gesammelten Gedichte und Bildergeschichten* als zweibändige Leinenausgabe im Schmuckschuber.

Anton Čechov (1860, Taganrog – 1904, Badenweiler)
Austern. Aus dem Russischen von Peter Urban. Aus *Kaschtanka.* © Diogenes, Zürich 2004. Eine Auswahl aus *Kaschtanka* erschien im Herbst 2006 als Diogenes Hörbuch, gelesen von Peter Urban.

Chaval, eigentlich Yvan Francis LeLouarn (1915, Bordeaux – 1968, Paris)
Die Zeichnungen auf S. 72f. und 235 aus *Zum Lachen und zum Heulen.* © Diogenes, Zürich 1969. Die Zeichnungen auf S. 222 aus *Chaval Inconnu*, Le Cherche Midi Editeur, Paris. Abdruck mit freundlicher Genehmigung des Chaval-Nachlasses. Die Zeichnungen auf S. 99 und 100 aus dem im Sommer 2006 erschienenen Diogenes Cartoon Classic *Take it easy.* © Diogenes, 2006.

Paulo Coelho (*1947, Rio de Janeiro, lebt in Rio de Janeiro)
Das Butterbrot, das auf die verkehrte Seite fiel. Aus dem Brasilianischen von Maralde Meyer-Minnemann. Aus dem im Herbst 2006 erschienenen Band *Sei wie ein Fluß, der still die Nacht durchströmt.* Neue Geschichten und Gedanken 1998 – 2005 (auch als Hörbuch, gelesen von Gert Heidenreich). Im Herbst 2006 ist außerdem *Der Alchimist* als Sonderausgabe zum 10. Jubiläum erschienen (auch als Halblederausgabe, als signierte Lederausgabe und als Hörbuch, gelesen von Christian Brückner), und im Dezember die Taschenbuchausgabe des Romans *Der Zahir.* Im Frühjahr 2007 erscheinen als Diogenes Taschenbuch *Unterwegs / Der Wanderer* und die Hörbücher *Auf dem Jakobsweg* und *Die Tränen der Wüste* (gelesen von Gert Heidenreich). Ein neuer Roman von Paulo Coelho erscheint im Herbst 2007.

Doris Dörrie (*1955, Hannover, lebt in München)
Die Weihnachtsgans (Titel von den Herausgebern). Auszug aus *Samsara.* © Diogenes, Zürich 1996. Von Doris Dörrie sind zuletzt die Kinderbücher *Mimi entdeckt die Welt* und *Mimi und Mozart* erschienen, beide mit Zeichnungen von Julia Kaergel. Im Frühjahr 2007 erscheint der neue Roman *Und was wird aus mir?* (auch als Hörbuch, gelesen von der Autorin), als Diogenes Taschenbuch *Mitten ins Herz* und andere Geschichten und als Hörbuch *Männer,* gelesen von Anna König.

Jessica Durlacher (*1961, Amsterdam, lebt in Bloemendaal)
Voll wie Fisch. Aus dem Niederländischen von Thomas Hauth. Abdruck mit freundlicher Genehmigung der Autorin. Im Frühjahr 2006 erschien von Jessica Durlacher der Roman *Emoticon.*

Friedrich Dürrenmatt (1921, Konolfingen bei Bern – 1990, Neuchâtel)
Es war köstlich. Auszug aus dem Stück *Es steht geschrieben,* enthalten im Diogenes Taschenbuch *Es steht geschrieben / Der Blinde. Frühe Stücke.* © Diogenes, 1985/1996. Zeichnung auf S. 238 aus dem Gästebuch von Carmelina Ferrari.

Federico Fellini (1920, Rimini – 1993, Rom)
Essen mit Federico Fellini. Von Liliana Betti. Aus dem Italienischen von Inez De Florio-

Sempé

Hansen. Auszug aus dem Buch *Fellini. Versuch einer Sekretärin, ihren Chef zu porträtieren*, das im Frühjahr 2007 als Diogenes Taschenbuch neu erscheint. © Diogenes, Zürich 1976. Fotos auf S. 313 und 314 aus dem Buch *Spaghetti & Stars,* Damiani, Bologna 2004. Abdruck der Fotos mit freundlicher Genehmigung des Verlages und von Reporters & Associati, Rom. Die Zeichnung auf S. 315 aus dem Gästebuch von Carmelina Ferrari.

Anne Fadiman (lebt in Massachusetts)
Der literarische Vielfraß. Aus dem Amerikanischen von Melanie Walz. Auszug aus *Ex Libris. Bekenntnisse einer Bibliomanin,* das im Frühjahr 2007 als Diogenes Taschenbuch erscheint. © SchirmerGraf Verlag, München 2005.

Joey Goebel (*1980, Henderson, Kentucky, lebt in Henderson)
Freaks im Restaurant (Titel von den Herausgebern). Aus dem Amerikanischen von Hans M. Herzog. Auszug aus dem Roman *Freaks,* der im Herbst 2006 bei Diogenes erschienen ist (auch als Hörbuch, gelesen von Cosma Shiva Hagen, Jan Josef Liefers, Charlotte Roche, Cordula Trantow, Feridun Zaimoglu und anderen). Im Frühjahr

2007 erscheint *Vincent* als Diogenes Taschenbuch.

René Goscinny (1926, Paris – 1977, Paris)
Der kleine Nick und die Familienfeier. Aus dem Französischen von Hans Georg Lenzen. Aus *Neues vom kleinen Nick.* © Diogenes, Zürich 2005. Zeichnungen von Jean-Jacques Sempé. Im Herbst 2006 ist *Der kleine Nick ist wieder da!* erschienen, mit 45 bislang auf deutsch unveröffentlichten Geschichten, zum Teil neu illustriert von Jean-Jacques Sempé. Im Frühjahr 2006 sind die fünf alten Bände mit *Kleiner-Nick*-Geschichten zum ersten Mal als Diogenes Taschenbuch erschienen. *Kleiner-Nick*-Hörbücher, alle gelesen von Rufus Beck, die 2006 erschienen sind: *Der kleine Nick ist der Beste, Der kleine Nick spielt Fußball, Der kleine Nick ist wieder da* und *Der kleine Nick räumt auf.* Weitere Hörbücher in Vorbereitung.

Edward Gorey (1925, Chicago – 2000, Hyannis, Massachusetts)
Die Limericks auf den Seiten 13ff. sind dem Band *Der zweifelhafte Gast* entnommen, aus dem auch die Zeichnungen auf S. 13, 16, 18, 21f., 24, 79 und 353 sind. Aus dem Amerikanischen von Hans Manz. © Diogenes, Zürich 1961. Die Zeichnungen auf S. 174, 177f. und 181 aus *Cultural Slag.* Abdruck mit freundlicher Genehmigung der Paul & Peter Fritz AG, Zürich. Für Herbst 2007 ist eine Neuausgabe ausgewählter Edward-Gorey-Werke geplant. Ein Auswahlband in der Reihe Diogenes Cartoon Classic ist auch geplant.

Brüder Grimm (Jacob: 1785, Hanau – 1863, Berlin; Wilhelm: 1786, Hanau – 1859, Berlin)
Von dem Mäuschen, Vögelchen und der Bratwurst. Aus *Die schönsten Märchen der Brüder Grimm* © Diogenes, Zürich 2005.

Arnon Grünberg (*1971, Amsterdam, lebt in New York)
Die Kneifzange. Aus dem Niederländischen von Rainer Kersten. Aus dem Band *Amuse Gueule,* erschienen im Verlag Uitgeverij Nijgh & Van Ditmar, Amsterdam 2001. Abdruck mit freundlicher Genehmigung des Autors. Im Frühjahr 2006 ist von Arnon Grünberg der Roman *Gnadenfrist* erschienen, im Herbst als Diogenes Taschenbücher die Romane *Statisten* und *Der Vogel ist krank.* Im Frühjahr 2007 erscheint der Roman *Der Heilige des Unmöglichen.*

Tatjana Hauptmann (*1950, Wiesbaden, lebt bei Zürich)
Die Zeichnungen auf S. 209, 347f. aus *Das große Ringelnatz-Buch.* © Diogenes, Zürich 2005. Tatjana Hauptmann hat im Frühjahr 2006 *Rheinsberg* von Kurt Tucholsky illustriert (auch als Hörbuch, gelesen von Helene Grass, natürlich leider nur mit einzelnen Bildern von Tatjana Hauptmann im Booklet). Ein ge-

wichtiges Hausbuch ist für Herbst 2007 in Vorbereitung.

YAEL HEDAYA (*1964, Jerusalem, lebt bei Jerusalem)
Im Café (Titel von den Herausgebern). Aus dem Hebräischen von Ruth Melcer. Auszug aus dem im Herbst 2006 erschienenen Roman *Die Sache mit dem Glück*. © Diogenes, Zürich 2006. Ein neuer Roman ist für Herbst 2007 in Vorbereitung.

PATRICIA HIGHSMITH (1921, Fort Worth, Texas – 1995, Locarno, Tessin)
Bekenntnisse einer ehrbaren Küchenschabe. Aus dem Amerikanischen von Melanie Walz. Aus dem Band *Kleine Mordgeschichten für Tierfreunde / Kleine Geschichten für Weiberfeinde*. © Diogenes, Zürich 2004. Im Jahr 2006 erschienen drei weitere Bände der Patricia-Highsmith-Werkausgabe: *Leute, die an die Tür klopfen, Der Geschichtenerzähler, ›Small g‹ – eine Sommeridylle*. Zuletzt erschienen folgende Bände der Werkausgabe als Diogenes Taschenbücher: *Salz und sein Preis, Ripley Under Water, Elsies Lebenslust, Venedig kann sehr kalt sein, Kleine Mordgeschichten für Tierfreunde / Kleine Geschichten für Weiberfeinde*. Im Frühjahr 2007 erscheint als Diogenes Taschenbuch *Katzen* und als Diogenes Hörbuch *Der Mann, der seine Bücher im Kopf schrieb*. Stories (gelesen von Otto Sander und Alice Schwarzer). Die Patricia-Highsmith-Werkausgabe wird voraussichtlich im Herbst 2007 abgeschlossen.

HEINRICH HOFFMANN (1809, Frankfurt/Main – 1894, ebenda)
Der Suppenkaspar. Aus *Der Struwwelpeter*, der im Frühjahr 2007 als Diogenes Kinderbuch Klassiker erscheint.

KRONENHALLE
Um den Joyce-Tisch von Daniel Keel und *Die Kronenhalle* von Margaux de Weck wurden für dieses *Tintenfaß* geschrieben. Abdruck mit freundlicher Genehmigung der Autoren. Foto auf S. 236 von Daniel Sutter.

PAUL INGENDAAY (*1961, Köln, lebt in Madrid)
Die Schädelstätte. Auszug aus dem Roman *Warum du mich verlassen hast*, der im Frühjahr 2006 im Verlag SchirmerGraf, München, erschienen ist, und mit dem Aspekte-Literaturpreis für das beste deutschsprachige Debüt ausgezeichnet wurde. Abdruck mit freundlicher Genehmigung des SchirmerGraf Verlags, München. © SchirmerGraf Verlag, München 2006. Paul Ingendaay ist Mitherausgegber der Patricia-Highsmith-Werkausgabe und hat im Frühjahr 2006 für den Diogenes Verlag das Nachwort zur Neuübersetzung des Romans *Der große Gatsby* von F. Scott Fitzgerald geschrieben.

JOHN IRVING (*1942, Exeter, New Hampshire, lebt in Vermont)
Bis ich dich finde. Aus dem Amerikanischen von Nikolaus Stingl und Dirk van Gunsteren.

Auszug aus dem gleichnamigen Roman, der im Frühjahr 2006 erschienen ist, und im Frühjahr 2007 als Diogenes Taschenbuch erscheint (auch als Hörbuch, gelesen von Rufus Beck).

Otto Jägersberg (*1942, Hiltrup, Westfalen, lebt in Baden-Baden)
Fletschen. Originalbeitrag für dieses *Tintenfaß.* Abdruck mit freundlicher Genehmigung des Autors.

Donna Leon (*1942, New Jersey, lebt in Venedig)
Wie ich zum ersten Mal Schafsauge aß. Aus dem Amerikanischen von Monika Elwenspoek. Aus dem Band *Über Venedig, Musik, Menschen und Bücher,* der im Oktober 2005 erschienen ist. © Diogenes, Zürich 2005.
Mit Donna Leon zum Türken. Von Susanne Kippenberger. Zuerst erschienen am 26. Juni 2005 im *Tagesspiegel,* Berlin. Abdruck mit freundlicher Genehmigung der Autorin.
Zuletzt erschienen von Donna Leon *Blutige Steine. Commissario Brunettis vierzehnter Fall* (auch als Diogenes Hörbuch, gelesen von Achim Höppner) und als Diogenes Taschenbuch *Beweise, daß es böse ist.* Im Frühjahr 2007 erscheinen *Wie durch ein dunkles Glas. Commissario Brunettis fünfzehnter Fall* (auch als Hörbuch, gelesen von Achim Höppner), als Diogenes Taschenbuch *Mein Venedig* (bereits als Hörbuch erschienen, gelesen von Hannelore Hoger) und das Hörbuch *Latin Lover,* gelesen von Hannelore Hoger.

Hugo Loetscher (*1929, Zürich, lebt in Zürich)
Mittrinken und mitreden (von den Herausgebern gekürzt). Zuerst erschienen im Buch *Bacchus. Kunst für Weinfreunde. Wein für Kunstfreunde,* herausgegeben von Verena und Mark Füllemann mit Essays von Hugo Loetscher, Verlag Neue Zürcher Zeitung, Zürich 2004. Abdruck mit freundlicher Genehmigung des Autors. Die Autobiographie von Hugo Loetscher erscheint voraussichtlich im Herbst 2007.

Loriot (*1923, Brandenburg an der Havel, lebt am Starnberger See)
Das Frühstücksei. Text aus dem gleichnamigen Band. © Diogenes, Zürich 2003. Die Zeichnungen auf S. 64f., 68, 89, 91, 260, 311, 342ff. aus *Das große Loriot Buch.* © Diogenes, Zürich 1998. Zeichnung auf S. 247 aus dem Gästebuch von Carmelina Ferrari. Im Herbst 2006 ist Loriots *Gesammelte Prosa* erschienen. Im Sommer 2006 ist als Diogenes Cartoon Classic der neu zusammengestellte Band *Männer und Frauen passen einfach nicht zusammen* erschienen, im Frühjahr 2007 folgt *Herren im Bad,* außerdem die Taschenbuchausgabe von *Loriots Lebenskunst* und *Loriots kleiner Opernführer.*

Lu Wenfu (*1928, lebt in Suzhu)
Der Gourmet. Aus dem Chinesischen von Ulrich Kautz. Auszug

aus dem gleichnamigen Roman, der als Diogenes Taschenbuch lieferbar ist. © Diogenes, Zürich 1993.

Petros Markaris (*1937, lebt in Athen)
Tatjanas Emanzipation. Aus dem Neugriechischen von Michaela Prinzinger. Abdruck mit freundlicher Genehmigung des Autors. Im Frühjahr 2007 erscheint der Roman *Der Großaktionär,* der vierte Fall für Kostas Charitos. © Diogenes, Zürich 2006.

Matthias Matussek (*1954, Münster, lebt in Hamburg)
Ein Abend für Meggie. Leicht gekürzter Auszug aus der gleichnamigen Erzählung aus dem Band *Fifth Avenue,* der zusammen mit dem Roman *Rupert* im Herbst 2007 als Diogenes Taschenbuch erschienen ist. © Diogenes, Zürich 1995.

W. Somerset Maugham (1874, Paris – 1965, Saint-Jean-Cap Ferrat bei Nizza)
Die drei dicken Damen von Antibes. Aus dem Englischen von Claudia und Wolfgang Mertz. Aus *Der Rest der Welt. Gesammelte Erzählungen* II. © Diogenes, Zürich 2005. Die Neuausgabe der Romane von W. Somerset Maugham in neuen oder revidierten Übersetzungen im Diogenes Taschenbuch wird im Frühjahr 2007 mit den Romanen *Der Magier, Mrs. Craddock* und *Südseeromanze* fortgesetzt. Im Frühjahr erscheinen außerdem als Diogenes Taschenbuch *Books and You. Eine persönliche Geschichte der Weltliteratur* und *Regen und andere Meistererzählungen.*

Anthony McCarten (*1961, New Plymouth (Neuseeland), lebt in Los Angeles, Wellington und im englischen Gloucestershire)
Candlelight Dinner (Titel von den Herausgebern). Aus dem Englischen von Manfred Allié und Gabriele Kempf-Allié. Auszug aus dem Roman *Superhero,* der im Frühjahr 2007 bei Diogenes erscheint. © Diogenes, Zürich 2006.

Ian McEwan (*1948, Aldershot, lebt in London)
Schokolade (Titel von den Herausgebern). Aus dem Englischen von Michael Walter. Auszug aus *Der Trost von Fremden.* © Diogenes, Zürich 1983. Von Ian McEwan erscheint im Frühjahr 2007 die Taschenbuchausgabe von *Saturday,* zugleich auch als Hörbuch-Sonderausgabe, gelesen von Jan Josef Liefers.

Sławomir Mrożek (*1930, Borzecin bei Krakau, lebt in Krakau)
Tee oder Kaffee. Aus dem Polnischen von Christa Vogel. Aus *Das Leben für Anfänger.* © Diogenes, Zürich 2004. Zuletzt erschien von Sławomir Mrożek im Herbst 2006 *Das Leben für Fortgeschrittene.* Im Frühjahr 2007 erscheint die Autobiographie *Balthasar.*

Ingrid Noll (*1935, Shanghai, lebt in Weinheim)
Ein Abendessen mit Ingrid Noll. Von Peter C. Hubschmid. Zuerst erschienen im Februar 2000 in

Sempé

Essen und Trinken, Hamburg. Abdruck mit freundlicher Genehmigung des Autors.

AMÉLIE NOTHOMB (*1967, Kobe (Japan), lebt in Paris)
Biographie des Hungers (Titel von den Herausgebern). Aus dem Französischen von Brigitte Grosse. Auszug aus dem Roman, der im französischen Original *Biographie de la faim* heißt. © Diogenes, Zürich 2006. Zuletzt ist von Amélie Nothomb bei Diogenes der Roman *Attentat* erschienen. Im Frühjahr 2007 erscheint *Reality Show*.

GEORGE ORWELL (1903, Bengalen (Indien) – 1950, London)
Zur Verteidigung der englischen Küche. Aus dem Englischen von Bernhard Robben. Deutsche Erstveröffentlichung mit freundlicher Genehmigung der Agentur Mohrbooks, Zürich. © Diogenes, Zürich 2006.

JOACHIM RINGELNATZ (1883, Wurzen, Leipzig – 1934, Berlin)
Zwei Gedichte. Aus *Sämtliche Gedichte*. © Diogenes, Zürich 1997. Zuletzt erschien als Diogenes Taschenbuch *Kuttel Daddeldu*, mit den Zeichnungen von Karl Ar-

nold. Im Frühjahr 2007 erscheint als Diogenes Taschenbuch *Ich habe dich so lieb. Die schönsten Liebesgedichte.*

RONALD SEARLE (*1920, Cambridge, lebt in Südfrankreich)
Die Zeichnung auf S. 97 aus *Weil noch das Lämpchen glüht.* © Diogenes, Zürich 1952.

JEAN-JACQUES SEMPÉ (*1932, Bordeaux, lebt in Paris)
Monsieur Lambert. Aus dem Französischen von Anna von Cramer-Klett. Auszug aus dem gleichnamigen Buch. © Diogenes, Zürich 1973. Die Zeichnungen auf S. 49, 362 aus *Der Morgenmensch,* auf S. 50 aus *So ein Zufall,* auf S. 58 aus *Unergründliche Geheimnisse,* auf S. 131, 182 aus *Stille, Sinnenlust und Pracht,* auf S. 373 aus *Alles wird komplizierter,* auf S. 191ff. aus *Bonjour Bonsoir,* auf S. 54f. aus *Kleine Abweichung.* © Diogenes, Zürich. S. 92, 207, 305, 368, 377 aus *Sempé's Frankreich,* S. 128, 226 aus *Sempé's Paris,* S. 385: Abdruck mit freundlicher Genehmigung der Galerie Martine Gossieaux, Paris. Im Oktober 2006 ist bei Diogenes *Der kleine Nick ist wieder da!* erschienen, mit 45 unveröffentlichten *Kleiner Nick*-Geschichten von René Goscinny und Jean-Jacques Sempé. Außerdem erschienen *Sempé's Frankreich* und der Auswahlband *Sempé für Bücherfreunde* als Diogenes Cartoon Classic. Im Frühjahr 2007 erscheint eine Neuausgabe von *Carlino Caramel* im Hardcover (auch als Hörbuch, gelesen von Achim Höppner).

MARIA ELISABETH STRAUB (*1943, Pinneberg in Holstein, lebt in Aventoft in Nordfriesland)
... mag ich, mag ich nicht. Originalbeitrag für dieses *Tintenfaß*, im Herbst 2006 auch in dem Diogenes Taschenbuch *... mag ich, mag ich nicht* mit den gesammelten Beiträgen aus dem *Tintenfaß* erschienen. Foto auf S. 359 von Peter Peitsch. Von Maria Elisabeth Straub ist im Herbst 2006 der Roman *Das Geschenk* erschienen.

ROLAND TOPOR (1938, Paris – 1997, Paris)
Die Zeichnungen auf S. 214, 217, 221 und 367 sind zuerst erschienen in *Kulinarische Notizen* von Wolfram Siebeck, erschienen im Verlag Nymphenburger, München 1980. Abdruck mit freundlicher Genehmigung von Nicolas Topor. Im Frühjahr 2006 erschien neu als Diogenes Taschenbuch *Memoiren eines alten Arschlochs.* Ein Auswahlband von Roland Topor in der Reihe Diogenes Cartoon Classics ist in Vorbereitung.

MARTIN SUTER (*1948, Zürich, lebt in Spanien und Guatemala)
Die Trinkgeldfrage. Zuerst erschienen als *Geri-Weibel*-Kolumne in *NZZ Folio*, Zürich. Aus: *Richtig leben mit Geri Weibel. Sämtliche Folgen.* © Diogenes, Zürich 2005. Im Sommer 2006 ist von Martin Suter der Roman *Der Teufel von Mailand* erschienen (auch als Hörbuch, gelesen von

Julia Fischer), im Herbst 2006 *Huber spannt aus* als Taschenbuch. Im Frühjahr 2007 erscheint *Unter Freunden* mit weiteren *Business-Class*-Kolumnen.

TOMI UNGERER (*1931, Straßburg, lebt in Irland und in Straßburg)
Die Zeichnungen auf S. 61, 281, 293, 296 aus *Tomi Ungerer.* © Diogenes, Zürich 1991. Die Zeichnungen auf S. 316 – 339 aus *The Party.* © Diogenes, Zürich 1969. Die Zeichnungen auf S. 154, 159, 282ff., 287, 290f., 295, 297, 340: Abdruck mit freundlicher Genehmigung von Tomi Ungerer. Im Herbst 2006 sind Neuausgaben von Tomi Ungerers autobiographischen Büchern *Heute hier, morgen fort; Es war einmal mein Vater* und *Die Gedanken sind frei* erschienen, außerdem *Das große Liederbuch* als Sonderausgabe zum 75. Geburtstag von Tomi Ungerer, *Kein Kuß für Mutter* als Leinenausgabe im Geschenkbuchformat (auch als Hörbuch zusammen mit anderen Geschichten, gelesen von Herbert Feuerstein) und als Diogenes Cartoon Classic der Auswahlband *Expect the Unexpected.* Im Frühjahr 2007 erscheint *Neue Freunde*, ein neues Kinderbuch von Tomi Ungerer.

F. K. WAECHTER (1937, Danzig – 2005, Frankfurt am Main)
Vollmond. Aus dem gleichnamigen Band, aus dem auch die Vignette auf S. 388 stammt. © Diogenes, Zürich 2005. Die Zeichnungen auf S. 134, 139, 142 und 149 aus *Waechter.* © Diogenes, Zürich 2002. Die Zeichnungen auf S. 75f., 82, 85f., 113, 153, 162, 165, 169, 170, 173, 298 und 386 sind zum ersten Mal in *Häuptling Eigener Herd*, Heft 10, herausgegeben von Vincent Klink und Wiglaf Droste, erschienen, in der Edition Vincent Klink, Stuttgart 2002. Im Sommer 2006 ist von F. K. Waechter als Diogenes Cartoon Classic der Band *Alles klar?* erschienen, im Herbst eine Neuausgabe des Kinderbuchs *Wir können noch viel zusammen machen*, außerdem als Hörbuch *Der rote Wolf und andere Geschichten* (gelesen von Roger Willemsen).

ROBERT WALSER (1878, Biel – 1956, Herisau (Appenzell))
Zu Besuch bei Frau Aebi (Titel von den Herausgebern). Auszug aus *Der Spaziergang* aus dem gleichnamigen Band mit ausgewählten Geschichten, der als Diogenes Taschenbuch im Herbst 2006 zum 50. Todestag als Neuausgabe erschienen ist, zusammen mit *Maler, Poet und Dame. Aufsätze über Kunst und Künstler.* Abdruck mit freundlicher Genehmigung des Suhrkamp Verlags, Frankurt am Main. Zum Robert-Walser-Jahrestag ist im Herbst 2006 außerdem von Jürg Amann *Robert Walser. Eine literarische Biographie in Texten und Bildern* erschienen.

Valerie Wilson Wesley (1947, Willimantic (Connecticut), lebt in Newark/New Jersey)
Kochen in der Familie (Titel von den Herausgebern). Aus dem Amerikanischen von Thomas Bodmer. Zuerst erschienen am 12.12.1999 in *Die Weltwoche*, Zürich. Abdruck mit freundlicher Genehmigung der Autorin. Im Herbst 2006 ist von Valerie Wilson Wesley der Roman *Remember Celia Jones* erschienen.

Urs Widmer (*1938, Basel, lebt in Zürich)
Gratinierter Fisch. Zuerst erschienen in *Da nahm der Koch den Löffel*, herausgegeben von Gertrud Frank, Residenz Verlag, Salzburg 1974. Abdruck mit freundlicher Genehmigung des Autors. Zuletzt erschien im Frühjahr 2006 von Urs Widmer *Ein Leben als Zwerg.*

Leon de Winter (*1954, s'-Hertogenbosch, lebt bei Amsterdam)
Ein Mittagessen mit Leon de Winter. Von Carla Woter. Zuerst erschienen im Januar 2005 in *Essen und Trinken*, Hamburg. Abdruck mit freundlicher Genehmigung der Autorin. Von Leon de Winter erschien zuletzt im Herbst 2005 der Roman *Place de la Bastille.*

Sempé

»Komm, klapp dein Buch zu, wir wollen essen.«
Marcel Proust, Tage des Lesens

Ende

Sempé

TINTENFASS IMPRESSUM

Herausgeber:
Daniel Kampa, Winfried Stephan.
Mitarbeit: Margaux de Weck.
Umschlaggestaltung:
Hans Höfliger/Bettina Wunderli.
Gestaltung und Herstellung:
Peter Frei.
Herzlichen Dank an Ursula Baumhauer, Susanne Dorn, Cornelia Eberle, Ruth Geiger, Lisa Jordi, Regina Kaeser, Regine Mosimann, Thomas Mouzinho, René Niederer, Anna von Planta, Res Schenk, Verena Schmid Blumer, Angelika Schneider, Christine Stemmermann, Monika Wild, Bettina Wunderli, Silvia Zanovello und besonders an Nicole Griessmann, Marion Hertle, Dominik Suess und Daniel Keel.
Über unverlangt eingesandte Manuskripte kann leider keine Korrespondenz geführt werden.